我的欢乐日

My Day of Jubilee

鳟鱼
/著

北京时代华文书局

图书在版编目（CIP）数据

我的欢乐日 / 鳟鱼著. -- 北京 : 北京时代华文书局, 2017.1
ISBN 978-7-5699-1616-4

Ⅰ. ①我… Ⅱ. ①鳟… Ⅲ. ①长篇小说－中国－当代 Ⅳ. ① I247.5

中国版本图书馆 CIP 数据核字（2017）第 135956 号

我 的 欢 乐 日

WO DE HUANLE RI

著　　者 | 鳟　鱼

出 版 人 | 王训海
选题策划 | 胡俊生
责任编辑 | 周连杰　余荣才
装帧设计 | 孙丽莉　赵芝英
责任印制 | 刘　银

出版发行 | 北京时代华文书局 http://www.bjsdsj.com.cn
北京市东城区安定门外大街 136 号皇城国际大厦 A 座 8 楼
邮编：100011　电话：010－64267955　64267677　57735442
印　　刷 | 北京京都六环印刷厂　010－89591957
（如发现印装质量问题，请与印刷厂联系调换）
开　　本 | 710mm×1000mm　1/16　印　　张 | 17.5　字　　数 | 347 千字
版　　次 | 2017 年 8 月第 1 版　印　　次 | 2017 年 8 月第 1 次印刷
书　　号 | ISBN 978-7-5699-1616-4
定　　价 | 38.00 元

目录

大　学

明天就晚了，就趁现在。

——埃尔维斯·普雷斯利《勿失良机》①

我是在像春蚕吞食桑叶般窸窸窣窣的雨声中醒来的。那是5月下旬里的一个清晨，空气中飘着新鲜的草腥味。

我一动不动地躺在毯子下面，没有要起身的意思——我在对心里的大人物祷告。那家伙把身体往前倾，脸上显出若有所思的表情，一时看起来十分诚实，我以为他开口时会把心中所想和盘托出，可终究他只是清了清嗓子，戏谑地开了个玩笑。接着，受一阵想要打喷嚏的冲动驱使，我用肘部撑着身体坐起来，揉了下鼻子，望见远处那条缠绕着图书馆的小溪上有软软的水汽升腾而起，如缕缕轻烟。

我推开了窗子。

寒气和喧嚣一拥而入——我下意识地蹙起眉，身子也“砰”地直起，思路跟着愈发清晰。我长长地呼了口气，走下床去，从衣橱里取出干洗过的正装和备好的领带，又在鞋柜里挑出一双皮鞋，踏着冰冷的地板走进洗手间。

我从镜子前转开脸，打了个喷嚏，接着转头回来——我的头发乱糟糟的，眼睛因为紧张和缺少睡眠而红红的、灼热疼痛，嘴唇因为寒气微微发白，鼻头上则是一层油光。我有些虚脱地顿了顿，微微张开嘴巴——我能察觉到自己脸颊在颤抖——然而没有半点声音发出来。纵使那个简单的句子几经锤炼斟酌，早已流利纯熟，可真正要讲出口时仍需要莫大的勇气。

鼓起劲儿来，几个月的努力为的就是今天的表白了。想到这，我揉了揉眼睛，胡乱地把头发捋到一侧，做了两次深呼吸，然后磕磕巴巴地讲了句帅气的台词——我的声音相当嘶哑：

① 出自埃尔维斯·普雷斯利（1935—1977年）单曲 *it's now or never*。

“我喜欢你……呃……很喜欢，其实……”

那是2012年，我正读大学三年级，在镜子上贴了个小胡子的时候。

茱莉亚可以胜任任何角色——我向来这么认为——她高雅、恬静、美得叫人窒息。尽管我古板保守的性格老早就把自己塑造成了个难以取悦他人的人，但遇到那样尽善尽美的女人，还是感到心慌意乱，难以自制。这也就是为什么在之前的日子里，我都没能对她说出表白的台词——纵使那个场景已在我脑海里过场般地走了千百次——每每话到嘴边，都是以尴尬一笑收场。其实上次已经很接近了，就上个星期，我是说，就在上周课题讲演彩排后的那个夜晚，那次真的已经很接近了。

她也想我抱住她吧。在分手的路口喊住她时，我那么思忖。四周灯光暗淡、空茫茫的，几道光影在墙壁上忽上忽下，有些轻微杂乱的声音，像波浪般一起一伏。我可以上前去抱住她，就这么直接走上去，真的，我很容易就能抱住她。她就在我面前，我只用向她表明心意，然后可以抱住她然后我可以吻她，我心里想。接着我想说些温柔的话来为正式开口铺平道路，可看到她伸手将秀发捋到耳后，撩人心弦的脸庞上洋溢着微笑的光彩，一种莫可名状的感觉阻碍了我。我感到呼吸急促，手足无措——“多美啊，美得几乎叫人受不住”[①]，有那么几秒，我记起了《浮士德》中浮士德终于心满意足而唱出的著名诗行，希望时光在这儿停下来。

为避免随之而来的那个意味深长的停顿，我尝试着放松绷紧的面孔，抖抖僵硬的下巴，抿下干燥的嘴唇：“没，没事呢，呃，新年快乐。”

唉，脱口而出的这句话叫我思绪翻滚，第一个念头就是责怪自己怎么会昏了头，真成了个可悲的傻瓜。

好在茱莉亚习惯了我不着调的讲话方式，她并不觉得奇怪，只是歪着头咯咯笑了。她笑得欢快，眼睛里闪着光，让她的面容更显得好看了。

“你，你知道现在只是5月吧？”她把头歪向一侧，露出我所熟悉的那种温柔知性的神情。

我咽了口唾沫。我很清楚自己的经验不足以对付眼下的困境——要是我能看到自己的脸，上面显出的必然是慌乱不安的神情。

“我，我是知道的。”我做了个鬼脸，赶紧挤出个热切、愉快的笑容。她长着长睫毛的眼睛熠熠有神，我觉得任何人都会想多看一眼。

---

① 出自约翰·沃尔夫冈·冯·歌德（1749-1832年）长诗《浮士德》。

我补了一句："那就当是，万圣节快乐好了。"

身边的一道灯光恍如落在幽暗水面上的怪物，倏地画了条尾巴就消失了。

对，那次我是那么讲的，蠢得惊人。

什么也没有发生，什么都没有。她还是那个由阳光、星辰和奇迹集结成的美丽幻影，我也一如平日像个夸张地摆动着双手、尴尬地张着嘴巴发不出声音的滑稽演员。不过说句老实话，当时我是真的很怕她会拒绝，很怕她的表情会突然暗下来。唉，我真的很怕她的眼神会变得陌生，很怕一股懊悔的情绪要沿着血液流满我的全身。说真的，我真的很怕自己在心底哭喊："天哪，完蛋了，真见鬼，早知道就什么都不说了。"接着我回到宿舍楼里，像个心怀不满的人一样大踏步走着，地板被我踩得"吱吱"响。我狠狠地敲着623号宿舍门："ただいま！ただいま！ただいま！[①]"

"我喜欢你……呃……很喜欢，其实……"

第一次对着镜子说这句话时还是在学期的第八周。那天乔西跟我在宿舍里看一部老电影，带着被电影情节燃起的激情和乔西那不好于讽刺的鼓励，我拨了茱莉亚的号码，磕磕碰碰地邀请她作为我广告项目的女主角——尽管远不算十全十美，但也能当作是锁定了一颗推动我整个计划前行的齿轮。接着我对着镜子，假想着表白的场景，说了那句帅气的台词。然后我又拿起了电话，把消息告诉了建豪：我已经找到了最佳女主角，"广告狂人"计划继续。

"不尽如人意，十之八九"，建豪平时很喜欢讲这句话，当他得知我对茱莉亚的感觉之后，更喜欢这个说辞了。

他在当时也是这么回复我的。

2009年9月份，大学伊始，在学院里的新生见面会上，面对着热情洋溢、吵吵闹闹的人群，我的目光有些慌张地从左往右扫——除了黑压压的、攒动的人头外，没有看到空位置。突然一双乌黑有神的眼睛对上了我——我就是那时遇到建豪的。

他是个身材颀长的家伙，炯炯有神的双眼、高挺的鼻梁和微微上扬的嘴角构成一张坏坏的笑脸，让人一眼望去就觉得他的两道浓浓的眉毛也带着笑意。他坐在会场的后半段，远远地看着我，接着歪了歪头，示意身边有座位。

我迟疑了一下，沿着过道径直朝他走过去。他咧着嘴笑了，露出整齐洁白的牙齿。

---

① "我回来了"，日文句子，通常回家时对家里人说的问候语，家里人常会回应おかえり（您回来啦）。

我把书包平放在他身侧的位置上，从桌下拉出了椅子，接着老套地打了个招呼。

“幸会。”我说，一边坐下身去。

“彼此。”他歪了下头。

停了一下，我又开口了。

“人可真多，”有点儿没话找话的味道，我补了一句，“叫人想到电话销售的办公楼、动物园或者熙熙攘攘的周末市集。”

他望向前面，我也顺着他的目光看去：有人趴在桌子上睡觉，有人摆弄着手机，有人在听音乐，更多的人则吵吵闹闹，大声笑着、骂着。

“啊，”他笑了，摆了下手，“什么样的人都有。”

这话说得有点儿奇怪。他这句话有种大度接受的意思，仿佛别人的举动是一件值得玩味的事情，而他感觉自己与别人不属于一个世界。我觉得他的话里多少带了些看不起人的责怪的味道。

可我没太在意。

“我知道这样问很不着调，但你不是奇怪的人吧？”我望着他，问了个未雨绸缪的问题，“我刚认识的室友里有个奇怪的家伙，呃，乔西，我简直没见过那样好奇尚异的角色——喜欢说教而且讲话不着边际、叫人摸不着头脑。”

“是吗？”他托住下巴，像老师般带点儿怀疑地看着我，随即他释怀一笑，“不过放心好了，我这里一切正常——我不喜欢西兰花，这样算吗？”

“应该没问题吧。”

“那个，乔西，”他有点儿感兴趣地问，“我说，他很怪？”

“‘我喜欢姜草的漫画，伊坂幸太郎的小说，迷恋加里、夏帆和KARA[①]的姜智英。’他告诉了我他的名字后，第一句话是这么说的。”我背书般地讲道。

“韩国和日本？”

“嗯，他懂好几种语言，”我点了点头，“他讨厌吵闹，讨厌身边有人，讨厌屋子乱糟糟的——可他自己看起来就是乱糟糟的，而且他听聒噪的海滩男孩[②]的歌。他独自点燃过炸药，用过火箭筒，吃过蜥蜴——我不知道是不是真的。他……”

“等下，哪个加里？”他打断了我。

“我，我不清楚。”

---

① 韩国 DSP 公司于 2007 年推出的女子流行演唱组合。

② “The Beach Boys，”美国摇滚乐团。

“《铳梦》[①]里的？”他问。

“讲真我不知道，”我不在意地耸了下肩膀，接着把身子前倾，强调了下一句话，“而且他喜欢说教。”

“说教？”

“嗯，”我肯定地说，想都不想，“他不喜欢考试，好像也不愿别人考试……但他又说得很乱——我指，没人知道他到底在说什么。”

“啊，好吧，”他点了点头，我看到他的眼睛在轱辘轱辘转——他想起了什么，“对了，如果要我在考试和西兰花之间做选择的话，我也是会考虑西兰花的。”

这话叫我在意了——他重申了我刚提到的东西，多少有点挑衅的意思。

我沉默了一下，接着自己打破沉默：“你不擅长考试？”

我这么问了一句。当然，没人喜欢考试，但你总得给出个好理由，不是么？

“嗯，是的。不过那没什么可抱怨的，我并不为此努力。”

跟乔西的说辞尽管不一样——“我起初以为我能克服这种恶心和厌恶，并装出颇有天分的样子，可情况并非如此。”乔西是这么说的。可毫无疑问，他俩的话头是朝着同一个颠三倒四的方向去的。

“那，那样没关系么？”我迟疑了一下才问。

他玩世不恭地耸了下肩膀，并意味深长地扬起一侧的眉毛。

“自然没关系，用不着那么认真，只是读个大学而已。”

他语气中有种嘲讽的味道，叫我感觉到在他难以窥视的内心深处，他对我看重的一些事物非常轻蔑。我稍微有些动气。啊，这下可更好了，大话都扯到“上大学”了——你知道个鬼。我心想，没礼貌地直盯着他的眼睛。

他接着开口了。

“托尔斯泰在喀山上学时，人们这样评价他家兄弟三人：谢尔盖既努力又成功，德米特里努力但是书读不好，列夫既不努力也没读好书[②]。”他把话头停了一下——紧接着就在同一刻，我猛地发觉他眼里闪过一丝狡黠——那个动作快极了，除了我谁都不可能察觉。然后他歪着头笑了，好像事情本来就该是那样，“噢，对了，你猜最后事情发展到怎样？”

终于我皱起眉头了。

他的动作、表情、话语和那个转瞬即逝的眼神一气呵成，再算上他的语气和姿

---

① 指木城雪户创作的漫画《铳梦》，加里（Gally）为主角。

② 出自罗曼·罗兰（1866-1944 年）人物传记《名人传》。

态，简直把话说得无懈可击，而且他已然算计过了整个对话的方向，使自己既能主导谈话，又能不独自表演。但我看到了他眼中闪过的那道光。说真的，要是我没能捕捉到那个灵敏的眼神的话，我可能还真会老老实实地封住耳目，闭上嘴巴，不去接他的话。但我察觉到了，也识破他了。

我望着他，他也看着我。

我的脑袋里猛地跳出一个印象：他是个聪明敏捷的家伙，不轻信人生的小感小悟，也不会随便改变自己对一些事情的看法——他像是个有才智，却叛逆、另类的艺术家，毫不留情地摒弃了作品的严肃性，一心追求走上那条轻佻、荒诞之路。他跟乔西相似，对自己不中意的那条路线充满了嘲弄和蔑视，并肆意地用语言和知识去挖出一条深深的壕沟，叫别人也接近不得。

继而我也感到一丝不安，我发现对话成了个挑战。他似乎玩了个把戏，叫我本是为了社交而说的话变成了自掘坟墓，而他在测试眼前的家伙是不是思虑尚浅，会不会跳进这个陷阱。通关的奖励是得到他的尊重和认可，失败则会被他认定是小丑——他不会把你当回事儿。

良久，我开口了——极尽可能地用了平静的口吻：“你在恭维你自己。”

他脸上的表情更热烈了，连微笑也泛起了金属般的光泽。

“这是个非常不负责任的借口，”我紧接着说，腔调里不能自已地带着股斥责的味道。可能旁人看来，我的反应算得上是无缘无故，但我清楚得很——而且我知道他心里也跟明镜似的——我意有所指，并非无理取闹。“你说这样的话跟那些典型的没什么脑子的人有什么区别呢？”

他轻佻地摆了下手。

“是不负责任，不过区别还是有的，”他说，腔调中分明隐藏着一丝窃笑，“我说，你开玩笑呢？那些人终归也只能翻来覆去地拿盖茨、扎克伯格和乔布斯来做例子。”

我脸上的肌肉一下僵住了——很明显，他知道如果对别人哪句话不赞同，有种能叫不少人都会感到狼狈的办法——反问你说的是不是一个蠢得叫他听不懂的笑话，而且这奏效了。

我几乎是立刻回话了，目光里有些敌意，并不可避免地带着激动的情绪。

“托尔斯泰在喀山读语言，之后转法律，尽管不算成功，可在系统正规的教育下，他迷恋卢梭，喜欢上了文学，成为了宗教实践者。退学后他独立地尝试在自己的领地上改革，遭遇失败后他兴办学校。随后他加入军队，参加了克里米亚战争，并在此期间发表了塞瓦斯托波尔的故事和自传体的《童年·少年·青年》。之后他游历欧洲，尝尽挫折和失败，创作出大量的小说、戏剧和评论，包括《战争与和平》，历经

12次修改的《安娜·卡列尼娜》，以及耗时10年完成的《复活》。岁月和荣耀都使他不堪重负，因而第三次出走途中，他逝世了。他被安葬在亚斯纳亚·波利亚纳。他是个伟大的作家，心底知道自己工作做得不错，可以昂首走到上帝面前。”我把身子挺直。我清楚一些事情所具有的价值，不会让别人轻易贬低，“你又做过什么呢？我可不觉得他的成功是与上大学毫无关系。在他最年轻、精力最旺盛和最需要塑造的年头，他……”

我说着，声音却越来越小，终于把话停下来了——眼前的家伙在盯着我看。他歪着头，认真地打量着我，不安分的目光像是要把我看透。我不知道他在想些什么，感到心神不宁，话也就说不下去了。

他面无表情地盯了我好久，我也就一声不吭地承受着他的注视——直到我浑身不自在。接着在下一秒——像是化学实验的临界点，一阵笑声从他嘴角迸发出来了，声音尖利，充满惊奇。

“天，这可真有意思，”他饶有兴趣地瞪大带着笑意的眼睛，“没看得出你是个食古不化的人。”

见他这么哈哈大笑，我为自己冲动的言辞和没控制好的情绪难堪了，但嘴上我并不服输。

“食古不化的另一种说法叫有原则。”我嘟囔道。

他打了个手势。

“我说，真有趣。”他继而打住不说话了，似乎是要让话头冷却一下。然后他作出了一个奇怪的论断：“你竟然会觉得别人是喜欢说教、讲话不着边际的怪人？”

这话叫我更不自在了，我试着寻找达意的词汇来解释，可语言有时反而会把事情弄得更杂乱无章。

“我，我不是要说教，我只是，我……”

他笑了，拍了拍我肩膀，仿佛我俩已经是老朋友了。

“不，没关系的。我觉得你说得没错，但我就是这样的性格。归根到底你的见解来自你的性格，而我这来自我自己性格的见解也和你的一样无懈可击。”

这个举动叫我心里好受了些，我舔了下嘴唇。

“对了，”他又说，“那个乔西跟你说这话的时候，你也拿你这套——不管你叫什么的东西，骂他了么？”

“嗯？”

“你不说了么？他跟你说教了一通关于考试的什么之类的。”

“啊，他用了罗丹当借口——我，我不懂罗丹，我懂一些音乐，但那个凿凿刻刻的艺术我一点儿不了解。而且我可不敢说他，他不爱笑——我指，他不像你——一旦对上他的眼神，我就有一种必须赶紧离开的感觉。此外，我也没必要跟他辩驳，因为他说着说着，那‘罗丹的技艺与巴黎美工学院的测试毫无关系’就变成了‘伊莎贝尔·阿佳妮是位被自己美貌限制的演员’[①]和‘以他的才华，画画、雕刻全他妈是扯淡，那个动荡的年代，他完全应该去给自己那个落后的农民国家的沼泽地排水，开凿运河，建造港口’。”

他笑了。

“没人知道他到底在说些什么，”我也笑了，“不过我刚认识他，说不定事情会有好转。”

“好吧，”他挥了下手，随随便便就把刚才的谈话抛诸脑后，并问到了其他事情，“你家是哪里的？”

我呼了口气，玩了一个家乡的哏，希望能起到活跃气氛的效果——或者什么讨喜的效果都行。我让自己笑了一下。

“神都[②]，你呢？”

他托着下巴，习惯地端着股有点超然的讽刺味儿，嘴角扬起一丝坏笑。

“缚娄国[③]。”

“缚，呃，什么来着？”我愣着，嘴巴支支吾吾地发着声音，露出一种抓不住要领的神情，“我，我知道再这么问可能……你，可我一定要再问一次，你不是个奇怪的人吧？”

“不，一切正常，我没有任何奇怪的地方。”

英国剧作家本·琼生认为：语言最能表现一个人，你一张口，我就能了解你。我向来认同这个观点，也一直喜欢对人进行观察和揣测。当然，我得承认自己见识浅薄，阅历贫乏，涉世不深，不足以掌握这项能力——读下去你会发现我对香港人和多莉老师的看法就错得离谱——但我对建豪的看法并不算出格。现在算来，建豪跟我相识已久，所以我这么描述他吧。

建豪首先是个幽默、搞怪的人：他总是带着奇异的幽默感去凝视这个光怪陆离的世界，而且他那形神俱备的模仿秀能让人拍案叫绝——哈，真的，有时他能把我逗得笑到两肋发痛。其次他是个口齿伶俐的人：他知道所有的名人轶事，清楚一切天方夜

① 伊莎贝尔·阿佳妮，法国女演员，曾出演电影《罗丹的情人》，饰演罗丹的情人卡密尔·克劳岱尔。

② 唐睿宗及武周时期洛阳的别名，也是武周王朝的首都，最早出现在《水经注》中。

③ 缚娄国源于罗国，由罗氏族所建立，地域范围在今天广东省惠州市。

谭，懂得每部漫画和每个寓言的出处——因而对什么问题都能妙语作答。每次与人斗嘴他从不失算，同人辩论他也从不会吃亏。妙语连珠的口才使得他跟陌生人搭讪时无往而不利——他曾不客气地说，如果跟一个漂亮女生打交道让他先下手十分钟，他就可以战胜在场最帅气富有的男人。第三，建豪也有年轻人冲动、易怒、吵吵闹闹的天性，那让他对个别事情的看法偏激、有失公正。最后我会说建豪是位很有天资，却没有投入十分努力的人——这一点他也承认，尽管他欣赏努力这个概念，却难以坚持。他曾告诉过我说天资的聪颖对他而言最大的坏处是赋予他这么一项能力：完成很多事情而远不必要花费与别人同等的时间和精力。我问他这难道不算是优势？“不，”他这么回答，“对我来说不是——我会因此忘了去努力。”接着我又问他，“那优势呢，优势是什么？”建豪几乎是不假思索地说——听起来不无几分撩人的意味：“看得懂HBO。[①]”

简而言之，建豪的生活并不单纯，举止也不算淳朴，但他会给你这么个印象——他身上有着火花般鲜明独特的个性，而靠着这个，他能在两个世界里都混得不错，在上帝和魔鬼之间摆得很平。我不曾在相识不久后对人产生好感，可我才认识了他几个钟头——尤其是接下来跟他聊过之后，就觉得像是和昔日老友或至亲兄弟在一起。

“那，很高兴认识你，”似乎从肯定的答案里得到了安抚，我呼了口气，向他伸出手来，“你叫什么名字呢？”

他握上我的手，眼睛里闪着光。他的口气是那么的随便，叫人总当他只是在开玩笑。

“巫建豪。”

那是我念大学的第一天。度过了繁忙的一天，我感到有些疲惫，但出于凡事都要井井有条的习惯，睡觉前还要在日志里记点儿什么。我把这件事记下来了。

在人最年轻、精力最旺盛和最需要塑造的年头，大学是至关重要的。

“好读书，不求甚解”，是第一步。

年轻人在对任何事物进行细致入微的观察和评价前要先领悟到一眼看尽所有事物的宏观观念。这一点极其重要，“开阔的眼界、发散的思维和随时随地的思考总能阻止初学者们闭门造车，过早地从一些浅陋的观点和表面现象中总结出师心自任的推理和关系，进而忽视或曲解现实，被不完备的理念和空泛的理解搞得晕头转向，从而产生

---

① Home Box Office，美国有线电视网络媒体公司，以制作高质量的原创影视节目闻名。

难以抹去的偏见。[①]”年轻人首先应该去听有智慧的人的意见，读优秀作者的书籍，借鉴各方面的智慧。简单来说便是全面开花，循序渐进，而不是要对某单一的领域有所偏爱，不假思索地投入到不牢固的体系中去。按照胡适先生的说法，你要先根据天文学和物理学的知识，去知道空间的无限之大；根据地质学及古生物学的知识，去懂得时间的无穷之长；根据一切科学，了解宇宙及其中万物的运行变迁皆是自然的，用不着什么超自然的主宰或造物者；根据生物学的科学知识，去感受生物界生存竞争的残酷，因此叫人更可以明白那“有好生之德”的主宰的假设是不能成立的；根据生物学、生理学、心理学的知识，去发现人不过是动物的一种——他和别种动物只有程序的差异，并无种类的区别；根据生物的科学及人类学、人种学、社会学的知识，去知晓生物及人类社会演进的历史和演进的原因；根据生物心理的科学，发现一切心理现象都是有因的；根据生物学和社会学的知识，去看到道德礼教的变迁，而变迁的原因都是可以用科学的方法寻求出来的；根据新的物理化学知识，认定物质不是死的，是活的，不是静的，是动的；根据生物学及社会学的知识，掌握个人——“小我”，是要死灭的，而人类——“大我”，是不死的，不朽的，“为全种万世而生活”就是宗教，就是最高的宗教；而那些替个人谋死后的“天堂”“净土”的宗教，乃是自私自利的宗教[②]。当你对“学问”这个整体产生了一个清晰观念，便该把分散的注意力集中起来，找准自己喜欢的领域，并朝着那个方向进发。

学习的同时要“立德”。

这一点可以参照本杰明·富兰克林的十三条规诫[③]。富兰克林先生曾酝酿了一个大胆又艰巨的计划，目的是不犯任何错误地生活，并克服天性或习惯给人造成的缺点，达到道德完善。他认为“节制”有助于头脑冷静、思维清晰——这对于常备不懈的高度警惕、防范旧习持续的吸引、抵御强大永久的诱惑而言是不可或缺的。“节制”后要做到“缄默”，获取知识靠的是耳朵听，而不是嘴巴讲；“决心”能够使人坚定不移并且有始有终，“秩序”使人有条理有侧重，办事情各按其时；“节俭”与“勤奋”是富民之要，易使人知礼节与荣辱，从而能做到“诚信”与“正义”。“中庸”要求人不走极端，“整洁”与“宁静”即为做到得体与心安，“贞洁”即洁身自好。“谦逊”最难，通常来说做到不自负便足够了。

此外，千万别忘记了脚踏实地的实践。

---

① 出自布封（1707—1788 年）博物学著作《自然史》。

② 出自胡适（1891–1962 年）随笔《科学的人生观》。

③ 出自本杰明·富兰克林（1706–1790 年）自传《富兰克林自传》。

实践是人类实现自我的一种行为，也是理解知识的唯一标准。很多人学会了用显微镜观察生物，却不会使用肉眼；懂得分子原子在结构和变化上的规律，却不会发酵面包；研究了能量、力以及它们与其他物质之间的平衡变形或运动的关系，却鲜有将基本的杠杆原理应用在生活中；熟悉价值的生产、流通、分配、消费的规律，却从没亲身体验过销售。借用亨利·梭罗的话：一个孩子用他自己采掘并熔炼的矿砂做成折刀，同时把为此需要阅读的材料都读了；另一个孩子与此同时在学院里读冶金课，并从父亲手里拿过一把罗杰牌的折刀。你说这两个孩子到了月底哪个进步更大？哪一个手指更有可能被折刀给割破呢？一个孩子念了航海书，一个孩子每天都去海港兜一圈，到底谁懂得的有关航海的事情多呢？一个学生勤工俭学，另一个攻读了亚当·斯密、李嘉图和萨伊这些经济学家的著作，你猜谁会被置于百劫不回的债务之中呢？①

“巫，呃……我，我叫你建豪好了，”我试着叫他的名字，可觉得别扭。接着受好奇心驱使，我就着刚才的话头问了一句，“你之前说的‘只是读大学而已’，你真觉得中国高等教育的缺陷很大么？就是说没必要去……我是说，你到底指什么？”

“我指教育落后。”建豪的声音轻盈而不沉重，但他的话刻薄、刺人，显得有些傲慢，叫人不好忍受。

他轻飘飘的话一出口，我就又有点儿气了。

“那是个很宽泛的概念。”我耐着性子说。

“没错。”建豪应声答道——回答如此干脆，任何相信他鬼扯的人都是可以原谅的。

“我说，”我向来不喜欢在口头上吃亏，随即尖刻地反驳了，“我不清楚你是怎么归纳的结论，但我猜测一下，大概就是靠‘张口就来’得出的吧。”

我话音一落，建豪便“噗”地笑出声了。他仰着头，笑得乐不可支，引得旁边的视线齐刷刷地射了过来。我抱歉地用眼睛示意，身边有一位同学投射过来了惊异目光，建豪却完全不予理会。

“你瞧，”继而他带着诡异的、沉思的神情朝着我盯视了许久，开口了，“新世纪的大学不可忽视地被那种离经叛道的势力所包围，是背着债务的企业，按照人头计算利润收益的厂房。大学崇尚国家主义。校园里的学者们明哲保身、随波逐流，缺乏批

① 出自亨利·梭罗（1817-1862 年）散文《瓦尔登湖》。

评世道的道德勇气，只能内部恶斗，他们用似是而非的文字游戏代替了书本论文，敏锐的政治嗅觉代替了良知和常识，这叫犬儒主义。学生则被拜金和享乐包围——老实说这不糟糕，我也时常这样——社会发展日新月异，寻欢作乐并不算错，但孩子们崇尚反智主义，这就叫人难以忍受了。这些污染性的主义，让国家进入一种缓慢的、反复的、不自觉的、不加修正的状态，使孔孟之乡充斥了一批不相信、不接受、不反思、不敢有理想、不抱任何希望，也做不出任何改变的人员；塑造了一群幼稚天真、搬弄教条、否认科学，不为现实所动，无视新消息，敌意般地恐惧进步，盲目排外，具有部落心态的学子。一百年前蔡元培把京师大学堂改为现代大学时，学校自治，学生自由，两者为朋友关系；1952年中国学苏联，大学变成了职业技术学院，彼此成了同事；1977年高考重启，大学里遍布着文艺青年、浪漫主义者和理想主义者，那算是恋爱关系吧；2000年后呢，招生拉动GDP，校建带动房地产，成了交易关系①。中国的大学正在没落，教学改革的呼声日益高涨，既然这是不争的事实，我们也就没必要铺上一层糖衣。看清了的话，大学不过是浪费青春、消磨斗志、回报渺茫的人生圈套。我是说，你总不能把经济上的成功当作教育的成功，更不能引以为傲。那堵墙早就倒了——几十年前北京大学的围墙，一边是假证件和盗版光碟的聚集地，一边则是诗人学者和未名湖，墙在争议中轰然倒塌，从此也就再没出现过纯粹的事物。那些考试、证书，以及所有流行的高效率和时髦的做法，真的重要么？这可是个匆匆步入成熟又匆匆腐烂的年代。”

我默默地听着他用着令人不可思议、嘲弄的方式吐出每个字来，那蛮横又消极腔调叫我觉得不安。

“你的脑子在非常主动地对事实做出各种歪曲——我不觉得那可信。”我提高了嗓音，感到难受，无法保持平静。

“啊，很好，”我的话又叫他笑了，“耳朵听到的我也不会信，眼睛看到的我都只信一半——但事实总归是事实。”

“这只是你认为的事实。”

“事实对所有人都是事实。”

“那么，我说，那么你是在宣扬互联网上和车载电台里那些所谓的‘读书无用’或者‘大学无用’的论调么？”

“自然不是那样。别闹，我还能认得清那只是三流的人给二流人的意见。”

---

① 出自黄俊杰文章《是什么毁了中国大学》。

他心不在焉的语气像利矛一样刺痛了我。

我忽然不知从哪儿来了一股气，大声斥责道——声调显得难以置信：“可，可按照你的说法，为什么人们还要念书呢？既然你说中国大学教育千疮百孔，为什么不去让所有人都像你一样摆出一副对这个黑暗、粗鄙、充满敌意的世界习以为常的样子？你既然相信‘大学无用’，为什么又觉得所有年轻人，那些最新鲜的、朝气蓬勃的群体需要经历这乱七八糟、丑陋不堪的学习经历呢？”

建豪对上了我的眼睛，脸上又浮出了那玩世不恭的微笑。

“我们总得先去看清那个残忍的真相，”他说，“再来想怎样一步一步纠正它。”

我没有说话，若有所思地看着建豪，并在心里寻思着他是个怎样的人——对那时的我而言，这当然不是出于什么长远的动机，而只是纯粹的好奇心。

“‘我们能做什么？’是个永不过时的观念。如果你认识到大学的弊端并发现自己无力解决，难以左右，便应该反过来思考，审查自己的根本态度，因为事情总是因人而异的。国内的大学对学生们来说，可以说是‘最美好的时代，也可能是糟糕的时代；会是智慧的年头，也可能是愚昧的年头；会是希望的春天，也可能是失望的冬天；面前有着各样事物，面前也同时一无所有’[①]，大学教育有没有作用，如何取舍，全靠人自身的根本态度。我们不是瞎子，就不能‘人谓之左则左，谓之右则右’[②]，个人要彻底想清楚自己究竟该走哪一条路才能达到目的地。”建豪轻描淡写地说，他看起来很轻松，似乎只是在叙述一件再普通不过的事情。“你瞧，有这么一类人，像鸬鹚和鸵鸟那样，无论在多么恶劣的环境下吃到什么东西，都能够消化掉，因为他们不容许浪费任何东西。这一类人觉得我们识字之后就应该阅读最优秀的东西，认为无论在任何情况下都没有理由去把才智浪费搁浅。这一类人焚膏继晷，只争朝夕，他们学习和做事的目的不是贪图微不足道的舒适，他们把知识当宝藏，愿意把最清醒的时间用到上面，并认定靠着这样一堆无价的财富人人都能最终登上天堂。这一类人追求一种更高的生活，并把这种追求当作本能，他们明白在一片新文明的天空下什么是有价值的。同样的，也就是这样一群人，这样一小撮人，他们知道我们周围的空气沉闷，‘社会’被一种无高尚可言的物质主义束缚，‘教育’在沉重和污浊的环境中变得迟钝。他们知道‘大学’在卑鄙的利己主义里忍受着窒息的折磨，清楚绝大多数学校是为智力平常的学生而设的，不过是些孔，管你木桩是方是圆，都得楔进去待在那儿，谁也没时间去为‘别具一格’劳神费心。自然，所有人都能对中国的大学

---

① 出自查尔斯·狄更斯（1812–1870 年）小说《双城记》。

② 出自刘安（公元前 179- 公元前 122 年）杂家作品《鸿烈》。

到底何去何从大发议论，所有人都知道我们必须痛定思痛、进行刮骨疗伤式的教育改革，但我提到的那一撮人，那些年轻的、有激情的、无论是在大学还是社会上的、无论是体制内还是体制外的、那些有着金子般智慧和钢铁般意志的家伙们，他们知道自己不能就这么抱怨两句，然后成为这个缓慢又痛苦的改革过程的牺牲品。他们‘无文王犹兴’[①]，每走一步都会过问自己的内心，而且他们的心灵凌驾于自身的奋斗、幸福和悔恨之上；他们一路披荆斩棘，从不自认奋斗是徒劳无功并愿意继续探求下去；他们会用勇气、热忱和兴趣去争取过自己想象的生活；他们会重新打开窗户，一步一步地改变自己，进而改变这个教育界，甚至整个世界。所以如果你也在想大学到底有没有用呢，或者叫我去证明‘读大学’的可取之处，或者说问我在当下世风前个人应有的根本态度，我会说别胡思乱思，别听‘公知’胡说八道，也别大放厥词，就学他们那样——对，那些人就是证据和例子。我是认真的，明天就晚了，就是现在。”

我瞪大了眼睛。

“你在，我说，”我哑然失笑，“我……呃，你在描述‘天才’么？”

“不，”建豪咯咯地笑了，他再次耸耸肩膀，语气依旧轻佻，眼珠子也骨碌碌地转了两圈。他声音低了下来，让你觉得他要说一件实事。可他最终只是同欧几里得提出关于平行直线的著名论点时一样，抱着信不信由你的那种漫不经心的态度随口说出来，“努力的人。”

再想起那段话时是2014年的3月份，完成了2009至2013年的四年本科教育后，我来到了伦敦开始了硕士课程。我来伦敦已经快9个月了，硕士研究生的各项作业已然步入了尾声。

我新搬了住处，在伦敦的爱德华内街里落下了脚，一边在附近的中餐馆做工，一边起草自己研究生课程的毕业论文。聊胜于无地，我会频繁地记起以前的时光。

或许我天生便是个异想天开、多愁善感的怪家伙，可在我看来，往事是自己生命中温暖且永不褪色的一部分，一直能在无尽的回忆里闪闪发光。而且说句公道话，我住处的景致绝对算得上唤醒回忆的催化剂了。我住在几条内街交叉的区域，街上有酒吧、商铺、市集，那些房子坚固、结构优美，能叫我想象到当年在这附近憩息游玩的应该都是伦敦城里的头面人物。内街交汇处是个有点儿荒芜的、宽阔的花园，总是

① 出自孟子（约公元前372—约公元前289年）文集《孟子·尽心章句上》。

散发出一种忧郁腐烂的气息。透过家里的窗口，我能看到花园里缀着刺玫的几小片墨绿，水洼里幽静地倒映着一棵巨大的栗树，几条弯曲的小径穿过一簇簇没有享受过细心栽培的野花卉，以及小径通向寥廓的花园中心那座废弃的教堂。那座巴洛克风格的教堂非常古老，前门石阶上落着一层看不出年岁的尘埃，正门上挂着把明显有日晒风吹痕迹且锈迹斑斑的铁锁。我曾好奇这个弥漫着加尔文主义及宗教改革精神的教堂是什么时候被荒废的。

我到了22岁的年龄，爱好音乐、文学、歌剧、电影、女人，和偶尔的一杯威士忌，虽然以学者自居，却没有真正地任过教职，也没曾发表过专著，可能之后的论文也登不上知名杂志。不过话又说回来，尽管眼下的事情都进展得不太顺利，但我有工作干、有书念，我的好友建豪也在伦敦，我也见得到妮维，算是没得抱怨。

在那个3月份的午后，我结束了工作，便在住所附近的酒吧找了个背光的位置坐了下来。面前交叉的几条老街在清晨时整洁朴素——大多数商店和门店要到正午或者一点钟时才会开门营业。可到了现在这个临近黄昏的点儿，街上便滋生出一片混杂的光景，同时也有一种古怪的像童话书里的插图所描绘的浪漫氛围：杂货店里的妇女不慌不忙地整理着新进的货物，戴着围裙的皮匠扫着地，肉店的老板无精打采地收起柜台里的羊颈肉，理发店里那红头发的姑娘读着杂志等候着客人上门，斑纹猫在窗边打盹，沉湎于经历过美好时光的、带着勋章和怀表的老年人气派十足地从路肩上走过，几个着校服的小孩客客气气地向“鱼和薯条”[①]快餐店的人问候。我收回目光，叫了一杯啤酒，看起了从吧台上拿的那份《观察家报》。报纸上的一个故事吸引了我，说是天文学家发现了一颗新的海外天体，命名为2012 VP_{113}。这篇文章也引用了NASA[②]就太空探索和星际移民所做的推测。猛地一下，我感到自己的心被什么东西打动了。

那时太阳就要落山，光线很迷人。我抬起头来，顺着废弃教堂围墙上斑驳的绿锈和在阳光下翘起的扶壁，看到那棵老栗树上一些看似已经枯死的枝条突然冒出几个巨大的蓓蕾。我决定要写本书出来。

真是个疯狂的想法。

初中时我办过两次黑板报，高中时我给校报写过几篇文章，大学里为答谢凯文的广告剧本我为他的电影赏析课写过比较《现代启示录》和《黑暗之心》的评论，以及对《低俗小说》的镜头的分析——这就是我写作的全部历史了。我不会不自知地认为

① 指Fish and Chips，英国传统快餐。

② 美国国家航空航天局。

只要肯花些时间和心思，就能凑出一篇被认可的文章。此外，我终究不能去测试每个人的喜好或者询问每个人的意见，然后用文字投其所好——因为我永远不知道人们想要什么，而且每个人想要的东西有所不同。我所能做的，便是写出我喜欢的故事，写出那种我认为我的朋友们应该会喜欢的故事，写出我觉得我父亲可能会喜欢的故事，然后诚心地希望其他人也会喜欢。我不是学究，也没做出任何成就，要问我有什么本事叫人印象深刻——没，什么都没——哦，对了，我会弹莫扎特所有的奏鸣曲。还有，托妮维的福，我能辨别出伦敦几乎所有的野生动物和植物。总之，我写出的不过是自己相信的东西，我也只希望别人能说我尽了最大的努力。

那天我坐了不久，在天色暗下去前把酒喝完，便那么决定了。接着，我放在圆桌上的手机弹出一条消息来。那是阿弟发来的，他说他下周要到伦敦。

大学三年级末端的某个傍晚，继“表白”过后的第五天的黄昏，茱莉亚从前面远处走过。

那是个静谧黄昏，青色的石板路被前几天连续的大雨冲刷得干净透亮，能映射出天上红云的轮廓；道路侧面被染成赤色的沙壤土地似乎被细心打理过；栽种着两排莴苣和几棵结着白色喇叭花的瓮菜，同我印象里荒芜的景观大相径庭，不远处披着金纱的公寓楼像迟暮的守卫士兵，庄严又肃穆，而透过枝繁叶茂的凤凰木的几许灯火却显得调皮戏谑，让人愉悦开颜。茱莉亚方才从那一派景致里经过，嘴角带着温婉可人的微笑，双眸如月牙般皎洁，脸上是那种像夏天傍晚阳光逐渐从明净的天空消失时的宁静。她真的很好看，好看到像清幽婉约的诗句，好看到像文艺复兴时期庄重单纯的壁画，好看到像身旁落满会唱歌的麻雀的公主。我想起了第一眼见到她那天的自己，那时候似乎花朵全都开放，微风也徐徐吹起，而我就那么愣在座位上，幻想着轻吻她的头发和眼睛。我是期待能见到她的，是的，我就是这么想的。而第二个期望是她那光彩照人的模样能够再一次地满足我内心的需要——她也完全做到了。然而这两个期望与我那些其它的期盼交织在一起时，却仅唤起一个只剩轮廓、几乎要被淡忘了的熟悉印象。

“好，好吧，可能是像，但，但你总要……”建豪无奈地摇摇头，支支吾吾地接了一句——伶牙俐齿如他，此刻也说不出完整的句子了。

我缓慢地张了张嘴，却不知道该讲些什么。

“唉，算了。你没……我是说，”建豪注意到了我的迟疑，便不再去纠结那个问题，接着他小心翼翼地继续问，“哦……你，你还好吧？”

我皱着眉头。

“不，”我低声说，声音都带敌意了，“不，我不好。我……我当然不好，事实上我一点儿都不好，我怎么会‘还好’呢？”

建豪挠了挠头，没有接话。半晌，他叹口气说：“现在已经迟啦。”

我不知所措地站着，好一会儿，才低声回答说：“不错，现在已经迟啦。”

“咱们走不走？”建豪问。

“好，”我说，“咱们走吧。”

我们站着没动。

长久地缄默不言。我想再说些什么，便张了张嘴，可脸颊一动，身体里的一种怠倦感便扩散开来，那叫我整个人神情疲惫，无精打采。

天那边出现了像《沙漠里的劳伦斯》里的那种橘红色的大片大片的薄雾。

我开口了。

“*The Baron in the Trees*。[①]”

建豪愣了一下。

“什么？”

“《树上的男爵》，”我说，尽力让自己看起来更清醒，“我……呃，你有没有念过《树上的男爵》？”

建豪茫然地盯着我，随即点了点头：“柯希莫和，呃，那个他在十二岁上树的第一天遇到的打秋千的女孩子——小姑娘名字很奇怪……”

“SofosnisbaViolaViolanted'Ondariva。[②]”我缓慢地说出了个名字。

建豪惊奇地望着我。

“薇莪拉，”他轻笑了下，“对。”

我也想笑，却没笑出来。

“当她……我说，当薇莪拉重新回到翁布罗萨时，他也是说不出来话的，是吧？我说柯希莫。”我说话一向絮叨，想把所思所想表达出来，通常都有困难，但我发现自己现在的处境似乎可以将最不自然的话很自然地讲出来。而且我有种感觉，好像不是自己说了这些莫名其妙的话，而是身体内一个不受支配的力量要这样说，“他想叫薇莪拉转过头来朝水蜡树上看，可喉咙里发出的只是白鹬的鸣叫；他想让她听见一声呼唤，表示自己的存在，可是从他嘴唇上响起的却又是另一种什么小鸟的啾啾声；接着他又试着大声叫她的名字，可是从嘴唇上发出来的却是一声鹊鸟发出的那种悠长的哀鸣。书上是这样写的，是吧？”

---

① 出自伊塔洛·卡尔维诺（1923-1985年）小说《树上的男爵》。

② 索福尼斯芭·薇莪拉·薇莪兰特·翁达利瓦，角色，出自《树上的男爵》。

建豪望着我，点了点头。

我看着前方，脸上毫无表情，只是双唇在活动着，像在读一本看不见的书。我继续说——

“薇莪拉最终看到他了，她看到了。她说，‘哟，我说，你从那时候起就一直留在树上，从没下来过吗？’那时柯希莫才把快要冲口而出的麻雀叫声变成了一句话，‘对，是我，薇莪拉，你还记得吗？’”

我停了一下，便继续说下去了，仿佛是建豪请我讲的。

“她又问了，呃，她说，‘从来没有，我说，从来没有把脚踏在地面上吗？’他说，‘一次没有’。她接着问，‘噢，你看，你做到了，不是吗？”他说“啊，我等你回来……’”

建豪没打断我，他听得仔细，也一直望着我。但他的表情告诉我，他对我的用意很疑惑——我也觉得在他看来，自己的行为颇有着一点不由自主的味道。

我突然笑了一下，好像觉得这很好笑。

“我……我不知道我为什么说这个。”

“我说，”我补了一句，把话说得语无伦次，“我，我不知道为什么会提这个。”

建豪也笑了下。他摇着头，挥了下手。

“用不着垂头丧气的，”他耸耸肩膀，用更正式的口吻说——他是想要安慰我，“呃，这么告诉你吧，你知道当我输的时候我怎么做么？当我输的时候，我喝一杯威士忌，就那么晃晃脑袋过去了。”

“啊……那，”我揉揉头发，默默地伸展着麻木的四肢，莫名地接着他的话问，“那你赢的时候呢？”

“哦，”建豪笑了，对着我眨了下眼，“喝两杯。”

我轻笑了下，接着，长长地叹了口气。

“不该是这样的，建豪，我说，事情不该是这样的。”我摇了摇头，“我思考过这个问题，我是想过的。我是说，我确实有过怯懦的念头，觉得这事我准会失败。我软弱的天性使我不够资格，只会叫自己出洋相。但我知道我还是会去做，嗯，是这样的，无论怎么我都得做，我第一次见到她时，心底就决定了。”

每说完一句话，我的头就痉挛似地摆动一次，仿佛旧日的过失仍在折磨我——我继续说。

“就像当拿破仑进驻杜伊勒里宫后，在维也纳的各国首相、外交家和代表便立刻聚在一起，抽调出一支英国军队、一支普鲁士军队、一支奥地利军队和一支俄罗斯军队——瞬间便集结了全部力量要去击溃这位‘篡位者’。他们在收到拿破仑出逃厄尔巴岛这个消息的那一刻便明白：所有舞会的安排和娱乐项目必须搁浅，莱比锡和二十年残杀生灵的战争均已属徒劳，会议上争论不休的分赃与阴谋要戛然而止……因为，因为眼下必须得竭尽全力。”我露出一丝苦笑，不自觉地握紧了拳头，语无伦次地继续喃喃，“你瞧，几个月前，在选修课上第一次见她的时候，我就知道自己必须得孤注一掷。我需要香港人、水族人、凯文、阿汤……和你，所有的人，我需要所有的人。那个时候我就知道了，并且愿意为之倾尽全力……那感觉就像是一件什么事情开始了。我不知道是什么，但自己已经在做了，必须得做，而且还不能停下来。”

接着，我肆意地摆了下手。

“可能你是对的吧，你是对的，”我说，“不尽如人意，十之八九。”

建豪默默地听着，过了良久，他才接了一句——他先叹了口气，也不知该说什么好。

“但你知道吗，垂头丧气可从来没什么价值。”

“价值是个相对的概念。”

“但‘毫无价值’不是。”

我低声笑了。

远处的车辆传来了能让人彷徨的鸣笛声，我一抬头，看到风把一排橡树吹得朝同一个方向倾斜。

“总之，我想说的是，”建豪挥了下胳膊，动作不自觉地带着夸张的成分，“这可不是你进巧克力工厂的最后机会。你得坚强点儿，勇敢点儿，耐心点儿——这不是你最喜欢的那三位男演员的特质吗——患帕金森的小伙、会跳舞的帅哥和那个谁——雷昂那多·狄卡普里奥，拿不到奥斯卡奖。”

这笑话起效了，我又笑了一下。

“是这样吗？”我问，声音还是有点儿疲惫。

在我看来，自己好比风中的一片孤叶，会为感情上每一次掀起的小小涟漪左右，而一旦情欲控制了自己，尤其是低落的感情，我就显得无能为力。但建豪灵活得很，他脑子转得快，也会说话，总能让压抑的气氛明快起来。

“当然是这样，”建豪眨了下眼，“她将会，呃……绕山而来[①]。”

“啊，不过这可很难叫人信服，”我摆了下手，“我是指，带着花的睡衣和六匹白马……呃，那可是……”

建豪笑了，我也笑了。我们就那么站了一会儿。

---

① 《她将会绕山而来》出自卡尔·桑德堡（1878-1967年）诗歌集《美国歌集》。

“回去吧，”我望着被夜色和西风布满的街道，终于还是轻叹了一下，但心情不那么糟糕了，声音也明朗了些，“老实说有时候，我指仅仅是有时候，你可真能讨人喜欢。”

建豪做了个鬼脸，带点儿戏谑地对我竖了个中指。

“呃……”迈出几步，我回过头来，突兀地问出一句，“你真那么觉得么，我是说，呃……那个，她会绕……”

“啊，会的，肯定会来的，”建豪愣了一下，笑着跟上来，“今天不来，明天也会来。”

第一周：观点

我不怕你手里的智能手机，真的，除了这个，你还有什么呢？

——电视剧《新闻编辑室》①

第一次见到茱莉亚的情形，我记忆犹新，说真的，若非那一瞥至今印象深刻，我也不会认定我的记忆可靠。回首往昔，那时的我丝毫没有预见到一段重彩浓抹、五光十色的旅程即将开始，自然我也没能料想到那终成了自己印象里一个奇妙卓绝的玩笑。

那是2012年，大学三年级的下半学年，新学期的第一周。香港人将艾娃的笔记本放在身边的课桌占位，我也把水族人和建豪的书包摆到了邻座：我们在等待新选修课开课。教室里学生一簇簇地，像结满枝头的深色葡萄。有人在整理书包，有人在设定手提电脑，也有人站在讲台前与教授聊天——那位导师约莫有45岁的年纪，梳着整齐背头，着装简洁整齐，站得也很直，看起来既专业又认真。

我低下了头，翻开教材看到第7页，香港人把《涂鸦跳跃》②跳到了九万三千五百二十四。

忽然我听到了前面传来的对话。有位莽撞的学生不加思考地问起导师说怎么创办一家小企业。导师立刻便回答了——他开了个无伤大雅、又不失学者风度的玩笑——你可以先创办个大的，然后试着耐心地等上六个月。

我抿着嘴笑了，不自觉地朝前望去。然后就是那样，没有任何征兆地，茱莉亚走了进来。

我见过一场海啸，却没见过你微笑——那就是我第一次见到她的感觉。

在那个明朗的日子里，四处飘着花香，嫩枝上汁液涨满了；空气中有亮点在闪

① 出自 contempt，电视剧《新闻编辑室》（2012-2014 年）。

② 涂鸦跳跃，一款简单的移动端休闲游戏。

烁，似乎可以用手抓住，然后让它们像泉水一样从指尖滑过。我看到她扎的淡青色的蝴蝶发卡、系在平底便鞋上的轻舞绸缎，嗅到从她连衣裙褶皱里流淌出的木兰花香味。那感觉轻柔流畅，就好像是在某个日丽风和的清晨，我从睡梦里醒来，忽然听见窗外画眉在歌唱。

“她，”香港人也看到她了。他愣了下，游戏的记录停在了97、703，“她可真漂亮。”

“啊，”我也奇异地凝视着她，仿佛听得见自己心脏的跳动，“美得叫人窒息。”

香港人叫洛克，我俩相识于大学里的第一节英文课，结识于单车俱乐部。

那是个从鸟鸣里孵化出来的酣畅爽朗的初秋清晨，空气里有一股淡淡的盐味儿。我和几天前新交上的朋友巫建豪踩着能挤出水汽的石板路，有说有笑地走进了英文课教室。建豪找了个位置，放下书包，我坐在他身边。过了不久，一个身材颀长，相貌英俊的学生走了进来，他四处打量了一番后，朝前走了几步，把书包放在了我身旁的座位上。

他，就是洛克了。不过他的事我们之后再说，先还是聊聊我一年级英文课的导师多莉。

多莉是个——早在上她课前，我便从学校论坛里的流言得知，逃过婚的坏女人。她嘴唇单薄，声音僵直单调，像喧嚣无情的、深秋的风。她的眼睛深邃，叫人难以经得住她的审视。她还戴着一副钢制框架的眼镜，那正好叫她那尖锐的眼睛更加充满威严了。此外她有着雕塑般轮廓的脸，结实的身材，梳得十分平整的、红褐色而无光泽的头发。都是些叫人感到冰冷的特质。而最叫我对她怀有成见的，是在第一节课上。她公开指责我英文的发音不当。在自我介绍时，我提到说自己的事业理想是成为大学教授。作为导师的她不仅没鼓励我，反倒直当地对我的音准发难。

“Prə’, Prə’ ①重音在前面，”她站在我面前，一板一眼地纠正我的发音。她的英文说得流利清晰，轻重音一点儿不含糊，“张开嘴吧，把气息吸进肺部里面，然后用口腔后部发音！Prə’ fesə！”

“Prə’……Prə’……”我烦恼得很，觉得没人会在意这个细微的错误，同时我也被她刻薄刺耳的声音搅得紧张不安，“Prə’……Prə’……”

“不，那不对，跟着我读，Prə’, Prə’ fesə。”她盯着我，干练地挥舞着胳膊，毫

① “教授”，英文单词音标。

无怜悯，断然的口气中带着威严。“准确无误的音准，准确无误的抑扬顿挫，对词汇的准确使用以及准确的规格结构，这些是学术的基本。学者，首先都必须是语言方面的专家。如果你连基础都不牢固，我很难想象你能在将来达到你所说的位置。”

“Prə’ ……Prə’ ……”我尴尬地躲避着全班人的目光，心里难堪极了。

那是我大学之初对她最深刻的印象了。

2014年10月，大卫·芬奇的作品《消失的爱人》于英国院线新映，妮维和我去了一家伦敦西区的影院。影院里的人不多，偌大的前厅空空荡荡。我做着妮维在大厅入口处拿的《电讯报》上的字谜游戏，妮维在我身边的自助售票机上购票。

我蹙着眉头，正在思索下一个单词，突然意识到妮维也微微皱着眉——她正盯着选购影票的电子屏。她犹豫了好久，甚至忘记了接住松下来的一绺头发。

我觉得奇怪。

妮维通常不是这样，她是个果断、坚决、聪明的女人，很少会有什么事能扰乱她的心境或者叫她烦恼不安——说真的，她那强烈的性格，无所顾惜的精神和沸腾的活力都是我从未看到过的，也都对我有着磁石般的吸引力。我没立刻发问——妮维身上还有另外一种冷酷的力量，那是一种你必须对她足够熟悉并用着深邃的洞察力审视她的时候才能发现的特质：她是一个危险、无情、敌意的精灵，她不需要任何人的帮助，而什么也无法战胜她。

我等了一下，才朝她挪了一步。

“有什么问题吗？”

“不，”妮维转过头，脸上犹豫不决的表情立刻消失了，“并没有。”

妮维不是轻易就能安慰的女人，这一点我清楚得很。

我给她使了个快活的眼色，表明自己看到了她那难得的、优柔寡断的样子：“你知道你可以告诉我的。”

“我不觉得。”妮维露出了迷人的微笑，也露出了一口结实而洁白的牙齿。

她拒绝得非常直白，我不禁为这种简单笑了。

“我能，我说，我能问下为什么吗？”

“你会笑我。”

“我……什么？我，我可不会笑你。”

“不，你会的。”

“我不会。”

“你会的。”妮维又重复了一遍，她说着，突然笑起来了。她的笑声既坦率又欢快。

我也笑着，看着她。

忽然她指向我手里的报纸："你填到哪了？"

我低头看了下。

"提示是'laissez—faire doctrine'[①]，"我念出那行的游戏题，"15个字母。"

"libertarianism[②]，"几乎是立刻地，妮维给出了一个答案——她的眼睛里忽而闪出了跳跃着的、淘气的笑影。她随即伸出手，"把笔给我。"

我把报纸和铅笔递给她。我并不觉得惊讶，我对眼前这个女人极为了解，她反应敏捷，头脑聪明，并像《第二十五届年度普特南郡拼字比赛》里的奇怪角色一样对字母和单词烂熟于心。

我温柔地望着妮维，她握着铅笔，沙沙地填上了空。

"'it may be bitter'[③]，三个字母，"填完后，妮维指着我填过的一个空问道，"你在这填了'tea'[④]？"

我点了点头。

她迎上我的眼睛。

"为什么'茶'？"

我笑了，耸了下肩膀。

"因为'女人'填不进去。"

一丝羞怯而略带揶揄的微笑闪现在她那可爱的眸子里。

"是'end'[⑤]，"她笑了，同时没好气地白了我一眼，"这个提示在填字游戏里出现过成千上万次了。"

我做出了个轻微怪诞的表情，接着眉头一蹙，想到了什么。

"等下，妮维，"我打了个手势，"libertarianism是十四个字母的单词。"

妮维又笑了，用她那柔和的蓝眼睛看着我——她那双放肆的、飘忽不定的眼睛正是那些有着奇异经历的女人才拥有的——并刻意地露出一种天真坦率的神色。

"这就是为什么'把笔给我'。"她把报纸和铅笔递了回来。

我低头一看，发现她涂黑了最后一个字母格子。

我笑出声了，微微摇着头，觉得凭她的机智、调皮和性感，她可以得到任何她想

---

① "放任主义学说"，英文单词。

② "自由意志主义"，英文单词。

③ 既指"它可能是苦涩的"，又指"可能会叫人痛苦"。

④ "茶"，英文单词。

⑤ "结局"，英文单词。

要的东西。

“好了，好了，告诉我吧，”我又说了一次，尽量用一种温柔、有点催眠效果的安抚声音，“我不会笑你的，说真的，我认为你是位独立、坚强、聪明的女人，我崇拜你胜过我认识的大多女性——我相信能让你烦心的问题，必将也符合相应的、难以处理的标准。”

“你这么觉得？”

“嗯，我这么觉得。”

“真的吗？”

“真的。”

“而且你不会笑我？”

“我不会笑你。”

“你保证？”

“我保证。”

妮维沉默了一下，她在思索。接着她冲我微微一笑——那张撩人心弦的脸庞上洋溢起微笑光彩，那光彩像五彩缤纷的遮阳伞上的闪光。

“我需要你来告诉我，我需要你看着我的眼睛，然后告诉我，”妮维指着选票屏幕上的另一部电影——她那双恬美的蓝眼睛里出现了一种孩子气的爱慕神情，与她平时的举止极为不符，似乎把她真正的性情掩饰起来了。“你得告诉我说：‘妮维，你不需要去看《狂怒》里半裸的布拉德·皮特’。”

我“噗”地笑出声来了。

那时一切都落下了帷幕。我从之前做过项目的公司，以及做短工的商铺里都拿到了不错的推荐，加上歌蒂教授的指引，找到了一份稳定的工作。妮维结束了为期两个月的实地考察，回到伦敦开始了第二个研究生的课程。她新剪了短发，样式很考究，发梢微微向上卷到耳际，神态极为迷人。

如果之前哪天你告诉我几个月后，事情会演变成这个样子，我是完全不会相信的。

电影结束后，我站起身来，晃动着脖颈和肩膀。妮维则望着屏幕上跳动的制作信息，坐在位置上沉默着。我坐回她身边问怎么了，她对我说：“人真是奇怪的动物。”

“你指那对夫妇么？”我又问。

“不，不是。我反倒觉得那些精神变态的反社会是可以被理解的，至少从某种方面来说。我不能懂的是那些不明真相并且没打算去了解真相的人，随着事件的走势表现出叫人无法解释的反应。那些人——那些坐在电视机前通过报纸、脱口秀、互联网、访谈或者别人口中了解到那对夫妇事情的人——那些完全生活在另外一个世界里，跟那对夫妇没有任何交际和沟通的陌生人，都不分对错地站在自己觉得可信的、认可的、偏爱的立场去看待事物并且发表言论。那么多人，有那么多人，带着即使是最崇高的信仰，却总是会忘记‘谁没有罪的，谁就可以先拿石头打他’[①]，”妮维不显得茫然，也不惊诧，她继续用着平淡的口吻说，并借了句电影里的台词，“‘他们曾厌恶我，然后他们喜欢我；他们曾恨我，现在他们又爱我了’。真是个奇怪的……我指的是，有时候外人的误解与偏见，往往会在世界上铸成比诡诈与恶意更多的过错。”

我没有讲话，我准备先跟她开个小玩笑。

“你在听我讲话么？”她转过头来问我。

“嗯，当然了。”

“我在讲什么？”

“你观测的豹纹蝶飞回坎特伯雷的布利恩森林，或者是你追着那只叫维奥莱特的红胸鸲沿着布里斯托尔和巴斯铁路走了两英里的故事[②]。”我那么说。妮维喜欢动物，为了观测和记录一些特殊物种的习性，她做过很多疯狂的事情。

妮维朝着我瞪了一眼，自己却抿着嘴笑出声来。她这么一笑，便又恢复了时常保持的那种魅力和自然而然心性的态度。

“好吧，好吧，妮维，你是知道的，”我微微笑着，把话题又拉了回来，“人们总是很难不去随意地做出评价，即使置身事外——这几乎是天性使然。而且，人的感觉与经验、言行与思想之间总会存在一种奇怪的距离和分歧——误解和偏见总会有的。”

“不，我觉得你错了，”妮维摇了摇头，“很多时候，我觉得很多时候人们只要学会使用意志，仅仅是使用意志，就能不犯这个错误。”

我握着妮维冰凉的手。她的皮肤是漂亮的乳白色，手臂有如大理石雕刻。

“啊，你知道吗，我朋友洛克跟你有类似的看法，”我说，突然想到了大学时的多莉老师和香港人洛克，“他教我……‘抽身出来’。”

“我，我没有骑过单车。”

那天吹着东风，道路上的各种色彩都给风刮得一干二净，整条沿海公路的轮廓线好像被画笔勾勒过似的，十分清晰。香港人推着单车同我一起走在队伍后面。我跟上车队时，他期期艾艾地开口了——说话时绷着嘴唇，双手紧张地扶着车把，显得有些

---

① 出自《约翰福音》第八章第七节。

② 特伯雷、布里斯托尔、巴斯等均为英国地名。

局促。

那是大学伊始，2009年9月末的一个星期天，“单车俱乐部”首次社团活动。俱乐部在地图上标记出了一条沿海公路，要求会员们骑行3个小时。

尽管心里有些不情愿，我还是从车子上翻身下来。

“从没骑过么？”我的口气并不友善，但也不冒犯。我出生在河南省洛阳市周边的县城，自小踩着土路长大，晴天踩脚直冒烟，雨天迈步两脚泥，自然对他这种公子哥有难以言喻的抵触和戒备。此外，那个时期新闻报纸和社交网络上关于香港与内地的争论愈演愈烈，叫我多了个心眼。

他摇摇头。我叹了口气，推着车跟他一起走。

午后很舒爽，天空布满厚厚的白云，笔直的沿海公路上就我们两人。我俩推着车子，不言不语，多少有点儿落落寡欢的味道。

“你，你去过香港么？”沉默了一会儿，洛克开口了，我看得出，他只是为了找话说。

“没，我还没有机会去。”

“认识一些香港人么？”他又问。

“不，除了你一个都没，其实……”

“你，你喜欢香港么？”

我真想对这老套的对话翻白眼了。我看得出他想打破尴尬，却不具备那种能保持话题不间断的机敏，而我恰恰也并不打算交朋友。我准备直白地告诉他。

“呃……不，说实话一点也不，我觉得香港人自命不凡、高高在上，而我还远远不到能够容忍除了自己外的别人自大傲慢的年龄。”

洛克的脸一下子红了，他有些痛苦地看了我一眼，仿佛被我打了一下。

这下我又觉得自己过于刻薄了。我呼了口气，摆了下手：“我，我不是那个意思——我指的是，我没有针对你的意思。”

我们沉默了好一会儿，洛克又开口了。

“你没去过香港，是吧？”

“呃……没有。”我觉得他是想再做一次闲聊的尝试，便又敷衍地应了一下。

“也没见过很多香港人？”他又问了一次方才的问题。

“就像我说的，只有你一位。”

“那你怎么知道，‘香港人’是怎么想的呢？”

我愣了一下。

“我，我可以，我能从互联网上的新闻里看到，所有的消息和信源都说目空一切的香港人有着难以解释的优越感以及随时随地看不起别人的天赋。”

“我，我觉得你们的新闻有失水准。”洛克支支吾吾地说道。

“好巧，我恰恰觉得你自以为是。”我斜眼瞥他。

“不，我觉得我没错，我，我觉得你错了。我没有在你们的互联网和新闻报纸上读到过哪怕一则值得注意的新闻。说真的，包括那些主流的网络公司的新闻站和知名的报社，我读到的全部是巴士意外事故、煤气爆炸、有人被抢被强奸或是被杀、老人碰瓷、婚姻出轨、傍大款、各种‘门’，或者其他一些像‘杜威击败杜鲁门’[①]那种含沙射影、空穴来风的消息——那所谓新闻，无非就是些说长道短、破破烂烂的故事，可不少人却对这类闲扯感兴趣、听得津津有味。”洛克低声说，然后似乎是为了给我留下更深的印象，他有意对上我的目光，“我认真地想，这所谓的新闻，一个头脑灵敏的人在半年甚至12个月之前便可按照这固定的模式先写了下来，你只需要把一些特定的字眼搬来搬去，不时调动，摆得恰当就行。因为这些名词本来只是口头笔下的玩意，爱变什么戏法就变什么戏法，本就不必认真，所以作者大可以信口开河，而读者也由他乱说一气。你读着这些东西，就再也不需要读别的新闻了，因为所有消息都是这一个式样。”

这个突如其来的说法叫我感到吃惊。尽管没能保持一贯谦虚的态度，我还是尽量平静地做出了回应。

“这是个奇怪的看法。”我说，觉得他有点儿不可理喻。

“不，这不是看法，这是事实，而且一点不奇怪。”洛克针锋相对地应道。

我瞪大了眼，发笑而惊异，并且严肃起来，虽不知为了什么严肃。

“我……但你不能否认那些是能与人共鸣的故事。”

“是没错，但我们需要的是与人共鸣的报道，迅速、准确、公正的报道，相信读者智慧而不去作出私自评论的报道。”

我皱起了眉头，口气无可救药地变得越来越冷——可心里还是紧张了一下：“新闻需要……新闻是需要私自评论的，消息毕竟要有人性才会有意义。”

洛克的口吻却变得热切而激烈：“我，我知道评价者必定会通过自己的有色眼镜来看待事物，可这和人类需要对已知的消息进行深刻认识是不矛盾的。我指的是，我……我当然不是要求新闻只像陈述消息的机器，但同时那也不应该像是餐厅里的服务生——按照大众口味去进行调整和服务，对那些格调低俗却能吸引眼球的内容趋之若鹜。如果你想公开地讲出自己的观点，就不能期待所有人愚蠢至极——像美卡犬那

① 指1948年美国新闻大选误报事件，现在业界被用来泛指“大众传播中的误报事件”。

般，你叫它们坐下，它们就一屁股乖乖坐下。”

这话让我感到愤懑。

“你，你是要跟我提‘新闻自由’么，你是要炫耀你们那儿所谓的‘新闻自由’么？”我提高了音量，“你要知道内地和香港同属一个国家，但有很大不同。内地有十三万万人，而且处于发展之中，所以要去实现真正的‘新闻自由’是一个艰难而又缓慢的过程。而在发展期间新闻必须要服从一条原则——也只有一个原则：为国家的复兴与昌盛铺平道路。如果你对此不能理……”

“不，不是这样，我对此完全理解。我知道从弥尔顿的《论出版自由》到英国政府在1868年承认，记者对国会新闻的评论和报道不属诽谤罪用了200年；从法国大革命到1881年确立新闻自由也有着百年磨难；德国从16世纪初就建立了书报检查制度，到了二战结束才废止——我根本不是在跟你说这个。我要说的是新闻和信息完全能够在与党国保持高度一致的前提下去解放、扩大并且提高人们的认识。但你瞧，它们传达的是完全相反的意思——那些消息让我们在能力、知识和追求真理的热情上倒退。”

“那是，那可是别人的工作——在互联网上写新闻，在报纸上做出引人眼球的东西，按照数量、浏览量或者广告获取费用，那可是别人的工作。工作是很重要的事情，做着编辑和新闻的工作并不意味着从业的人就必须秉持最高的道德标准，人们得养家糊口。我觉得你并没有认真地对待这个话题，因为你觉得自己有资格对别人的工作大张挞伐。”

“不，我……我，我觉得反倒是你没有认真对待。当一个人的工作，或……或者他的所作所为可能会对群体或者整个社会产生特定影响，就……就像，如果你是建筑工人、是人民教师、是食品安全监测官，你就得有所觉悟——尤其是作为编辑和记者。因为大众传媒和新闻工作并不只是职业，那是一种社会公共财产，不可或缺的中流砥柱——你就得像奈莉·布纳尔那样。我说，你不能就凭着一个论断，一个印象，一件事情或者一个人，然后用一窝蜂的气势去诋毁你跟本不了解的东西。当你个人的认知、言论，或者文字，会在一个社会的层面里对另外的人产生影响的时候，你，你得记住你要做出调查和思量，才……才能去……去……写出客观事实和个人观点。除此之外，还，还有社交网络上兴风作浪的‘公民新闻’‘人人都有话说’，不要成为数字革命的一部分。你看那一群群‘看不见脸的暴徒’，用低俗的网络词汇，毫无底线地把娱乐和炒作当权威消息，把隐私和个人生活拿来作为博得关注度的筹码，并还能一本正经地报道出总结性的言论。可他们明明除了运用从廉价小说里抠来的夸张言词外，都不知道怎么讲完整的句子。你瞧瞧现在的互联网和新闻报纸，我对那些东西非常厌恶，同时对人们竟轻易相信那些虚假故事的陋习感到愤慨。你只需要用‘这是愚蠢的'‘这是明智的'‘这是好的'‘这是坏的'，或别的使一种意见有武断气息的字眼，便能拼凑出被认可的文章。而人们也只是靠着道听途说、传闻轶事来评判他人或事物的价值。很快，那些人和事物又被人遗忘——报道已经转到下一个人和下一件事上去了！”

天气很好，似乎人只要一张嘴深深吸气，就能吸到海面上清凉的雾一般。可突然一股风从山上吹了下来，周遭立刻便充斥着风浪的喧嚣声了。我听着从洛克胸膛深处发出的尖锐而清楚的声音，不得不承认他把全部身心都投入到眼下他所面临的这项工作中去了。

他缓了口气。

“新世纪的媒体理应做到愤世嫉俗，应该是才华横溢，要给我们带来欢笑，同时让我们深思，让我们去议论，也让我们自豪。为什么新闻不能评价事实并且能为我们这个伟大的国家出谋献策，提醒人们和这个社会应该去注意的问题，去歌颂那些值得歌颂的，并击退那些不正义的。但没人那么做，没人，新……新闻里的信息充斥的全是博人眼球的意外事故，由于影视剧而被整个社会重视的‘小三’，一些人由于贫穷和闭塞而做出的让人不解的、尴尬的事，可怜到可笑的‘正能量’，以及无论怎样都能扯到的‘小日本’。而社交平台里的信息则是‘屌丝’‘低级趣味’‘女汉子’‘猎奇’和‘处女座’。然后你竟然指望从里面获……获得正确有用的……从，从那些，那些网站下面……都带着图片链接能跳转到一个穿着比基尼的年轻女人……的信息里获得……我……你认真的么？你不能……连，连幼小的孩童在检查玩具，或者将镜子翻转过来时都会去瞧瞧背面有什么。这说明了人有着那种去确定‘某种事情到底是怎样’的天性……可现在……当然，我完全赞同人人都有去使用报纸发稿，利用互联网发声的权利——当然可以，无论你做报道还是发表观点还是参与反驳，无论你是赞扬一种事物还是批判一个现象，无论你是搞幽默的娱乐还是严肃的数据和学术。但我从不觉得每个人都有资格拿起这方便的扩音器——请务必相信我，嗓门最大的声音在很多时候都会被证明是错误的。如果你真的想被认真对待，请明确地告诉所有人你的姓名、职业、经历和受教育程度，你得叫别人知道你是个应得到别人尊重、并且可以承担话语责任的成年人，而不是只能博得别人同情、只求大闹一场的孩子。”

尽管洛克的话里不可避免地带着学生的口吻和以偏概全的论断，但我还是古怪地觉得骇然。此外，我还有点儿气愤——我自负地认为自己在跟人顶嘴时通常不会失算，可那时我却无言答对。

我咽了口唾沫，大声辩驳道：“或许，我说或许，报纸和互联网是充斥着一些陈词滥调和不堪入目的东西，但你知道么，你的毛病只是恐惧媒体和这个互联网，因为里面的信息是自由的、复杂的、多样的。去你的吧，新闻业可能是声名狼藉，而互联网上是有很多谎言、八卦和低级趣味，但传媒和‘公民新闻’的道德败坏并不是问题所在，问题是你——终归而言，你只是不满意平凡的大众品味！”

“我是不喜欢大众口味，”洛克回应得很直接，“我信仰个人主义，个性主义，不把别人的耳朵当耳朵，不肯把别人的眼睛当眼睛，不愿把别人的脑力当自己的脑力；我喜欢尼采，我觉得英雄比平凡的大众要重要，而且重要得多，我认为人和社会是分等级的，而且世界属于势不可挡、雄心勃勃、精力充沛、不会轻易地在生活的斗争中毁掉的强者和高贵的人；我希望女人‘拜金’——如果能给自己和孩子一个安稳的生活的话；我理解明星出轨，真诚、正直自然是好事，但娱乐圈里诱惑多的是；我不怕政府犯错，这是个处于发展之中，走向昌盛的伟大国家——政策上的任何差池都是无法避免并可以被原谅的——只要你真诚，勇于面对，你会发现百姓的包容力惊人！这些看法，我说，这些看法只是构成我这么一个人的一些极其微小的元素和部分。我是个活生生的人，不是一张图片可以定义的，不是一篇两千字的新闻稿可以定义的，不是一个视频可以定义的，不是我在某个时间做的某一件傻事可以定义的，不是别人的嘴、眼睛和耳朵可以定义的，不是‘大众’概念可以定义的。我敢说，生活和社会之所以会走样，就是因为我们甘愿把自己大众化了——我们不能自己看、我们不能自己听、不能自己感受、不能自己理解，这么做整个儿的错了。你不能把新闻报纸和互联网上的观念称作是深刻的或有远见的，独具见解的或影响巨大的；你不能，你不能凭着事物所制造的声响去判断它们的价值，你不能这样做！你是个成绩优秀，头脑敏捷的家伙，你理应分得清廉价、浅薄和简陋，所以你得独立地去思考，不要陷入难以爬出的信息泥潭，不要屈于同辈压力，丢弃‘大众口味’。”

我的步子慢了下来，最终竟停住了脚。洛克的话叫我产生了一种模糊的感觉，好像一条熟悉的、满是人世间欢乐景象图案的面纱突然被扯掉，露出了一张因极度痛苦而扭曲的、令人震撼的黑暗面孔。

洛克望着我，继续说下去了。

“你是麦克·墨菲[①]，你知道吗，你可以拿着纸牌游戏和钓鱼技巧混得风生水起。这些看起来并不出格，也不算错，但我告诉你，”他的声音小了下来，我却仿佛听到一声霹雳，“我现在告诉你，你的第一要务不是取悦别人，而是赶紧逃出来！你以为自己聪明到可以在鱼龙混杂的信息里不受影响，明哲保身，并且能随时收手。我告诉

① 电影《飞越疯人院》男主角麦克·墨菲。他厌恶监狱里的强制劳动，装作精神异常而被送到精神病院。他不受拘束的天性给其他病人带来欢乐，但也将医院闹得天翻地覆。最终，他受到了最惨无人道的虐待。

你，你得离开那，你现在就得离开那，在那些信息、‘新闻’、论坛和社交网络的圈子里混得久了，或者说去关注无聊的消息、去参与评论它们，以及在互联网上与人争执，你这个聪明人也会被切除脑叶，你的一生都将变成行尸走肉，真的，我得用枕头闷死你才行！”

我深深地叹了口气。

他讲最后一句话时发出抑扬顿挫的奇怪调子，我的心里感到惶恐，也无法辩驳。我深深地叹了口气。

“你不能……你不能去决定人们喜欢的新闻的……‘口味’，即使你是对的，我说，即使你是，你也不能去改变，那不是……不是你一个人。”我摊了下手，有些难过地开口了，“你有没有想过，以你这样一个人，对整个互联网上的论坛和新闻这样一个贸贸匆匆、忙忙碌碌、目无法纪、极端个人的局面会有什么影响呢？这无异于想要赤手空拳阻止河水不流。”

洛克微微笑了。

“能循序渐进改变现状的不是我或者我们，而是那群有第四权力的新闻人。那些优秀的、站在舆论中心有话语权的新闻主播——他们足够努力和好运，得到了所有人的关注和荣誉。他们承担社会责任，利用自己的影响力，把全民辩论的水准和关注点提高几个档次。还有那些仍在奋战，凭借着卓越的思想、多年经验、意志坚定且热忱的记者，忠实客观地记录着现实，而不是浮躁地描写我们周围的生活，给后人留下可耻的、虚假的历史。还有那些负责的制作人、编辑和把关人们，他们知道新闻是不会变的——无论平台怎么变化——那总会是他们的义务去使受众成为比较懂得判断的人，成为更好的公民，更有智识的报纸读者，成为对于目前国家大事或国际大事更为胜任的评论者。”

“那，就个人而言，我们能做什么？”

洛克长长地呼了口气，他的脸颊由于用力吐字而泛红。

“做出‘弱者的抵抗’，把自己捆绑在帆船的桅杆上或者用蜡封住耳朵，坚持划桨[①]——我们不一定要或者说绝无可能逃脱媒介信息的控制和操纵，所以受到影响越小就越是成功，”他说，“一定，一定，一定要竭力抽身出来。”

我沉默了。

“你先走吧，”他对我做了个手势，“我不能……快骑。”

① 指希腊神话中，奥赛罗在海船经过西壬海岛前，将同伴的耳朵用蜡封住，然后又叫同伴将自己紧紧绑在桅杆上，以躲避海妖歌声。

我默默地站了一会儿，接着对他使了个眼色，示意一起上路。

洛克的话给我留下了很深的印象，事隔几年，那情景仍以吃惊的真实性感动着我。当然，我得说清楚，要我把听到内容一字不差地记录下来，就如同要求生物学家根据一根骨骼重新塑造一个早已灭绝的生物外貌并且推测出精确的生活习惯一般困难，因而我利用了自己作为叙事者不多的权限对情节进行修补和润色，使文字读起来更为连贯。我只能说，印象里洛克诚恳、激烈地向我描述的那一切，比我能叙述的更为清晰有力。

因为是初学者的缘故，香港人骑行的速度慢，我们远远落后于车队。我们索性不去追赶，慢慢地踩着单车，随意交谈。那条骑行线路选择得很巧妙，它紧靠着大海，有一片很长的砂石海滩。而朝前骑上几公里，是一条结实的土路，两边是大片肥沃碧绿的田地和一丛丛高大的、伸展着枝桠的榆树，你抬头仰望，会看见中间露出一线蓝天，会觉得自己正从中间这暖烘烘、炽热的空气中前行。香港人跟我骑过了沿岸路线、穿过了土路，又路过了种着蛇麻草的田地，见到了看起来像鳄鱼的枯木，互相开着玩笑，并为各自的话格格直笑。

“你，你不会踩单车还参加什么俱乐部啊？”途中我问他。

“当问起爱因斯坦先生怎么研究出相对论时，他回答说“我是骑单车的时候想到了，嗯，他是这么说的，”洛克抿着嘴笑笑，开玩笑地回答我，“我觉得自己也应该试着放手一搏。”

这话叫我，笑出声了。

“要一起去吃晚饭么？”笑声落了，洛克问我。

“我今晚不出门。我室友乔西刚下载了21号那个黄金时段艾美的颁奖视频，我们要叫上建豪——就那个，你还记得吗，英文班上坐我身边的家伙——我们要一起看，我们都喜欢电视剧，也喜欢看颁奖——艾美、托尼和奥斯卡[①]。”

“呃，不看格莱美[②]？”

“疯子才看格莱美。”

“哈，好吧，能算多我一个么？”

“当然，人越多越开心。”

初次瞧见洛克，你会不假思索地认为他是个咄咄逼人的角色——乌黑发亮的眼

① 指由电视艺术与科学学院颁发的黄金时段艾美奖、美国戏剧委员会颁发的托尼奖和美国电影艺术与科学学院颁发的奥斯卡奖。

② 指由美国国家录音艺术与科学学院颁发的音乐奖。

睛，笔挺的鼻梁，秀美的嘴巴线条，让这个年轻人相貌出众，看起来自信、高贵且难以接触。我在英文课上初见他时，便持这么个看法。但认识他后我才恍然大悟。他的眼睛总像小动物般充满活力，又如同小男孩般充满欢乐；他的鼻子从不会轻蔑或者不屑地吭气；他的嘴角总会挂着一抹温顺的微笑——他是个拥有着天生善良的人。洛克是我的好友，我们都喜欢旅行，看电视剧，也都是德国足球队和勒夫的粉丝。他一直支持我，鼓励我——无论是我的生活陷入困境还是坠入情网。我非常感激他，我们至今仍保持着联系。

“对了，谁是，我说，谁是奈莉·布纳尔？”我推着车子走在前面，突然想起了洛克提到的名字。

“她，呃，她是调查记者的先驱。她曾冒着生命危险乔装打扮，潜入布莱克威尔岛精神病院15天，获得了收容所虐待女性病人第一手资料，”洛克抚摸了他的一簇头发，对着我眨了下眼，“而且在乔治·凡尔纳《环游世界八十天》成稿仅16年之后，她以72天6小时11分钟14秒环游了世界，比费雷亚斯·福格先生还要快一个星期。”

“我应该觉得惊讶么，”我哈哈大笑，“她打破的不过是一个虚构的记录。”

“正因为如此，”洛克也笑了，他耸了下肩膀，“不觉得吃惊才奇怪吧。”

一年级的英文课结束之后，我也就没有再接触过那个周而复始挑我毛病的导师多莉，大学生活也平淡不惊地展开了。逐渐地，我喜欢上了校园西北角那间没名字的咖啡屋里特价的拿破仑蛋糕和那间播放欢快音乐的茶餐厅里供应的蜜汁叉烧饭，习惯了当地频繁集中的降雨，也喜欢上了那偶尔在顺风时候，能听到的从后山上传来的微弱悦耳的夜钟声响；我被不同类型的影视作品、文学、小说和日本动画所吸引；我也钦佩像梅迪那种能够利用闲暇时间做义工，兼职或者学徒的同辈们；我流连于旧图书馆路边的水果，蔬菜和旧货摊，在那里阿弟跟我常去买菠萝、香蕉和新鲜的青菜；我也嗜好跟麦克以及其他好友打牌、玩耍。

我再次在校园里见到多莉时，已经到了四年级上学期的末尾。

那天下午，有几阵无精打采的微风扰乱了静止的空气，并隐约传来某种不安的信号，而临近黄昏时候天空给人一种沉闷的预感。阿汤跟我从咖啡厅出来之后，去了教学区，准备要上到三楼参加经济学选修的期末考试。刚上过一层楼，我看到半空里巨大的阴影走过，同时发出悲壮的隆隆声，而走到第二层，我一转头，看到了多莉。多莉当时应该在做一门课的监考老师，正在一间课室门前站着消磨时间，她远远地瞧见了我，向我挥了挥手，歪着头跟我打了个招呼。她朝我眨了眨眼睛——动作很轻、很快，也很自然——露出了一个简单温馨的微笑。我注意到她有了身孕，手上也带着一枚漂亮的戒指。

她结婚了！

那时我猛地发现她的眼睛像矢车菊一样蓝，它们会和她那鲜红性感的嘴唇一起露出欢快、友好、甜美笑意——几年前的自己可没对此注意过。继而我想到了关于她生活的传闻，之前所发生的事情也都涌上心头。我明白了她犀利的眼睛偶尔会像心灵之窗的窗帘一般去遮蔽她内心温柔的想法，而她在家乡的身份只是她的负担，满足不了她的任何一个愿望。

我就那么僵硬地愣在那，心底对她的印象变得空白和干净。我那时候觉得，所谓人的本质这种东西，大都是凭着第一印象定论的吧。你瞧，人会根据自己头脑中对别人的印象而形成固定的思维，进而作出冲动的不牢固的评价。我们经常凭借一个人下巴的形状、眼神和嘴的轮廓，或者听到一件小事来判断他们。这么做的正确性到底有多少呢？就像书里写的那样，了解一个人不是一件容易的事情，一个人除了自己熟识的人以外，很难说真正地了解什么人。因为人不论男女老少，都不仅仅是他们的出身，他们也是自己出生的乡土。学步的农场或城市公寓、儿时玩的游戏、私下听来的《山海经》故事、吃过的饭、上的学校、关心的运动、吟诵的诗章和信仰的上帝[①]——这一切都对人进行塑造，并在不断地塑造之中。自那之后，每当别人告诉我说，他们对一个人的第一印象永远不会错，我耸耸肩，决然不会相信。年轻人大都目光短浅，过于自负，常草率地做出结论，他们的阅历和经验使他们无法去理解人性是多么矛盾。就像那时的我一样：我不知道真挚中含有多少做作，高尚中蕴藏着多少卑鄙，人的灵魂里有多少渺小又神圣、恐怖又美的东西，恶毒与善良、仇恨与热爱也可以互不排斥地并存在同一颗心里。

我回以微笑，然后看见一个老师走过她身边，看着她鼓起的肚子笑着祝福。我看到她们相互开着玩笑，多莉做了个合十礼，看起来一脸的幸福。

周围安静极了，似乎天上的闷雷声也消失了，狂风呼啸的声音也不见了，似乎一刹那所有的言论和不理解全都随风而去，化作了泡影。我隐约知道多莉可能依旧会对那些新人发脾气，依旧会同人争吵，依旧有着她强势鲜明的个性，依旧会在心底某个奥秘的地方同别人隔着一道鸿沟。但我也明白，她依旧会祈祷，依旧会为自己的幸福鼓起劲儿来，依旧和命运抗争，依旧能教出最一流的学生，依旧带着那样的笑容。我自顾自地笑了，接着我走上前去，跟她聊天。

她问我，要继续念书还是工作？

---

① 出自威廉·萨默塞特·毛姆（1874-1965年）小说《刀锋》。

我给妮维讲多莉和香港人的故事时，她就那么凝神地看着我。那是在电影完结之后，我们坐在影院门口的长椅上，街上车流已然稀稀落落，夜色渐渐深浓，可身边的街灯依旧明亮，还有人声笑语——伦敦城的夜是紫色的，从来不会彻底变成黑色。妮维就那般安静地坐着，过了良久，我都错以为她在侧耳倾听什么声音。接着她轻轻叹口气，我不知道她在想什么。忽而她站起来，将身上披着的柔软的、深紫色的斗篷脱了下来——她绝妙的打扮使她无论说什么都有一种特殊的韵味——对我一笑，几乎带点顽皮："这就是为什么你从不喜欢互联网和社交网络的原因？"

我愣了一下，也笑了："呃……不，我并没有不喜欢，它方便，也快捷。只是，你知道吗，很多中国的年轻人都会明白这个道理，'拥有太多可用的工具必将导致太多无用的人'。"

妮维又坐下来，她若有所思地望着我。她的从容镇静就像她的蓝眼睛和坦率的额头一样，是她给人美感的一部分。

"卡尔·马克思。"她说。

我点了点头。

"可我们之前的研究方向是新媒体和理论的传播学。"妮维接着说道。

"我……呃，怎么说呢，如果是快餐店厨师，你就不会主动去吃受欢迎的炸薯条和爆米花，你可能在繁忙的时候把'鱼和薯条'当作一餐饭，或者带孩子去影院时候享用一次爆米花，但你不会爱上这类东西——你只能对它又爱又恨——你知道爆米花里有铅而油炸食物的热量过高。我觉得应该就是这么一回事。作为媒介的互联网可能是人类历史上最伟大的工具了，我也希望通过互联网获得有用的信息。但一个人能学到的东西总归有限，而无用的信息——恰恰都栖身于最活跃的社交网络和论坛上，则是无限的，所以只要踏一步进去，人就貌似自由却并不自由，看似主动实际被动，受了欺骗浑然不知，不能代表自己而一定要被代表。"我宣告道，心里已经想好要再加这样几句。我对着妮维愉悦地眨了下眼，"当然，我这种悲观的左派想法也可能是完全错误的，或者说这一切还可以归咎于那时常为众人所抱怨的——'众人'，我指的就是你——古板的性格或者对己对人的苛刻态度。"

"是这样吗？"妮维笑了。

"是的，不过我得声明自己确实亲眼见过。我是小城镇里长大的，我见到过我这一代的很多杰出的头脑被摧毁在……网络和，呃……我……就，就像《嚎叫》里讲的那样，不过不是他那个时代——但我们这个也好不到哪里去。也不是因为……"歇斯底里"和……'裸'，我不记得第一行了……"

"'I saw the best minds of my generation destroyed by madness, starving hysterical naked'[①]。"妮维笑了，她向我倚近了一点，蓝色的眼眸闪着光亮。我用胳膊搂住了她，她微笑着，把头伏在我肩上，"我发觉在恋爱的时候，无论把气氛塑造得多好你都很难被指望到——我是说，你平时都用'嚎叫'来增加情趣的么？"

我摇着头笑了。

"呃……不，你知道的，"我摆着手，愉悦地开着玩笑，"更多时候我用数学。"

这个笑话叫她笑了。

"有时想想，"妮维接着说，"有时候很难想象你用了一年时间才约我出来。"

我愣了一下，半晌没言语，心里涌起一阵莫名其妙的感情波澜。

"有那么久？"我说。

"是的。不过说真的，你是从什么时候对我有意思的？"

"啊……"我面露机警地说，"我不记得了。"

"真的？"妮维向我投来狡黠而沉静的目光。

"不，呃……真的。"

"我觉得你还记得，"妮维亲切地紧紧握着我的手，毫不费力就表现出了天真、坦率，和小姑娘般欢欣愉快——但这并不是什么好兆头，这个鬼灵精怪的女人知道怎样微笑才能使脸上的酒窝上下跳动，怎么脚尖略朝里走才能使宽大且带裙环的裙子飘曳迷人，知道怎样用一张恬静、柔和的脸掩饰骨子里绝顶的聪明，以及怎么仗着一点天真的派头，可以哄得你不会生气。"因为通常人们不想做什么，无需理由，他们需要的是借口。"

"要是……呃，要是我们开始走着，活动着腿脚改善血液循环，说不定之后什么时候我便记得出来。"

"腿脚和头脑的血液循环路径并不相同。"

她的反诘叫我哑口无言——妮维有着无论别人说什么总能接过话题说下去的技巧，这是我无法抵抗的。我自顾自地笑出声来。

"所以你撒谎了。"妮维也笑了。

"啊，就算是在撒谎，"我笑声更大了，"这没什么好商量的。"

"我觉得你会告诉我的，你会那么做的，是吧？我知道你会的。而且你知道吗，如果你更早地约我出来，我也是不会拒绝的——我说，随便做什么都好，'走在动物园

---

① "我亲眼看见这一代最杰出的头脑毁于麻木，挨着饿歇斯底里浑身疲惫。"出自艾伦·金斯堡（1926-1997年）长诗《嚎叫》。

里是一件惬意的事'[①]。"

"啊，我，我隐约知道这个。"

妮维又盯上我了，她那漂亮的眼睛如同森林里露珠汇成的池水，隐含着一股妩媚的亲切。

"然而你什么都没有做？"

我摇了下头，想了下，开口了。

"呃……不，老实说，我确实做过什么。"

"看吧，我知道你是会告诉我的。"

"可，那不是什么大不了的事。妮维，我们做项目时去北方的城市，以及其他地方时，需要开着你家那辆老式的凯旋车——你还记得吗？"

"嗯，我记得，那辆车你一直学不会开。我几乎一直在教你怎么开手动挡，"妮维不假思索地讲道，"整个路程都是，好像每次只要我们有空，你都会缠着要我教你。"

"记得你教了我多久吗？"

"很久，而你学得并不快。"

天色漆黑一片，但伦敦的夜才开始，街上出现了附近艺术学院的学生和晚归的年轻人。猛然身边传来自行车铃声，我转过头去，看到一个女人骑车行走在人行道上，自行车辐条咔咔转动，女人身后飘着好像女巫戴的黑色披风。我呼了口气，把头转了过来，望向妮维。

"啊，说来好笑，我在高中二年级就能开手动挡。"

妮维轻轻地咬着嘴唇，没有料想到我会说出这样的话来，脸上流露出精明、顽皮和怪异的神情。我看得出她的幽默感已然战胜了惊讶，差点笑出来，我也看到她摆出一副严厉的面孔——她的心思我总不大能捉摸。

"让我来绞你的心肝。我要那么做，假使那是穿刺不透的石心肝。"妮维清澈的蓝眼睛闪烁出光芒。她一只手拖住下巴，一边把目光投向我，"我一向认为《哈姆雷特》是一部伟大的作品，你也这么觉得吗？"

这话让我笑了，我觉得有趣，哈哈大笑。妮维也笑了——那是一种慢慢绽放的微笑，先从眼睛里开始，接着在嘴角绽开，最后她的整个脸都萦绕在灿烂、暗自克制和嬉戏的愉悦中。

---

① 出自"Walking in the Zoo is an Okay Thing to Do"，英国民歌。

“走吧，”她站起身来，把拿在手里的斗篷裹在身上，动作轻盈得就像某种体态细长而优雅的湿地鸟类。我听到她的鞋子愉快地踏在亮滑的地板上，“我们可以去我家再喝上一杯。”

“好的，”我也把包挎在肩上，“呃……不过我得确认一下，我们是去伦敦城区霍洛韦的家是吧？我是指，并不像之前那次那样，在约克的……”

“嗯，我们回霍洛韦。”妮维先是点点头，然后似乎想到了什么，突然又低着头笑了——笑声里带有一丝狡黠，就像一个孩子做了一件自己认为很有趣的事。

她又开口了——她讲话时候吐出一阵阵清新温暖的呼吸，快活地飘过我的脸前：“对了，你上次见到熊了吗？”

我停顿了一下，对上了她的眼睛，那双眼睛总是清澈明亮、没遮没拦、让我觉得在某个遥远的过去，我曾听那双眼睛讲过故事。我呼了口气，看着她认真的眼神，便温柔地微笑着，耸耸肩膀，摆摆手，向她表明这个话题没什么可说的。

渐渐地，我们都平静了下来，沿着路边朝前走着，几乎是漫无目的。我拉着她凉腻柔软的手，侧眼看到她浅色的头发在身后飘散开来，在夜灯里宛如映着阳光的金子。夜色淡淡地笼罩着街上的人，所有人都沉浸在月夜中。

“我们从哪边走？”我问道。

“Jubilee①，我们走朱比利线。”

我好像把故事扯乱了。

简而言之，我是在三年级下学期的第一周的选修课上遇见茱莉亚的。那堂课里，导师整点开课，举手投足从容不迫，恰到好处，语言也精确简洁，对课题的讨论不偏不倚。他在下课前一分钟合上了教材，关闭了投影仪的屏幕，像计时器一样准确。你瞧，我没有撒谎，我对那节课所有的细枝末节都一清二楚。可有意思的是，洛克显然也没有忘记过，不过他记得更多的是《涂鸦跳跃》的事情——他烦恼得很，以至于在之后很长的时间里，他都纠结于那个游戏记录最终被建豪打破的事实。

“我，我原本可以做得更好的，真的。”洛克直到今天都这么说，“如果不是因为那次我的节奏被打乱了。”

① “朱比利”，伦敦地铁线名称，又指“欢乐的日子”。

第二周与第十周："十人之力"

我的力量抵得过十人，因为我心地纯净。

—— 丁尼生《加拉哈德》

午后的阳光斜照在课室前排的玻璃上，把桐花树的影子投射到忽隐忽现的亮光之中，虽然大自然刚泛出一片新绿，但那丛生的树冠上已经孕育出了一团团、一簇簇洁白的伞形花。

那是第二周商业管理学选修课的课前。

我的目光在茱莉亚走进教室的那一秒便转到她身上了，无法移开。她可真是一位像洁白的百合花那样的女子，像波提切利画中走出的形象那么美。我那么想。

"你喜欢她。"水族人下了个结论。

我回过神来。

"啊？"

"你喜欢她。"水族人耸了耸肩膀。他尊敬但一点也不谄媚地坐在位置上，低声把话重复了一遍。

"她？"我有些发怔。

水族人的目光朝着茱莉亚瞥了一下。

我有一个让人感到可笑的习惯，就是吃惊时会脸红。我觉得自己的脸红了。

"谁讲的？"我问得很急，有种紧张的难言感，就像自己患有一种不光彩的疾病似的。

水族人盯着我，却没说话。我清楚他的脑子里塞满了各式各样的想法，也知道什么都没可能显露在他那张轮廓鲜明、五官端正的脸上。

我越发慌张了："我，我只是……我觉得她的帽子很漂亮——对，她刚摘下来，摆在身边的那顶帽子。你以为我不懂时尚是吧，我懂帽子的，那是博尔萨利诺牌[1]的，麦克也有一款，呃，锡耶纳版型的。而且……呃，而且乔治·纳波利塔诺[2]也喜欢那家的帽子。”

“我觉得你不只是在看她的帽子。”

“我还有，我觉得她……我只是觉得她写字应该也很好看。”

“她写字应该很好看？”

“她写的字应该很好看。”

“就像‘爱人者，兼其屋上之乌’那样？”

“不，不是那样，不是通过感性，而是通过理性，像科学的观察和推断，”我说，并下意识地向前倾过身子，又朝茱莉亚那边望了过去，“她，呃，她坐得很正，握笔也很直，而且比普通的握法要高出两寸。我觉得她写的字应该也是硬气清秀的。”

水族人望着我，摇着头微微笑了。

水族人个子不算高，体格平常，红润的面色显露着多血质的特征。他相貌端正，嘴唇单薄，牙齿整齐漂亮，顶着一头可以察觉到曲卷的短发，脸上始终都会挂着淡然的微笑——像《孔雀公主》里细皮嫩肉的书生。但凡看到他的模样，你就会觉得他肯定是既诚实又大方，内心一定跟外表一样高贵善良。只要跟他交上朋友，你准会认为他为人处世都带着矜持和稳重——他也确实就是那样。

对了，他的眼睛。

跟他相处聊天一会儿，你会发现他的眼珠很少晃动，而是一个劲儿地盯着你的脸，可又一丝表情也没有，永远都是无忧无虑的平和神色。那感觉很怪，既叫人捉摸不透他内心的想法，又让你觉得自己的心理活动被他一览无遗——但你不会感到慌张——除非你自己软弱，觉得难堪，像我这样——他怎么可能会是那种干最无知的欺骗勾当的人呢，谁都不会对他有这种想法。而且，如果你观察力敏锐，你还会惊奇地发觉他眨眼的次数比一般人少得多。

呃，我还忘了点儿什么呢？哦，他眨眼时天会下雨。不，没开玩笑，我说真的，只要他眨眼睛，总是会下雨的。

“你可以让自己右脚在地上按着顺时针的方向划圆，也可以用右手在空中写出阿拉伯数字6。但你不能同时做，”水族人说，并用了一种轻柔体贴、循循善诱的声调，这种声调——我更觉得被看透了，“就像是你可以撒谎，也可以把别人当傻瓜，但不能

① Borasalino，意大利帽子品牌。

② 意大利前总统。

指望只要自己讲多几次别人便会相信你说的话。”

“我，我没有撒……我没有撒谎，”我咬着嘴唇，低声咕哝，“但，但源于一种古老的品格，我因高傲而不屑于反驳。”

水族人没理会我的话，并漫不经心地提起了其他事情。

“你见过建豪的女友吗？”

“嗯？”

“建豪的女友。”

“哪个？”我歪着头问，“宠物店里的那个女孩子，学院里的拉拉队长，还是那个喜欢把统计学原理和星冰乐放到一起摆拍的小姑娘？”

“拉拉队长。那个可爱的女孩子在运动会上跟建豪聊过一次，便被他追到手了，”水族人拾起话头，“总之，她说过这么句话，‘这简直是性别歧视，男人们总是要求身材高挑面容姣好的女孩子在赛场前卖弄风骚去催发他们的荷尔蒙、满足他们下流的欲望；为什么在女子比赛的赛场上我从没有看到过男人穿着草皮裙为姑娘们跳舞欢呼、加油鼓劲，你不觉得这……’”

我打断他的话，让自己笑了一下。

“这话说得可真是毫无技巧，”我说，“为什么她不在竞选拉拉队长前问自己这个问题？”

水族人露出了笑脸。

“有意思，这看法不错，”他说，并把话说得很轻巧，听来像是奉承却又很随便，好似他知道我会这么讲一样，“真是奇怪，一个人在事不关己的时候，常常能给出好的看法。”

“我，我不知道你是什么意思。”

“我觉得你应该知道，”水族人跟着说了一句，“她离拼图太近反而看不清事实全貌，你也遭受着与‘拉拉队长’相似的困扰。”

我没说话，猛地感到自己像一只遇险的船那样在波涛汹涌的海里不断颠上颠下。接着我想再反驳些什么，或者尽最大努力说些有趣的话，可我觉得水族人已然用那双闪着亮光的眼睛钻进我灵魂的深处了。

“不，我……我可没，我是说，我可没有遭……唉……”我拼凑着句子，可话一脱口，我终于叹了一声，顶不住了。

我低下了头来，水族人也懂得这声叹息意味着我不再坚持，终于要吐露点什么了。他打开教材翻到要讲的章节，在标题下画了个模糊不清的几何图样。

沉默延续了两三分钟。那天阳光明媚，空气甜而柔软，蓝天高而澄澈。

我抬起头，忽而看到窗外洛克牵着女友艾娃的手朝课室走来。他们的身后跟着建豪。建豪一只手拿着手机，一只手牵着身前香港人的衣角，他紧盯着手机屏幕。如果我没记错的话，他是铁了心要打破香港人《涂鸦跳跃》的记录。

“如果这件事能够办到，那么由一个大陆人来第一个实现它不是很好吗？”他是这么说的。

真是个大傻瓜，我嘟囔着，笑了，苦涩停留在嘴角。

水族人听到我的声音，又把目光打回我的脸上。

我长长地呼了口气。

“假设，我再重申一次，假设，你是对的；假设我真的……我说，我……处于那种困扰，”我缓缓地、觉得不无吃力地对水族人说，“你会帮我吗？”

水族人盯着我看了几秒——他的眼睛一次都不眨——脸上闪过了一丝我常见的那种笑容。

“当然，”他点了点头，仿佛感到愉快似地拖长声音，“‘拯救拉拉队长，拯救世界’[1]。”

2014年的4月里，我完结了研究生的基本课程，并为了房租上的实惠和工作的便利，离开了爱德华内街，搬到了伦敦南面的莫廷厄姆。我租了茜博太太家的客房，与这位母亲和她小儿子住在一起。

莫廷厄姆是个远离伦敦城区的小镇，公共交通只靠火车，所幸莫廷厄姆车站发车频繁，而那条线路向北能到市中心，朝东边则会沿着曲曲折折的山林和泰晤士河直通北海沿岸——途经大小站点，因此算得上便利。车站外有一家快餐店，一家便利店和一家家庭餐厅——那是镇里仅有的商铺了。三家紧挨的商铺弥漫着一种自古以来就营业至今的氛围，叫人不禁想到如果是在伦敦其他地区的话，它们可能早就被超市或者量贩店淘汰了。走过商铺，你会看到主街。主街两侧是座座带有阳台、车库和院子的房子，刷成了黄色、蓝色、橙红色，并都被岁月洗刷得有点斑驳——有些房子还保留着过去年代的尖顶和旧式的小阁楼。但这些房子构造坚固、宽敞明亮，小水蜡篱笆被修剪得整整齐齐。此外栋栋房子中间分布着绿地，所以整体看也还美观大方。

茜博太太的房子就在主街上。

茜博太太是一家金融公司管理层的一员。她是位独立的女性，也是一位尽责的母亲。单是看她常穿的工装和回家后系上那干净围裙，你便能想象出她坐在临街办公室

---

① 出自 Chapter Thirteen ‘The Fix’，电视剧《英雄》（2006-2010 年）。

里靠着自己的精准判断做出商业决策的样子和她在厨房里的锅碗瓢盆中间安详忙碌的身影。她那8岁大的男孩健康又端正，喜欢戴棒球帽，并同他母亲一样生着干净的前额和沉思漂亮的眼睛。我第一次被引见这位小男子汉时，他一点不羞涩，大方地跟我握手，并兴冲冲地告诉我他今天在学校做的事情。我说了些对孩子母亲通常说的话，茜博太太听了显得很高兴。茜博太太家的房子按瑞士的木屋风格做了改装，与街上的其他住宅比起来更显得干净明亮；屋内也被布置得很优雅，每件东西都散发着和这幢屋子外观上所具有的同一种适意和清洁的气息。因为只是短期出租的关系，她收我很便宜的租金，安排我住在二楼的客房，并交代我不要拘谨。她说星期天我可以用她的汽车，而平日里她会为晚归的我留着门廊灯。

那时我兼职导游，白天常带着旅游团的孩子们穿梭在伦敦古老而复杂的交通系统间。琐事应接不暇，晚上稍微有空，我就静下心来修改毕业论文、出门散步，或者操作一些其他事情。不工作的日子里，我白天的大部分时间是在学校图书馆度过，很晚了才乘火车回家。无论是工作日还是休息，我都会在夜幕降临后出门散步，我喜欢走路，这就是我的体操，不仅锻炼了身体，还给我一点思想的时间。街边房屋尽管稍显老旧，可每户人家的院子里都栽着花，摆着喝咖啡用的小铁桌子，或者用石头垒成梯田形的菜园子，还是别有一番景观的。而当一天步入尾声后，我躺到床上，想着一天的工作像退潮时平静的潮水一样，想着这一天就像许多天一样过去了。

我对新工作和住所都很满意。导游的工作虽累，但薪水按日结，而且我很喜欢小孩子。在莫廷厄姆安顿下来，我不仅能享受一份安宁，更有精力去修改论文，并开始了对博士项目的申请。总之，我如愿以偿地为自己创造了一个隐居的场所，我可以把自己隐藏起来，彻底地、独立地生活；而且有时，我过于疲倦，或者对手头的工作烦透了，我便出门散步，走得比平日路线更远，摸索进镇子里人迹罕至的地方。当然，这种生活也不完全同我契合，我也有难过、疲乏、丧气和心力交瘁的时刻，毕竟说到底也就是孤单一人，总会有一刻不能承受独自一人的沉重负担，也会为无法承受孤单的自己而感到羞愧。

4月末的一个黄昏，我把旅行团的孩子们送达寄宿家庭和酒店，拖着疲惫的身子回到了莫廷厄姆。我在车站旁的快餐店叫了炸鱼、啤酒和两镑杂碎。等餐时我拿起手机，继续跟香港人聊天。洛克毕业后在九龙的一家承办展览的公司拿到了策划展厅推广产品的工作。他工作很忙，每天都要赶工到凌晨，这样算来，我在回家的火车上跟他聊天也算是恰如其分——他也正赶在回家路上。“洛克我想要跟你聊三件事情”，食物打包过后，我在电话里留了语音，走出了快餐店门。刚一出门，雨点便落下了，我走了几步，见雨势变大，便避在街边房檐下。我把打包的食物放到地上，从背包侧兜里掏出卷好的香烟，拿起手机跟洛克发语音说：“等下我回家再说吧，下雨了，我被困在外面了。”我抽了口烟，听到了洛克的回复——他操着蹩脚的普通话，开了个小玩笑：“又落雨啊，水族人又不在伦敦。”

大学毕业离校那天是水族人开车送我去机场的。

2013年的整个夏天，阳光灿烂的日子一天接一天从不间断。那天也一样，气候暖和，微风拂面，牛奶色的云在天上平铺着。我有些倦怠地靠在副座上，把自己缩在狭小的空间里——我刚与好友梅迪告别，心里不是滋味。梅迪是位优异的年轻人，心灵非常丰富，通常无论他谈话有多随便，也决计不会显得肤浅——可那天他却脆弱得像个孩子，哽咽着说不出体面的话来。车子经过沿海公路的一座公园时，水族人突然说话了，他瞥了眼翻着白浪花的海面，关掉冷气，敞开车篷——接着他不动声色地就开了口，顺道也把我的回忆吊了起来。

凉爽的夏风顿时涌进车内，格外舒畅，蝉鸣也如莲蓬头的水线般从四方灌注而来。我望着窗外熟悉的海景，觉得在风里的任何物体都异常清晰耀眼，给人以一种震撼心弦和生命在战栗的印象。那海水波澜一片，像有着白鸽停歇的平静屋顶，并在明晃晃的太阳下映出一种陈酿后的葡萄酒颜色，如同《荷马史诗》里对希腊大海的描述一般。

“当时是在这里。”水族人是这么说的。

我愣了一下，脑海里突然闪过一个印象：她侧着脸，沿着通向大海的小路，边走边把帽子摘下来，她鲜艳的绿衣随风飘舞，光着的脚在软绵绵的沙滩下显得白皙夺目。我远远地看着她。

“是的。”我缓缓地点了点头，让自己笑了一下。

水族人握着方向盘，目视前方，声音侧着飘了过来。

“你应该在拍广告时就表白——我听洛克说那天你们过得很开心，他说那很容易看出来，你真的应该那么做。”

“不，我不觉得，事情总得有个前奏，就像任何事物的发展过程那样。”我犹豫了一下，声调忽然变得非常奇怪。

水族人摇了摇头，嘴角咧出一抹笑容。那是一种很奇怪的笑容，笑起来嘴唇几乎一动也不动，笑容中虽然没有愉悦的成分，但并不乏善意，可讽刺的味道多于欢快。

“你那样想吗？”

我像是被看穿了般有些不安——我反诘了一句，颇有些道貌岸然的样子。

“嗯，就像怀特兄弟发明飞机之前，他们要先在基蒂霍克的沙丘上放风筝。”

水族人没再说话，我也不作声了。我紧锁眉头，思索着那天的情景，继而不再掩饰自己的沮丧了。

"好吧，你说得对，我确实太蠢了，我是应该那么做的。"我沉默了几秒才继续讲——既为自己曾经的优柔寡断辩解，同时又责备自己，"但，但是，我总是觉得爱情本身就应该包含着某种程度的腼腆怯懦。你知道么，就像书里写的那样，有一些人很不幸，即使他们流露的是最真挚的感情也令人感到滑稽可笑[①]——我就是这样一个人。不过话又说回来，一个盲目无知的浪漫主义者陷入爱情而又不使自己成为笑柄的机会实在是小之又小。"

"你也不用这么说，"水族人揉着头发，带点儿安慰口吻说，"浪漫本就是人的天性，算是对平凡暗淡生活的一种抗议。你的浪漫经历也可能在以后能形成浪漫的回忆。就像人们会记得瓦尔特·饶丽爵士这个名字，是因为他的浪漫之举：把披风铺在地上让伊丽莎白女皇踏着走了过去。"

我苦笑了一下。

"你不用向着我说话的。"我讲了句无关痛痒的话。

我不再狡辩了。当时我是做了错误的决定，我是应该去表白。自然，我身边的每个人都可以谴责我，都可以夸耀自己比我有勇气，有远见。

"不，我是说真的，"水族人又说，"还记得么，你在三年级的下学期里花尽了所有心思，将茱莉亚约出来拍摄广告，只为了跟她接触，多见她几面。那可是件蛮浪漫的事情。我说，你当初是怎么想出要去拍广告的？"

他眯着眼睛，然后微微地笑了起来："那可真有意思，你为了追求她，跟她接触，组织了人拍了个广告。说实在话，你当初是怎么想出要去拍广告的？还有那天到底是怎样的？"

我也摇着头笑了。

"算是'契机'吧，我得到了阿汤和凯文的帮助。另一方面是我觉得我必须得做点什么，"我说，一边想起了一年前的自己，轻声笑出来，"对，应该就是那样。"

我说得絮叨，可脑海的印象愈发清晰，心里进而迸出一丝愉悦，像我又见到了她那样。我继续说了下去。

"听过那个故事么。一个爱尔兰人在旅途中碰到了看起来高不可攀的篱笆墙。小伙子把帽子扔到了高墙那边，他便没有选择，只能想办法过去了。我那个时候应该就是那么想的，是的，我是那么想的。我想，一个人如果跳过了篱笆，无论好坏，他总能够落到一个什么地方。"

---

① 出自威廉·萨默塞特·毛姆（1874–1965 年）小说《月亮与六便士》。

那是三年级下半学年第十周的周末。洛克沿着那条海岸线公路开着车，建豪坐在副驾驶座位上调试着拍摄器材，茱莉亚，阿汤和我坐在后面。茱莉亚在看剧本，阿汤在念书，我手足无措地坐中间，绞尽脑汁地想着有趣的话题——我觉得自己像个走钢丝的人，既要对局势应付自如，又必须装出一副悠然自得的样子。那天我们要去拍摄广告，或者对我来说，实施“广告狂人”——那个计划早在四周前便出产了，经历了挫折、改进、调整，终于得以实行。

车子在海滨的一处公园停下了。

公园不久前才成形，很多树木都没长开，整体的布局也十分简洁，但绘制蓝图的高明园艺家恰好利用了这“空旷”的优势，把用石塑类材料修出的柱子和用菠萝格木雕成的厚实长椅将整片天空和海圈了起来，让橘红色的阳光和酒色的大海形成“海天一色”，叫人惊艳。抵达公园后，建豪与阿汤开始调试器材设备，香港人在找合适的拍摄角度，而茱莉亚坐在不远处长椅的一角翻着活页夹里的剧本。那天茱莉亚穿着一条下摆很宽的墨绿色杜嘉班纳牌印花裙子，带着玫瑰花雕饰的浅口船鞋，看起来端庄秀气，靓丽动人。她低眉垂目地坐在那儿，缄默不语，若有所思，长长的眼睫毛在面颊上投下一道媚人的阴影。我站着，尽看着她，欣赏着她俊俏的鼻子和下巴的优柔线条——她真的好看，我迷上她了，我每看她一眼，总会重新感到一点儿心旷神怡。我就那么痴醉地盯着她的侧脸和小臂，觉得她像没有淤泥的湖泊一样干净透明。茱莉亚忽然抬起头，她迎上了我的目光，温顺地笑了下。我看到她的微笑，吃不准她究竟是觉得这场面有趣呢，还是可能对我有着些许喜欢。我紧张得说不出话来，便试着为自己那荒诞不经的行为遮上一层保持体面的缄默。可她还是望着我，显然感受到了我的存在，甚至看出我眼中的崇拜了。

我感到局促了。和她相比，我是如此的矮小和拖沓，我意识到了自己外表的渺小。说点儿什么，对，说点什么，我可以含蓄地说点什么，或者随便说点什么——只要不是口无遮拦的示爱都可以，我那么告诉我自己。如果没话说的话，至少我不能再盯着她的眼睛了，我紧接着这么想，目光接触的时间太长，她会觉得怪异或者被吓到。该怎么办呢？我也不能望着她那像象牙一般颜色柔和的脖颈，或者那柔软轻灵的胸部——那如同那些羽色凝重的知更鸟的胸脯；我更不能看她赤裸着的、仿佛鹳鸟的长足一样纤巧的小腿，不，那样肯定不行！天呐，我不知道我该怎么办了！当自己在感情方面的缺陷受到形势压迫而感到激情澎湃时，我所拥有的一点点理智便很难起作用，或者说根本不起作用。

时间太长了，你个大傻瓜，考虑的时间太长了！我有些慌了，我试着望向她身后的大海，或者调整目光看上方的蓝天，甚至直接把头转过去——但那都不可行！她已经看到我了！

看她肩膀！对，看她肩膀，看她露出在裙子外的光洁紧致肩膀，只要把目光稍微侧一点我就可以看她的肩膀！我突然这么想到——没有人，我是说，没有人会在意别人是否在看自己的肩膀，是吧——谁会注意到有别人在看自己的肩膀呢——只用稍稍把目光侧一点点……就那么一丁点儿……就那么，朝着那边儿……就……

“你，你在看我的肩膀么？”茱莉亚歪着头，她先用那双明亮的眼睛朝我莞尔一笑，问得有些迟疑。

总，总之，那是个很美好的下午。

快到黄昏的时候，天空变得柔和，海面上泛起了粼粼波光，我们结束了拍摄，驱车朝学校方向去了。大家都累，有些不想说话，但心里却很愉悦，偶尔建豪打起精神讲个笑话，所有人都被逗乐了。车窗外，悠然恬静的市郊风光一骋万里，西天边火红的夕阳静静地亲吻着地平线，有种让人心碎的优美。我打开了窗子，隐约看得见树梢在不停地晃动和翻滚，发出哗啦啦的声音，就像苏打水在杯子里鼓泡的响声。一阵潮湿的凉风吹进来，带着一种甜美的、懒洋洋的快乐，叫人心旷神怡、头脑清醒而不涉邪想。

那个时候茱莉亚跟我已经发展起了友谊，因为那个小组课题的缘故，我们会聊天，也相互讲笑，但从没像那天那般愉快——我们可以一起消磨时光，享受很多快乐。那天茱莉亚很开心，她那闪烁着的、美极了的眼睛里洋溢着欢乐，这很容易看出来，但我没有表白，我没有在那天表白。我是说，“广告狂人”进行得十分成功，但我终究还是没有表白，我表白的那天是在两周之后选修课后。

我站在课室的最后一排，大口地呼了两口气，觉得自己的头脑一半是迷迷糊糊的，另一半却是清醒的。可我清楚地知道这个就是自己一直在等待的时刻，就跟崔健那首歌一样：给我一个机会，试一试第一次办事，就像你十八岁的时候，给你一个姑娘。我等到今天了，我已经把最初看见她的那个瞬间产生了的说不清的感受发展到了能够向她宣告的这样一个阶段了。我望着眼前的几位朋友，挤出个微笑，接了句帅气的台词。

“好吧，”我说了句歌词，“这里是汤姆上校，汤姆上校呼叫地面控制，我就要，走出舱门了。”

建豪笑了一下，不过马上便瞪着眼睛，皱着眉头，上下打量我，最后把目光停留在我脚下，接着他一只手托着下巴，表现出一本正经的样子。

“鞋子很漂亮。真难得，我是说，你竟然表现出了对时尚的……”

“麦克挑给我的。”我大抵看得出他要说什么，便直接打断了他的话。

建豪耸了耸肩膀，做出了个“想想也是”的表情。

“还有什么我们能做的么？”香港人插了句话进来，他站在艾娃身侧。

我挠挠头，望向水族人。

“我觉得我需要一点雨。今天早上是在下雨，但是选修上课前就停住了。我需要一点儿雨，真的。”我是这么说的，“那样才显得浪漫，就像当宙斯希望赢得美丽的达娜厄的青睐时，他化作金雨的样子来向她求爱。”

“或者就像那句俗语一样，”出于缓解紧张感的目的，我补了句俏皮话，“要想在感情上打动别人，如若不是下雨天是很难成功的。”

艾娃笑了，她拉着香港人的手，撇了撇嘴：“这个世界上没有俗语是这么说的。”

“你确定？”我摊了下手。

“我确定，而且我觉得你没看过05版的《傲慢与偏见》。”

“啊，”我笑着对艾娃翻了个白眼，“你又懂什么呢？”

“是啊，我又懂什么呢，”她也欢快地笑了，拉紧了洛克的胳膊，“我只是托拉斯工厂里劳作的、容易受惊的小女人，竭尽全力只为把面包放到桌上维持家庭运转。但当我理解到工作场所里那叫人难以忍受的剥削和压迫后，我知道需要有人去采取措施，我甚至不去在乎资产阶级会怎样残暴地对待我，我只是站到桌子上，敲响钟声。然后我喊工会，工会，工会！”

这话让我整个人都听迷糊了，我愣在原地，仿佛是迷路于丛林腹地的探险家。

“呃……首先，你，你说的跟我讲的以及现在发生的事情没有一丁点儿关系。”我眯着眼睛望着艾娃的脸，像是要从上面找到什么答案似的，“其次，那不是你——亲爱的那是《诺玛蕾》。再者，不要，我说，不要跟凯文念一个电影选修课，真的，那家伙是有毒的，他整个儿像是……是抗氧化剂的对立面。”

艾娃对着我吐了吐舌头，洛克在她身后，环腰抱着她，笑了。

我扭过头，祈求地望向水族人。

水族人挠了挠头发，随即用他那鸟似的眼光向着空中飘动着的成群乌云瞄了两三次。我听到几声闷雷。

雨势并没有减小，我掐灭了烟头，望向屋檐外阴郁的天空。接着我几个大步迈到街上，顶着雨朝家里走去。或许真是水族人唤来的雨也说不定呢，我对自己说。

雨淅淅沥沥地下着，地上涨满着一滩滩水洼，街上没有路人——偶尔看到一个影子，他也会马上在水汽里融化掉。我远远地看到了自己家的房子，客厅留着的灯光透过窗户，在被葡萄藤覆盖着的游廊上投下金色的光。

我浑身疲惫，晕头转向，脚步虚浮。我的衣服湿透了，冒出氤氲水汽，从我身上流下来的雨水在门口留下一抹弯曲的痕迹。我打开房门，换了便鞋，轻手轻脚地走上二楼的房间。寒风把威尼斯百叶窗吹得哗啦哗啦响，从我早晨没有关严的窗户飘了进来。

我刚打开屋里的灯，口袋里的电话就嗡嗡震起来了，那是洛克打来的，他问我，"怎么了？"

我把打开了免提的电话丢到床上，接着从书包里取出水杯和一些杂物。我把水杯里剩下的水浇到窗台的盆栽植物里，把背包里的东西摆放到抽屉和架子上："洛克，建豪已经买了伦敦回家的机票，不久后我就要去送他。"

"建豪要走了？"

这话从别人嘴里说出来立马叫我心里咯噔了一下，可我没停下手头的事情。我关紧了窗子，把外套脱下来挂在衣架上，然后我在书桌前坐下，打开了笔记本电脑。

"啊，是的。"

"你现在怎么样？我记得上次聊天时你说你搬家了，你住得怎样？"

"我，我蛮好的。这房子很大，浴室的装潢很讲究，我非常喜欢。我住的二楼竟然还有独立厨房——地方不大，但什么都全。我能烧一手好菜，可房东家的孩子却只喜欢我做的煎蛋。"我把椅子往后靠，一只手扶着额头，一边喃喃着。我的脑子里思绪纷纭，也就任由自己想到哪说到哪了，"洛克，郊区住起来是很舒服的，说真的，这比什么都更使我心中充满了妥贴与踏实的感觉。前些天晚上散步的时候我同邻居聊天。那位老爷子真是兴致勃勃，我只是恰如其分地对他种在院子的一片儿像圆圆的伞面的峨参恭维了几句，他便打开了话匣子，滔滔不绝地讲起了自己的花园和菜地，还问我中国的这个那个的事情。哈，我有多久没跟邻居聊过天了？总，总之，我想说的是一切都还好，一切都，都……但，但我可没法完全享受这些，我还有很多事情要做。"

电话那头沉默了一下。

"你要申请博士了？"

"你知道？"我愣了一下。

"二加二等于四，我推想如此。"

"嗯，是的，"我用肩膀把电话夹在耳边，双手直愣愣地搁在键盘上——有那么两秒钟，我记不起自己笔记本的锁屏密码，"我，我已经初步梳理好了博士学位的申请。我准备好了论文，整理了个人信息和其他资料，之后的哪天我会去找我的导师歌蒂教授详谈推荐信的事情——事实上，我现在就准备发邮件给他。但洛克，我觉得不够，这就是我想说的第二件事，我需要帮忙。我需要找人修改和审阅我的资料、简历、申请、一切东西，我需要我能依靠并且愿意花时间和精力帮我的人，我想找出材料的漏洞和文章的毛病，我得找到人，听到坦率的意见。"

我缓了口气，噼里啪啦地打出密码，屏幕显出一片光亮。

“你，你觉得我应该找哪些人？”我补了一句。

洛克思索了一会儿。

“所有材料和信息都准备好了么？”他问。

我打开浏览器，刷新了邮箱的登录页面。

“嗯，我已经准备了一段时间了。”

“很好，而且我觉得你想的没错，你确实需要更多的人来审查和校正你的准备工作。”

“名字，洛克，我需要名字，你觉得我该找谁？”

“要我说的话，”洛克开口了，并在说话的同时思忖着，接着有点忸怩地吐出了第一个名字，“凯文，如果你真要这么做的话，首先我觉得你应该找凯……”

我把手扶在额头上，脸拧成一团。

“见他妈的鬼了……”我啐了一口。

“我是认真的，你需要的是批评和建议，而那家伙的本能似乎就是去揭穿谬误、嘲弄愚蠢。否定什么对他而言不费吹灰之力，你也清楚得很。对他来说，那可要比去肯定什么容易得多。我觉得你需要他的帮忙，他能给出建议——并且都会是好的建议，即使可能不被你采纳，也会潜移默化地影响你。你知道我是对的。”

我叹了口气，一边在网页上输入了邮箱登录密码，一边用鼻音“嗯”了一声，算是表示对他说的话的同意。

香港人的声音继续传了过来。

“然后你要找梅迪。他的基础知识非常牢固，并对做计划和规划很在行。他这个人真能做到遇难不惑，逢事不乱，而且行动非常果断。我不久前还在香港见过他，他跟以前那样充满活力，并且已经着手开始了很有前景的工作。”

听到这儿，我会心地笑了。梅迪是我的好友，尽管没人会去怀疑他的成功是件必然的事情，可听到他现在生活丰富，我不禁为他高兴。我拍了下自己的脑门，颇有埋怨自己的意味：“天哪，梅迪，我怎么会没想到呢！”

“最后，我觉得最后，在你提交申请前，一定要找到亨利。他有一种机械般的天赋，无论身前有什么东西，都能处理得得心应手，驾轻就熟。而且他的不同凡响表现在对一些需要慎重处理的问题上，无论是私事还是公事，他都能达到透彻地理解，并做出可靠的判断。还有，你知道的，亨利有着那种能摆脱困境的非凡才智，是个出人意料、与众不同，而且方式随意的人。他完全有能力从已知中发表看法，并以一种少有的睿智、清晰、简洁的洞察力作出评判。”

“对，亨利，你说得没错！我怎么能把他忘了。是有那么一种人的，这个社会上有那种人，他们无时无刻都能从生活经历中汲取知识，这种人寥寥无几，而他就是其中的一个。”

我非常赞同洛克的看法，可话一出口，自己突然又迟疑了——我想到了什么。

“不过，你知道么，那家伙的行为总是难以预料，”我有些不好意思，话里也有踌躇不安的味道，“在大学里当他知道了茱莉亚的事情后，见到我便发狂地笑了。‘我听人讲你想要搞上一个选修班的学姐？’他这么问我。我正愣着想该怎样回应，他又晃着头哈哈大笑。‘这可真酷’，他说，‘她腿长么？’”

我话没说完，香港人咯咯的笑声就传过来了，我也哼哼着笑了起来。

笑声终于落了，我没有说话，洛克也没张口，就那么过了一会儿，我叹了口气。

我站起身来，把关掉的窗子推到半开，一只手支在宽大的窗台上，大口吸着凉爽的空气。雨更大了，风也更凛冽，不远处的两颗老树在阴影中互相触碰，发出沙沙的声响。我踮着脚望向远处，瞥见远处那栖身在暮色里的连绵山丘——山丘随着深邃的夜空和细雨直伸向远方，像模子里印铸出来的那种生铁的断面。我莫名地又叹了声。

“你，你听起来好像很累。”洛克迟疑着发问了。

“是这样吗？”我苦笑着。

“对，你听起来很累。”

“可能是工作的缘故吧。我今天带着孩子们逛了很多地方，那是些很可爱的孩子。不过你知道么，小家伙们单独看还挺体面，然而一旦聚在一起，就变得冷酷难缠了。有时候我倾尽所能都做不到叫他们安静下来，真的，我得提高嗓门并换上阴沉严肃的表情才能勉强奏效——不过我觉得他们已经差不多看穿这招了。”

洛克没有接话，我也就自顾自地说了下去。

“今天下午，下午我们去了自然历史博物馆。我告诉孩子们玛丽·安宁是怎样花了十年工夫挖掘出泰曼鱼龙，我告诉他们她是‘最伟大的化石采集家’，但受限于那个年代错误认知，她不能进入大学，不能参加任何学会，贫困潦倒，只因为她是女性。我教孩子们谁是汉斯·斯隆爵士，他奇妙的牙买加之旅，发疯般的收藏和慷慨的馈赠，以及他是怎样地喜欢鹦鹉螺——我给他们指出哪个是弗罗莱娜嘲鸟，告诉他们那是达尔文收集的最重要的标本，而且达尔文在花卉养殖和牲畜培育方面的知识助产了‘物种随时间变化’的理论。我还得让他们知道谁是彼得·迪贝维尔，我说这个人不会考古也不懂研究生物，他是位随船出行的博物学画家，馆里的很多图解和画作都出自他的笔下。我还对他们说这栋建筑里储藏着超过900万种蝴蝶标本——对了，你知道吗洛克，妮维绝对能认出一半以上……”

“不，不是，”洛克打断了我的话，“我指的是很累，就像，沮丧或者不自信。”

“啊，是吗？”

“嗯，你听起来很累。”

雨水唰唰地抽打在泥地上，空气中有一股扑鼻的芳香味升腾起来了，道路上湿漉漉的，在对面房子的灯光和路灯的光照下泛出苍白的亮光。一位路人撑着伞从房前走过去，他从树木的阴影中走进我的视线又走出，就仿佛从舞台的边幕中走进走出一样，他走过光线照亮的路段，然后又消失在另一片黑暗之中。

我开口了，自己都觉得莫名其妙。

“蘧伯玉使人於孔子。孔子与之坐而问焉，曰：‘夫子何为？’对曰：‘夫子欲寡其过而未能也’。使者出，子曰：‘使乎！使乎！’[①]。”

窗外雨雾弥漫，我朝着目力所及的方向投去长长的、沉思的一瞥，同时伴以一声长叹。我说不清自己的情绪，只觉得有些发抖。我又张口说话了，发现自己的嗓音有点奇怪。

“洛克，我，我说，你知道吗，我们那些杰出的祖先，他，他们活在那么久远的、混沌初开的年代——什么都是未知的、黑暗的、隐晦的——那时候最聪明的人挪到现在都可以算得上是浅见寡识，可他们却能发现美好的事物，然后大胆地表达出来。你，你听，他们的感情和诗是那么天真，他们讲到无垠的大地和圆弧一般的天空，他们可以讲经布道、坦陈心志，可以倾诉闺中怀人的情愫，他们忧国伤时、借古讽今，他们表达建功立业的愿望。他们的话是那么真实、感人、诚挚、幼稚而又十分神秘，那可真有意思，叫人陶醉，神魂颠倒！你知道吗，现在我们都很清楚地球是圆的，并且围绕太阳转。可除此之外呢？我说，没有哪些有影响力的人愿意浪费精力和时间去讲经布道，宣扬真理，提高人们讨论和行事的标准，塑造社会公知或者执行正义，他们甚至不愿坦陈心志，而选择要做不愿意得罪大多数人的老好人。一堆堆年轻人误把‘谈情说爱’当作了‘长相厮守’，他们老早地结了婚，然后老早地像个中年人或者老年人那样开始满足于一些与他们投入学习或工作相比完全不对称的小恩小惠，并且把‘知足’理解为‘得过且过’和‘总有人，我说，总他妈有人过得比我差吧’。政治伦理就更不要说了，我们从不喜欢辩论——更别提什么‘忧国伤时、借古讽今’了，任何事情都被框架为只有对错之分，而且人们对政治的理解少得可怜。我说，95年的《虎胆龙威3》里编剧就拿希拉里和特朗普开涮了；我说，95年呐，那时候美国的大众就对未来的政治走向有了预见。我们呢，我们则更愿意让电视台和廉价杂志把一切大人物塑造成为了事业奋斗终身的人。还有‘建功立业’的愿望，天呐，你去北

① 出自孔子（公元前551—公元前478年）文集《论语·宪问篇》。

京和上海坐坐地铁，整个车厢全是年轻人，全都……我……几百万年轻人哪，绝大多数都有文凭、学位、上进心和能力，却只能拼命争夺那种‘男人只要能加班，女人只要别休产假就好’便足以胜任的工作——那样并没错，我说，那样可能并不是错事，但，但是……我，我……我不知道为什么会想到这些……”

我颤颤巍巍地坐回椅子上。

“我，我是说，你知道我在伦敦是干什么的，你是知道的。”我吞下一口哽在喉中的东西，竭力忍住两腿和嗓音的颤抖，“我在兼职导游。之前跟妮维做了三个月的研究生工作项目，往前是服务生和销售。洛克，那可是个五年的博士研究项目和一笔丰富的奖学金，我没什么机会的。我，我是个个人主义者，我相信赛跑是腿脚快的得奖，打架是力气大的获胜。我的资质和资历是……我，我是没什么机会的。”

“你，你不能这么说，你不能这么说，”洛克几乎是立刻就接过我的话头，他的声调有些不稳，字就更咬不清了——他想安慰我，“你年轻，聪明，有才华和潜能，那些是测试和审核检验不出的东西。”

我摇着头，笑了。

“啊，你这样讲简直太好了——说来好笑，几乎每个愤世嫉俗的失败者都拿这句话聊以自慰呢。”

“不，不是这样。我觉得，我觉得你应该跟人聊聊天。”

“是吗，可在伦敦，除罢建豪和妮维，我的朋友很少。我说，在工作上和学校里，虽然大伙儿处得不错，可并没有成为亲密朋友，互相并不吐露心声，也很少在例行聚会外见到对方。”

“那，那你该打给你的父亲母亲。”

我又自顾自地摇了摇头。

“不，我，我不能那样。我的父母和所有的父母一样，永远都认为他们的儿子是个傻瓜或者长不大的孩子——无论我取得怎样的学位，长到了多大年纪，拿到多少薪水，做出任何成就。你知道么，”我突然住了嘴，为自己的狼狈处境快活地笑了下，“我知道我妈妈会说什么——每次都一个样——她肯定会要我‘今天英国天气冷记得加衣服’‘注意身体吃好饭’或者‘不要把自己赶得太紧，谈个女朋友’，有时候我会取笑她的说辞。而且她会坚持叫我父亲也听电话——我当然爱我的父亲，我是说，他有智慧、善谈，教会了我现在所知道的一切，但我长大了之后我俩并不常聊天，我们甚至会没话说，可能是太亲近而不愿费力寒暄。我们每次通电话都会尴尬半晌，甚至不知道谁应该主动先张口，然后你知道吗，然后他会问我——总只有这一句：‘你过得怎样，需用家里打钱给你吗？’天哪，每次我都想为这句老实巴交的话发笑——我是硕士，虽然我的工作很逊，奖学金也不多，但你知道我拿多少镑么？”

洛克“噗”地笑出声来，我也叹着气笑了。

“他们只想叫你过得好，全天下当父母的都是这样。”

“啊，我知道，我不是抱怨，我只是……我说……我也不知道了。”

我缓了口气，鼓起劲儿来坐直了身子，把鼠标移到了邮箱的通讯录，接着我又听到香港人的声音了。

“对了，”洛克似乎突然想到了什么，“还记得大学时候我们看的艾美奖的颁奖么？”

我想了下。

“记得吧，”我耸了下肩膀，“不知道，我也说不准。”

“2012年那次，第64届艾美奖，你还记得艾瑞克·斯通斯崔特[①]在获得喜剧类最佳男配角时说了什么吗？”

“我，”我一只手支着头，思索了一下，“我记不大清。”

“他说，我想分享这份荣誉给每一个正在拼搏的同辈演员——那些和曾经的我一样，明日凌晨五时在洛杉矶圣莫妮卡有试镜要参加的演员。他说我每一个试镜都会去，他说我连一次都没有错过，他说我自己就是保持积极向上心态并且坚持梦想的、活生生的例子。”洛克那蹩脚的、毫无说服力的腔调叫我有点儿想笑，可我知道他是想给我打气加油。他继续说，“我，我猜我想说的是，你得铆足了劲儿去申请博士的项目，我说，如果你输了的话，原因是什么都行，什么都行——但绝对不能是你自己不够努力。真的，我说真的，你得做了所有应该做的和所有本来可以做的一切，然后就把剩下的交给运气或者命运或者那个藏在你心里的‘神’之类的东西吧。”

我愣了一会儿，终究无奈地笑了。

“啊，这鼓劲儿的话简直太傻了，”我微微摇着头，笑着，“我说，咱们不是在拍韩剧，也不是在演春晚小品。”

香港人低声笑了，我也笑着。不管怎样，我的心情确实好了点儿。

“总之，我说真的，你得认真听我说，你得听我的，”洛克笑了几下，就又顺着话头说下去了——有种趁热打铁的感觉，“我问你，你坚持喝牛奶吗？”

我听得一头雾水，鼠标的箭头也就停留在通讯录里歌蒂教授的邮箱上。

“这，这里被大自然包围着，呃，牛奶也很好喝。”

“我问你，你放松过学习么？”

“我……没有，从没有过，我念书，也修改论文。”

---

① 美国男演员，以出演美剧《摩登家庭》而广为人知。

“还能维持生活吗？”

“我一直在工作，存了一笔钱，不大可能会陷入捉襟见肘的境地。”

“你会时常见义勇为，拯人于危难之中吗？”

“呃……我不清楚你指……但偶尔有人对我微笑，我都友善地点头。通常只要经过，我都会把散币放到地铁站艺人的琴盒里。”

“你坚持写作么，记得不久前你说要写书？”

我咳了一下，点进新邮件的编辑页面。

“我，我写了不到两行字，总觉得没什么可写。”

“这几乎是不愿写作最站不住脚的理由了。我还要知道，你有没有保持规律的锻炼？”

“我，我每天俯卧撑100次，仰卧起坐100次，下蹲100次，但没有10公里长跑，所幸也没秃头。”

“这些就足够了，真的，这就够了，我就不信你的那位上帝不会眷顾你，”洛克的声音从电话那头传过来，音量很高，“你要记住，你是个正直的家伙，有着优良的习惯和独到的品质，而这个世界上没什么东西比人的气节和道德重要。归根结底，无论社会变成怎样，美德和勤奋永远是这个世界上通往成功的康庄大道。你得相信这个。”

我张着嘴说不出什么话来，手指紧紧攥在一起。

沉默了几秒后，我从压扁了的盒里取出一支烟，点着，深深地吸了一口。

我随即又把香烟掐灭了，在窗台处的烟灰缸里使劲拧了几下。

窗外的雨哗哗下着，周遭的灯都灭了，外面一个人都没有。夜色里的茱萸像鬼一般沙沙作响，摇曳不已；对面花园里的竹架子像喝醉酒一样弯向地面，架子上的豆藤只能摸索着向空中伸展。

“你说得对，你说得没错，在很多方面，我都是个无知之徒。”我长长地叹了口气，“愚蠢的是我，你的话一点都不傻。”

我又用一种镇定 、沉思 ，几乎毫无主观色彩的声音补充了一句。

“我只是，可能只是心里难过，口出怨言，发发牢骚，表示不满罢了。”

我看着电脑的屏幕，在编辑页面上输入了歌蒂教授的邮箱，接着按照自己的小习惯，先在内容里打出了结尾礼辞：你真挚的……

“这不就对了嘛！你看，这样不就很好么？”

洛克他显得很开心，好像自己的情绪也跟着好转了一样。他就是这样的人，热诚，善良，正直。有时候我会觉得他做不好策划展厅、推广产品的工作，因为他太单纯了。如若他将一件商品作为特别的恩惠推销给你，到头来却证明对你用处不大时，他会比你自己还要觉得后悔惋惜。

想到这我又笑了。而洛克的声音又传了过来。

“对了，第三件事呢？”

“呃？”

“建豪要走了是一件事，申请博士是一件事，第三件事情呢，我记得还有一件事情吧？”我咂了下舌头。“那，那其实也不算什……”

“我没听清？你声音得大一些。”

我的脸有点儿僵住了，眉间的额头也微微蹙起，我感到有些心悸。我本是抱着聊天的心态跟他闲扯，没料想对话会走到谈心的地步。所以现在看来，那件事说出来并不合适，不说也罢。我这样想着，觉得还是等着叫他先开口吧，这样更审慎。我没作声。

“听得到吗？我说，第三件事情是什么？”

我咳了一下：“呃，洛克，那，那并不重要，你知道么，那其实不重要。”

“不，你得告诉我。你是我的朋友，你勤奋，上进，有令我尊敬的人格和高尚的品质，你有十人之力[①]。所以一定得继续拼搏下去，你有十人之力——知道为什么吗？”

“呃……因为我‘心地纯净’？”

“对，因为你心地纯净。好了现在告诉我，第三件事情是什么？”

“呃……我，我只是想，想问一下，其实就随便一问……如果要找……呃，怎么说，你知道的，‘应召’的话，你推荐年轻的比利时大三学生，还是身材会辣多一些的斯洛伐克有氧健身教练？”

---

① 出自阿尔弗雷德·丁尼生（1809-1892 年）长诗《加哈拉德》。

第三周与第四周：掉进兔子洞

那可真让人惊讶，音乐一响起，我就忍不住流出泪来，甚至弄不清楚那冲动是从哪里来的。那感觉就像是，就像是……身处教堂一般。我都不知道我们还有这本事，你知道么，我们还有这种本事。

——电视剧《体育之夜》[1]

“最近怎样？”

凯文问我话时，脸上没有任何表情——当然，我知道他的这张脸几乎从不表现他心底闪过的任何一个念头。但我还是看到了点儿什么，说真的，你得像我这般熟悉他，你得像我这样，才看得清在他薄薄的嘴唇张开时，心底有一个秒钟，像潘趣先生[2]一样欢快得意。

那是第三周的一个晌午，香港人，凯文和我在一家茶餐厅吃午餐。我向来喜欢那家别致的餐厅，除了精致的菜肴和整洁的环境外，厅里的老式唱机总会播放一些悦耳清心的钢琴曲子和新奥尔良风格的萨克斯爵士乐，偶尔几次我能听到自己熟悉的旋律，便会有心满意足的感觉。我们坐了张小桌子，凯文叫了白切鸡和沾着番茄酱的牛肉丸，我点了一份蜜汁叉烧饭，香港人出门去买果蔬汁——沿用他的果菜汁断食法[3]，谁知道他是怎么想的。

凯文在那个学期选修了电影课，我们选修不同，碰面不多，但专业课还在同一个班，他仍熟知我规律的日常生活。这就是为什么当他问话时我感到了困惑。

“都还好吧。”我想了下，给出了对这个问题最常用的回应。

“跟往日一样？”凯文继续问了，他头也不抬，给人的感觉是漫不经心。

---

① 出自 The Quality of Mercy at 29K，电视剧《体育之夜》（1998-2000 年）。

② 角色，出自木偶剧《潘趣和朱迪》。

③ 一种采用果菜汁排毒、改善健康状况的食疗方法。

“嗯。”我拖着声音，点了点头。

一丝猜疑的微笑浮在凯文刀锋般的嘴唇上。

“选修怎样？”他望着我，说话时两片薄薄的嘴唇基本没有动。

这句话叫我心里一沉。我跟凯文一向通气，因而能模糊地捕捉到他话里的弦外之音。我怀着一丝侥幸的心理，以退为进地把话问回去：“什，什么怎样？”

“没发生什么事？”他几乎是紧接着问。

“什么都没发生。”我顶了一句。

凯文的目光变得严厉起来了，他长时间地盯着我看，行为显得严肃而傲慢，可脸上却还是一副平心静气的谦逊神气。我有点儿紧张，咽了口唾沫。

接着他开口了——他的声调高了一点儿，这说明我说了让他不满但一早就预料到了的话。

“你知道为什么我喜欢《美国丽人》吗？”

“呃？”

“American Beauty，1999。”

“你，你问为什么你会喜欢《美国丽人》？”

“是的，为什么我喜欢《美国丽人》。”

“不是，我说，不是事事都有寓意的吧？”

“凡事都有，只要你肯去找。”

我吁了口气，他说话时斩钉截铁的口吻不能不叫我感到佩服——真的，如果有旁人对我说凯文真的相信自己所说的每一个字，我对此绝不会感到突然。

“呃……因为电影巧妙地利用街道为圆心的放射状空间，揭示了空洞无情的家庭生活？”我有半分顾虑，但不至于踌躇不前，便支支吾吾地顺着他的话扯开了，“影，影片直接大胆地批判了美国社会的弊病和中产阶级人性的弱点？因为电影的布局和构造紧凑完整，结局经典？再不就是编剧细腻并耐人寻味的剧本在业内名声大噪，为他在日后《六尺之下》的创作奠定了基础？”

我缓了口气，觉得自己有一种自卑感，就像做了坏事，虽不是有意，但感到羞愧。我添了一句：“或者，我是说，如果你跟我一样是位生理功能健全，并且细致入微的观察者的话，米娜·苏瓦丽在107分钟19秒时候露出……”

凯文那深邃明亮的眼睛利矛般地直盯向我，我老实地把嘴闭住了。

凯文的掌控力极强，从不因为头脑里闪过什么念头，就让舌头撒野胡说一通——这一点我做不到。同时他气势凌人，仿佛只要眉毛一扬，就能立刻叫人声嘈杂的大礼堂鸦雀无声。我脾性温和，根本不是这种人的对手——从来不是，以后也不会是，这一点我有自知之明。

“凯文·史派西说‘我的名字叫莱斯特·伯哈姆，这是我所在的小区，这是我所在的街道，这便是我的生活；我今年四十二岁，在不到一年的时间里，我就会死去了’。”凯文开口了，用一种毫无语气的口吻，“电影的开头是这么说的。”

“我，我还是不太……你想说的是？”我犹疑胆怯地逃避凯文的眼光，以至于更把他的注意力吸引到我身上。我的行为恰好应验了他的想法，也表明了我从他的话语里得到了什么暗示。

“电影开门见山——导演看得起观众的智商，又不存心挑战，所以并不侧敲旁击，选择了清清楚楚地透露结局、给出答案的方式。这样做直接、简单，叫人心生好感。所以我要再问你一次：最近怎样？”凯文说话声调总是很平，听起来直白冷酷，连最随便的一句话都魔力般地带压迫力。他脸部的表情经常随着他的思想在变化——那变化并不太，都不外乎是讽刺，讥诮和奚落之类的微表情——至少对着我他是这样。而现在，他脸上的表情分明是对我的愚蠢表示怜悯，“你得记住，除罢跟你情人聊天之外，讲真话几乎在任何时候都有好结果。”

我舔了下嘴唇，猛地想起了苏东坡读了王安石《桂枝香》一词后的叹语，“此老乃野狐精也”。

“平，呃……平心而论，”我开口了，微微抽搐着，同时不自然地耸了下肩，“那部电影的开头是，简说我需要一个能做模范的父亲，而不是一个看到我从学校带回的女生就能射到短裤上的淫荡老头。她又说，他实在太逊了，真该有个人结束他那卑微的生活。然后瑞奇说，要我为你杀了他么？简说，呃……好啊好啊，你愿意为我那样做吗？”

凯文把头倾向一侧，斜着眼睛，讥讽的神情溢于言表——他知道自己已经胜券在握。我把手扶在额头上，脸拧成一团。

凯文通常一眼就能理解手头的事情，也能看出和他交谈的人的弱点和贫乏，没有什么可以逃过这样一双可怕的眼睛。真的，他观望我的那副神气，仿佛我只是时装店里随便的一个裸露的人体模特。

“是洛克么？”我疲惫地叹了口气，“是香港人告诉你的么？”

凯文没说话。

“‘That city is dying you know’[①]。”我翻了个白眼，摇着头嘟囔。

凯文脸色苍白，鼻梁直挺，下巴很尖，嘴唇薄得像刀片，这一切都叫他那一

① “香港已经没落了，知道吗”，出自香港电视广播有限公司电视剧《天与地》。

对黑眸子显得更大了。他的眼睛像是会说话，总是带着冷酷、好奇与怀疑，似乎表明这对眼睛背后肯定有一个优秀的头脑——而事实也就是那样。他有丰富的学识，从他口中讲出的每一句话，即使只是普普通通的话，也从不乏味单调，并常常带着格言的意味。他是个感觉敏锐的辩论者，能言善辩且娴于辞令，偶尔还带点诙谐。他有勇气和顽强的意志，无论对上什么事情，都能做到一个实干者凭着勤奋、诚实、对人情事理的了解和手段与目的的有效结合所能达到的高度。他也掌握着殊于常人的力量，从日出那一刻开始到夜幕降临时止丝毫不知疲惫——他天生就不是那种把闲暇时间用来随便消磨的人。凯文就是这样的人。他漠然观察着凡间生活，既说不上激动振奋，也说不上伤心失望；他冷眼旁观着世间的生灵，既谈不上喜欢他们，也谈不上讨厌他们。他按照这个世界原有的样子接受了这个世界以及他在其中所处的位置，而后耸耸肩，就又沉浸在他喜好的工作、书本以及他那更美好的世界当中去了。老实说，我对这个人充满了钦佩，他的精神如火焰般熊熊燃烧，对自己渴盼的一切信心十足。但很多时候，只要我用自己那一贯的语气嬉笑着谈起某件有趣的事情，他就会用他那黑黑的大眼睛投去讽刺的一瞥，同时薄薄的嘴唇也会嘲讽地撅起——这个人不是我可以对付的——第一次见到他，我就本能地感到了。

我曾念到过这么一段话：等你要自己闯荡的时候——我敢说将来有一天，你就要自己闯天下了——如果你愚昧无知，就尽量围绕在聪明人身边，而如果你够机灵，则跟那些聪明却不同意你观点的人来往。说这句话的人聪明绝顶，我也就一丝不苟地恪守这个规矩。我吉星高照，结交过很多充满智慧、才华横溢的年轻人，他们尽管常互相碰撞，可每个人都风趣敏锐，决不浅薄。凯文就是其中之一。他思维敏捷，但不善于掩饰，不会根据自己的处境调整自己的言行以达到与他人毫无区别的程度，对同伴的无知常回以轻蔑。但我们终归是好友。当你认识了一个人很久之后，你对他的缺点也就不太在乎了，就像接受自己的短处一样，你也会接受他的一切。

“所以，你喜欢选修课里的学姐？”凯文把目光投向我，神色平静、若有所思地说。

我长长地吁了口气。

我本以为这件事是封闭的，隐私的，如果他人想要打破重重障碍，挤进这个圈子，必须花上很大力气；但在凯文来说，这些障碍就像耶利哥的城墙一样轻易就被跨越了。他轻而易举地做出了个定论，并像一位有着广博学识的长者教诲其师从的弟子时那样用带着引导性的语气把陈述句问了出来——你不得不对他提问时那种发号施令又彬彬有礼的态度感到不可思议。

“我……对了，你的选修课讲了山姆·曼德斯[①]？我告诉你，克里斯托弗·普瑞斯特写的那本《致命魔术》，本来是想要给山姆拍的。你能想象得到么，呃……如果那样的话……”

“不，今天讲了市川昆[②]，看了岩井俊二的那部纪录片[③]，而且我觉得你喜欢上了选修课里的学姐。”凯文没有被我试图转移话题的行为影响，他看得出我不安分的眼神就像试图逃避追捕的野兔一样，一会儿跳到这里，一会儿又跃到那里。而更叫我感到无奈的是，他的语气依旧平淡，犹如在谈天气。

再一次地，我深深地叹了口气。我为自己的行为感到愚蠢可笑，却又怕把心里话说出口会出洋相。

“洛克他，他是这么告诉你的吗——他用了‘喜欢’这个词？呃……不，事实上什么都还没有。这才是学期的第三周，迄今为止我所做的还停留在准备工作的阶段。”

“目前为止你做过什么‘准备工作’呢？”

“我，我还在思考。”

“只有傻瓜才去思考，聪明人用的是，比如直觉、灵感和上帝的旨意。”

“你，你只是来朝井里丢石头的吗？”

“今次不是。”

“那，那你又有多少经验？”

“不多，不过不谦虚地说，我的脑子还是够用的。”凯文的嘴角露出一丝笑意，那张苦行僧式的脸上标明了无所畏惧。

唉，这话说得够混球的，但他确实有着那种为数不多的一流人士才有的杰出的智慧。而我很清楚对待这种异于常人的家伙，自己得非常容忍，非常耐心才行。

我没有说话。

“既然你在思考，”凯文紧接着问道，几乎是不假思索——我有种被压迫的感觉，“那你有什么想法？”

我耸了下肩，准备说点儿什么，可一张开嘴，我的脑子里却一片空白了。

真的，有那么一会儿，我不知道自己该怎么去想。我好像看不见也听不见，脑子更是转不动了。紧接着，一种疲乏困顿的怠倦感向我袭来，那是一种深不可测的困

---

① 英国导演，电影制作人，电影《美国丽人》的导演。

② 日本演员，编剧，导演。

③ 日本作家，导演，曾指导《市川昆物语》讲述市川昆从少年时起的一系列重要事件，包括与剧作家和田夏十相知相伴的爱情故事。

倦，我觉得自己好像要沉没了。过了半晌，我才缓慢发出声音——我强打着精神说话，思绪全在别处了。

“我，我没什么想法。”

“没有？”凯文不动声色地问，并像惯于驱使奴仆的主人那样对我做了个手势，示意我说点什么。

回想起来的话，只有画家，还必须是个高手的画家，才能描绘当时我在他面前宣泄出那番脆弱、窘迫和局促不安感情时流露的神色。而凯文的表情则如他那些咄咄逼人的追问一般强烈刚硬。

我有些疲倦地摆了下手。

“我能有什么想法，我说，如果你真想知道的话，我会说我只懂得那是个很好看的女人。我知道她的声音轻巧奇妙，像适宜的雨天，也像在月光下听音乐。她的脸上洋溢着一种活生生、温柔的美，像柔和的、闪烁的夕阳。我知道她的眼睛撩人心弦，有着不可思议的光彩，就像冬日的森林深处，平静的池塘水中发出的那种反射了太阳、却又静止着的光亮一般——而且没有一丝怯懦和做作；我知道她举止优雅、谈吐大方充满智慧；我知道只要她经过你的身边，总会有一阵——怎么说，就是那种美人樱香囊的淡淡香味扑鼻而来。”我顿了顿，蓦地想起茱莉亚婴儿般恬静柔和的侧脸，木兰花一样白皙的脖颈，以及她如同嫘祖编织出的轻薄的丝绸一般柔软纤细的秀发。我毫无生气地继续说，“我也知道我在最耀眼的时刻不过是个六，她是十三，笑起来的时候十七。所以你问我有什么想法么？我这么对自己讲：你应该就是这样了，去祈祷别人都幸福吧。”

凯文的脸上掠过一丝慢条斯理的笑意，他沉默了片刻，开口了。

“瓦莱丽19岁遇到了海明威，跟他游历了普罗旺斯和巴黎，做了他的私人秘书，两人持持续续地保持着暧昧的关系。海明威的第四任妻子玛丽不仅容忍了这样的关系，甚至跟瓦莱丽成了好友。海明威去世后，瓦莱丽与海明威一家并没有中断来往，她花了四年时间整理海明威的遗稿，接下来嫁给了他的小儿子格里高利，两人养育了半打孩子。然后又过了21年，格里高利在加拿大做了变性手术，改名叫格洛丽娅，”凯文缓了口气，语调依旧平静，接着他露出了个冷淡而生硬的笑容，“在你开口说话之前，我觉得那个故事简直他妈的一团糟。”

这话叫我整个人呆住了——有时候我觉得凯文能够驳倒我，与其说靠过硬的道理，不如说凭流利的口才。

“我，有时候我完全听不懂你在讲什么。”我愣了有几秒钟。

“我恰好完全理解你的意思。”凯文的眼睛眯得像鹰隼一样。

我闷闷不乐地白了他一眼。

凯文继续发问了，他发号施令的样子俨然像自打这段对话伊始他就是当然的主导了。

“你喜欢她吗？”

那种压迫感很强烈，我也不尽舒服，但就同我说的那样，一些人只要能够与我唇枪舌剑，针锋相对，尽管与我的个性迥然不同，我还是非常愿意同他在一起的。我又没作声。我把头转向一侧，向餐厅外看去了。

外面有一片鲜黄的油菜花，每一朵小花都沐浴在温柔的阳光里，闪耀着鲜嫩的色彩。微风吹拂下，花浪滚滚，一会儿向着大地鞠躬致敬，一会儿又对着太阳昂首挺胸。接着我回过头来，发觉餐厅里响起了一首爵士乐，我几乎没听懂多少，或者说完全听不懂。

半晌过后，我才若有所思地开口了。

“我不知道，”我说，一边摇了摇头，“我不知道该怎么回答。”

“没有完全无法回答的问题。”

“不，可不是那样——为什么乌鸦会像写字桌呢[①]？”

我说了句玩笑话，可凯文瞥了我一眼，没笑出来。他盯着我看，眼神十分坦率地告诉我他想要一个肯定的说法。

“我，我对茱莉亚，啊……那感觉就像，像……”

我不知道该从何说起。我本打算再说句俏皮话，便支吾地叫了一声，一只手戏剧性地挥了挥。可凯文是如此的冷静自持，这让我几乎难以开口说起我打算要讲的事情。我沉默了一会，试着想说我已经完全迷恋上那个女人了，可那个声音只闷在心里自己听得到。渴望令我疲倦地抽搐了一下，我为自己的畏首畏尾感到惭愧。

我突然想起了凯文提到的那位日本导演。

“《市川昆物语》里有一段是这么说的：和田夏十看了*E·T*，觉得那是她的时代里最好的作品，”我说了句这样的话，总之我不知该说什么好，“她说她第一次看到这样精致、温柔，并且充满了惊喜的事物。”

凯文看了我几眼，什么都没讲，他低下头把牛丸均匀地切成四份，像在做实验。我也没再说什么了。

那间茶餐厅不大，给人的感觉却很宽敞，餐厅的生意很好，沿墙还排列着一张张皮椅，在座满的时候供客人等候。玻璃窗上漂亮的印花布窗帘带着宽阔的流苏做装饰，配着一个个套环和一簇簇花饰，虽然图案比较古板，可是色彩光艳，厅里的座椅

① 出自刘易斯·卡罗尔（1832-1898年）童话《爱丽丝漫游奇境记》。

和桌子都是用黄色锦缎铺着，侧面钉了对称的扣子，式样大方。此外，餐厅里还有几个金色的摆设柜，陈列着一大堆小玩意，有瓷器、牙雕人物、木雕、几件铜器，正对大门的桌上摆着一只公羊头石雕。我环顾了一周，心里茫然一片。

“在想什么？”那是洛克的声音。

我猛地抬起头，看到洛克走了过来，他把一杯蔬菜汁给了凯文，也递了一杯给我。

“你应该多喝果蔬汁——或者牛奶也行，”他盯着我看，一边喝了一口杯子里那黏稠的东西，“然后把烟戒掉。”

“啊，对，”我白了他一眼，“你还应该去服个兵役呢——管自己的事儿。”

“呃……你怎么啦？”他有点无辜地望着我。

“你跟他提了茱莉亚？”我指着凯文。

“我，我跟他什么都说。”香港人耸了下肩膀。

我撇了下嘴，也耸了下肩膀。

“好啦，好啦，”洛克坐了下来，把手放在我的肩膀上，和善地笑起来，“你刚才在想什么？”

我迟疑了一下。

“并，并没什么。”我说。

“你肯定在想些什么奇怪的东西——你总是这样。”

“没，没什么，我说，只是很傻的事情。”

香港人满不在乎地撇了撇嘴：“那是要由听者决定的吧？”

我沉默着，继而无所谓地笑了笑。

“在《阿拉蕾》的104集《一生中最开心的日子》里，则卷千兵卫自言自语地说‘绿字小姐请你嫁给我吧’；山吹绿子恰好听到了，她说‘好啊当然可以了’。”我说着，语气里有着戏谑的味道，自己也都有些发笑的意思，“哈，你知道吗，瞧他那呆板的样子，肯定连自己都不敢相信吧。”

洛克先是发怔，然后猛地大笑起来，他笑一阵咳一阵，拿手指着我，说不出话来。

“这，这是你预期会发生的茱莉亚跟你之间的场景吗？”过了好一会儿，他才忍住笑。

“不……”我拖着长长的口音，也撇着嘴笑了，接着我一甩手，又接了句玩笑话，“事实上我在等着看她会不会像筱原夏希一样在某个日丽风和的清晨对我说，拜托你假装当我的未婚夫四天吧。[①]”

---

① 出自动画片《夏日大作战》。

我说着说着就笑了。洛克扶着桌子，又爆发出了一阵笑声。

“确实是很傻的事情，”他缓了口气，“听起来既傻气又动人。”

“‘傻气’跟‘动人’，算是相互矛盾的吧？”我歪着头，反诘了一句。

“矛盾处处有。”他吐了下舌头。

我笑出来了，香港人也摇着头在笑。餐厅里很热闹，旁边的餐桌上有午休的上班族拿着啤酒。

笑声落了，我也就低下头来，没看别处。我坐在位置上，又想到了茱莉亚了，我全心全意地沉浸在想象的世界里，忽略了其他所有人。

忽然间，我发觉留声机里换了首曲子。

那是在喧闹中飘起的一股细细的、银铃般的声音，音符好像在流淌——起初是有点儿轻快奇异的曲调，宛如清澈的小溪在白色的石子上跳跃，接着声音像是被一只巨大的手牵着缓缓升起，音调越来越高，力量也越发强大。那声乐明朗、轻柔、优雅，美好得令我呆滞。那感觉似曾相识，我忽然记得自己曾在练习钢琴时听过这套曲子。

“你真的很喜欢她？”长久的缄默不言后，凯文重复了一遍那个问题。

他的表情是一种一本正经的期望，给我一种感觉他不会草率评价这件事，也不会像往常般从中享受乐趣。

我抬起头，盘算不出他在想什么。但我确实看到笑意的光彩在他眼睛里一闪而过，之后立刻趋于平常。

我没说话，默默地听着耳边序曲的前奏，觉得这简单又高昂的音乐叫人舒服。那音乐真的很漂亮，第一节建立了一个简单主题后，马上就放开了，激荡你的内心，而且完全不卖弄技巧，叫你觉得演奏者一定是从心里深爱着音乐。我的心也逐渐明朗起来，犹如自然界里的各种生物熬过数九寒冬，豁然等到翩然而至的春天一般。

“这是贝多芬的作品，编号98的《遥寄远方的爱人》第一曲，”我侧耳倾听了良久，笑了一下，“严宝瑜先生做的翻译，称为《我在高山上眺望》。”

我说完话，轻声叹了下，又是长久的缄默不言。

“贝多芬是在1816年为特蕾泽写出那6首歌曲的，”半晌，我接着说，“他说‘想起她时，我的心就像初次见到她时一样剧烈地跳动’‘一见到这位美妙的人儿，我就有一肚子话要说’。”

凯文看着我，香港人洛克也放下了杯子。

我微微仰起头，觉得自己的脸颊烫得像火，可身上却有些发抖。

“我，我说，我不知道我为什么会突然想到这个。”我说话又变得十分急促，语无伦次。对此，我只是把手一甩，表示无可奈何。

我苦笑了下。

“你读过关于贝多芬的书吗？”我接着问凯文，他正注视着我，目光中还是那种带点儿严肃的神色。

“读过一些。”

“觉得怎样？”

“他的心灵中有某种清教徒规范使得他厌恶下流的谈吐和思想，他不能原谅莫扎特滥用才华写出《唐·璜》那样的低俗作品。”

我笑了。他把话说得简单又果断。

“贝多芬是，呃，我说，”我停了一下，迟疑着说了一句，“贝多芬是个疯子你知道么？”

凯文盯着我的眼睛，他点了下头。

我像喝醉了那般挥了下手。

“你，你觉得，”我笑了，“你觉得只有疯子才能创作出有力的作品么？”

“是的，而且历史一再证明。”

我又陷入沉默了。

“噢，对了，”我突然开口了，“我，我爱上她了，我由不得我自己。”

说罢我便自顾自地笑了，笑了几声，进而变成了苦笑：“我觉得我，掉到兔子洞里去了。”

香港人盯着我，嘴边露出微笑。凯文依旧没有作声，但也露出了半丝笑意。

“我……我该怎么办？”我望着他们。

凯文把那双黑亮的眼睛转向我，张开了口——我听到的还是那种缓慢、毫无激情的声调。

“首先，你等一个契机。”

第五周：文化的要义

因要解决一个问题，必须先认识此一问题。

——梁漱溟《文化的要义》

“建豪走了？”

2014年5月中旬，离上次与洛克在那个阴雨的傍晚聊天后过去了两周时间，凯文的电话在一个晚上打过来了。

那天下午我送建豪去希斯罗机场。去机场的路上，我接到了乔西的电话，而回家途中，我太疲惫了，靠在座位上打了个盹儿。出莫廷厄姆火车站时，天已经黑下来了，我站在火车站前，朝前望望，朝后望望，突然觉得伦敦变成了个陌生的地方——我没有亲人，不认识绝大多数人，到处发生着什么我一点儿都不了解。舟车劳顿和这个叫人心生畏惧的想法让我整个人浑浑噩噩，一个人走在郊区路上，我觉得自己像被遗弃似的。我蹒跚地走在暮色里，回到家时脚步像《哈姆雷特》中那个鬼魂那么轻、那么慢。我拉开房里的窗帘，在书桌前坐下，然后便听到了手机嗡嗡的震动声。

电话是凯文打来的。

“建豪走了？”他把话问得简单、直接、突兀。

“嗯，建豪走了。”我下意识地重复了一句，话说得有气无力。

“你现在怎么样？”

“你，你想问什么？”我的手足轻若纸片，没有一丝力气，也不知道该从哪里说起。

“我想知道你现在怎样。”

我用手支着头，一边望着前面，一边想着完全不同的另一些事。

“我，我没空去想。我每天要带团10个小时，走很长的路，说很多的话，还要抽时间写毕业论文和整理博士申请资料——我甚至只能约自己的专业导师歌蒂在周末的时间见面。同时我还正在申请其他工作，可能又要在短期内搬家。简而言之，我现在生活在困境里。”我停下话头，以为凯文会说些安慰我的话，可他什么都没说。我继续说："我身边没有一个朋友，不过平心而论，我也没打算去交；我喝红牛太多了，嘴里总有一股铁锈的味道；我几乎不能舒舒服服地吃上一顿饭，也很少睡觉；我每时每刻都觉得疲乏，身上的力量消耗殆尽；我走路时甚至会感到站不住脚，有时候不得不倚着墙壁。说真的，我再也忍受不了任何丁点儿的烦恼。"

我觉得自己像个空壳，讲起话来毫无生气。我希望凯文能感觉到我是出于对谈话对象的考虑才打起精神说话，我希望他明白我在发泄，我希望他对我说几句好听的话。

窗外驶过一辆卡车，车灯下岩石、小花园、莱、模糊的影子和神秘的物体一一跃入我的眼帘，下一秒，一切又变成了线条和轮廓。

半晌，凯文开口了——他的口气冷漠、尖锐、专断，像机器上的铸模一样一个字一个字地往外跳。

"你是想博取同情吗？"

这话叫我愣住了。我脑子里突然蹦出个印象：我恐怕是听不到一些宽心的话了。

"你待在老远的地方可能会感到寂寞，想跟人挨近些，不过记住要去做个性格坚强的人——或者至少做个与你年龄相称的成年人。不管日子多孤单，心里多委屈，都不要显露出来。"凯文几乎是无动于衷地讲到，除了他腔调里固有的蔑视和不屑，我听不出深刻的感情。"你不傻，也不算是个彻头彻尾的蠢货，应该清楚，诉说自己的不幸，周围的人很快就会厌烦，总是摆出一副可怜相也讨不了任何人喜欢。疲惫的时候左右看看，看看那些为了养家糊口疲于奔命的人，那些过着忍气吞声、绝望生活的人，那些把听天由命当作习以为常的人和那些靠愚钝和习惯忍耐、没有希望、没有一丝欢乐之光的人，然后再回头看看自己——难道不觉得好笑吗，每个人都认为自己才是最辛苦的那个，谁都觉得自己过得比其他人要辛苦，都认为自己被烦恼和困惑包围，心力交瘁，每个人的脸上都这么写着——简直是庸人自扰。你什么都不是，最多能被划到'努力的人'这个范围之内。所以说，如果你还有点儿志气或者——怎么说——还要脸的话，就别像当下社会里几乎所有的无名之辈一样，总是摆出一副深受误解的姿态。"

我打了个寒战，心脏就像是被狠狠地揪了一下，麻痹的痛楚传遍全身。对于这样的话怎么回答呢？恐怕只有长叹一口气了。

我没说出话来，凯文则又添了一句。

"我也知道，"他说，"我也知道你是一路摸爬滚打才走到今天这一步的，但你看看别人的眼睛，然后认真地想一想，难道其他任何有点儿野心的人不是么？"

长久地缄默后，我笑了。

荒诞不经地，我觉得有一丝开心，因为凯文还是自己熟悉的那个家伙，那个无视思维定势的限制，永远保持警惕，从不闭上双眼而同意被表面现象欺骗的家伙——尽管这些习惯总给交流泼冷水。

“我说，”我吃吃地笑了几声，“你的本能就是去反对听到的意见么？”

电话那头没有接话的意思。

我呼了口气，想象着凯文在那个半球漫不经心地耸肩膀的样子——如果我在他身边，准会看到他紧抿着的嘴唇和一脸讥讽的神情。

“所有申请的材料都准备好了么，那是要给梅迪、亨利和我看是吧？”短暂地沉默后，他突然问了一句。

“啊，是的，”我点了点头，急匆匆地说，“我约到了专业导师歌蒂教授在这个周末帮我校对和讨论关于推荐的事宜。在那之后，我就需要你们来为我把关了。”

“他愿意为你做推荐么？”

“我，我觉得会——尽管可能不是他的得意门生，但我表现得还算不错。”

“送他大吉岭茶，告诉他你像所有研究传播学的英国人一样，觉得麦克卢汉①是个满嘴喷粪的江湖骗子，然后他可能就会完全听命于你了。”

凯文难得地说了个笑话，我干笑了下。那是个安静的夜晚，一点风也没有，路边矮矮的桃树纹丝不动。

“工作怎样？”他又继续问了，语气轻佻散漫，随口便提到了别的事情。

“还，还在做。”

“身体并没垮掉吧？”

“呃……我四肢健全——如果你指的是这个的话。”

“钱也够花？”

“我手头还算宽绰。”

“很好，那就别再搞得自己好像唱着《艰苦生活》的安妮②。如果再有别人问你现在怎么样，你说‘我有存款和工作，我的身体健康，我在申请博士，一切都进行得有条不紊’。”

我笑了，一只手支着额头，长长地吁了口气。

“你在香港见梅迪和亨利吗？你们毕业后都去香港念研究生了，他们现在怎样？”我没话找话地问了句。

“都见过几次。梅迪的研究生还没念完，但已经被签了工作。我不清楚亨利怎

① 马歇尔·麦克卢汉（1911-1980 年），20 世纪最具争议的原创媒介理论家。

② 出自音乐剧《安妮》。

样，但他可轮不到别人去评价——那种执行力和意志，连上天堂还是下地狱他应该都会自己安排妥当，”凯文几乎是不假思索地说，他的回答不长——他从不适合与人闲聊。就在我准备接个关于亨利的笑话时，他又突然问我，“你觉得机会大么——我指博士的申请。”

这个问题叫我微微怔了一下。

“我，我觉得自己不够资格，”我迟疑了一下，才试着回答，“但，但那是一个漫长的研究过程，而一直以来我都抓住即使最微小的机会去念书、工作、见不同的人、去不同的地方。我从不歇脚，从不停下来，我无时无刻不觉得自己具有的条件高于已有的成绩，我怕我……追赶不上满街赶路人。所以如果能够跨进这个门槛，我一定在三五年里做出成绩。”

窗外忽然传来了穿过城南的火车那又尖又细的汽笛声——到了夜里，只要没有风，整个镇上都能听见。

凯文说话了。

“你嘴里讲出的话第一次难得不错，”他说得很快，几乎没给我思考的时间，“一个人必须在自己身上找时机，不然日子过得平静的话，也不会发现那其实便是懒惰。”

这话又叫我笑了下，我们难得对同一件事有了相同的看法。

“你在读大学时就决定之后要念博士的吧。”凯文说，异常平静而默然地。

“是的，”我应了一声，脑袋里跳出个名字，“阿汤督促我的。”

“哦，好吧。”凯文把这段话打了个结。

接下来我听到电话那头传来了极其短促的“哈”的声音。那是个奇怪的声音，说它奇怪，因为那不是真的笑声，而是一种从喉咙里发出的类似于笑的声音。那个声音表明了凯文并不是因为遇见了好笑的事情，而是单纯地要为接下来讲的话铺路。

就像森林中行走的猎人忽然听到了灌木丛中传来的窸窣声一样，那个声音叫我一下子警觉了。

“为什么不约妮维？”凯文的话几乎是紧接着传过来了。

我握着电话，这下是整个人都完全呆住了。

“什，什么？”我慌张地、词不达意地说——我想问的是“你怎么知道”。

“要参加派对的话，为什么准备要带小姐去，而不是约妮维？”

有那么一秒，我好像能感受到凯文正用那种超然、审视的目光俯视着我，我觉得不知所措，话也就说得支支吾吾。

“我，我没有找……我说，香，香港人告诉你的吗？是洛克告诉你的吗？见鬼了——而，而且那不是小姐，那是应召。”

“所以就是小姐。”

“不，呃……你瞧，是‘应召’。”

“有区别？”

“当，当然有区别。首先，从名称上面就……就区别，其次……我，好吧，为什么每个人都认为这是件大逆不道的事。小凤仙在八大胡同营生，碰到的客人是普通人就叫卖淫嫖娼，结果她碰到松坡先生，就被传为千古风流。”

“你把自己比作护国将军？”

“我，我不是要把自己比作……我只是举个，呃……”

“随便你怎么说，”凯文口气听起来无所谓，我却觉得他咄咄逼人，“我只是觉得你应该去把西装烫直，皮鞋擦亮，梳洗打扮，正式地约妮维出来。”

我迟疑了一下。

“妮维她，”我说，“妮维她会跟别人一起去的。”

“你今年七岁么？如果你尝试着去约她，结局就可能是她跟你一起去了，或者你是想重蹈覆辙，就像从前的茱莉……”

“不，我是说，不是那样的，”我打断他的话，“我们有过争执，我跟妮维之间有争执，指不定她会直接拒绝，那样我们连朋友都没得做——我们是很好的朋友。而且，而且这跟那个可完全不一样。再者话又说回来，你怎么会知道结局可能是她跟我一起去？我说，谁知道结局会怎样？”

电话那头几乎没给我喘息的机会，凯文的声音马上传了过来。

“甘地在1939年9月给希特勒写过一封信，信中请求他不要发动战争而是用和平的方式去实现自己的目的。可惜信被截住了，希特勒并没有收到。不然的话，世界可能就免去那遭劫难了。”

我歪着头，眼睛转了两转：“你，呃……你觉得元首瞒天过海地融化了整个国家的钢铁，为了实施曼施坦因计划在一年内生产了三千五百辆坦克和两千架飞机，会因为，收到一个人写的一封信而痛改前非打消念头？”

“人类三百万年的历史难得走出那一副血肉之躯。你觉得完全没可能吗？”

“我，我，”我从他的话音儿里寻到一丝隐藏着的窃笑，莫名地感到眩晕，“我不知道结局会怎样。”

“一件可能事件的不可能性不会总高于不可能事件的可能性的，”凯文说得毫不含糊，似乎我们在讨论一件很正经的事，“所以，是啊，没人会知道。”

《消失的爱人》是在妮维完成了实地考察、回到伦敦的那个周末里，我们一起去看的。

那天上午我们逛了卡姆登水闸。那地方的集市还和往常一样，充斥着一堆堆老唱片、怪模怪样的工艺品、五光十色的纺织物和那种海水绿的青瓷。摊主们也还是老样子，用很重的伦敦口音给顾客讲述自己商品的离奇故事。晌午一过，妮维跟我去了一家中餐厅打边炉。那个地方很挤，可她还是兴致很高地吃了粉条和香菇。她胃口极好，我给她叫的那些菜她都吃得很香。午后，我们搭车去了伦敦西边的一家影院，买了晚上《消失的爱人》的电影票。

离放映时间尚早，我们在影院附近的街上闲逛。街道很宽阔，因上了年纪，就像一出不成功的戏第一晚上演后那样受到了人们的冷落。街边的房子和门店肃穆老派，第一眼瞧上去你会想到当初的建筑师打算盖出坚固的上流街区，可现在看来，那已被时代淘汰了。妮维跟我沿着街逛，路过了一家面包店，穿过了一家专卖女性艺术和文学批评杂志的书屋，隔着窗户看了一家用朱蕉叶和雏菊打造花艺的花房。走累了，我们便进了街边的一间酒吧。我走在前面，睁大双眼，目光所及之处丝毫不漏过。妮维按照自己的习惯，在酒吧门口拿了一份免费报纸，她跟在我身后，一边走一边展开报纸看。

酒吧里空间很大，椅子和大沙发上都罩着干净的色织布套子，奇彭代尔式的桌上摆着烟缸和鲜切花。吧台的侧面摆放着一架钢琴，钢琴背后木褐色的墙上挂着几幅我看不出名堂、但十分悦目的水彩画；画作中间贴着几个银色镜框，里面是签了名的照片——应该是本地的演员和名人。

“你能相信么，直到今天他们还会这样做？”

我刚环顾了一周，妮维的抱怨声突然从身后传来——一丝细微的颤抖叫她的声音带上了烦躁的特质。

我扭过头，看到她眉头紧锁，咬住下嘴唇，似乎想着什么，并竭力要表达自己。我指着就近的一张桌——基于对妮维的了解，我认为自己应该马上转移她的注意力。

“我们坐这边好了，要一杯时代啤酒么？”

妮维跟着我走过去。

“我只是不能相信直到今天他们还会那么做，真见鬼！”她放下报纸，坐到了沙发上了，歪着头，袒露着漂亮的脖颈。

“尽管不知道你指‘谁’，”我把包放到沙发一侧，说得闪烁其词，“但，妮维，我鄙视他们以及他们所代表和支持的一切东西。”

妮维一动不动地盯着那张报纸，浑身透着一股顽固的英国派头。

“是那群德国人，”她抬起了头，握紧了拳头，竭力使自己说话自然，“三个月过去了，他们仍然会嘲笑我们的赛果。我们确实输给了意大利、乌拉圭和哥斯达黎加，那是可以接受的。毕竟我们自己的比赛早于世界杯——很早之前——就已经结束了，因此队员没有得到很好的磨合和训练，而且克劳奇[①]竟然没有随行。”

妮维是位自信、独立、有魅力的女人，而且我坚信她内心的善良不亚于外表的美丽。可某些时候——就像当下——当被触到了身上最软弱的神经，她便会下意识地激发身上蕴藏的那股奇特、黑暗、抽搐着的力量——我觉得那既迷人又叫人恐惧。

她继续说，显得入迷，又有些发狂：“但是他们在报纸上嘲笑我们，公然地，屡次地，我气得手脚发抖，恨不得立刻去教训那些荒唐透顶的家伙，叫他们对我们这个现代足球的发源地有所了解、表示尊重和敬畏。你知道吗，他们居然认为，如果一位足球员没到过拜仁慕尼黑，他就是个傻瓜，好像异国气息的熏陶会让运动员变得完美无缺，连巴伐利亚吹来的风都会让母马多生小马。”

我凝视着她那双深色的蓝眼睛，低声地叫着她的名字——我得叫她冷静下来。

“妮维，冷静点，这并不是什么大不了的事情——我说，这并不是什么大不了的事情。”

妮维靠在了沙发背上，合上眼睛，显出一副安详的神态，看上去像憩息中的女王。那天她披了一件紫色斗篷，显得挺拔、俊俏。她颀长挺拔的身段很美，白皙的腿在酒吧的灯光里闪烁着。接着妮维睁开了眼，脸上同时露出了微笑，项链上的金鸽子也跟着晃动了一下，一时间她又像一位愉快的女人了。

“不，你说得对，我是应该冷静，你是对的，”她呼了口气，尽管仍显得气鼓鼓地，却还是略带调皮地对我微笑。接着她把眼睑稍一垂下，随即掀起，做了个鬼脸，“可那毕竟是我们文化的一部分。”

我微微一笑，在妮维身边坐下了，同时略带好奇地追问了一句。

“你们很看重这些？”

“嗯？”

“我指‘文化’这种东西，”我补了一句，“毕竟好像不太实际。”

“嗯，有时是不太实际。”

“而且，你知道的，不现实。”

“是不现实。”

妮维答得简单，我哑然失笑。

“那为什么呢？我说，为什么你会这么在意？”

妮维盯着我的脸，冲我笑了，接着她微微摇了摇头，并没有说话。

---

① 指英国足球运动员彼得·克劳奇，2014 年世界杯未被征召入队。

“我能，妮维，”为了满足自己的好奇心，我又问了一次，“我能问下为什么吗？”

“你会笑我。”

“我……不，我可不会那样。”

妮维用那种半开玩笑、半温柔的目光盯着我看。

“这可真有意思，你已经证明了会把刚刚说过的话抛诸脑后。”

我笑了，摆了下手。

“是这样吗？”

“是的，你总这样，你会嘲笑自己不能理解的事情。”

“不，我会嘲笑我觉得傻气的事情。”

妮维被我的直白逗乐了。她先是白了我一眼，继而“咯咯”地笑出声来。她的笑声放任、欢快而迷人，像涟漪一样慢慢散向四方。我也笑了，没有说话。

“你真的想知道？”她又问了一句。

“是的。”我点了点头。

“你不会笑我？”

“不会。”我摇了摇头。

“你保证？”

“我保证。”

“你刚刚就是这么说的。”她又瞪了我一下。

“我……真的，我保证。”我把一只手按在胸前。

妮维望着我，她沉默了一会儿，终于开口了。有那么一瞬间，她的表情奇怪得很——我看到她先是故作轻松，有些要把说出口的话当作玩笑的意味，但接着似乎是天性使然，她的脸上出现一种严肃的使命感，随即她恢复了自我控制的能力——像其他任何时候那般——不轻易表现出自己柔弱的一面。最后她挺直了身子，把我的手抓紧了。

她的脸上神采奕奕，就像内心燃着一团火。

“因为我们是一座岛。”她说。这句话我记得十分清晰，就像有人写在纸条上，递给我看过似的。

我模糊地感觉出她开口时鼓起了最大的勇气，我觉得相当古怪。

“因为，”妮维说，她的声音仿佛刚发出就消失不见般微弱，然后似乎是窗外光线的照射，她把身体微微前倾，用手背遮住眼睛。透过指缝，我看到她脸上闪烁着一道光，“因为说到底，我们只不过是一座岛。”

酒吧里的唱片机里传来轻轻的、无休止的嘤嘤声。

一开始我不清楚她指什么，只觉得她身上散发出一股我不理解的神秘力量，隐隐然挣扎着寻求发泄的机会。她若有所思地凝望着我，神情里添了一些倦怠，甚至是哀愁的神气——那是一种冷肃的完美类型，像包迪西亚女王①那般；同时也带点落寞，像如今旧警句那样有些过时了。可就在几秒钟后，我猛地意识到她大抵会说些什么了——她之前有些古怪，但我明白她的意思了——或者说，我自以为明白了。那突如其来的一个念头强烈地攫住了我的内心——我像是一名激动、惊奇又幸运的考古学家，偶然发现了一尊埋藏甚久的珍贵雕像。

妮维开口了，她盯着我的眼睛。我在沙发上略微扭动了一下。

“几百年前，你知道吗，几百年前有很多国家都做好了准备，想要在经济和政治上发展，成为先驱并发出前瞻性的声音。我们赢了，我们成为了人类历史上第一个伟大的工业经济体和跨海洋帝国。我们在世界各地殖民，影响了众多的国家和民族，并在接下来的一个多世纪里成为了欧洲的仲裁人，美德、虔诚、荣誉和真理的中心，科技、艺术和信息的传播源，以及世界仰慕和感到骄傲的地方。我们证明了自己是一个有才华、有历史、有能力塑造国际秩序的国家，我们做到了哈布斯堡皇朝和太阳王都没能达到的目标——用了一种可能是最不邪恶的方式征服了整个世界——不可能会有其他国家比我们那时做得更好了——通过传播我们的思想、教育、法律、自由观念、金融银行体系、议会制度，”妮维的脸一下亮了起来，那感觉就如同一缕冬日的阳光偶然照进了房间那样，然后她犹豫了一下——她不愿说这话，但在这时刻又不得不说老实话——她摇了摇头，微微一笑，“但是，我们只是一座岛，我们的科学哲学和数学来自古希腊，法律和宗教来自罗马，征服者威廉丰富了我们的语言……说到底，我们只不过是一座岛——你听说过法布尔吗？”

我摇了下头。

“让·亨利·法布尔，昆虫学家，法国人，他曾把一只母鸡的头藏在它的翅膀下，那母鸡竟呼呼睡了。”她继续说。她的头脑深处似乎朦朦胧胧潜藏着忧虑，可那蓝色的瞳仁里却流露出一丝挑战的意味，“不列颠能被别人记住源于我们曾经统治了半个世界，但那种情况难以再次发生。我们没有资源，耕地不够，缺少劳工，几个区域并不完全和谐。我们实业不多，国防力量也在下降，海军实力不断弱化，也同整片欧洲大陆保持距离。我们依仗的只是信息、金融和几百年来构筑的那种影响力。因而如果我们从现在起，自己都闭上眼睛，不去捍卫那少有的、属于自己的文化传承时，世界

① “Queen Boadicea”，爱西尼女王，曾率军反抗罗马。

很快就会把我们这个岛国忘掉。”

我睁大眼睛：妮维看起来就像是站在一团光中央，仿佛窗外的太阳转了一个方向，把光都打在了她的身上——连她的发丝皮肤都明亮清晰起来了。

“一个国家能荣耀于世的时间可真短，”妮维望着我，露出了一个欢乐、忧郁、谜一样的微笑，“我是知道的，我知道大英帝国的光辉眼下就要用尽了。”

我愣住了。出于某种原因，我觉得眼前的女人简直不可思议。

“所以我得鼓足了劲告诉所有人，”妮维接着说，她的脸上重新露出了初绽的鲜花般的孩子气的骄傲，目光里出现了一种激情和愉悦，声音也变得轻快、奇妙，像在唱歌，又像在打趣——她对着我眨了下眼，“‘我航遍世界，目睹各种奇迹从达达尼尔海峡，到秘鲁的山峰，但没有哪里比得上伦敦。对，没有哪里比得上伦敦’[①]。”

妮维背诵着热情奔放的台词，把节拍念得清清楚楚，把字眼吐得装腔作势，却又是那么奇妙地富于戏剧味儿。

我不觉粲然一笑。

“这，我说，这可真是个高昂论调。”我开口了，语气有些激动，心里却是一种彻底放松、身心愉悦的感觉。

“你忘了吗，我告诉过你的，我出演过《尼古拉斯·尼科尔贝的生活与冒险》，唱过《爱国歌》，”妮维的兴致渐渐变得更好，她叙事般地又补了一段话，“而且说来有趣，很多人误以为那首歌名字叫《英格兰崛起》，可能因为这首歌的开头是这么唱的，但事实不是这样的——《英格兰崛起》是爱德华·卡朋特在1896年写的带有抗议性的社会赞美诗，被翻唱和改编过无数次。我觉得作曲家约翰·戈斯在1925年翻制的最为简洁漂亮。”

她话音一落我便笑出来了。我知道她那蓝色的眼睛正大胆地盯着我，我感到浑身是劲。

“我，呃，以及可能其他所有人，都不会觉得那个能算——怎么说——‘说来有趣’，”我兴致也变得更好，非常快活，我为自己的笑话开怀大笑，也为她的笑话开怀大笑，“但你开心得像个百万富翁。”

“无论如何，我是不会把双眼闭上的，我可不会那样做，这是个有着精彩文化的伟大国家。”妮维又笑了，她像孩子一样得意、兴奋，脸上闪过按捺不住的喜悦，眼中又亮起一道奇异的光芒，“我们有麦克斯韦和最伟大的公式，有最优秀的影视作品《故

① 出自音乐剧《理发师陶德》。

园风雨后》；我们有桂冠诗人丁尼生，以及维多利亚时期几乎所有的文学作品；我们出产了最伟大的经济学亚当·斯密，工程师伊桑巴德·布鲁内尔和建筑学家克里斯托弗·雷恩爵士；我们有探险者詹姆斯·库克船长，数学家阿兰·图灵，演员劳伦斯·奥利弗和医生亚历山大·弗莱明；我们培育出来查尔斯·达尔文、莎士比亚、约翰·弥尔顿、乔治·萧、艾萨克·牛顿爵士以及最最最重要的，珍妮·古道尔。”

“好吧，好吧，你又得冷静了。”我一边笑着一边摆摆手，为了逗妮维开心，不太巧妙地引用了后半句歌词，“如果你想的话，我们有空了也可以去海边，然后‘我织毛衣，你写信，除非我们有更好的事情去做’[①]。”

接着我站起身来，准备去吧台叫酒。

“好了，妮维，我要去拿一杯健力士黑啤。你需要什么，强弓苹果酒还是时代啤酒？”

“一杯莫吉托。”

我微笑着点头，瞟了眼窗外。在这个逐渐接近黄昏的点儿，光线明亮但并不刺眼，叫人觉得蛮舒服的。我看到街上的行人经过，有人像是要去影院，有人看起来着急赶车，还有人三五成群地聚在酒吧门口聊天，慢步走来走去。接着我呼了口气，刚朝着吧台走了两步，便收住了脚——我猛地想到了什么。我转过头去，眯着眼睛看着妮维。

“等，等下，珍妮·古道尔[②]？最最最重要的？你……认真的么？”

“‘文化’这个概念在中国的出现是早于西方的，你可以在《周易》里找到。西方则是到了罗马共和国的晚期，西塞罗在他的著作《论至善与至恶》里提出的。”

那是四年级第一学期末的某个黄昏，阿汤与我坐在校园后山角落的咖啡屋里，等待着晚上八点一刻时某个经济学选修课的期末考试。那天很冷，湿气很重，凉风里耐人寻味地萦绕着圣诞节遗留的味道。

阿汤向后靠到椅子上，动作谨慎，礼节周到，他正对着一门选修课上“文化传承”的辩题发表看法。

“我们更早地理解了这个概念，却还是在文化上输得一塌糊涂。我们赢过西方，我们赢过他们无数次，事实上我们在民国时候还没有落下很多——得幸于当时文人们。那时候的文人更可敬，更加朝气蓬勃，质朴自然，有着深厚的德行，渊博的知

① 出自音乐剧《理发师陶德》。

② 英国野生动物学家。

识，也有着更大的深度和力量。他们注重逻辑、节制、雅趣、得体，追求匀称、明晰，避免晦涩、神秘，并以教化、匡正和引领国家为目的。”阿汤抬头看着我，用一种谦卑但不恭顺的口吻继续说，“当然，我们得看到民国时的文人急于变革，丢了古文，而没想到好办法使得口语和古文以一种泾渭分明、各得其所的状态共存，结果弄得书面语和白话再也分不清，导致现在的许多文章看上去不庄不谐。而且，请不要误会我，我自然认为现在的生活比当时好得多，也有趣得多，可就文化的传承方面来说，我们走上了与西洋不同的路。而在此路上，我们又走不出去，遂陷于盘旋不进，进入了‘一治一乱’的循环，不见有变革。假若没有外力进门，环境不变，中国的文化怕是要长此终古。”

阿汤整个人都会给你一种极富教养、彬彬有礼的感觉——这一点只要看他同你握手的动作，或者跟你讲笑话的样子就知道了。而在你熟识他之后，这种印象会根深蒂固。阿汤是个高尚体面的家庭里走出来的孩子，在富足的环境里张大，在优质的学校接受教育，这综合的结果造就出这样一个沉稳、自信，并且通晓人情世故、熟谙人性的年轻人——那些年长他两倍的人都对此感到妒忌。他是我大学时期的好友，我们常在一起闲谈不同的事，消磨了许多愉快时光。跟他在一起我总觉得舒服，不会有拘束，那感觉就像我们从小就在一起玩，经常见面，从没有间断过似的。

“等，等下，这些可都是荒谬的论断，”我坐在阿汤对面，先是取下了围巾，接着朝着不远处的服务员点头示意。我对上了阿汤的眼睛，“我说，难道不是吗？你认为我们的文化传承输给了西方？”

服务生走了过来，我叫了凉水和拿破仑蛋糕，阿汤点了杯摩卡。接着他从包里拿出笔和几本书来，一边翻到书签的位置，一边又开口说话了。

“欧美文明是海洋文明，主张‘向外’，他们航海、探险、殖民、经商，有开阔的胸怀、开拓的精神、敢于怀疑的态度和乐于幻想的心理；他们经历了多次断层的考验——启蒙运动、文艺复兴、宗教改革、科学革命——在错综复杂的蜕变后相应地拥有了一种再生再造般的动力。华夏文明则是陆地文明，主张‘向内’，静多于动，追求圆通和无我。中国的文明没有中断——这是我们输的第一点——‘经久不变的社会，停滞不前的文化’①。我们的思潮运动仅限于春秋周秦这一狭小的时期，稍瞬即逝，后来也无人讲起。尽管那时数理方面出现了惊人的造诣，达到‘其时印度欧西皆所不及，足以睥睨天下’②的程度，但后来鲜有进步，甚至于失传。从那以后，铁幕开始

① 出自梁漱溟（1893-1988 年）文学《文化的要义》。

② 出自茅以升（1896-1989 年）史书《中国圆周率略史》。

落下，千年来不停地在原地兜圈子，有着世界文明史上最深厚的底蕴积淀，然而却没有反思、磨炼和改进的机会，剩下的是没有丰富经验衬托和广博思想修饰的空壳。我们处在文化传承的断层期，人们丢了传统，也没能力创新。而现在，整个世界的大国都为了增加影响力和霸权打着文化多样性的旗号输出意识形态，为了增加影响力和霸权——尽管不光彩，但实际得很，而且颇具影响。可我们却拿不出什么东西了——我们甚至还弄丢了老祖宗那些能拿得上台面的东西。你不觉得目前在文化方面我们恰似'向内'发展、被困在山水之间的马贡多么？'世界上正在发生令人难以置信的事情，就在那边，在河对岸，那种各式各样神奇的机器，我们却还在过着毛驴似的生活'①。"

"这话说得可真不能算得上是探骊得珠。"我皱着眉头咕嘟。

我望向阿汤，他的眼神坦率而大胆，面前摆放的是整齐摊开的书本。

"西方历来崇尚物质文明，因而他们在实践方面能取得发展优势，但局限也在这里，他们所有的文化都建立在工业、资本、功利、个人和帝国的基础上，那些只能被定义为物质文明。我们一直以来注重的则是精神文明，"我开口了，声调很高，"就像十七世纪耶稣会士东来传教，中国所欢迎的是他们带来作见面礼的物质文化——天文、数学、物理、气象、地理、生理、医疗的技术和装备等。而他们也崇拜我们的传统文化、伦理组织、人文制度、精神思想等，直到现在也还是这样。我想说的是，文化只有不同，而没有输赢……"

"啊，可不是那样，把文明分为物质和精神作为盾牌和借口的这个方法早在几十年前就被胡适先生辩驳了，他说那是夸大狂妄的人捏造出来的谣言，用来遮掩我们的羞脸的。"阿汤打断我的话，斩钉截铁地继续说，"胡适先生认为文明确实有物质和精神两部分：材料都是物质的，而运用材料的心思才智都是精神的。就像木头是物质，而剖木为舟，构木为屋，都靠人的智力，那便是精神的部分。这样算来，器物越完备、复杂，精神的因子就越多。因而一只蒸汽锅炉，一辆摩托车，一部有声电影机器，其中所含的精神因子比我们老祖宗的瓦罐、大车、毛笔多得多了。我们不能坐在舢板船上自夸精神文明，而嘲笑五万吨大汽船是物质文明。东方人在过去的时代，也曾制造器物，做出一点利用厚生的文明，但后世的懒惰子孙得过且过，不肯用手用脑去和物质抗争，并且编出'不以人易天'的懒人哲学，于是不久便被物质战胜了。'天旱了，只会求雨；河决了，只会拜金龙大王；风浪大了，只会祷告观音菩萨

① 出自加夫列尔·加西亚·马尔克斯（1927-2014年）小说《百年孤独》。

或天后娘娘；荒年了，只好逃荒去；瘟疫来了，只好闭门等死；病上身了，只好求神许愿；树砍完了，只好烧茅草；山都精光了，只好对着叹气。这样又愚又懒的民族，不能征服物质，便完全被压死在物质环境之下，成了一分像人九分像鬼的不长进民族'[①]。所以，这样受物质环境的拘束与支配，不能跳出来，不能运用人的心思智力来改造环境改良现状的文明，是懒惰不长进的民族的文明，不是真正精神的文明，这种文明衍生出的文化也不是真正的精神文化。反过来西洋的文明充分运用人的聪明智慧来寻求真理以解放人的心灵，来制服天行以供人用，来改造物质的环境，来改革社会政治的制度，来谋人类最大多数的最大幸福，这样的文明是真正精神的文明。"

我愣了一下，随即不无讥讽地反驳道："我觉得你像是在吹牛。"

阿汤笑了："我觉得我倒像一个在极端状态下吹牛般说实话的人。"

"不，我觉得你错了，因为那是陈旧腐朽的思想和文字，那是几十年前的东西了。我是说，你不能仅凭着那些已经被埋在土里的说辞来对当今的社会做出决绝论断。你瞧，从前的犹太教律说叛徒应该被带到城门处以石击死；同性恋可憎，应受死刑；男人可以一夫多妻而且奴隶制是切实可行的。天才之流如圣奥古斯丁也认为地球是平的，太阳是绕着地球转动的。那些说辞直接反映了那个年代最高智慧的光辉，但以现代标准看来则是错得离谱，蠢得惊人。"我的眉头拧在了一起，想了一下，又继续讲道，"当然，我的意思是说，我承认当代哲学必定不能说没受过德谟克利特，或者柏拉图的影响；当代建筑则不能说没从多里亚式庙宇、爱奥尼亚式圆柱上得到过启发；最新的法律则也由《法里会要》或者《国法大全》或者随便什么玩意中一步一步演变而来：我承认文明的持续性和传承性，但正因为有这个持续和传承，试图从某个层面理解先人的想法才会更有意义。时代已经不同了，你得承认这个，你看希腊人曾经能召集像菲狄亚斯和坡留克来妥斯那样的奇才，以及数以万计的匠人把上百块大理石直立起来去修建阿尔忒弥斯神庙，当下却引爆了整个欧洲债务危机。他们的人补个牙都要跑到马其顿。所以即使，我说即使文化有着'输赢'的区别，你也不能仅仅依仗着西方的先天优势和现状便得出中国文化输得'一塌糊涂'的结论，天，你可不能这么做。"

"你得听我说完，"阿汤朝着我摆摆手，他在书上做了个记号，便抬起头来，"我们的文化也输在了宗教上，这是第二点。"

"宗教？"

---

① 出自胡适（1891–1962 年）随笔《介绍我自己的思想》。

"对，宗教，即'没有宗教的人生'。"

"你不觉得儒学是宗教？"我几乎是立刻回应道。

"'儒学是否为宗教'的争论至今都有，不是我等可以断定的。它本身有很强的教化性，是一门非凡的学科，但不幸的是，它以灌输信条为特征——尽管诞生之初是道德和社会教化的大体系，而后却变成了信条和仪式的奴性守护者。它对异端看似宽容大度——历史上接受外来宗教如伊斯兰教、基督教等，实则苛刻——有谁曾影响到儒学的位置？没有，他们都成了'帮腔'。另外，孔子都绝不自称为神所使，'子不语怪、力、乱、神'[①]，但儒教却成为匡扶圣主的拐杖。我们并没有像西方国家那般经历过浓郁的宗教文化洗礼，我们蒙着头走过了一段彻头彻尾的迷信时期。当大洋彼岸的人们在上帝面前谦逊而于强权面前不屈的时候，我们还被囚禁在'忍辱负重、积富来生'的铁棺中。"阿汤轻挥了下手，用明亮的、坚决的、从容的声音说，"再者，西方的宗教大都孕育出一种'罪文化'，宗教的存在时刻提醒着人们去进行反省和忏悔，不断经历思想的锤炼和升华，以促进人的觉悟和社会各方面的进步。我们不这样，我们在千年来经历的大都是迷信，道教如此，佛教进入中国后也堕落成为人们肆意索求的把戏。如果你四处走动的话，你会发现数以万计的人们拜倒在道教、佛教那些高高在上的神像面前，不是以一种敬畏、忏悔的心情来反省自己，而是摆满祭品，嘴里念叨着如何从未知中获得意外的财运和官运，想与神之间完成一场交易[②]。当然西方的宗教也有着难以掩饰的缺陷，首当其冲的便是基督教和天主教在十六世纪的争端阻碍了整个人类社会的发展进步，其次有无数的战争和动乱都与宗教有关。那真的是太遗憾了，因为人们完全有能力在如此美丽的世界上、这个广袤的满布星辰的天空之下愉快地生活，而不是夹杂着丑恶的、复仇的情感，保存着去毁灭他们同类的狂怒。但总体而言，我们又输了，不是么？西方的宗教发展至今成为了现代的宗教，使命变成了把宗教意义和范围扩大伸长，叫能思想的男男女女都认清宗教与广义的教育是共同存在的；叫人们懂得凡是要把人教得更良善、更聪智、更有道德的，都有宗教和精神的价值；叫人人都认清楚科学、艺术、社会生活都是我们新时代、新宗教的新工具，而且正是可以代替那旧时代的种种咒语、仪式忏悔、寺院、教堂的[③]。可我们到现在都还没有信仰，我们还会觉得像耶稣那样宁死维护自己信仰非常可笑，我们想过的还只是像玉皇大帝那样的生活而已。而且你应该也知道，我们永远不缺少为了取悦神灵而

① 孔子（公元前551—公元前478年）文集《论语·述而篇》。

② 出自《庸俗：中华五千年文明的真实内涵》，网易博客。

③ 出自胡适（1891-1962年）随笔《儒教的使命》。

无所不为的人，我们不缺相信神灵会赏赐给他们幸运、财富、长寿的人，我们从不缺那些乐于向一切和经文相悖的东西发动攻击、认为只要把经文上说过的话重复上一万次，就可以得到赏赐的人。这是何等迷信、固执、不通，我觉得可骇亦复可笑。”

我张了张嘴，想说点什么，然而却没说出来。我做了一个无可奈何的手势，只是笑笑。

那家没名字的咖啡屋坐落在小山坡下，围绕着绿草红花，背阳处的墙被爬山虎覆盖，泛黄褐色，室内的装潢透露着年轻人的小情小调，空气里游荡着一股涩香的味道。这里的茶很热，很香，全天供应奶昔、夹着黄瓜和吞拿鱼酱的小三明治、咖啡、饼干，以及整个世界上最美味的拿破仑杂果。

服务生为我们送来了我们的点单。阿汤继续做着笔记，我默默地坐了一两分钟。

我张口了——我作出了“继续问下去”的决定，这决定也许要招来非议，那倒也不一定没有道理，因为我承认那是由于我的好奇心。我不会承认他说得对，更不会觉得自己错了，我单单只是想看他会再说些什么。

“第三呢，”我问，“第三是什么？”

阿汤又把头抬起来了，他对我眨了下眼，说了句答非所问的话。

“为什么巴赫整天觉得自己是最聪明最优秀的？”

“嗯？”

“你懂音乐，不是吗，”阿汤望着我，“我说，巴赫在他的一生中从未享誉盛名，死后的五十年里也很快被人遗忘，为什么一天到晚他觉得自己是最聪明的最优秀的？”

我耸了耸肩膀，尽管觉得这个问题有点突兀，可还是给出了个我认为不容置疑的答案。

“因为他就是——我说，事实就是那样，”我说，把眼珠子轱辘转了一圈，以示这理应如此，“约翰·塞巴斯蒂安·巴赫成为音乐大师的那一秒钟起，所有站在神坛上的音乐伟人就都变得无足轻重。”

阿汤笑了，他顺着话又问：“你会把他形容为‘无与伦比’吗？”

“当然，”我歪着头回应道，又用肯定的语气补了一句，“而且不止我，懂一点音乐的人都会。”

阿汤把身体稍微前倾：“你觉得我们在任何领域里，有谁能被形容为‘无与伦比’吗？”

我愣了一下。

“你指什么？”我说，“我们也有音乐人和作曲家，我们有科学家、发明家、工程师、哲学家、数学家，有人搞生物、研究物理、天体和经济规律。”

“有‘无与伦比’的吗？”阿汤顶了我一句。

“那，那是个见仁见智的概念。”我迟疑了一下，说得有些隐晦。

“不，那不是，你知道那不是。因为你很清楚巴赫有多了不起。”

我没有接话，阿汤则用汤匙在咖啡杯里搅动，偶尔发出“叮叮”的响声。我微微皱着眉头，喉咙发干，等着他开口。

“第三是‘中庸’，这一点非常明显。”他果断地开口了，“从春秋战国的孔孟老庄，唐宋的杜甫白居易苏轼王安石，元明的关汉卿黄宗羲李时珍，我们一直有伟人和文化巨匠，带着自己独特的理念试图发展文化，教化众生，但我们缺少无与伦比的耀眼天才。钱学森先生当年便这么疑惑过，他觉得那么多年培养的学生，不仅没有天才，甚至还没哪一个的学术成就能够跟民国时期培养的大师相比。如果你看西方的话，莱昂纳多·达·芬奇既是伟大的画家，同时又是伟大的科学家、工程师、音乐家、雕刻家、建筑学家；阿基米德既是古希腊数学家、同时也是物理学家、发明家、工程师；亚里士多德不仅是哲学家、科学家，在他的那些伟大的著作里，更是以惊人的才华涵盖逻辑学、形而上学、伦理学、自然科学、政治学和诗学，以其伟大的成就深远地影响了西方文明；牛顿，不提他在其他各方面的才华和建树，单是1687年的《数学原理》便揭示了一个智力健全的男男女女可以认知的、按一定规律井然有序运转着的宇宙，从而推动整个国家上下研究科学蔚然成风。为什么我们没有推着历史年轮往前走的无与伦比的人？因为我们整个民族提倡的就是‘中庸’，我们把‘中庸’看成是一个最高的道德标准，也是解决一切问题的最高智慧。我当然承认，‘中庸’教会我们执中守正，折中致和，时中行权，但同时它也规诫我们‘不敢高声语，恐惊天上人’。我们时常左不得，右不得，好的不能过分，坏的不能离谱，每个人都不能特别，谁都不能疯，所有人都不希望别人比自己更有才华和激情，要是这样的文化环境能培育出光芒四射、才华横溢的天才，那也真是天方夜谭了。而在眼下，‘中庸’的直接表现就是‘没个性’。”

阿汤的脸上带着一种怪异且矛盾的微笑，他把话讲得慢腾腾的，好像在留神谛听某种勉强可闻的声音。他继续说：“我们被灌输的思想是这般的，愚昧比知识更可贵，人能达到的最高境界是故作愚昧。我们故意把自己的认识能力降到最低而又美其名为常识；我们不认天才，同时易于把绝顶聪明的人与一知半解的人归为一类——因为我们只能领会到他们三分之一的智慧；我们说着所有人都听得懂的话，讲的是所有人都能理解的故事，殊不知那种东西是最普通的，是睡着的人的知觉，是以打鼾表达出来的。我们的智力——如果我们还有点儿智力的话——也已锈迹斑斑了，因为根本没有机会拿出来运用。我们倾尽努力去不受人伤害或侵犯，要让人们无法对自己做出判断；我们左右逢源地讨好绝大多数人，深知不出错胜于主动把事情做好；我们得去过单调乏味的生活，理应对外面的世界孤陋寡闻；我们过于谦逊和低调，不让任何人意识到自己的价值所在；我们一再告诫自己，走路要从容、谨慎，受到侮辱要忍耐，对不公正的事也得服从，绝对不要得罪任何人，口头上也不能；我们对自己说，不要犯错，不要跟别人不一样。我们必须自甘卑屈，我们必须看到冷清寂寥的美妙，在生活中我们一定不要出风头、露头角，惹起命运对我们注目，让我们保持着沉默，满足于自己小小的天地，平易温顺。这些，就是生活的智慧。”

“但是，我说，但是这个世界不是这样运作的，不是吗？”阿汤像醉汉般打出一个奇怪的手势。尽管他惯于克制自己，可声调还是高了一些，“如若你拥有精湛的技艺，就不应该谦卑恭顺，自然也不会黯然失色；如果你有能力去改变，就要承担这份责任；如果你有话要对世人倾诉，就想办法不让自己默默无闻；如果你觉得自己能有积极的影响力，就不要胆怯地退隐幕后。难道社会不是这样进步的吗？我可以告诉你，这个世界不是像大多数普通人说的那样是由大多数普通人推动着前进的，而是由百分之五严肃的思考者和行动者——那一小撮深思熟虑的人才是改变世界的力量。”

我张着嘴，对他的这种表现无法指责，心里也感到惶惑不解。

阿汤没有给我思索的时间。

“你还能记起那个不肯离开房间，衣着得体庄重，正装打扮的老年人么？”他说，紧接着补了一句，“铁达尼号里面那个。他在沉船前还待在房间里。你知道为什么他宁可死都不愿走上甲板要求救生艇的位置吗？”

我张张嘴，想给出个概括性的答案，却没发出声音。

“因为他是个庄重、得体、有内涵的公民，他怕自己出了门，会变成野蛮人。”阿汤看着我说，他的声音铿锵有力，“这是第四点，即自身的态度——这一点最为根本。”

我轻声叹了口气。

“我觉得，如果那是条我们的船，”我低声说，听起来难免让人觉得底气不足，“我说，我们必然也不乏明白事理、愿意舍生取义的人……”

“我们是不乏那种人，”阿汤对上了我的眼睛，“事实上我们从来不乏那种人，但那种态度难以传承。”

有那么几秒钟，我渴望自己有德谟斯特尼斯或者林语堂先生的口才，那样的话，我就能够用最简明扼要的句子就国人对文化的态度和精神方面的长处进行描述。我张开了嘴巴，再次没说出什么话，我感到自己虚弱、渺小、孤立无援，像泼出去的一盆水。

阿汤说话了。

“西方的文明和文化曾不止一次地濒临崩溃。单单拿上个世纪来说：一战里数百万生命消逝在列强疆域扩张的野心下，两千年发展毁于一旦，既而限入绝望与道德麻木。20年代末的经济危机，暴虐种族主义在德意志的崛起，苏维埃的肃反大清洗，希特勒的灭族屠杀，人文关怀与理性的消亡，两大势力焦灼的冷战……但每次遭受到毁灭性打击之后，他们的文明反而更加厚重、繁荣。河对岸那复杂而又拥有独特的思想的世界造就了无数‘爱自由胜过面包，爱真理胜于生命的独立之士’[①]，方才有了今日的文明世界。我自然不是在鼓吹西方文化，我们的历史上也有‘无数手无缚鸡之力的书生在兵荒马乱中抱着经卷典籍夺路逃窜，书生文人在无数动乱的烈火中抢夺滚烫的纸屑，我们也有千百万未留名的学究呕心沥血的翻译整理’[②]。但遗憾的是，我们终始没有做到‘使前师之说不致泯灭，后代学者有所钻仰’[③]。西方人做到了，他们的文明崛起的秘诀是源于人们对文化尊重的态度。那群勤劳朴实的人们舍得投入热情、精力、鲜血甚至生命去保证文明的更新与延续，他们敢于自省并坚信自省能使自己更强大，勇于坚守并笃信坚守能让自己更完善——那就是对待文化的正确方式，也是西方文明真正伟大的地方。对比之下我们的败笔就显露出来了：我们顽固地保留自己的糟粕，疯狂地排外并固执地继续去神化，同时千年一潭死水，死不认错，拒绝进步。‘该不该承认其他文明的先进性’和‘认清自己的不足’这个论题在1840年已经辩论过一次了，一辩就是60年。可那时候皇上置若罔闻，让读书人的头脑继续被几部儒家经典箍死。十九世纪末，梁启超先生提出了‘今日之中国，其大患总在民智不开’，这算是辩题的继承，因为‘民智不开’使得人们不正视、不批判、不承认、不改变——可我们仍然见风使舵，人云亦云，倚穷卖穷，倚丑卖丑。民国时期同样的话题再次被拿了出来，那次有了几大改观，就像胡竹峰先生写过的那般——大江大河一样的人物如章太炎、陈寅恪、梁漱溟、蔡元培、叶圣陶、陶行知就不必说，就是华罗庚、苏步青、吴大猷、严济慈、吴学周、朱家骅、李四光、竺可桢、侯德榜、茅以升、童第周、金岳霖、顾颉刚、王世杰、马寅初、傅斯年，都堪称大家！[④]那仿佛是伟人成群而来！他们对于我们文化的批判字字见血，句句戳心。但可悲的是，他们的观念没有得到传播，衣钵没有得到继承，因而无论他们多么光华夺目，也没有合适的土壤让他们的思想扎下根来。现在又是半个世纪过去了，‘不准那些外国人从四面八方来包围我们’依旧是我们的口号，我们还不认错。我说，我自然理解每一国都喜好

① 出自胡适（1891-1962年）随笔《介绍我自己的思想》。

② 出自林新浩《哲学家们都干了些什么？》。

③ 孔颖达（574-648年）经学义疏《五经正义》。

④ 出自胡竹峰《从胡适的相貌谈起》。

夸耀自己民族的文化美丽、有力，历史悠久，而对邻国的文化公然蔑视。可无数的事实早已证明，狭隘偏执、自私自利的民族情感，从来都不会把文化推到至高无上的地位——这会导致自身文化的衰落消亡。而且我觉得年轻人根本不要去怕因为学习西方而丧失我们自己的民族文化，因为绝大多数人的惰性已足够保守那旧文化了，用不着少年人去担心——我们的职务在进取，不在保守！‘要解决一个问题，必须先认识此一问题’，有句话是这么说的。我们现在遇到问题了，问题就在前面，我们不能绕开它，我们得正视它、了解它，才能克服它。我们得认错，‘我们必须承认我们自己百事不如人，不但物质机械上不如人，不但政治制度不如人，并且道德不如人，知识不如人，文学不如人，音乐不如人，艺术不如人，身体不如人’[①]——这并没有什么丢脸的地方。只要端正了自身的态度，我们才得以去想现有的解决法是否是错误的，而如果错了，错在什么地方，错误寻出了，才能开始解决。”

这些议论给了我很深的印象，阿汤那温和细腻的陈述，面带扭曲的笑容，带着本能的谨慎和疯汉一样的高呼——我写下这段话时头脑里还清晰地闪现着这些印象。可我当时并没有就那么听之任之——老话说得好，但凡有人固执己见，出于人类天性，别人就会希望事实证明他错了。

我沉默了良久，终于鼓起最后一股劲反驳了。

“我，我觉得你说的……我觉得你只有冷冰冰的理解力，就像爱默生之流一样，你只会批评。批评纯粹是破坏性的，任何人都会破坏，但并非所有的人都会建设。我们国家这么大，人这么多，你有什么通用的补救方法呢？”

阿汤没有说话，他停了几秒钟，接着他深吸一口气，好像要开始一番新的长篇大论，最终还是什么都没说。

“所以说你没有解决方法。”我望着他。

阿汤默默地点了点头，他又开口了——他的语气终于算是平静下来了，但我听出他的语音里还流露着一片热诚，感觉到一种猛烈的力量正在他身体里面奋力挣扎，我觉得这种力量非常强大，压倒一切，我觉得他可能一下子被那东西撕得粉碎。

“改变的途径向来有三——政令、物质和人心。通过政令的自上而下的改革太缓慢了，也太复杂了。物质上的我们发展畸形，一切都被拿来消费了。因而只能从人心入手。”他微微叹了一下，把桌上的书往下翻了一页，“可大规模的教化是难以实现的，所以终归又回到了个人身上。”

① 出自胡适（1891–1962 年）随笔《年轻人的苦闷》。

"个人怎么做？"我望着他。

阿汤给了我一个模糊的答案。

"把'美育'[1]拾起来。"

我的胃口通常好得像个庄稼人，可跟阿汤聊过后我吃得很慢。我把双肘支撑在桌子上，头低俯在盆子上，双膝分得很开，脚抵在椅子的横档上。我咬了口千层酥，又咬了一口，心里有一股说不清楚的味道。

那天晚上吹起了北风，阿汤跟我站在教学楼的楼梯间等待着八点一刻时的考试入场。

随着一阵无比猛烈的野风刮过来，天气开始变坏了。我呼了口气，拉上外套拉链，按着楼梯扶手朝远处望去。天色阴暗得像打翻的墨水瓶，浓云沉甸甸的似乎要坠落，几声沉闷的、不规律的响雷过后，歇斯底里的暴雨倾盆而至。咆哮的狂风卷着奔腾的骤雨如同怒涛翻滚，天河倒灌，撕裂着远处模糊的景致，水花争先恐后地在旧图书馆后的溪流里爆炸开来，哗哗作响，好像装着碎石的四轮载重车在卸货。楼下的树木也终于放开手了，任枝叶像柔软的触角一样在风雨中被推来搡去。我皱着眉头，退身躲开急至的雨水，听得到那栖息在脆弱无助的铜钱草里惶恐不安的蛙的叫声。

"你刚刚是说，'还没有决定'吗？"阿汤搓着手，突然开口了。

"呃？"

"那位老师刚刚问你的话，要工作还是继续念书——那是你以前的老师？"

"嗯，英文课的老师。"

"所以呢，你决定了吗？"

"没，"我带着苦涩笑了下，看着嘴里呼出的白气跟着冷风"嗖"一下就飘散了，"那可不是件容易的事情。"

"如果向西走，"我接着说，"人就会失去北、东和南三个方向。你怎么办？"

阿汤侧过头看我。

"这可真叫人苦恼，"我看着从屋檐上和树上往下跌落的水柱在暴风中形成了一条侧翻的河流，继续说，"你知道吗，阿汤，如果问别人我这个人怎样，认识我的人都会说他是个很好的人，只不过缺少点儿什么，可能缺乏的是骨气吧。我就是这样的人。我喜欢轻微怪诞的东西，我有戏剧性的狂热，我想做自己想去做的事情。可随着年龄增长，我愈发认为自己应当顺顺当当的毕业，进入稳定的公司，做平凡普通的工

---

① 蔡元培（1868–1940年）将美学教育和美感教育结合起来，高瞻远瞩地提出了"美育"的概念，指出哲学、宗教、绘画、文学等有着与科学相同的重要性，认为艺术能构成自我人格修养。

作，早早地和会做菜的女人结婚，养一条叫家人气得跺脚的边牧，钟爱一个橄榄油品牌，以后儿子缠着我学踢球，女儿会抱怨‘老爸真啰唆’。我说，那样的话，大致上也能被称作合家幸福吧。”

阿汤听着便笑了。

“你想要那样生活？”他一边笑一边摇着头。

“不，我当然不想。我说，我是指，我想，我当然想。我喜欢努力工作，我喜欢稳定的生活，我喜欢女人，而且我爱死小孩了——说真的，我觉得自己有做慈父的大性。但不是现在，阿汤，不是现在，不是在我年轻的时候，我不能在这个年龄就稳定下来，我不能这样。可反过来又说，你知道吗，步入社会后的发展很可能会脱离我的掌控，决计不是我说了算的。唉，总之，可能谁都要长大然后回归平凡人的生活。鲁迅先生都说过，‘英雄也一样，他也性交，也吃饭，也睡觉和战斗’[①]。”

阿汤抿着嘴巴，继而白了我一眼，那样子有趣却不自然。

“是在后面的吧，”他说，“我是说，鲁迅先生是把‘性交’放在最后面的。”

我“啊”的应了一声，无所谓地耸耸肩膀。

骤雨不断地抽打着旧图书馆后的溪流，迷蒙一片，飞溅的雨点先是像燃起了的火花那般，可一旦飘到空中，便被狂风吹得像雾水般升起。一时间我竟然记不得那条我再熟悉不过的小溪平日里是怎样的光景。

我愣了一会儿，开口说话了。

“阿汤，这不是在演电视剧，我也不是在写小说，这是现实生活。第一，我得斟酌自己为某个行为努力拼搏时才会考虑的各种可能性——未来的就业方向，每年赚多少钱，房子的首付，读书的投入能不能得到回报，我将来的孩子拿不拿得到进优秀私立学校的名额，概莫能外。其次我很清楚一个事实——有数不清的年轻人囿于低的起点，或者身处三线城市，只能干那种可以被随便替换掉的岗位，然后因为家庭或者其他方面的压力而不得不在那种位置上工作二十年。我对这个再了解不过了，我是小城镇出来的，我家那边的女孩子有可爱的性格，能干的才能；男人有努力的精神和拼搏的毅力，可那些特质大都被葬送在没有什么实际意义的事物上了。”我苦笑着，微微叹了口气，“第三，今年有七百万毕业生，并且回国了四十万留学生，明年会更多，后年会更多。你瞧，这些还都是基本现实，那些真正苦难的细节可能会超越我即使最狂野的设想。所以我必须考虑很多事情，现在可不是一意孤行的时候。”

---

① 鲁迅（1881-1936 年）随笔《且介亭杂文二集》。

“但我觉得如果你想向西走，你就向西走——我也希望你能这么做。”

这话叫我有点想笑，我摇了摇头。

“阿汤，当然你可以这么说，你自然可以这么说，但我的身份与你有很大不同。你出身豪门，只要一切顺利，你能轻松地富贵一生——我相信你自己已经很清楚这一点了。如果你想向西走，你自然能向西走，你当然可以那么做，我猜你的老爸也会想你凭意愿做出选择，经历相应的磨炼，以便有更高的起点，并最终在社会中获得恰当的位置。你当然可以那么做，阿汤……”

“啊，我是可以，但你毕竟受过高等教育，四肢健全，还念过几本书。”阿汤打断了我的话，他缓缓地巡视我，继续按照自己的思路想着什么，然后又开了口，“所以说真的，这种没意思借口还是留给那些占领华尔街的人用吧。”

我愣了下，笑了，接着有点惭愧地打了个“抱歉”的手势。

“你，你说得对，我不是那个意思，”我把眼睛朝上翻了一下，“我只是……你知道我不是那个意思。”

“那没什么，”阿汤摆了摆手，他大笑起来，好脾气的本性显露无遗，“不过你到底打算怎么办 ——是要工作还是继续念书？”

这个问题多么难以回答啊，我叹了口气，干脆一言不发了。周围风雨的嘈杂声越来越响了，高大的树枝随着缕缕奇异的、犹如永堕地狱的幽灵的哭喊声癫狂地颤抖起来。我挺直身子，努力睁着眼睛朝前望，可一切都是朦朦胧胧的，就像是隔着厚厚的窗帘看外面的世界一样。

忽然间，我听到了钟声。在树林上空相当远的地方，一种微弱却清晰的声响渗入天地之间——那是一种绵长起伏的低鸣，掠过了呼啸的狂风和嘈杂的雨声，像随风摆动的草原一样有规律。紧接着暴风雨中划出一道撕裂天空的闪电，在那几秒里，黑暗中的万物都揭示自身于世间。我整个人呆住了，仿佛看到了某种像是真理的东西。继而，旋涡一般的想法开始在我的脑海里嗡嗡作响。终于不知是从何处发出的感情，忽而禁不住地，我疲惫地笑了一下。

阿汤惊奇地望向我。

“Camelot。”我念出了一个名字。

阿汤以一种奇怪的表情看着我。

“你有没看过《卡默洛特》？”我说。

“《凤宫劫美录》？”他问。

“是的，呃，不，其实不是，”我有点语无伦次，“是作为音乐剧的《卡默洛特》，改编于T·H.怀特的长篇作品《曾经与未来之王》。”

“不，没有，”阿汤摇摇头，“我没看过。”

"在……我说，在那个剧里，亚瑟王成为了英格兰战无不胜的勇士，他却很苦恼，觉得自己没成为最伟大的君王。而后他萌发了'武力非正义'的概念，开始怀疑人们为什么要发动战争、打来打去。接着他突发奇想：我要建立新秩序，我要邀请全国上下的骑士——无论好坏——放下武器，来我这里，来卡默洛特，来我的城堡里，在那里我可以找一个大房间，造一张大桌子，所有骑士可以围在一起，谈话、辩论、制定法律，从此不再有流血和纷争。有人问他说，难道高傲的骑士们不会想要武力争夺长桌的头位？亚瑟王说，那我们就造一张圆形桌子。可象征着和平与荣光的圆桌制度最终还是在煽风点火和阴谋里崩塌了：亚瑟王麾下最英勇的'湖上骑士'兰斯洛特被蛊惑而杀死了不少骑士，其他骑士便要求血债血偿。亚瑟王不得不发动战争，圆桌制度最终灰飞烟灭，卡默洛特的圆桌骑士成了昙花一现的梦。你知道吗阿汤，在那部剧的结尾，有个小男孩出现了，他冲进亚瑟王的帐篷，拍着胸脯对王说，我要成为骑士，为了卡默洛特。哈，有意思的是，这个孩子其实从来没到过卡默洛特，甚至从没见过一个骑士，他不过是听说人们传颂'在卡默洛特，英勇的骑士们为了一个不打战的梦而奋斗'，便只身来到亚瑟王身边。亚瑟王本来已经木然绝望，并为即将要到来的战争感到痛心和惋惜，可听到那孩子的话之后，他忽然感到振奋。他说，孩子，我将你册封为骑士，但不要为我战斗，你要回头，离开战场，你要从一个村庄跑到另一个村庄，向人们讲述卡默洛特，好让所有人都能有勇气和力量去相信'和平'和'圆桌'并不是妄想，它们都曾被实现过。"

阿汤没有说话，他微一欠身，盯着我看。

我笑了，好像刚听到了一个有趣的笑话一样。

"那，那不是……阿汤，不是那样的，"我挥了下手，似乎无处安放心里的情绪，"只要还有人在坚持，只要，我说，只要还有……还有……文化是不会灭亡的，只要还有一个人在，只要人们还愿意相信……"

"我，我不知道，"我摇着头，有些疲惫地动了下肩膀，表示自己也说不清楚，"我不知道为什么我会想到这个。"

阿汤默默地听着我讲话，没有开口，脸上又浮现起那庄重温顺的笑。

我又叹了下，笑了。

"我要去读书了，阿汤，我要去拿到硕士学位，然后读博士，然后再继续往下走，"我说，像个醉汉一样跌跌撞撞地朝前走了两步，"我能申请到奖学金，我也可以做兼职工作——我什么都能做，我甚至可以打两份工；我可以赚一笔钱，我可以做几手准备，我也能承担后果。"

"是吗？"

"是的。"

阿汤笑了。

“因为《卡默洛特》？”他问。

“我，呃……不，并不全是那个——是很多事情，况且我还得到了‘神’的指引。”

这话叫他怔住了。

“嗯？”他眯着眼睛。

“刚刚有那么个瞬间的，我心里面的那位上帝跟我对话了。‘告诉我该怎么做。’我那么问他。”

“呃，你说，”阿汤的脸上写满了不可思议——他把眯着的眼睛瞪圆了，“你心里面的……那位……”

“‘大人物’，是的，没错。”

确实也只有凭借良好的教养，才不至于在这极端严重的事态中发现些许荒唐可笑的端倪。阿汤继续追问道，权当聊胜于无地相信了：“那位，呃，你的那位‘神’……或者上帝或者随便什么的，以前有回应过你么？”

“很早之前就有。”

“一直不断？”

“一直不断。”

“这次也是？”

“是的，我听到声音，”我说，并伸出手指做出搅拌旋转的动作，“在我脑海里咆哮了一通呢。”

“他，他说了什么？”

我朝着外面看，雨没有要停的趋势，风反倒更加凛冽了。我把手插进牛仔裤的口袋里，踢踏着鞋子。

“他说‘关我什么事儿，自己去想’。”

“噗”的一声，阿汤遏制不住笑声从嘴里发出来。他先是盯了我几秒，然后忍不住拍着胸口笑得前仰后合。我看到他笑了，自己也就跟着笑了。

“是这样吗？”他大笑着。

“嗯，是这样。”我笑着说。

“就这样？没有什么‘神迹’之类的吗？”

“什么‘神迹’？”

“就像……奇怪的事情。”

“有，通常是有的！你知道吗，小时候有一次，我跟上帝对话的时候，我家的灯忽明忽暗，还有一次，有只喜鹊落在了我的肩膀上。还有还有，有时他会通过树叶给我传递某种信息——有次我面前的落叶一半是深色的一面、一半是泛黄的一面，而一阵微风拂过，深绿色叶子变黄的一面和泛黄叶子深绿色的一面又呈现出来了。还有个晚上……呃……阿汤你看那边，那边，后山那边！”

“呃？”

“鸽子！我……简直，天！后山上的钟变成了鸽子！你，你没看到吗？就刚刚敲了八点的那个大钟，然后，呃……然后钟变成鸽子了！”

“你，你疯掉了吗？”

“不……我，我没，你看，钟不见了！”

“天这么黑，雨又大风又大，可能被树林挡住了。”

那着实是个很重要的决定，直到今天，我都没平静地打鼾过。

在之后的旅程中，我确实陷入过数不清的困境，碰上了无数麻烦事儿，但我还是憋着一口气，尽可能地花时间去读书，做不同的工作。我从来都把自己逼得很紧，学习就像毒品一样持续不断地吮吸我的精力，叫我无暇顾及周围的环境，每天疲惫不堪。我工作起来也有一股狗一般的倔强劲儿，常惹得同事们笑，经常会有人说我“勤奋”“有毅力”。尽管这些词从他们嘴里说出来，常带着蔑视和嘲讽的味道。我知道自己的脑袋不是绝顶聪明，但也还算不错，我的眼睛可以更有光彩，我还能读更多的书，做更多的事情。我的想法可以变得更加大胆，我的幽默感可以随着我年龄的增长而变得更加有底蕴。我也可以更踏实，不浮躁，同时不再那么僵化，对研究和写作更加得心应手。我在准备申请博士时是这么想的，我每天都这么想，我每一秒都这么告诉自己，我知道自己可以做出成绩，我可以把工作搞得有声有色。

“你还在找鸽子么？”阿汤托着下巴。

“我是在找鸽子。”

“你知道那幻觉，是吧？”阿汤翻了个白眼。

“那肯定不是幻觉。”

“好吧，好吧，”阿汤笑了，“总之你决定了就好。你知道吗，我的父亲确实是位很有眼力的商人。在我小时候，为了让我能够见多识广，增加体验，我老爸经常带我到国内各个地方度假，冬天去能滑雪的地方。夏天则去能消暑的地方，在相同想法的驱使下，我们全家还远足去意大利和荷兰游览了那么一两次。”

他友善地拍了下我的肩膀。

“我猜你想说的是，出国后你会开阔眼界和增长见识，”他继续说，“请一定要相信我所说的，这两样东西虽然难以物化也不能量化，却是年轻人走向卓越的基本素质与必备条件。如果你利用得当的话，那会是比知识和经验更为重要的东西。”

“是这样吗？”我问得有点不确定。

“是的，你不这么觉得？”

“我，我没细想过，但我知道的是——那些女孩子，阿汤，”我不自觉地加重了音量，身体慢慢前倾，带着解释的口吻讲到，“我告诉你，那些女孩子，我是说，西欧的女人——说来好笑，她们恰巧有着我深爱的那种遭受过经济危机后发达国家的一切特征：开放、勇敢、倔强、自以为是，刚刚度过高峰期并开始不自觉地降低标准……”

“等，等下。”

“呃？”

“我，我说，”阿汤打断了我，他戳在那里，像个泥塑木雕的人，紧紧地抿着嘴巴，眼神显得茫然无奈。半晌，他才毫无生气地继续说道，“你……我是说，你要留学不会只，只是因为……女人，是吧？”

“呃……不，当然不是——为，为什么你会那样想？”

“因为那是你一向的思考方式和个人作风。”

“是吗？”

“就刚刚从我们前面走过去的、没穿裹胸的那位红头发的姑娘，你盯着她的眼神可绝对不能算是正常……”

“呃……红头发的么，她是？”

时间到了第五周。

第五周的选修课上，导师布置下了课题报告的计划。他将选修这门课的学生打乱分组，要求在两个月时间内，每个小组都要分析总结一个管理营销的案例，交上个人论文，并在期末前的课上做团队的演讲展示。四年级的茱莉亚和三年级的我，以及三个低年级的新生被分到了一个小组里。

这看起来是件小事，可那非常微妙，并且颇具影响。

第六周："广告狂人"

> 在全世界……有各式各样的问题……困扰和疾病……交响乐挣不到半毛钱，娱乐电视却赚得盆满钵满……对这一切我无能为力……我，我无能为力。知道吗，这里只有一个我，对手却成千上万……
>
> ——电视剧《办公室》[①]

"为什么雁群的雁只数通常是6或者6的倍数？"建豪在我身边坐下后，第一句话是这么问的。

离商业管理学选修的开课还有一段时间，教室里空荡荡的。

我瞥了他一眼："我觉得你讲的话大都完全不着边际。"

建豪毫不在意地耸了耸肩，没承认也没否认，接着他随意地转了话头："你们分到了一个组，你也接触到了她——这下满意了吧？"

这句与上个问题毫不相干的话一问出来，一种力不从心的倦怠感就悄然袭向我了。我苦笑着摇了摇头。

"我……不，这很好，可还不够。虽然我毫无头绪，但我知道这是不够的，我……"我说，接着沉默了几秒，"我是说，我不能单纯地依靠这条最简单的、课堂性的纽带去拉近自己跟茱莉亚的关系。"

在上周选修课的投影屏幕上看到分组信息的那一刻，我的内心毫无理由地被极其快乐的感情占据，全身的血管也猛烈地激动起来。我开心得不敢相信——那感觉就像我突然有了一个全世界都不知道的、令人难以置信的发现。这是怎么一回事啊？我在心里大叫着。同时我深深地呼着气，依照某种习惯，又是摸着胸口，又是做合十礼，又是画了个十字，感谢着某个人。在上周的选修课里，导师预留了给各个小组成员去相互认识，并布置下了演讲报告的要求。我还记得有位低年级的学生走过去问导师在

---

① 出自 Fun Run 电视剧《办公室》（2005-2013 年）。

做英文演讲报告时能否有题词稿。导师当即露出微笑，回答说："很遗憾，孩子，全世界也就只有奥巴马才那么做。"

那天我走到茱莉亚的身边，有点儿不知道该从何说起。她是那么的冷静自持，让我难以开口说起任何我打算要谈的事情。我确实跟她打招呼、做自我介绍、聊天和……我记不清了，我想不起来了，那时候我只想着一件事，我想着我只想着一件事——我的脑子里全是她。你瞧，她可不仅是漂亮了，她那高雅的举止来自于良好的教养——真的，你只需瞧她一眼，就能马上知道她生活在怎样的环境中，有着怎样美好的习惯，平时会跟什么样的人交往；她的声音——噢，她的声音可真是美妙动听，听她说话就仿佛躺在一片橄榄树林之中被一阵微风拂过脸；她的装扮有格调却不张扬——她就像一幅活过来的时装画，走进一个房间之后，似乎能将四周的分子都肃整一新；她的仪态也有着某种怡人、安静的风度——我打赌，如若她在下一秒化成了空气、融入了天空里仍旧是这般好看，像康斯泰勃尔①细腻的、定格在静谧剪影里的风景画一样。我是爱上茱莉亚了，她在我心里的形象越来越纯真高尚，像个天使一样。不开玩笑，即便哪个晴和的早上，她突然展开一双翅膀从我眼前飞走，我也绝不会认为那不可思议。

建豪眯起了眼，他望着我，两只手做作地托住下巴。

"天，"他有意提高声音，"你还有想法？"

我愣住了。建豪的话叫我又想到茱莉亚了。我暗自揣摩着她的形象，血液里随即涌动起某种奇怪的躁动，跟着我的脉搏疯狂加快，心头也聚起火烧火燎的感觉。紧接着一大堆乱七八糟的话语从我脑袋里响起，没头没脑地东奔西跑。

就像我说的那样，尽管事情倾向了正轨，但我没法子叫自己更进一步，有所发展。这可真是糟糕透了，我成了个在陌生的大海上找到了宝藏却没有返航海图和罗盘的船员。

"我，我不知道，我……可我知道我得做点什么。我是说，上帝绝不会因为我们拼命哀求就赐给我们雨水和阳光——至少我认识的那位不会，"我的脸红了，"我还需要再做点什么，不，我说，我一定要再做点什么。"

我真想在真实的世界中拥抱心底那个虚幻的形象，可说实话，我不知道要怎样去追寻那个形象，我希望有预感来引导我前行，告诉我不必刻意去做，而这个形象自会与我相逢。可眼下我仍一筹莫展。唉，我低落得很，一想起这些就感到难以忍受。

---

① 指约翰·康斯泰勃尔，十九世纪英国风景画家。

建豪摊了下手：“讲真的我不觉得你该再做什么……”

“不，这就是你错了的地方，你知道吗，这就是你错的地方。”我牙关咬紧，拳头不知不觉攥了起来，放开，又攥了起来，仿佛在攥着什么可恶的东西，想把它捏死，“你不能去，你不能去嘲笑一个病人——一个固执地认为只要穿过荆棘丛生的道路、找到远方的圣水泉便会痊愈的病人。你可知道他每坚持着朝前走一天，晚上躺下时心里都要轻松得多。这可不是、这不是痴心妄想，这是，这是你难以、难以理解的。”

“不，那恰恰是你错的地方，”建豪打了一个我没看明白的手势。他的声音很轻，有点像服了麻醉药一般，又像个巫师在低吟，“你过线了——你知道吗，你过线了。就像曾经住在大马士革平原上的伊甸园里的那两个孩子一样。你住在阳光普照，色彩绚丽的花园，有取之不尽的谷物，能肆意驱使飞禽。但你不能越过这条线——这里只有这一个条件了。”

建豪逐渐抬高了音量，他尖锐地看着我：“无论在任何情况下——我指任何情况，都绝对不可以去吃禁树上的果子。”

这莫名其妙地话又叫我愣住了。

“你，你觉得我是想吃禁树上的果子？”

“不，我觉得你拿到了三个果子，却还想推倒树。”

“我，我说过我觉得你讲的话大都不着边际么？”

“啊，你几乎每天都说。”

“我……不，我说，我并不要打破规矩，也并不是要……越界过线。我只是……我知道自己还能做什么，我还能想到我可以做什么。我会搜索每一个细节，我是说，肯定有哪里是我遗漏的地方。”我的嘴唇有点颤抖，嗓音有些滑稽。我的话既像是在说服自己，又似乎认定了自己和茱莉亚之间有那么一点我疏忽了的交集，“我可以去……我……像，我可以……”

“不，你不能，你不能这样做！你总这样，天呐，你总是这样戏剧化和幼稚。你像喜欢幻想的波利安娜①，以为这个世界是糖果和雪花堆成的，”建豪直接打断我的话，他瞪眼看着我的眼睛，大声嚷嚷道。你不得不承认，当别人提高音量的时候，他的话总能让你觉得持之有故，“这已经是第六周了，已经是第六周过去了——除了之后五一的假期，我们这学期只有12个学术周和两个考试周。现在已经是第六周了！你不能一直疯下去，我说，你不能这样。茱莉亚是个好看的女生——非常漂亮——很多人

① 指“Pollyanna”，儿童小说《波利安娜》主角。

会这么认为！她必然会有很多的追求者，而你明显不是这个校园里最帅气的男人，更不是最出色的那位。何况你们在分到一组后——啊，也就是上周，才算刚‘认识’。你不会不知道这些，你也不会不懂这些，你究竟是怎么想的？”

我哑口无言。

建豪说得很直白，我一时间无法接受，并模糊地意识到自己的情绪中有着一种轻微的失常状态。我转过脸去，大口地喘着气，不想让建豪看见我颤抖的嘴唇。

建豪叹了口气，他看到我不知所措的样子，口气也软下来了。

“我说，我不是那个意思，你知道的，你知道我不是那个意思。只是，”他挠挠头发，拍了下我的肩膀，“为什么一定要这么做呢？”

接下来是一阵长久而令人尴尬的沉默。

“我，我必须得这么做，我必须得这么……我由不了我自己，”终于我开口了，嘴角挂起了一丝苦笑，接着我几乎是咧着嘴笑了，“就像要是一个人跌进水里，他游泳游得好不好是无关紧要的，反正他得挣扎出去，不然就得淹死[①]。我现在就跟落入水中的人迫切需要呼吸到空气一样的。我一天，一天看不见她就感觉无法安宁。”

尽管气力像是被抽空，可我知道自己听到了天性里那些极其微弱但却坚贞不变的建议——尽管看不出那会把我引到什么极端甚或疯狂的事上去的，但我清楚得很，那条路会是我的必经之路。

我把头略略一低，继续说：“你知道那位爱慕虚荣的皇帝听说有人可以做出那件，那件‘只有圣人才看得见的衣服’时，第一个念头是什么吗？他，他认为穿上它，就可以明确判断文武百官是否称职，更能轻易地辨别智慧圣贤和愚人腐才。我知道自己的所作所为荒诞不经，但我必须这么做，我有我自己的理由，我是这么想的，我觉得这是一条出路，我……别人难以理解也无所谓。”

又是一阵沉默，比刚才沉默的时间更长。

“还有，我说，还有多久上课？”建豪揉着眉头上面的穴位，说话了。

“半刻钟吧。”我抬起头来。

“你得精神点儿，你得打起精神，茱莉亚应该就要来了。”

“Ulla要来了。”

“Ulla？”

“嗯，Ulla’s Pleasure Trip with Mollberg。[②]”我说着，对建豪笑笑，好让他

---

① 出自威廉·萨默塞特·毛姆（1874-1965年）小说《月亮与六便士》。

② 出自卡尔米迦勒贝尔曼（1740-1795年）歌集《乌拉与默尔贝里的快乐之旅》。

明白我很自在，可我觉得自己看上去应该像个病人。我继而突然问他——搞得他有些莫名其妙，“听过那首诗么？”

建豪摇了摇头。

“我们可爱的乌拉来了，那么苗条，衣服也同样美丽。深色的小卷发趴在雪白的额头上，被微风轻轻地吹拂着。脖子上系着围巾。端庄的长裙，连鞋子都遮住了，只露出了一个优雅的后脚踝。”我像个受感情折磨的傻瓜一样自顾自地说着叫人难以理解的话，“那，我说，那真的很简单、漂亮，读起来叫人觉得不可思议。”

“谁的诗？”

“可能是斯卡拉蒂，是佩尔·戈莱西，甚至是莫扎特，我……我也不知道，我不记得的了，我甚至忘了这是诗还是歌，我脑子糊涂了，我，我也不知道为什么我会想起来这个……”

建豪沉默了，他长长地呼了口气，看起来烦躁又无奈。他拉扯着头发，翻来覆去地把“茱莉亚”和“Ulla”这两个名字重复了几遍。过了好一会儿，我听到他低声笑出来。

“我说，”他把目光转向我，“你刚刚说的那些，我是说，你真那么觉得吗？”

“呃？”我抬起头来。

“关于茱莉亚，你真那么觉得？”

“嗯，从我第一天见到她开始。”

“要是跟她在一起，你应该会很开心吧？”

“啊，睡觉都会笑醒。”

“如果，”建豪把眼睛朝上翻，有意地做出不屑的表情。接着他摊开手，像天平一样上下掂量，“我是说，如果，如果你能想出下一步计划，我会，我会试着去帮你的，嗯，就是那样，我会帮你追到那个女孩子。”

我看着建豪，疲惫地揉揉脸，挤出一个微笑。

“是吗？”

“啊，”建豪撇撇嘴，耸耸肩膀，“我这个好哥哥就做好人做到底，叫你尝尝果子里有籽没籽，有核没核。”

“我说过，”我揉着眼睛，“我说，我说过我觉得你讲的话大都完全不着边际么？”

“你是提过几次。不过，嘿，你一定要告诉我你全盘的计划。因为如果参与进去的话，我想把这件事做对做好——就像你喜欢的那位男演员一样。我是说，”建豪说着，突然拖着奇怪的音调做起了莱昂那多的模仿——我看到他眼里闪过狡黠的光，我知道他想逗我开心，“Sh—Show me all the blueprints, I wana get it done right so Sh—Show me all the blueprints I—I'm serious now-show me all the blueprints。[①]”

我先是发怔，然后扶着桌子低声笑出来了。

几秒之后，我觉得自己听到了手机铃声。我一时间有些拿不准是不是真听到了手机铃声。我仔细听了一会儿，铃声又响了起来，声音有些微弱和单调，还有点怪异。我按下了接通键。窗外天气晴暖，悬铃树大片大片地冒着叶子。

“约到小姐了吗？”

结束工作后，我回到家，躺倒在床上，准备放松一下，但那很难做到——满脑子纷乱复杂的思绪叫我得不到片刻的休息。我索性思考起我要写一部什么东西了。那是2014年5月里的一个傍晚，我在几天前——就是建豪离开伦敦那天与凯文聊过，也做出在即将到来的周末里与导师歌蒂教授见面的决定。

在莫廷厄姆这个郊区小镇住下后，我常在晚上出门走走。最初我只在临近的街区转，沿着一条偏街走上一半距离，或者直接在镇上兜圈子。不久后我记住了这片区域的简图，可以沿着一条中轴线走上很远一段距离。再往后去，我便像本地的狐狸或小鸟一样熟悉这个地方了——我开始探索一些僻静、人迹罕至的树林。郊外似乎有一种宁静的魔力，让你的耳朵变得灵敏，让你的眼睛看得清楚，让你的双腿更有力，让你的鼻子闻得到像佳酿一样沁人心脾的空气，让你的心灵得到洗涤，让你感觉到好像只要踮起脚伸出手来，天上的星星就能碰到。

我不断地揉搓着太阳穴，苦苦思索却没头绪。接着，穿过那排我打开的窗户的一小股凉风，把我诱惑到了家门外。

我刚走出门，便听到了语音信息的提示音——那是洛克发的消息，他问我“约到小姐了吗”。

回忆里的故事杂乱无章地涌现出来，一会儿是这么一个朋友，一会是早先谈话的片段，一会又是发生在身边的事情——各种印象纷至沓来，混在一起，像一场正在上演的闹剧，而我成了后排角落里的观众。但是随着戏往下演，剧情慢慢铺开，一切又都清清楚楚地呈现在我面前了——我能看清每个人的脸，记起每一段对话，每一件小事。我想就直接这样写出来，并利用叙事者不多的权限，对故事进行抛光和修补，达到至少传达一个模糊概念的程度。

① 出自电影《飞行者》（2004 年）。

我，对，就是我，像大多数自传中的主角一样没有什么特色，自大软弱，屡遭挫折，也时常由于自己的实际成就离期望太远而饱受失望和惭愧的折磨。可我没像卢梭那样把自己的灵魂呈现得袒露无遗——我没那种勇气，我只是虚荣地展示自己弱点中比较有趣的部分。

有人会觉得，我描写的角色很容易会让人产生混淆。因为他们既没有可信的真实性也没有说服力的强度，像一幅老旧挂毯上的几个人形，全都嵌在背景里，很难分辨。而且如果从远处看，连轮廓也辨别不出，只剩下一团花花绿绿的颜色了。这也是我的错。因为如果我能够详细写出他们说话的某些习惯或者他们的一些离奇的举止，或许就能够突出他们的特点了，显然我做得不好。不过平心而论，我确实是按照他们一个个最初给我的启发，然后东一处西一处地添上一些有趣的特征——他们向来给我的就是这么一个印象。

也会有人说，我对英国和西方过于赞许，有崇洋媚外的味道。关于这点，我推崇自己的个人英雄胡适先生的看法，觉得“自己首先应该懂得人家的好处，我们所该学习的也是人家的好处，我们今日还不配批评人家的短处”[①]。而且，怎么说，右侧开车确实比左侧好——吻一个女人更方便。有人会说我本末倒置，犯了把小说当讲坛的陋习——艺术的目的是娱乐，教育只是次要功能。这个也怨我，我不愿随便拿一些荒诞不经的故事叫人们大吃一惊。同时我也这么认为，在当前社会环境下，一个写小说的人，本就应该用正反两方面的事例来改善人们的思想——说真的，如果说一本皇皇巨著说来说去无非是劝人随波逐流，遇事切莫越雷池一步，那么这样的书根本不值一读。听到这，自然也有人要说：我想你自以为你很聪明吧，可我认为你满口轻狂，好蠢。这话也对，我确实是个摆着一副不同凡响的架势的微不足道的角色。噢，应该还会有人说，你自命懂得的比知道的多，这我还得认了，因为事实真的就是这样，而且你这句话可得十英镑。还可能会有人认为我处在一种独善的个人主义里，不满意于现状，却又无可如何，只想跳出这个圈子去寻一种理想生活。啊，可能吧，我这个人幼稚、保守、软弱，既没能力改变，也没能力引领，这是大实话。

最后有人也会说，你不过在虚构一部超出现实社会的故事。呃，这个，关于这个我完全不同意。见鬼去吧，这可全都是真实的。

总之，我想说的是：人真有趣。真的，我到过一些地方，见过形形色色的人，交过使我受益匪浅的朋友，也结识过可能穷尽自己一生努力都难以望其项背的智者。要

① 出自胡适（1891–1962 年）随笔《独立的妇人》。

是把我知道的有关他们的故事讲给你听，保管你觉得好玩儿、认为他们一个比一个有趣。这个宇宙可能就是这样运作的：要是你自己不主动去见识、去思考、去冒险、去拼搏、去闯荡、去做一些有趣的事情，那么世界就没意思了；一个人应该尽量从平静的生活中找寻刺激。

另外，我还要说的是，如何提起年轻人读书的兴趣。

博览群书是个能给人带来乐趣的习惯，念书也是一个逃避人生忧患苦难的庇护所。在生活苦不堪言的时候，在人生失去方向的时候，一本书能推你一把，让你迈出新的一步；生命中有任何灾难降临的时候，往书本里一钻，也不失是个好办法；在厌恶一切的时候，拿起一本书——文学、历史、杂志、什么都好，可能会让你产生重新面对社会的勇气。真的，一本滑稽可笑的书里也有拯救生命的力量。

中国优秀的文学作品数不胜数，可我希望你，是那些能挤出闲暇并很愿意读书的年轻人，不包括老书迷在内。原因有两个，首先大多数优秀的书籍的内容有很强的时代性，尤其是上个世纪里文学瑰宝——里面的文字沉重，不适合年轻人读；第二是我们在21世纪以来出版了大量的作品，优秀的评论家和文人们对这些良莠不齐的作品了解得还不全面，要来判断其中价值未免太早，所以目前你不必浪费时间去淘金。与此同时，我希望你不要去念一些著名学校或者教育机构推荐的书单——我不是说那些作品不值得读——那些大都是最好的杰作，最严厉的批评家都已予以评定，文学史上也给了它们一席之地，可多数人是欣赏不了那些书的，除了专业的文学工作者会把它们奉为经典。大多数人，即使有相当坚强的意志、清晰的头脑、警觉的思维，仍会觉得难以下咽。此外，不要为了读书而读书，我指的是，你大可不必在意作家写作当时的社会环境，不用热衷于分析作家对当时的重大问题持什么样的观点，不必在乎其哲学思想如何、写作风格如何、作品结构是否精密，更不必去计较人物刻画得巧妙之处在什么地方。对于年轻人我坚决主张为享受而读书——我知道我也主张人们应该从小说里学习，但要是过分强调阅读书籍会给人带来种种益处，而把读书当作一件辛苦事，对“初学者”很不合适。

你可以试一下日本“本屋大赏”的小说，获奖的或者中选的都可以。我向来对轻快明朗作品赞赏有加，而那些书大都有趣、简单、结构独到、语言诙谐，足以证明阅读不是辛苦的劳作、神秘的科学和黑暗的魔法。第二步，你可以选择一些大众购书站点推荐的热门书籍，那些书往往流行，不枯燥，有意思，能叫人感到愉悦。接下来你可以念一些童年读漏的书籍，像《史记》《战国策》《格列佛游记》《哈克贝里·费恩历险记》等作品，重读一些作品，你会学到很多。同时你也可以念一些传记作品，了解一些伟人的生平轶事，很有意思。等你做好了准备，便可以根据自身的偏好进行选择了，俄国的托尔斯泰、屠格涅夫、陀思妥耶夫斯基，中国的林语堂、沈从文、胡适，法国的福楼拜、普鲁斯特、巴尔扎克，英国的毛姆、托马斯·哈代、勃朗特姐妹，德国的海涅、托马斯·曼、赫尔曼·黑塞，美国的惠特曼、菲利普·罗斯、唐娜·塔特，等等，任你喜欢。我得说明，这些文学和小说既不能帮助你获得学位，也不能指导你如何谋生，然而只要你们能真正享受它们，你的生活会更加丰富。同样的，我必须描述清楚，如果我认为对我来说具有重大意义的某些作品，也该不折不扣地对你具有同样的意义，那就太武断了——我提出的阅读路线是非常个人化的，而且是未经仔细思索的，我指的是，我完全可以给你另外一条线路，不输之前，并给出同样充分的理由。我猜我要说的是，虽说了解那些作品叫我得益匪浅，可万一读了看了它们之后你觉得不合口味，那就把它们搁到一边去吧。

坚持下去，阅读的习惯最终将为你的生活增添无限乐趣。瞧，你会发现歌德是个天才，他能以漂亮的技巧处理复杂而又难以令人置信的故事——人类的想象力还从来没有创造过像他那样在人性方面引起如此深刻共鸣的人物；巴尔扎克的文字和角色被塑造得非常戏剧化，小说写得像舞台剧，高山上遍布参天大树，大海总是趁着暴风雨；蒙田的作品精妙却生涩难懂，原作里的拉丁文又总难被恰当地翻译；查蒂·史密斯简直才华横溢，总能敏捷地抓住一件趣事，恰到好处地运用新颖有力的隽语，还能以其罕见的天赋逼真地重现一幕场景的气氛——该特点在《白牙》里随处可见；《约翰逊传》应当举世闻名，那是英国传记文学中最伟大的著作，任何年龄的读者阅读这本书都会受益匪浅；作为演说家的艾默生总能用无与伦比的智慧和视野去把文章写得激奋高昂，读起来像演讲稿一样；笛福先生作为“小说之王”，却想象力不够，也缺乏幽默，但他在写作方面的经验足以弥补这些缺陷，而且他对细节的把握叫人叹为观止；亨利·詹姆斯讲故事的本领十分高明，处理戏剧性场面时又善于制造悬念，接触这么一位温厚、文雅而有教养的作者的心灵，实在很有味道；人人都得试着去念莎士比亚的悲剧，那个人不仅是有史以来最伟大的诗人，更应该是英国的国家宝藏；每个人也该去念一……等下，说到这，我想说不是只有我一个人这么觉得吧，我是说，你应该也是会想到莎士比亚，所有人都应该会想到莎士比亚，或者至少是把亚当·斯密、约翰·列侬、狄更斯、丘吉尔爵士认定为英国有史以来最伟大的人。对吧，这样想并不出格，我说是，应该没什么人会说那个人应该是，像，珍妮·古道尔吧？

我把耳机插到电话里，拨了洛克的号码。电话接通后，我首先要做的是辩解和反驳。

“我是约到了。不过洛克，那可不是小姐，那是应召。”

“那不就是小姐？”

“不，你瞧，那是应召。”

“所以，就是小姐？”

“呃……不，应……好吧，我没闲工夫再兜一次圈子了。”

“那个派对很重要吗——我说，你得找小姐陪你出席才行？”

“应……算是吧。那是妮维和我及其他几个研究生班的同学完成的一个项目——为一家纸媒做出如何平缓地执行‘收费墙’的策划。为避免流失客户对收益造成影响，我们就一步步把报纸网页版上的每个版块划分给了不同品牌去冠名赞助来创收——那是家严肃报纸，赞助也得找对等的品牌——像‘居家生活’的版块我们谈妥了维特罗斯超市，‘服装时尚’给了高街品牌迈宝瑞，等等。我们得与一个一个赞助商交谈，开着妮维家的老凯旋车跑遍半个英格兰——真的，我们朝北走到过肯德尔，最南去了朴茨茅斯。不过谢天谢地，那个项目颇具成效。公司最后给我们一笔奖金，并邀请我们去参加派对。”

“听起来蛮有趣的——等等，你用奖金雇了小姐？”

“怎么会，我是个勤奋、上进、有责任感和独立批判能力的硕士，你想到哪儿了——我拿奖金在塞维尔街给自己定了套正装。”

“呃……这，好吧，那你哪儿来的钱？”

“我到了伦敦后一直都在工作——你知道的。我天天都工作，存了一笔自己的钱。”

“留学生应该受工时限制吧？”

“关，关于这个话题，我在见到一个律师前不能再跟你聊更多了。”

“我……算了。你找了哪里的女孩子？”

“哦，意大利。”

“为什么是意大利？”

“意大利的女人有着整块欧洲大陆上最大的……呃，你知道吗，那不重要，原因并不重要。”

“等，等下，为什么是意大利？”

“我喜欢《公主彻夜未眠》[①]关你什么事？”

我又算什么东西呢，一定要在这个那个事情上动脑筋？我写不出像《送东阳马生序》或者《绿衣亨利》那样有教育意义的作品，我拿不起公尺，分不清对错，我在很

① 出自贾科莫·普契尼（1858-1924年）歌剧《图兰朵》。

多时候也难受，觉得自己又弱又小。但我还是坚持整出这么一篇东西。为什么呢？首先我认定上天总会眷顾那种按照自己的知识程度去尽力而为的人；其次，我坚信这个世界上没有一件事不会产生影响，“把一粒石子投入池中，宇宙就不完全是它先前那样子，一道涟漪可能会引起第二道涟漪，而第二道又可能会引起第三道涟漪”[①]；第三，我——好吧，我可能是太幼稚了——我觉得“当今世风日下人心不古，吾等责无旁贷，应著书立论，大声疾呼，以正世风……此乃学人修身之基本”[②]。

“总，总之，我认为你应该试着去约妮维。”

天色全暗了，雾霭罩住四下，迎面吹来的冰凉的风中有股泥炭和条绒布混在一起的味道。我走出镇子，沿着草坡拐向一条通向树林的小路。小路里满是树木投下的阴影，应着镇上飘过来的微弱的光，显得神秘又诱人，仿佛《狮子、女巫和魔衣橱》里的森林被照搬了出来。

“啊，洛克，那并不能行得通。”

“你们闹别扭了？”

“没，没有。”

“听起来像是你们有过争执。”

“我……没有的事，不，没有过什么……争执。不过，不过我确实想说，洛克，我可以做律师的，真的，我本可以当律师的，我也可以做律师。你知道吗，那个职业没那么荣光，而且远没有别人以为地那么困难。”

“我不知道你在讲什么。”

“我是说，律师也没什么了不起的，当然他们可能在上个世纪八十年代是个让人觉得眼前一亮的行当。现在么，我不那么觉得——你瞧，到处都是事务所和法学院，而且谁都可以做律师。那真没什么大不了的，我本也可以去做律师，我也可以读法律，我甚至可以当皇家律师，我也会像鲁伯特·琼斯一样把白餐巾系在脖子上，也就那样，我看过Silk[③]。”

“那，那是两件几乎完全没有任何关系的事情。”

“是吗，随便了。而且你知道吗，我一点也不喜欢古驰的衣服。”

“古驰？”

“嗯，古驰牌。”

---

① 出自威廉·萨默塞特·毛姆（1874-1965年）小说《刀锋》。

② 出自陈忠实（1942-2016年）小说《白鹿原》。

③ 英国律政电视剧《皇家律师》（2011-2014年）。

“你讨厌古驰的东西？我觉得这个牌子相当不错。”

“不，东西太贵了，还特别丑，有时候我觉得他们是故意把东西做得那么难看的，而有人就是为了与众不同才买他们的产品。”

“我，我完全听不懂你在说什么，可我觉得你们有了分歧——对，你跟妮维肯定闹了矛盾，而你又不知道该怎么处理。听着，我只是想告诉你：两人之间争执的开始和延续通常是由冲突的回应者，而不是冲突的发起者决定的。在一次分歧里，冲突的回……”

“你……你谁啊，我前女友的心理治疗师么？”

这着实是个美妙的夜晚，我走在小路上，觉得自己的身体成了一个大器官，可以把宁静和欢愉吸进每个毛孔。尽管天凉，多云，有风，整个自然环境却与我格外适宜，我大口地做着呼吸，心里感到非常受用。林子中发出微弱的响声，但没有噪乱，我也能听到远处羊的叫声，宛似寂静的夜晚的回声。

“总之到底是怎么回事？为什么律师？为什么闹别扭？”

“其，其实并没什么。我一直不喜欢‘凯西’这个名字，你喜欢么，‘凯西’。”

“谁是凯西？”

“我也是这么问妮维的。”

“你对他不熟悉。”

“我见过他一面。”

“他长什么样子？”

“我，我不知道该怎么说——他看起来像A & F[1]目录上的模特。”

“你指他很帅气？”

“我指他像个基佬。”

“你……你明显是在妒忌人家。等等，妮维跟他在一起吗？凯西跟妮维？”

“或，或许吧，我不知道，我怎么会知道。”

“所以说，你去找‘应召’陪你出席是，是想叫妮维觉得妒忌？”

“呃……你把话用这种口气说出来，好像它整个就不正常一样。而且我可不是随便找个意大利女人做应召，她以前在艾维连奴赢过选美比赛——尽管那只是在地区性质的商场里。她喜欢考古，高中时候的每个暑假都会去挖挖铲铲什么的，还有记录笔

---

① 阿贝克隆比 & 费奇，美国休闲服装品牌。

记。当下她在伦敦大学念古希腊哲学，二年级生——我看了她的学生证件。”

“这，这听起来完全是正常的对立面——你，你听得到自己嘴里讲出来的话吗？还有，你是小孩子么，你不是有很多事要做？你要工作，你要搞毕业论文，你得申请博士——你还哪里来的空搞其他东西？”

“那个啊，诀窍就在于不睡觉。”

“呃？”

“不要睡觉，诀窍就在于不要睡觉，除非你在下一秒会疲乏到摔倒。千万不要睡觉。喝红牛、吃药、洗冷水浴、喝冰咖啡，给自己制造疼痛感，随便什么都好，就是不要睡觉。工作、念书、出门走一走，什么都好，就是不要睡觉。人们可能注意不到，美梦总会妨碍很多事情。”

“但，但睡眠不足的人会早逝。”

“可能吧，不过现实社会里因吃太多美食而死或缺乏劳动而死的人，远比累死的人来得多。而且你是知道的，这个世界上没谁能在年轻的时候醉生梦死，好逸恶劳，而后却功成名就——没谁能那样，充其量也就……小布什？”

“呃……好吧，可睡眠质量低下对人的情绪和灵魂也有恶劣影响——我在《每日秀》里看到有位非常帅气的精神医生——就是演过《好人寥寥》那位。他说能给人带来不满和憎恶的可控制能力会最终不可控地转化成对人危害极大的情绪，而人体的机能和结构是无法消……”

“等，等下，演过《好人寥寥》的医生？”

“对，就是电影里那个辩护人。”

“那，那是汤姆·克鲁斯，他不是精神科医生。”

“是吗？”

“啊，他本职就是演员！”

“可，我说，可是人家说他算是个什么科学家。”

“呃……不要，呃……不要听别……好吧。”

“总之谁是凯西，还有到底是怎么回事？”

“凯西在爱丁堡读法律。你知道吗，就算他以后真成了律师——老天瞎了眼——在法庭上也肯定是个告黑状、翻是非、哼哼叽叽的主儿。”

“我……我不，这不是我想知……我是说，到底是怎么回事？”

“这……好吧，这些都是上个月中旬时候发生的，那天我的研究生班结束了最后一堂正式课……”

其次，我想引发对基本问题的辩论。

莫言先生曾对基本问题做过解释：房子是盖来住的，不是用来炒的，如果房子盖了不住，那房子就不是房子；人类没有发明空调之前，热死的人并不比现在多，在人类没有发明电灯前，近视眼远比现在少；没有网络前，傻瓜似乎比现在少，有了网络后，人们的头脑里并没有比从前储存更多的有用信息；交通的便捷使人们失去了旅游的快乐，通讯的快捷使人们失去了通信的幸福，食物的过剩使人们失去了吃的滋味，性的易得使人们失去恋爱的能力。[①]

但我觉得年轻人有这么项特权——童子智少，吵吵闹闹，磕磕碰碰，想掀起一点儿风浪，别人一般也都能原谅。因而我试图引发对基本问题的辩论。这个做法——依我愚见——无论成功与否，不会对人们造成任何负担。反之，如果更多人念书、参与到讨论之中，便可以提高办事效率，带来团结，叫多数缄默的人说话，让少数一直在说话的人闭嘴；可以遏制青年人使性子，可以叫老年人不总自以为是；可以将愚钝的人唤醒，可以让冒失鬼谨慎。当然，我的无知必将生产许多偏见以及狭隘的思想——瞧，我带来的不过是一个滞后的青春期的产物，就像小孩子摆弄彩色铅笔、画小水彩画和学架子鼓一样——仅望这能刺激一些对于人性和社会的复杂程度有更深切的认识、充分的思想活力、广泛的人生体验，以及改善年轻人对世界的看法。

这里我们聊聊互联网影音娱乐的问题。建豪跟我都是传播学专业的研究生，他主攻大众媒体的社会影响力，向来把影视当作文化传播的重要载体，并认为这种重要性近年来呈几何倍增。他坚信当下一部优秀的影视作品，考虑到其影响力和传播能力，比上一部优秀的文学作品都不逊色。建豪是个聪明人，他工作能力强，幽默，自信，有自己的想法，但他也是个比较偏激的家伙——他对公认的看法总爱顶牛，在一些小众问题上又是个狂热分子，还带点儿流气。在他离开英国的前一晚，我们聊了影音传媒方面的东西，在此我作为一个参与者把这段对话记录下来。交谈中建豪的态度有些强硬，措辞也颇为激烈，他说的是错是对，我难以评判。你若认为他错了，作为朋友我这么为他辩解：我认为他的这种态度来源于人性中一个十分普遍的病症，对于和我们最无关的事情，对于最不适合于我们的天性或者最不适于我们研究的东西，我们却偏偏好奇，还自以为是。假如你觉得他的话不是不无道理，我这么做解释：有时候你就得对世人都热衷的事物冷眼视之，以提高自己，达到另一种境界。

“那不是电视剧，那不是，你知道那不叫电视剧。《黑道家族》叫电视剧，《火线》叫电视剧，《兄弟连》叫电视剧——那些则不叫。”

---

① 出自莫言讲稿《悠着点，慢着点——“贫富与欲望”漫谈》。

“啊，HBO[①]——我怎么一点儿不意外呢。”

“是的，HBO、类HBO和其他那些扩展我们视野、挑战我们想象力、实实在在地增添生活乐趣的优质影视作品，才能切切实实地体现出电视被创造出来的意义。我是说，如果约翰·贝尔德知道我们当下在电视上播些什么垃圾玩意儿——毫无底线的真人节目、无知的秀场、粗制滥造的低级剧，无底线的包装炒作和其他那些某种意义上能叫人看了之后变得更加愚昧的东西。如果他知道这些——他肯定会说，就当电视是斯福罗金发明的吧，或者随便谁，说成法恩斯沃斯那个该死的美国人都行，无所谓的，这已经不再是荣誉了，我根本不在乎，别把脏水泼到我头上来。”

“建豪我觉得你喝醉了，我也觉得你的话过了，你觉得美国的影视作品好。”

“不，好的就是好的，差的就是差的，印度也有好的节目，韩国优秀的电影数不清，伊朗拍的作品也能拿奖。而且美国的并不都好，他们的影视作品和节目就像《周六夜现场》[②]的小品剧一样，大部分都糟糕、荒唐透顶，少数超凡脱俗，一小部分成为经典。你知道的，他们出产的垃圾更多，像那个什么《泽西海岸》，以及跟那个相关或者类似的一切东西，那是什么狗屁！还有他们的喜剧和一些真人秀，也是泾渭分明，劣质的一大堆。不过那是美国的事，他们有无数的评论家、社会学家和反好莱坞的学者去进行批判和抵制，所以犯不着我们去……对了，你知道吗，在美国竟然还有一种什么青少年选择奖，潜在地让青少年来选择什么东西会继续留在电视上，简直他妈无理取闹。”

“选择奖算是一个蛮重要的奖项，你觉得那不酷？”

“我觉得投票的人不酷。你觉得酷的年轻人会去投个电视剧的票吗？”

“呃……话确实没错。但你认为糟糕的东西，却被证明是新时代娱乐经济里最重要的构成部分。”

“我是知道的，我知道电视影音娱乐占据文化经济的很大一部分，而且传媒影视和互联网是在可预见的未来里几乎最有潜力的行业了。我知道我们得发展，受众有需求，我们就要创造更多的内容叫人消费，可是那些装疯卖傻节目秀场，故意弄人眼球的电影，低俗的电视剧，那些都是垃圾。当然咱们别忘了还有那些凭点击率上榜的文章，明星代言的失格游戏，跟风被创作出来的无聊音乐，靠操纵、丑闻和低级趣味博关注的婚恋交友，那些以泪取胜和自揭家丑的感情故事！你是知道的，你肯定心里也清楚。你不傻，你明白那些廉价又多产的网络书城，尽管发布那么多的作品，却不曾

① 《黑道家族》《火线》《兄弟连》均为HBO出品的优质电视剧集。

② 美国的喜剧小品类综艺节目。

使我们更加接近那些优秀的作家；那些俗不可耐、不堪入目的电影电视剧，尽管吸引着大批趋之若鹜的追随者，但播放的是那些让人看了能变得更笨的东西；还有那些真人秀和秀场，你会看到一些人故意把自己最隐秘的东西拿出来放大并且推到所有人眼前只为获得收视和人气，然而竟还是这同一批人，每时每刻都在抱怨自己的付出得不到认可、自己的隐私被人随便讨论，说自己只想要安稳的生活。真的，我说真的，你去随便打开电视和视频网站看看，都他妈是一群疯子在所有人面前哇里哇啦、扭摆晃动、佯装痛苦的痉挛，我……我说，你也不会，或者说不应该把那个看作精彩的表演吧？可现在屏幕上全都是这东西！人们不仅已经司空见惯，更是开始为其欢呼，一天不看都不习惯，而且更甚的是，我们开始嘉奖那些最愚昧的、最肤浅的、招摇的、不知廉耻的，并且对它们敬仰和赞颂！”

“你，你可以选择不看，我说，你完全可以不看——你没必要把话说得高人一等。”

“我自然不会在那些东西上消耗时间。你在跟我搞笑吗，我接受过高等教育。”

“这，这话听起来可真是一点儿也不屈尊俯就。”

“是吗，那我问你，你会看那种东西吗？”

“当然不会。”

“为什么呢？”

“别闹，我看起来像是凤凰城网校毕……呃，我懂你的意思了。不过平心而论，人家完全有权利这么反驳你，‘我们只是在做自己的工作，我们非常努力，我们很敬业并且开拓和发展了自己的行业，我们承担社会责任，我们纳税，我们捐款，我们维持了社会的稳定——通过让别人在这些东西上面投入时间和精力而不去犯罪和吸毒；我们促进了社会繁荣，我们比那些只是评头论足的人强上一千倍，等你再年长几岁为了金钱头疼，或者发现这社会的其他部门和行业的运作跟我们并没有什么两样的时候，看你还会不会舒舒服服地坐在软垫子上当清谈家，看你还有没心思站在道德高地上开炮。哦，对了，我还得提醒你我们没有违反任何法律。’别人完全有权利这样说你。”

“我是没办法反驳。”

“那不就对了，那你就退到一边洁身自好，安分守己地待着，别折腾，搞得所有人都不清静。”

“不，我不能那样，你知道我不能那样。你去看看，你去看看电视和互联网上那些为年轻人制作的节目、剧集和秀场——那些制作人和参与者们似乎不计一切地想去博得12岁小孩的喝彩——真的，甚至不包括那些聪明的12岁小孩，是那些傻气的、糊涂的和慢别人半拍的。他们很清楚这一点：公众是一批糊涂虫，只要你大叫大喊，乱蹦乱跳，总能得到一批该死的蠢货疯狂地给你喝彩，就像搞巡回游说推销活动一样。因而他们兴致昂扬地迎合着人类的丑陋面，利用媒介把那些毫无艺术感、道德沦丧、唯利是图的垃圾当作精神大餐呈现在所有人面前。全他妈的扯谈！一群愚蠢的腐儒弄出来的东西，一大批小人物稀里哗啦搞出来的平庸玩意儿，简直叫人难以忍受！说真的，如果你把摄像头对着两个正他妈在手淫的人，我都不觉得那算是电视上播出的最不恰当的内容。因此我觉得那些是垃圾，而且任何一个播放那些垃圾的电视台和视频网站都要为败坏整个国家的社会风气负主要的责任。你不是傻瓜，你知道那些东西叫我们更低劣，叫我们八卦也叫我们廉价贱格，却睁着眼睛说自己看不出愚蠢与无聊；我说，假装胸怀坦荡是个普遍现象——你这种人社会上比比皆是，像王小波书上写的那样——你左右逢源地想讨所有人喜欢，虽然没什么恶意也没算计别人的心思，但你怕得罪人，你怕你的话讨不了好，所以索性闭上了嘴。”

“啊，说得真好，‘大众是一群被动、消极、受电视蛊惑的文化傻帽，而传媒是统治者和阴谋家用大众宣传手段行使权力和愚弄世人的坏技术’①——你……你刚满七岁吗，今年？我说你脑子没坏掉，经历不可谓不多，也将要获得一个硕士学位，所以现在也是时候收敛一下你那带点儿英雄主义的傲慢学生气质了吧？那不仅令人不安，更表明了你自暴自弃，早已放弃了谨慎。天呐，你讲出这样愣头青的幼稚话，别人会觉得你大脑断路不会做人。”

“我不会做人？我自然会做人！我知道自己缺乏在人生大世界里的打磨，因而在长辈面前我不搭腔，并尽量保持沉默——除非别人问我 ，我才说‘是’或‘不是’。我从不忘记任何一张脸，不论在哪里碰到谁，我总是很客气地拉起他的手。我知道不能叫别人发现你机智过人，倘若如此，人们会认为你缺乏判断力。我会注意人们的情绪并调整自己来适应他们——他们高兴时跟他们一起笑，他们严肃时我也把脸拉长。见什么人就讲什么话——我懂得跟傻瓜讲智慧是可笑的，而跟聪明人讲智慧是愚蠢的。我明白帮人干坏事比帮人行善更能取悦于人。我也懂人说话得谨慎，插一句话有的是时间，但要收回则是不可能的。最后，我说最后，我知道真相是最危险的武器，必须要小心挥舞——这是个残酷的现实。很多时候我碰巧说了不从众的真话，我马上就会讲上一大堆假话把它掩盖起来，叫人无从发现——对这个我熟练得很——这做法简直就他妈是我发明的——但今次不行，今次不行！我知道‘电视和互联网的影响力’是个多么恐怖的东西。‘英雄主义的傲慢学生气质’？别他妈跟我开玩笑，你知

① 出自蒋原伦《媒体文化与消费时代》。

道那些垃圾标志着公众文化素养的普遍下降和人们对发展自己的精神生活丧失兴趣，更会导致几代人精神素质的持续恶化。如果你不提，那就是你没骨气的地方，那就是你……”

“等下，我怎么提？”

“你不是要写书？”

“我，我是有这个打算，可你怎么知道我要写什么？我可能会写游记——我们去了欧洲不少地方——诺，咱不刚从塞维利亚回来。我可以加一点讽刺性的东西和奇幻的元素，像《格列佛游记》那样。”

“这是个笑话，是吧？那本书通俗而不低俗，有力而不傲慢，思维巧妙、幽默无穷，文体美妙惊人并且充满生机——这些没有一点是你写作能及的。”

“呃……这话说得，可真是……我，我也可能写战争小说。我刚构思了一个故事是关于一个英勇的小男孩怎样在空军上校的帮助下，驾驶F—16战斗机去中东战区营救他的父亲，而他父亲是被伊斯兰激进分子俘虏的飞行员。”

“那是电影《铁鹰战士》的剧情。”

“啊？那是新出的电影吗，是不是创意冲突了之类的？”

“人家已经拍了三部续集了。”

“可，可在我的构思里，那个小男孩还要召集所有二战退役的飞行员，并尝试着与苏联合作。”

“续集说的就是这个。”

“可，可在我的故事中，其中一个二战飞行员还是日本人，但最终一起行动的人还是接受他了。”

“第三部就是这么演的。”

“无，无论如何，我还是可能会写一本侦探小说。”

“不，你不会。你这个人虚荣又自负，巴不得叫别人知道你的什么风流事儿——我觉得你应该会写传记，或者之类的什么垃圾玩意儿。”

“我，我并不……虚……哈，我可不……我的脸书（facebook）头像是一张风景画！”

“这，这恰恰说明了几乎所有问题。”

“总，总而言之，我们退一步来说——你在乎这些干嘛？这个世界上有无数的恶人做着无数的坏事，你在乎这个干嘛？”

“我在乎这个干吗？我们的专业都在传播学的框架里，你跟我看的是一样的书，念的是一样的发展报告，你也知道国内10到29岁的青少年网民规模超即将过4亿，六成以上的青少年高度依赖和信任网络信息——这就是为什么我在乎，也是为什么你应该在乎。现在的问题是，垃圾制造者对这些也了如指掌。他们抓住社会和学校里的年轻人，把一切偶然出现的闪光的独创意识从他们脑子里赶出去，给他们贴上现存秩序的标签，并且挖空心思去把东西搞得蠢一点儿迎合他们。他们要把受众阅读、会话和思想都维持在极低的水平，像侏儒和矮人那样只能理解简易读本；他们左右旁人的认知，拉低人们的欣赏水平，同时还敏锐地洞察人们的虚荣心，小心翼翼地不冒犯它——他们知道怎么用几句恭维话回应目标观众那没质量的生活，人们就会像一只被搔过头的小狗一样紧紧地跟着过来。我知道这个世界上有人卖福特野马，有人在下水道里掏油，有人给奶粉兑了毒……无数的坏人做着坏事，但把恶劣程度和影响算进来的话，那些用传媒荼毒青年人的家伙是最低劣的——那些视频终端的把控者和参与者，他们毫无底线可言的道德品位从某种程度上决定了中国十多亿观众的文化口味，他们能作恶地影响几代人。而且最好玩的是他们有两副嘴脸，满怀欣喜地觉得自己是在给‘人们带来欢笑’，是‘讽刺现实’，是‘为生活增添乐趣’，认为‘把人逗笑的生意会带来电视黄金时代’。天，你们让大众的注意力变得支离破碎，敏感性变得迟钝薄弱，甚至对‘思考’不屑一顾，至少不该引以为豪吧？真的一点脸都不要了吗？我公寓附近卖大麻的也没把自己说成是能开处方药的医生啊！”

“我，我觉得你喝醉了，你喝醉了，而且你说的只是一面。我指，那些作品和栏目质量低下、毫无底线并不全是由于制作方面的关系，那是因为需求。就像是，难道张冯那样的导演创作不出有力的作品？不，人家当然能！他们当然可以用几十年的经验、感情和艺术领悟把现实生活的问题和本应被审视的历史的厚重放到大众面前。但能有几个人会去看呢？这整个不过是社会发展的一个阶段罢了。这是商业，不是君子间艺术承诺，而是你情我愿的娱乐交易——人们需求垃圾，就有人制造垃圾，就是这个理。”

“啊，你提到这个是没错，关键在于人是否是一个主动者。我知道这个，而且我没醉，我觉得其他太多人醉了。今天人们对那些垃圾的喜爱如此普遍突出，像那些头脑清醒的人士一样，我清醒得很——我有理由担心，这会破坏人们欣赏美妙优秀作品的品位，尤其是崇高庄重的创作。所以你也得说另外一面，你得从诱导入手，首先对个人的欲望进行控制，大声告诉别人：你不会幸灾乐祸、落井下石，你不会散播谣言、危言耸听，你不会心胸狭窄、缺乏宽容——你是一名世界公民！你有能力去做些提升人类心灵层面的事，那些简单的事，那些小事，那些我们每天都能做的事，像文明，像尊重，像善良、个性、理解、友善。你得大声告诉别人这个。如果这样不凑效的话，我说，如果他们不听这个，你就通过严格的教条和其他的教育引导。你说，为什么要去看那些闹剧！是你捧红了那些东西！你……你得做到宁缺毋滥，你得尝试追求更……更好的……至少做点什么吧。别这样，别那么可悲，真的，别叫自己的生活中充斥着各种无意义的信息与低效交流，别通过屏幕去了解世界，去真正的体会一下——难道除了我之外没他妈谁在乎到底什么是真实的了吗？我，我说，你写作时得抱着这样的信念：事实总是能说服懂道理的人，而时间能改变人的观念。只要你的听众头脑清楚，就会很快相信我的话是坦诚的。这是‘说服力’的角逐，只要你讲得对，别人就会鼓掌。你会这样写，是吧？”

“不！我当然不会这么说，你有毛病吗？你的话狗屁不通——你怎么突然像个满肚子狐疑的陌生人？看问题执拗，瞧不起自我分析，而且偏执、有失公正。”

“我……什么？”

“你整个错了。”

“我错了？”

“我觉得你错了——我说，可能也有对的地方，但我觉得你错了。你犯了人们依自己的判断力时常犯的一个极大的错误：认为自己所喜欢的东西都是好的。”

“我……”

“你听我说，建豪，你得认真听我说，你现在的说辞跟社会上那些只知道抱怨、不肯考虑自己的人没什么两样，随便一个‘令人激动’的顿悟便叫你狂热。你的那些说辞不过是你自己的看法，而且老实说，我不知道你从哪里来的控制欲想要去让别人认同你所说的一切，承认你的一切，然后按照你说的去做。这个世界上，人类经手操作的所有行业里的所有活动，都是处于一种‘你情我愿’的模式。你瞧，‘成人们还不是在地球上东奔西闯，同样不清楚自己打哪儿来，往哪儿去，同样干起事来漫无目的，同样受着蛋糕和木鞭子的支配’[①]？这是整个世界运行起来的唯一方式了。你只是活在你的圈子里，就像社会的阶层一样很少让外界人进得去的：‘政客们把自己局限在他们生活糜烂的圈子里，大大小小的资产阶级相互来往，作家和作家聚集在一起，画家和画家亲近，音乐家和音乐家交游’[②]。这个世界上是有愚蠢、轻佻、虚荣、无知、幼稚的人，而且多得是，但那都轮不到你去责备，这是不公平的——就像一个在道路上充满着休旅车的国家是不能对一个脚踏车的国家说你们得改变生活习惯。或者也可以说，‘你不能指望到集市的货摊买上珍珠项链和貂皮大衣，你是去那儿买锡做的小号，用过的蜡烛和玩具气球的’[③]。你是知道我们的社会的，我们还很贫穷，很多人得不到良好的教育，很多人就是被这样教养大的——我就是从乡下出来，我身边很多男孩子女孩子都是如此。你不能因为一个人不喜欢听交响音乐会，就责备他不会欣赏音乐，你不能强求别人不具备的东西，否则这就是有失公正——任何人都

---

① 出自约翰·沃尔夫冈·冯·歌德（1749-1832 年）小说《少年维特的烦恼》。

② 出自威廉·萨默塞特·毛姆（1874-1965 年）小说《刀锋》。

③ 出自威廉·萨默塞特·毛姆（1874-1965 年）小说《面纱》。

不应当要求他人做出其能力所不及的事。”

“是，是这样吗？”

“当然是这样的。就像人们期待在HBO和有线台上找到精雕细琢的作品，但不是在其他公共电视台上——人们知道公共台里还充斥着那种老旧落伍的、带着罐头笑的无聊东西，他们压根儿就没指望公共台能出产差强人意的作品——这就是为什么剧情类的《日落大道60号》在NBC活不了，福克斯删了喜剧类的《发展受阻》，ABC砍了青少年剧的《我所谓的生活》[1]。为什么你会想不通这个，你不是喜欢电视剧么，也爱死了琳达·卡德里尼[2]？”

“你……你说得对，我只是，我……我，我喝醉了。你没事吗？你喝的并不少。”

“我是河南人，我喝不醉的。”

“我……唉，我……我可能一开始没有意识到——我是错了，我把话说大了。现在我有机会思考，便希望能把事情修正过来，做出道歉。但我只是……你以为我想这样？我不是你，我不感情用事，也从不喜欢去教化别人。我只是……我，我只是在尝试着去做正确的事，我只是——这是一种可笑的感觉或者糊涂的想法，我好像自己身上贴上了邮票被寄了出去，也许我带着不寻常的信息，而有人正在某个重要的地点等着接收。所以我……我……这是，你当我喝醉了也好，当我被你影响了也罢，总之过了这个时刻我就再也不会提了。我说，我也知道我们有很好的作品和节目。我外公觉得凤凰台的国际新闻做得很棒，能学到很多东西。我老爸喜欢看一个叫‘老梁’的人的节目，他说那个人很厉害，有那种‘资之深则左右逢其缘’的本事。我母亲看电视剧，她看姚晨演的《潜伏》，她说那个很好看，剧情紧凑，内容丰富，每个人都有戏。”

“你瞧，你这不知道嘛，你知道我们有好东西，我们有很棒的电视或者谈话节目，才华横溢的主持人；我们也有很良心的制作人，有着广博的学识和宽大的胸怀，针砭时弊，教我们怎样思考，把有才华天赋的人从幕后或者百姓里找出来介绍给大众；我们有优秀的演员，不仅有演技，还有戏骨、教养和修养；我们也有善良的网络红人，你应该见过无数人号召捐款按着良心办好事或者替大众说话；我们有好的电影，有那种有价值和真情怀的电影，记录咱们生活复杂的状况和人的微妙情感；我们也有才智超凡的编剧和导演，他们的工作做得非常出色，甚至有才到叫我诚惶诚恐。

---

① NBC、福克斯、ABC均为美国知名电视台，《日落大道60号》《发展受阻》《我所谓的生活》为受评论家称赞却收视不高被停播的美国电视剧。

② 美国女演员，出演过被停播的美剧《怪胎与书呆子》。

你应该也被无数次地感动过。”

“是的，我知道我们有，但是，但有些东西真的是差——如果仅是平庸都算好的。但那是真的太差劲了。泛娱乐的文化生态、唯票房的剧本创作，纯圈钱的文企，低俗的影视和真人秀……而且你千万别对我说‘如果我们做出有筋骨、有道德、有温度的精品影视作品或者节目，制作方可能血本无归’，别说什么‘不唯市场就没票房没收视’，这简直是狗屁不通——那只说明你做得还不够好，不是吗？这是传媒影视的时代了，奈飞在搞，索尼在搞，亚马逊也在搞，雅虎也在搞，微软也要掺一脚，谷歌也是——全世界最顶尖的互联网和媒体都在融合，都在搞内容制作。我说，如果你真的把奔放的情感力量、奇特的艺术效果、合理有趣的剧本情节、精心考究的后期制作放到作品了，难道卖不了？当然，我不指望电视上全部都播放那些小众、制作精良的作品；我自然不会去要求演员们都像多丽丝·戴那样会因为道德标准而推拒片约；我不能叫那些终端的把控者和创作人‘不作恶’，更不会让年轻人不去继续追求那批干瘪的东西。但至少有个底线吧，我说，凡事都有个底线吧？我……我对那些东西如此厌恶是因为……你知道，我妹妹考上大学了！她今年要念大学了，可她年龄小，单纯，天真，所以我不愿叫她生活在一个……一个染缸里——不是通过自己去学习和体验，而是被无知的人通过最先进的传媒手段无孔不入地把那些劣质的价值观塞到脑袋里去。我不能让她成长在这样一个社会里，这样……这样一个社会，就，就好像大自然只能支持一种理解秩序，好像只有在愚笨之中才有安全。这个世界上是有更具价值的影视作品存在的。那些值得人们花费时间、金钱和精力去欣赏的创作，如果有人知道如何从中获益，那将是一笔不亚于书籍的财富。但人们看不中这样有力量的作品，想到这些，我就觉得受到挫伤。你总得说点儿什么，我说，你总得说点儿什么，你得叫她知道，叫他们知道那种轻而易举的噱头只能给那些智力平平、浅尝辄止的人带来劣质的乐趣。而且告诉她，告诉他们，我从不认为垃圾值得驻足观赏，而出彩的剧集、戏剧和精妙绝伦的电影不值得人们大惊小怪、多费心思。”

“这话说得真漂亮。你真这么觉得？”

“嗯，我这么觉得。”

“那你自己不就够傻气了。你不想别人随随便便的把想法塞给孩子，可你却那么做了。”

“哦，没有冒犯的意思，我比你聪明两倍以上，我相信我能在大多数时候都能做出正确的判断。”

“我……我，你并没比我……呃……总之我想说的是，你可能是对的，你是可以，你可能会在大多数时候做对，但不是所有时候。你总会做错什么的，你不可能永远都对。你的责任是指路给她，然后叫她自己去选择。我是说，那是你的责任，去告诉她说书籍是世界上最宝贵的财富，也是世世代代一切国家的合适遗产，每部作品都是一个窥视孔，能让人窥见了知识天地；告诉她说你决计想象不到读《奥德修纪》是多么令人兴奋，像乘一架飞机降落在巍峨群山中的一片高原上；告诉她经典的音乐，优秀的影视和让人叹为观止的任何艺术形式都和黎明本身一样优雅，一样完整，一样纯美；你要告诉她说一定要尽全力在这个混乱的社会里洁身自好，因为世间没有任何东西能有理由使一个单纯而又勇敢的人堕入庸俗的悲哀之中；告诉她说，一定要病态地、不惜一切代价地追求独特的个人风格——即使这意味着你做自己认为对的事情，免不了使别人不快乐；你要告诉她生活中很多问题的答案都简单地写在别人脸上，所以偶尔几次地，要把手机放到一边，与人交流，看着别人的眼睛；最后你要告诉她，你要告诉她，也要一次次地告诉自己：一个人如果因别人的愚蠢而生气的话，那么他一辈子就会生活在永久的持续愤怒中。”

“是，是这样吗？”

“是这样的。”

“还，呃，还有酒吗？”

“有。”

“来，叫我们为愚蠢透顶的事干杯——真的，它们可能会一直主宰这个世界。”

“不，你应该说去他妈的娱乐至死，这个世界还和以前一样——并且未来也将一直这样！”

跟香港人通话过后，我突然想起了与建豪聊过的这段话。那时我正要走出林子。我猛地一颤，害怕自己会忘记写这段东西，便挺起了身子，摸着身上的口袋寻找纸笔。我在外衣口袋里摸索，抓到了半截铅笔，又摸到了我的一盒香烟。我停下了脚步，撕开烟盒，拿出一根烟噙到嘴里，在粗糙的硬纸壳表面，用细小的铅笔头记下：“Madmen”①。

“喂？”我接通了电话。

说来好笑，一个微不足道的偶然事件，原本可能完全不会发生，其结果往往却不可估量，就像蝴蝶翅膀的震动能在千里外带来龙卷风。这可真有意思，如果那天我没听到电话里的消息，接下来的故事可能根本就不会发生。几乎就像是由于什么力量的干预，有只比我更有力的手在掌握着我的事，试着为我解决问题。

① 既指“疯子”又指美剧《广告狂人》。

有时候你不得不承认，生活真是令人赞叹，一个人必须有一种古怪的幽默感，才能看到有什么乐趣。

“在上选修？”电话是阿汤打来的。

“还没开课，”我说，“有事？”

“我带来了凯文的口信。他要我转告你，学校附近有海景房产的项目需要拍一组宣传广告。他说你应该去做这个。”

“啊？我没空去做这个，”我眯着眼睛，迟疑了几秒，感到有些莫名其妙，“尤其是现在这个时候，我不觉得我有那个心思。”

“他说你可以写任何你喜欢的广告剧本——他甚至可以帮你操刀。并且你可以邀请任何你喜欢的……”

“不了，阿汤，”我打断他的话，“你没听明白我的意思？”

“不，你没明白我的意思，”阿汤笑了，“凯文说，‘契机来了’。”

我呆住了，如遭棒喝。在那个瞬间里，我那迟钝的智力像是透进了一丝光亮，叫我原本漆黑一片的脑海里掠过一道闪电。那个刹那，所有清浊混乱的情节都在我脑海里平铺展开，无限延伸。它们看似交错混杂凌乱不堪，可它们一直伸展，伸展，逐渐开始变得清晰和明亮，然后融汇到一个点上，进而如同汹涌的波涛迎面扑来，醍醐灌顶般，让如坠烟海的我豁然开朗。

我咽了口唾沫，觉得脸颊发烫。我知道那道光线仅仅留下了一抹隐约能察觉到的痕迹，我也知道自己得像翠鸟一样，能对背鳍一瞬间的闪光迅速做出反应、俯冲向河面。

阿汤的声音继续传过来了——听起来软绵绵的。

“你知道吗？在抢凳子的游戏里，聪明人往往不会着急去抢，而会悄然站在最吸引人的那位女士身旁，耐心等待着哨声的响起——他们懂得这个社交活动的重点永远不是椅子。你得把握好这个，‘契机’这种东西，对聪明人是粮食，对傻瓜是烈酒。”

我浑身躁动，这个想法让我无比振奋，一时我满心欢喜地反复玩味着。凯文那完全抽象的建议，经我头脑的冶炼，便延展成了美妙的景物：我可以利用专业的手段和合理的借口，约她出来——哪个女孩不愿做女主角呢？博得她的欢心，动用一切资源，博得那个百合花一样精致的仙灵的欢心！这是个很冒险的行动，但趣味无穷、有险可探，只要用脑子，用心，用手，这是一个等着被实现的愿景。

“我可以邀请，”我情不自禁地喃喃道，“我，我可以找她来拍广告！”

我既高兴，又激动，一时连气都喘不过来了。我觉得心里有种很狂热的冲动，想把桌上的教材扔到空中去，大叫万岁！我突然笑了起来，笑得头直往后仰，仿佛从中得到了很多乐趣。

建豪则看得一头雾水。

“怎么了，”他连忙问，“什么事情？”

“Eureka！[1]”我喊了一声，把挂掉了的电话举到建豪面前——似乎那可以佐证刚刚发生的事情并非黄粱一梦，“我，我要邀请茱莉亚来拍广告。”

“广，广告？”

我点着头，感到精神抖擞，浑身是劲儿。我开始产生一种希望，觉得这契机无论怎样似乎总能把我从目前的困境里解救出来。

“对，广告！我可邀请她来拍广告！”

这个说辞让我沾沾自喜，让我飘飘然，也叫建豪瞠目结舌——如果你在场的话，你会发现疑惑、难以置信和莫名其妙三种表情都出现在他的脸上。

“你，你要约茱莉亚拍广告？”

“嗯，我约茱莉亚拍广告。天呐，我竟然把自己的专业给忘了，这可真是化繁为简！”我叫嚷着，已然开始想象萦绕在脑际的那个剧本：带她去海边，去公园，跟她聊天，让她发现我的趣处，一起享受一段快乐时光！

“这真是个好主意，不是吗？”我愉悦地补了一句。我愈发兴奋，好像空腹喝了几杯酒一般。

“不，我……不，不！”建豪诧异地望着我。他看起来气急败坏，似乎认为我的话里有一种庸俗唯物主义蔓延开来，“首先，不要用‘Eureka’，那表明的是美妙惊人的事物，而不是这种居心不轨、另有所图的点子。你应该用‘tora tora tora’[2]。”

建豪继续嚷嚷道，他看起来有些狂热、神志不清：“其次，这不是好主意，交流电的发明是个好主意。这不是好主意，这是坏主意，这简直就像是，你在屁股上点着火，然后穿过一间满是安非他命的实验室。”

“这都哪儿跟哪儿啊——你，你现在突然要跟我咬文嚼字么？”我歪着头，觉得建豪有些狼狈，“我们可是兄弟哪。”

“该隐和亚伯也是兄弟。”尽管声音低了下来，可他还是无趣地呛了我一句。

我翻了个白眼，做了个打住的手势。

“你不认为这是件好事？”

“你认为是？”建豪白了我一眼。

“我……我说不准，但刚刚你确实说过，你说如果我能有什么计划的话，你是一定会帮我的。”

---

① 感叹词，意为“我找到了！我发现了！”

② 日军偷袭珍珠港暗语，出自电影《虎！虎！虎！》。

“你是想要利用拍摄广告的理由接近一个女人。你在想什么？”

“我在想能生存下来的物种不是最强的，也不是最聪明的，而是那些对变化做出快速反应的。”这又是一个机灵的答复，但好像已经贬低了我的行为的意义，终于表现出了虚弱——建豪的反应叫我有点失落，我本以为他会和我一样高兴。

我补了一句，有点儿服软的意思：“放心好了，什么坏事都不会发生。”

建豪仍用那双黑色的、几乎充满讽刺意味的眼睛看着我，似乎要把我看透。

“希特勒当年对波兰也是这么说的。”

我鼓着腮帮，长长地呼了口气。

“建豪，你得冷静下来，”我打着手势，开始叫着他的名字。我笨嘴拙舌，向来做不到口若悬河，措辞常常讷讷难言，语病层出，但我懂得交流时要动之以情、晓之以理，所以一般还能说服别人同意自己的观点。

“你知道吗，一个影响至为深远的决定总会要系于一些戏剧性的时刻。”尽管一开始的那股振奋和欢喜像吐出的烟圈那般消逝了，我还是觉得心潮澎湃，兴奋莫名。我竭力咬紧了发颤的嘴唇，保持沉着和自若，接着向建豪描绘了我心里的一个印象。“我的直觉和事物的逻辑都会证明我的想法，所以我要向你提一个建议——哥伦布曾要求他的船员再给他三天时间寻找新大陆，尽管船员们疾病缠身、充满恐惧，但他们还是答应了这个要求，结果他发现了未知的世界。我现在就是地上世界的哥伦布，而我需要你的协助。”

建豪没有讲话，他闷闷不乐地沉默着。

我喜欢与建豪聊天，也颇能领略他讲话的妙处，可自己常常说不出语惊四座的妙语——往往等到说话的机会已经错过了，我才会想起句把来。建豪的沉默给了我绝佳的机会，我知道自己能把他扳过来。

“想象一下，你得想象一下，想象哥伦布发现美洲后第一次归来，他那凯旋的队列穿过塞维利亚和巴塞罗那人群拥挤的街道时——他简直堪比国王！他向世界展示了那块奇妙的大陆：色彩斑斓、叫声震耳欲聋的鹦鹉，丰饶的谷物、烟草和椰子，小河里流淌着牛奶和蜂蜜，只要把铁锹插到土里，面前就会出现闪光的金块。那里的土地长满热带植物 ，那里的姑娘头上都戴着花，然后她们的腿，那腿……呃，你得相信我，那些可都是叫人欣喜的事情。”

建豪一面听，一面眼睛紧紧盯着我的脸看，给人一种感觉是他应该在认真地听我的话——我觉得他是在找破绽。我尽可能地稳住自己，眼睛一眨也不眨。过了有那么一会儿，我明显地看得出他在盘算。可终究我猜不出他在想些什么。

“全是叫人欣喜的事情？”又过了几秒，建豪做了一个没精打采的手势，倨傲地顶了最后一句：“我说，你指梅毒是自己绕过了帕里亚湾带，然后去了帕洛斯港？”

我笑了，我知道自己赢了，我唬住了他。

“如果你硬抬杠的话，我们能聊到2060年，”我耸了下肩膀——我知道他要开始妥协了，“你知道么，秦朝的知识分子阵营里，路不为和商鞅是卫国人，张仪是魏国人，李斯是楚国人。就像我需要你们的帮忙，阿汤，洛克，水族人，和你，我一个人做不来的。我一个人，我一个人是做不来的。”

建豪又沉默了一会儿，我看得出他有点沮丧，看得到他的脑袋里有两种想法在争斗。接着，他又对着我翻了个白眼——但是他没说什么。我拿下他了。

我激动地握紧了拳头。

“现在我们需要一个代号。”

“什么？”

“代号，我们需要一个行动代号。”

“你指？”

“像‘业火封杀之盒’或者‘霸王行动’之类的……”

“你今年7岁？”

“‘Madmen’‘广告狂人’！‘广告狂人’听起来怎样？”

“你……你今年7岁？”

3月份的后半个月里，阿弟从法国来了伦敦，他在英国待了两周。他走后又过了不到两周——时间到了4月中旬，我在研究生班结束了最后一堂正式课。那天下课后，妮维跟我沿着“外街”朝地铁站走，她穿着一件单薄的开司米外套，头发在随风飘舞，我们一如往常地随便聊着。猛地，她没了声音，也停下脚步。我一低头，看到她脚踝处露出浅灰色的袜子。

“我会跟凯西一起去。”她说，并朝街角的咖啡店望去，似乎突然想起了什么。

太阳已经有了要落山的迹象，空中弥漫着夏初黄昏的那种蓝色雾霭般的微尘，可街上依旧热闹得很：几个年轻人在书店对面的人行道上荡来荡去，学生样的女孩子三个一伙地从便利店里出来，一边你推我搡的，一边嘴里格格笑个不停。那家妮维与我常去的“咖啡和其他”咖啡店仍像平日那般：葡萄藤趴在门廊上，四季不变；窗台上排列着的石花瓶里插着花；店门口坐了不少人，有些人桌上的咖啡杯早就见底了，但仍然能在这里坐上几个小时。

我顺着妮维的目光望去，一个着装整齐的男士站在咖啡店前，他挎着公务包，一只手翻着手机，像是等了有一会儿了。我的目光上下打量着他，在他的西装上停顿了一下——啊，古驰牌的，然后又扫了一眼他的领带。

在收回目光前，我又朝那家伙瞟了一眼，他的侧影把他显得很高。

我转向妮维，觉得自己有点心不在焉，刚才的行为好像全是条件反射，而自己没弄懂她在说什么。

妮维又开口了。不过就在她想要开口说些什么时，一团雾气涌入我俩中间，我醒过来了。

“关于晚宴派对的事情，”她重复了一句，“我可能会跟凯西一起去。”

“晚，晚宴派对的事情？”

“嗯。”

“凯……谁？”

“你并不认识他，他不在这里念书，”妮维低声说。讲这句话时我正望着她，有那么个瞬间，她看上去有些疲惫，“他在爱丁堡读法律。”

我沉默了。我觉得脑子里面的保险丝好像被烧断了，突然之间一切都变得不可理解，而身旁的行人和街道似乎也陷入了恍惚的几秒钟——就像电影里被剪掉的几帧画面。

前些日子里，我每日都忙得不可开交——我接了导游的工作，整理申请博士项目的材料，搬去了郊区。同时我招待了来伦敦的阿弟，并对付着学期末的应试和论文。我忘记了去约妮维，我把这事儿彻底忘了。妮维跟我关系很好，我们在工作、生活和感情上都很亲密。她享受我的陪伴，信任我，愿意做我的朋友，希望我过得好，我对她的爱慕和由此而生的挣扎也一天都不减少。我们经历了不少事情，但我从来没有约过她。我隐约地感到她也希望我约她出来，她应该也意识到了我俩之间的暧昧。有时候当我们视线接触的刹那间，她会低下头或移开目光——她至少已经注意到了我的内心想法了，那是一种自然的、心照不宣的理解。可是到头来，我还是没能把那种相对亲密的关系发展到融洽无间的地步。

我又朝着那个男人瞥了一眼：他站得很直，像个军官——看起来有男子气又忠于职守。这叫我心里更难过了。

傻瓜！真是个傻瓜！一时间我的脑海里思潮翻滚，责备自己怎么又陷入了这种糟糕的境地，一气之下，接连十多次痛骂自己是个傻瓜。

我开口了，因为尴尬而痛苦至极，并努力在表面做出种种我希望是得体的反应。

“我，我从来没听你提起过……呃，凯西。”我尽可能地想要进入自己在对话中的角色，扮作若无其事的样子，但我知道自己似乎既不在这儿也不在那儿——这副模样必定十分滑稽。

“我是不常提到他。可他近期在伦敦工作。我会跟他一起去，我觉得应该让你知道。”

“嗯，呃，谢谢。”我不知道该说什么好。

我看着妮维，忽然瞥见她那微微战栗着的敏感的手指，心中燃起一股莫名的温柔之情，但同时我也感到冰冷和颤抖。

“你有对象一起去吗？”她问得有些迟疑不决。我是说，她的声音仍然富有自信、控制得当，口气也和以前一样，可对于这个场面，她和我一样觉得不自在。

“是的。我，我有。我是说，我会有的。”

“嗯。你准备好申请博士了吗？”

“呃……嗯，谢谢过问。我并没完全准备好，好在还有时间。”

妮维点了下头，什么也没说。她的表情让我想起一部有名的法国电影，我不知道那部片子叫什么名，电影里面的人走过狂风大作的街道，说了好多话，但彼此之间其实并没有真的在交谈。

妮维不主动说话，我俩便继续朝前走了几步，旁边的主干道上有辆巴士车经过，人们吵吵嚷嚷的，我俩不言不语，倒也不显得尴尬。照往日来说，我觉得两人肩并肩地走路本身就是件令人愉快的事情，两人交谈自然是妙事，仅仅同她静静地在一起，也是很好的。可今天则不一样，我的头脑一片混乱，好像有一场令人奇怪的斗争在我的意识之间展开。

接着我停下脚步了。我朝着前面那个妮维提到的男人看去——他纹丝不动地站着，我发现他头发梳得也很整齐。

“我，”我开口了，用一种漠然的语调发出了响亮的来自心里的叫喊，“我觉得你会玩得很开心。”

“嗯？”

“我说，我觉得你会玩得很开心。”

“你这么觉得？”妮维微微皱起眉头，她那蓝色的大眼睛盯着我看了片刻，似乎是在审度我的灵魂，然后她又垂下眼皮，不作声了。

“对，我觉得你会玩得很开心。”我又重复了一遍。

话一出口，我感到身子摇摇欲坠，就像建立在断裂带之上的房屋一样。

这段时间我过得不算愉快，也忍受着折磨。我试着进取，用美学、文化、上流社会的态度和大公无私的行为来保护自己，可那些东西无法越过我正面对的可怕沟壑：我无力处理我的工作、我未来的事业和我的个人生活间的那种种混乱。只有在妮维身边时我才会感到自己是完整的，底气很足。她勇敢、骄傲、自信，无论在什么时候，身上总会有什么东西奇特而又微妙地叫我心头为之一颤。而她的存在能给我周围的一切带来深度感和坚实感，让我世界的基础骨架变得更结实。但现在呢，我私心里构筑的那个美好的、属于我俩的小世界一下子崩塌了，仿佛一切都是个不好笑的玩笑。

“我觉得你话里有话。”沉默了一阵子后，妮维突然说道。她的嘴唇抖了一下，嗓音也颤了一下。

“不，妮维，我是认真的，我真心希望你能跟他一起去，呃……凯西是吧？就个人而言我一直觉得这个名字没什么吸引力。不过我希望你能享受一段美好时光，你也应得一段美好时光。我真的是这么想的，我是完全支持的。我甚至会那样祈祷，除了……”话一出口，我觉得自己发疯了，而刚刚的话都是胡说八道。我停了一下，把心里准备了好几分钟的话终于说出来，“除了一点，除了——我不觉得你该跟他一起去，我不觉得你应该；不要跟他去，妮维，我是说，不要，呃……不要跟他去。”

妮维抬头看着我，仿佛我说错了话。这下我心里更难过了——我如此控制不住自己的感情，以至于把气氛整个毁了。但我知道我说了最该说的话，也许我用错了语气。

“你讲的话完全说不通。”

“不是任何事情都说得通的。”

“大部分都能。”

我冷静下来，又瞅了瞅咖啡店门口的那家伙，毫不避讳地指了他一下，然后我把双手揣进衣兜更深的地方。我想说点什么把氛围扭转过来，但没空细想了。

“我是指，至，至少我觉得你能找个更优秀的人一起去。”我脱口而出。

妮维眼里闪过了一道光——她几乎是下意识地就着我提起的话题轻松地谈开了，并有意地用了戏谑的口吻。

“‘优秀’？你指的是好得过‘律师’？”她笑了，像往常那般带着点儿调皮。

妮维是个聪明、敏感、极具悟性的女人，通常她的幽默就像蝴蝶从一株鲜花飞向另一株一样，是无意识的随性行为，决然没有任何事先谋划好的方法和意图。可有时候，像现在——她捕捉到了我发出的、想要修补气氛的信号，便马上接收过来，并用那种孩子般的声调做了回应。

我愣了，惊讶于她当机立断的本事。其实我猜得出她能这样做的，她肯定会有什么手段的，她才是主角。我站在她身边，理应就像华生医生那样，满怀信心地等待他更杰出的朋友找出解决问题的办法。

我笑了一了，顺着妮维的话头把话接了下去。

“首先我很确定他是位‘律师助手’，”我耸了下肩膀，“而且答案是肯定的，我觉得你可以找一位像宇航员或者奥运冠军之类的。”

“你觉得我会约到一位上过太空的宇航员。”

“呃……是的。”我觉得你谁都约得到，我这么想。

“除罢那些去了美国和参与俄罗斯航天计划的人，我们只有海伦·沙曼博士一位太空人。”

“啊？”我愣了下，瞪大了眼睛，忘记自己跟妮维正在讨论什么，反倒觉得我们在像往常那般随意聊天，“我们有，像12位那么多。”

“10位，你们有10位，”妮维白了我一眼，她似乎也不再拘束，看起来自信和欢畅，“Jing Haipeng和Nie Haisheng去过太空两次。”

“呃……”这话叫我觉得自己好像刚被人从熟睡中推醒，“为，为什么你会知道这个？”

“我读……”妮维笑出声来，她完全恢复了平日那坦率、明朗的样子。她拍了下自己的挎包——我听到报纸“哗啦哗啦”地响动声。

妮维喜欢读报纸，在车站、餐馆、影院，几乎是任何地方，都会取一份念。

我笑了，我看着眼前这位勇敢、热情的女人，终于又感到放松了。

我知道自己在发现妮维的世界里还存在一位凯西的时候显得冲动，可看到她那可人、亲切的微笑，我知道她与我之间还是存在着那种闪电与黑暗之间的理解。尽管往日的某些时刻两人不时会有心心相印的感觉，可她跟我一样，在明确一些事情之前，都不想把这个关系搞得矫揉造作。可话又说回来，那个凯西确实叫我不舒服，我的心里又痛苦又幸福，而更可笑的是，我几乎可以触摸到这种感觉。我不知该放声大笑，还是该感到羞耻。

四周人流如织。刚刚那群穿校服的女学生边跑边笑，绕过我们；多米诺披萨店的年轻送餐员踩着单车，老妇人提着阿斯达超市装满食品杂货食品袋；从事行政工作的女性在人行道上迈着匆忙的步子，校园附近巴克莱的员工在电动门前小声通着电话，几名穿着军装的男人在为部队筹资卖花；一位保姆推着精致的婴儿车，车子上并排坐着三个宝宝。

我呼了口气，我知道自己要给妮维一个解释，可一开口，却又说出了不着边际的话。

“你要真想知道的话，我，我觉得他是同性恋。”

“同性恋？”妮维斜瞥了我一眼，好像我在讲一个毫无逻辑的故事。

“嗯，同性恋。”

“你从他的侧面就能得出这个印象？”

“呃……嗯，是的，那是一种感觉，他给我一种很女性的……”

“我不觉得他是。”

“你确定？”

“是的，”她笑了，眼睛里突然又闪出一种调皮的神情，“而且你认真的吗——我指，你跟我讲这个？”

“什，什么意思？”我拿不准她对我打算讲的话抱什么态度。

“你听到我的话了。”

我看到妮维歪着头，透过睫毛斜睨着我，带着顽皮的恶意冲我一笑。我感到莫名慌张。

“我，我不知道你在指什么。”

“你比我这个英国人更喜欢吉尔伯特和沙利文①的歌剧——‘《潘赞斯的海盗》简直超凡脱俗’，你的原话是这样的吧？还有勒那和罗伊维②，我们去看《窈窕淑女》，你说‘这部音乐剧如果让其他任何两个人来创作都不会有他俩的一半好看’，还有，‘剧里的歌曲优美动听，人物角色刻画得淋漓尽致’，这些是你的话吧？我是没见过哪个男人能对另外两个男人如此着迷……”

“首，首先，那恰好是一门精妙绝伦的音乐语言艺术，始于1597；其次，这种类文学的创作是会叫人惺惺相惜而感到……呃……那可，不在乎两个人是……呃……你懂这个的，你也喜欢查尔斯·兰姆和柯尔律治③，不是吗？”

“那上次，就上次我们在肯德尔，在那家保健用品的公司做报纸‘收费墙’项目里‘生活与健康’的板块的赞助，然后我们逛了湖区公园，从湖区公园回来后停留在那间巧克力和糖果屋里，你提到过说你做梦都想要去看《玫瑰骑士》，说那是约翰·施特劳斯的经典作品，而且你爱死了里面的男主人公。”

“呃……事实上那是理查·施特劳斯写的，他还写过《厄勒克特拉》，和……呃，和霍夫曼斯塔尔一起④。约翰·施特劳斯是圆舞曲作曲家。而且《玫瑰骑士》真的很好看，那个剧是个反串剧，扮演屋大维的是位女中音……”

妮维斜睨的目光盯住我不放。

“啊，你能再解释下为什么你喜欢男演员凯文·贝肯⑤吗？”

“凯……凯文·贝肯是位优秀的演员和有着精湛技艺的舞蹈家，很多人都会喜欢

---

① 指英国剧作家威廉·S.吉尔伯特和英国作曲家阿瑟·萨利文。两人在长达25年的合作中，创作出了包括《潘赞斯的海盗》《皮纳福号军舰》《日本天皇》等14部喜剧。

② 指剧作家阿兰·杰·勒那和作曲家弗瑞德里克·罗伊维，《窈窕淑女》为他们合作的典范。

③ 指英国散文家查尔斯·兰姆与诗人塞缪尔·泰勒·柯尔律治。两人惺惺相惜，交往甚密。

④ 指剧作家胡戈·霍夫曼斯塔尔与作曲家理查·施特劳斯，《厄勒克特拉》是两人密切合作的开端。

⑤ 指美国电影演员凯文·贝肯，早期在百老汇的表演和电影《浑身是劲》中的表现，被粉丝称为“会跳舞的帅小伙”（the dance guy）。

凯文·贝肯……我……”

妮维咯咯地笑了。她忽然就笑了，可能是因为我慌张的样子也说不准。接着我也笑出来了。看见她笑了，我也就想笑了。

“你知道我在开玩笑是吧，”她说，微微地摇着头，接着轻盈一声笑，“你知道我是在跟你讲笑吧？”

“啊，我，我知道的。”我笑着，做了个鬼脸，轻声叹了一下。

接下来她沉默了，她用蓝色的目光盯着我，似乎要从我身上看出点什么，就像占卜的一样。她没有说话。我不知道她在想什么。

“奥运冠军么？”过了一会儿，她突然问了一句，“你真那么觉得？”

“呃？”

“你刚刚提到了奥运冠军，我突然想到，你们中国好像有很多孩子都能拿到冠军，那可真厉害。”

“啊，不，我说，那是很厉害，但可能并不是什么好事情。”

“是这样吗？”

“采访的时候，我经常听到一些十几岁的孩子说‘我完成了一生中最有意义的事情’。那些孩子着实让人吃惊，他们非常厉害，叫人赞叹，所有人都得承认这个。但十几岁的孩子就知道什么是‘人生中最有意义的’，我觉得……怎么说，”我打了个手势，摇了摇头，终究也没说清楚自己想表达的意思，“那，那只是小孩啊，我说。”

妮维依然抬头看着我，纤细的下巴微微抬起。妮维听得非常认真——没人能像她那么认真地听我说话，连一半都比不上。

我真希望自己知道该对她再说些什么，但偏偏事与愿违，至少没有什么话能改变目前这种状况。我转向商店窗户，想让自己平静。半透明的影子转过来与我对视，人群在我身后快步经过。

过了一会儿，妮维开口了。

“那可真有趣，我是说，我们驾车四处走，去完成那个项目，我们走了那么多地方，那可真累，也真开心。”妮维向我投了个另一种的微笑，用我觉得是温柔的表情向我注视了一会儿。她既亲密又庄重的语调让我突然涌上一股悲伤，过去仿佛在这一瞬间被重新勾勒出来，和玻璃一样清晰，“你还记得吗，那时候在路上你还告诉我说，关于电影版的《窈窕淑女》，你说‘伊莉莎·杜利特尔有且只有一个人能扮演，那就是泰勒。奥黛丽根本不会唱歌’[①]。”

① 泰勒指伊丽莎白·泰勒，英国女演员，曾出演舞台剧版的《窈窕淑女》。奥黛丽·赫本曾被诟病不会唱歌，电影中歌曲由玛尼·尼克松配唱。

我沉默着，脑子里勾勒出这么一个印象：我在妮维身边开车，她一边嚼着薄荷糖，一边反过来唱一首歌。

“那时候真的很开心，”妮维接着说。她的嘴边透着一丝温顺的笑意——她期望什么的时候就会无意识中露出这种笑容来。她又重复了一句，“那可真是一段开心的时光。”

她笑得很自然。我摆着手，觉得自己像液体一样正向四面流动，孤立无援地下沉着。我疲惫地笑了下，“奥黛丽在《窈窕淑女》里的表现是无法挑剔的，我，我那么讲只是为了逗你开心。我是那么觉得的，因为你是，呃……英国人，我揣测你会喜欢泰勒多一点……”

妮维抬起头来，直盯着我的脸看上一会儿。

“是这样吗？”她问。

“啊，”我应了一声，笑了，“傻得可以，我知道。”

“目的就是你”我很想加上这句话。

我瞥见了那个站在不远处的家伙。

他转过身来了，看到了我跟妮维。他朝妮维挥了挥手，妮维也摆了下手。

接着妮维回过头来，她望着我。

“我得走了。”

我点了点头。说不清为什么，妮维的表情叫我想到了俄耳甫斯，继而觉得这一眼望过去后，我钟情的什么事物便会从眼皮底下蓦然消失。

“妮维。”我呼了口气，叫了她的名字。

她转过身来。

“妮维，”内心的怯懦叫我无法再说什么，我朝着远处的凯西瞥了一眼，“别让他戴那条灰色领带——他的脖子看起来像拖把把手。”

妮维长长地看了我一眼，凝视中带着刻意和好奇的勇敢。接着她的嘴角泛起了一丝奇怪的笑意。

“有时候，我说有时候，”她微妙地沉默几秒后，话里似乎融合了快乐、爱意和气恼，“你难以理解得像鳟鱼一样。”

第七周：愤青

新世纪里我们要面对的问题，连拥有无穷智慧的、伟大的所罗门王都无能为力，更别说我了。但我觉得正确的起点是：凡事要公平，认清楚我们自己是谁，要正视数据。

——电视剧《白宫风云》[①]

“有进展么，”阿弟拿笔在桌上敲了下，“和选修课的那个女人？”

“没，没有，”我抬起头，条件反射般开口了，“什么都没发生。”

“听说你有了可靠、实际，并易于执行的‘广告狂人’计划？”

“我是有了计划，但那并不太可靠，冷静想想也不实际，而且老实说很难执行。”我说，一只手伸在前面，摸着深深刻在墨迹斑斑的木桌上的字母，“我觉得自己像查理·布朗[②]，优柔寡断，顽固保守，我永远不可能在一场比赛中获胜，无法踢到露西扶住的橄榄球……”

“等下，谁？”

“查理·布朗。”

“花生漫画里的？”

“是的，你不熟悉？”

“嗯，我不清楚什么露西和橄榄球，我知道里面有只狗。”

“查理·布朗想踢橄榄球，而露西会帮他扶着，但她总在最后一秒把球拿开，然后查理会摔个四脚朝天。你知道吗，每次露西都有办法说服查理·布朗，这一次她肯定不会把球拿开，但最后她还会那么做。所以一次又一次地，查理又会摔得四脚

① 出自 Mr. Willis of Ohio，电视剧《白宫风云》（1999-2006 年）。

② 指漫画家查尔斯·舒尔茨画的《花生》漫画里的主角查理·布朗。漫画里更为人熟知的形象是查理·布朗的狗，无所不能的史努比。

朝天。”

“是这样吗？”

“是的，而且故事里查理·布朗无法成功地躲过‘吃风筝的树’，自然也赢不得红头发小女孩儿的心。”

“谁又是红发小女孩？”

“呃，漫画里没有提及她的长相和姓名。”

“一次都没有吗？”

“倒也不是——在1998年5月25日，红发小女孩在和史努比跳狐步舞时有一个模糊的剪影。”

那是第七周里的一个晴朗温和的上午，阿弟跟我坐在图书馆的角落里。整个图书馆沐浴在暖融融的阳光中，如温室一般。

“我说，”阿弟盯着我看了几秒，马上又张口了。他打了个手势，笑了一下，“你觉得自己会像查理·布朗那般赢不到她的心？”

“嗯，而且更糟，”我抱怨道，“你知道吗，我很想跟她说话，但只要一张嘴，呃……我说……那个……啊……话就说不出来了——什么都说不出来了。”

“这样啊，”阿弟饶有兴趣地点了下头，接着他把话头一转，“听说你还拉了几个人结盟？”

“呃，是的。我需要香港人洛克，他心地善良，凡事愿尽心尽力；我需要建豪，那家伙轻狂，聪明，满脑子奇思妙想。我必须得到阿汤，他稳重也注意细节。同时可悲的我也少不了凯文那带着讥讽和轻视的建议。”似乎是为了支持自己的说辞，我在最后添了一句，“我需要同盟——历史证明同盟关系几乎在任何时候都不曾出错。”

阿弟笑了，他的眉毛轻轻一挑。

“奥匈帝国的斐迪南大公在塞尔维亚被暗杀，他的皇帝舅舅弗兰茨·约瑟夫一世就对塞尔维亚宣战；俄国因为合约关系，就必须出兵；但这样一来，德国因为同盟关系，必须得对俄国宣战了；接下来法国按照协约要求，向德国宣战；然后战争就爆发了。我觉得你讲的一点儿没错，同盟关系几乎在任何时候……”

这话把我逗乐了，可同时我也做了个苦脸：“你不过是在抬杠。”

“而你不过是害怕了。”

“害怕？”

“嗯，你害怕了。”

我浮夸地挥了下胳膊。

“不，不，我什么都不怕，我什么都不……当然除了海象。不过那说得通，是个人都会怕海象——和……银环蛇。如果再仔细想想，我怕黑、小丑、水虎鱼、艾米提威镇、伊野尾理枝，还有我一直想不通为什么怕食蚁兽。我猜可能是因为它们有那种，有那种令人厌恶的小舌头……可以一直伸到……呃……”

“你知道自己在讲什么吗？”阿弟用手托着下巴。

“并不知道。”我翻了个白眼。

“总之，”我紧接着问了一句，“为什么你那样说？”

阿弟又笑了，看起来谦逊又和气。

“因为我们现在动不动就谈‘美’，像对待网络词汇那般对它加以滥用，剥夺了它崇高的涵义，让其失去了原有的力量。所以当我们真正遇到‘美’时，自然而然地会感到恐惧万分。”阿弟把声音压得很低，脸上的笑容变得神秘起来，“此外，你也对现实感到畏惧——一个人如果习惯于动脑筋，在思考时便会有一种添油加醋的倾向，叫自己的想法无异于陈词滥调，更加狂放不羁，并在理论上有一种戏剧性的对称美——这就是你‘广告狂人’计划的来源。但真到了要付诸行动时，你才认识到情况有多复杂。”

我听得有趣，回报给他一个微笑，他也就继续说下去了。

“这就是为什么即使你找准了方向，却还是像在漆黑的夜里登上陌生船只的水手那样，必须得在不熟悉的索具中摸索。这更解释了为什么你时而蔫头耷脑，时而斗志昂扬。你知道你现在需要什么吗？”他对我眨了下眼，“你需要的是一种非凡的勇气——嗯，非凡的勇气，叫自己变得像达尼尔·笛福或者儒尔·凡尔纳的小说中虚构的那些英勇的主人公那样。”

阿弟跟我是无话不谈的朋友。阿弟个头高大，本就像一匹良种赛马那般充满气力和能量，再加上他总是精神抖擞，热情洋溢，更是容易被人看到他身上根深蒂固地存在着像果断和勇敢那样的本质。他头脑敏捷，很有讲故事的天分——可有时未免讲得太过冗长，因为他真是罕见地健谈。阿弟的性格也很好，他待人随和，练达老成，从不哗然大笑，也没人看到过他勃然大怒的样子。但是，当提及关于政治方面的议题时，阿弟他就完全变个样了：他的脸会发红，嗓门会提高，微笑里会出现一种讥讽的扭曲；他会不理智地对着一些沉重话题和无解问题评头论足、口诛笔伐；他的性格也会变——变得急躁、狂热而不受控制。大家经常笑话他“愤青”，虽然不是恶意的笑，但态度仍可以被称为讪笑。

几年后的今天他不那样了，至少我在英国与他见面时他已有了改变——他从研究生的课程里获益匪浅，我猜他也读了不少书。“人在无话可说时就别说话，不知道如何回答别人的话时就保持沉默。”阿弟这么跟我说。那时他来伦敦做客，建豪和我带着他四处观光，“能说会道、妙语连珠是一门问答艺术，适时收敛则更为重要。这真是一个普遍规律，是生活中一个很好的策略：没话说的时候，保持沉默便是真正的责任。”

我思索着阿弟的话，随手把桌面上摆着的书本翻开到了书签位置。接着我开口了，我说了句自己都不明所以的话：“你听过那首歌吗？”

阿弟望着我，神情表明他身处疑惑当中。

“我，我记不得名字了，”我为自己的问题笑了，同时伸手做出个旋转的动作，“我是说，不知道为什么，那首歌的旋律在我脑袋里响个不停。”

他打了个手势：“描述给我听下。”

我托着下巴，眉头紧锁：“那是个蛮奇怪的歌名，记得是一种很漂亮颜色和一种好看的花。曲子里有很多，呃，贝斯和鼓的声音，鼓点很有节奏。哦，对了，还有吉他声，吉他的颤音很重，就像，像……我不知道该怎么形容……”

“哦，”我补充了一句，并期望这个提示能带来好结果，“琼·杰特①唱过。”

“琼·杰特什么都唱。”阿弟摊了下手。

我笑了，随即摇摇头，表示对这个话题作罢。阿弟也笑了。

“她很漂亮，是吧？”接着阿弟出人意料地发问了。

我望着他，头脑一时没转过来——那感觉就像是他在问路，而我也不清楚该怎么走。

那天非常晴朗，窗外是一片湛蓝得几乎要把人也吸进去的天空。

“我说，你看起来被迷得神魂颠倒，”阿弟笑了下，手头的笔又在桌上点了一下，“她很好看？”

“她……”我愣了下，有什么东西充盈了我的心。

接下来这件事发生的时间我记不清了。那是秋季的一天，太阳刚刚落山，我忘了具体日子。好在这事儿与整个故事关联不大，我也就不费心思去想或者杜撰日期了。

“你们有时候，是不是也认为我是个不明事理的愤青？”

阿弟问这句话时，大伙刚吃完晚饭，坐在门廊外的位置上休息。建豪在用手机看电视剧，凯文在念书，而我望着远处的天空——天边少见地出现了画作上的那种狂野的、半红半金，宛如大浪里翻滚着的鲤鱼的云层。

阿弟话音一落，我便把目光打到了他身上。阿弟这人不莽撞，不冒失，我也清楚他不缺乏幽默和精明。所以我拿不准他这话的意思是当真，还是在开玩笑。

“为什么这么问？”我说，并下意识地瞄了眼凯文。

---

① 女子摇滚吉他手、歌手、歌曲作者。

凯文不喜欢闲聊，除非碰到自己喜欢或感兴趣的话题——那少得可怜，他不愿费精力去与人交流。他是个毫不引人注意的人——尽管大多数年轻人都吵吵闹闹。他则把自己封闭得像邮局里的包裹一样。

凯文果然头也不抬——我不知道自己在期待什么。

阿弟望着我，很轻松地微笑着："除非我对一些事情有一定看法，否则，我得不到平静。"

建豪的目光从手机屏幕上移开了。

"哦，如果你这样说的话，那可不仅仅是'有时候'，"他耸了下肩膀，直言不讳，"因为所有人都觉得你喜欢大放厥词、高谈论阔。"

"你觉得这是愤世嫉俗？"阿弟问。

建豪盯着阿弟，把话说得很轻佻："对，它会阻碍你的视野，叫你觉得别人也该愤世嫉俗。"

似乎是预见了建豪这戏谑的回复，阿弟不为所动。

"那你觉得我们应该做什么？"他回应道。

"呃？"

"我说：当我们谈论政治时，年轻人到底该怎么做？"

这问题叫建豪愣了一下。我看得出他不想深聊，巴不得继续看他手机上的电视剧。可阿弟跟我都望着他，等着他把话说下去。建豪硬生生地把目光从屏幕上抽了回来，把手机推到了一旁。

哈，有那么一秒钟，他那张脸上的表情可真是精彩绝伦。我满怀敬佩地目睹了良好的教养和社交习惯是如何与自身的天然本能勇敢搏斗的：建豪的脸上掠过一时间来不及掩饰的惊讶，再是沮丧，随即两者飞逝而去，换了一副带着丝丝不满却又热烈欢迎的面目。建豪失算了！我说，如果他对阿弟的问题不作任何回答，并顺势摆出一副尴尬的表情——对他来说容易得很，一切倒也顺理成章，说得过去。可他把手机推到了一边，并且正襟危坐、客套地露出了那种感兴趣的神情——那他就得说点儿什么了。

他失算于下意识的举动。我在拼命不让自己笑出声来。

"什么都不做，当然是什么都不做，"建豪撇了下嘴。他呼了口气，摇着头，故意用那种慢吞吞、讨人嫌的调子说，"现在有数不清的年轻人通过翻墙看到的'油管'①视频、选修的政治101、盗版的《奇爱博士》和才读过的《老残游记》，觉得拥

① 指视频网站 Youtube。

有了对自由民主和人权观念的理解，并刚愎自用地认为自己工作烂，人缘差，没社会地位，都是体制害的。可他们除了会说一些笼统的、完全不是独创的见解，或者煞有介事地引用几句乔治·奥威尔之外，什么也不会。就像我说的那样，愤世嫉俗会阻碍人的视野，叫人们忽视一个事实——很多现象和现状是社会发展的一个无法避免的阶段。你瞧，以自由和开放为标杆的好莱坞也犯过幼稚的错误，审核制度曾出于影响的考量禁止《我爱露茜》使用“露茜意外怀孕”作为名称，而将英文的‘怀孕’换成法文[①]，多搞笑的事儿！”

“为什么你会看CBS[②]的节目？”凯文抬了下头。

“你，你认真的吗，”我眯起了眼睛，盯向凯文，“难道你的疑惑不在于为什么他要去看一部1951年的电视剧？”

阿弟则对建豪的话听得很认真，他微微皱着眉头，把两只手盘在一起，似乎在思考着什么，显得全神贯注。凯文没理会我，一句话说完便又把头埋下去了，建豪显然也没在我身上多费心思。

我翻了个白眼，正准备咕哝着抱怨自己被冷落，便看到阿弟的身子微微前倾。我知道他有话要说了。

“你说得是没错，我也那么觉得。我极少评论个人个事，向来认为在了解客观事实前沉默不言不仅对自己来说是明智的，对当事人也是一种尊重。可政治体制和社会现状就不一样了，这些事情发生在我们身边、我们身上，能对我们造成影响。所以总不能你不讲我不提，放之任之。”

阿弟一口气把话讲完。接着他缓了下，又在后面添了一句，权作总结。

“我们该‘发声’。”他说，引出了个《热风》里的概念[③]。

“是那样么？我怎么觉得人应该是‘对世间不满的话，就先改变自己，不愿意的话，就封住耳目，闭上嘴巴当个孤家寡人，连这也不愿的话……’[④]”我讲了句俏皮话来活跃气氛，可效果并不明显——凯文仍像纪念碑般风雨不动，阿弟对我的话充耳不闻，建豪对我眨了下眼睛，但没搭话。我撇了下嘴，从口袋里摸出一支香烟，自顾自地点上，“真的么，没人看动画片的吗？”

建豪指指我，对着阿弟说道，他张口时有意无意地朝凯文瞥了一眼。

---

① 出自 Lucy Is Enceinte，电视剧《我爱露西》（1951–1957 年）。

② 美国哥伦比亚广播公司

③ 指鲁迅在杂文集《热风》中提到的“中国青年能发声的发声”。

④ 出自动画《攻壳机动队》。

“我猜他想说的是这个意思，”建豪看起来心不在焉——显然他的精力和头脑被手机屏幕上的剧情吸引着。不过好在他口齿伶俐，跟人争论时从不失算，“伯特兰·罗素先生在《西方哲学简史》中陈述过：人类文明的发展似乎都符合一种规律，刚开始遵循一种非常严格的、带有迷信色彩的体系，然后随着社会的发展这种体系越来越松弛，并在一个时期达到辉煌——旧体系中美好的东西得到了发展，而坏的东西的发育还不够完善；而后随着坏东西的发展，自私、个人主义、主观主义、无政府主义得到了释放，这时的旧体系不可避免地沦落，而政府则必须要制定出新的体系和秩序来维护自己的统治[①]。我们现在便处于这里——领导正在尽力出台新的政策，修补漏洞，年轻一代步入政府机关更是为国家注入了新鲜的血液。所以说一切都在改进发展。”

建豪打了个手势，缓了口气，继续用那种轻佻、戏谑的口吻说着严肃的事情。

“反过来看，每一代人都认为自己的时代是最糟糕的，最艰难的，每个人都觉得自己的年代道德沦丧，世风日下。难道时代都有问题？我是说，不先看看自己吗？你得先自己反省，不可专责备别人，更不必责备社会。你知道吗，有一种人，有这么一种人，总会有这么一种人的——他们只是一味地‘不满于现状’。啊，今天说这儿有毛病，明天说那儿有毛病，于是就有了无穷无尽的杂感；别人说什么，他都格外的不满，这也不好，那也不行，把所有改进和变革贬得一文不值，挖苦得不留余地，好像唯恐一旦现状令他满意起来，他就没有杂感所作的样子[②]——那可真有意思！我说，为什么突然之间好像每个年轻人都成了尼可罗·马基亚维利——当然我指的仅是那愤世嫉俗的性格。我猜我想说的是，你不能只知道一味地去抨击，说得大义凛然。”

健豪的话东扯一句西扯一句，不无添油加醋的味道，更是带点儿煽动性和攻击的势头。我感到奇怪，倒不是说他不是那种反应激烈、狂热，并且会借题发挥的人——他精明得很，少有失手，很难被置于身不由己的位置。说真的，他对人情世故的认知和能说会道的本领一直叫我大开眼界。男人会借钱给他，推荐他工作，给他引荐重要人士，邀请他参加聚会；女人则会跟他上床——不单是那些面容姣好的派对女郎，那种有头脑并且理性的女孩子也会迷倒在他的咒语之下。我没想通为什么他不用什么方法结束一场自己本就不愿参与其中的对话。

我看到建豪在瞄凯文。

我的目光也紧跟着扫过凯文，凯文的眼睛里发出一道光亮，我觉得那是因为他听

---

① 出自伯特兰·罗素（1872-1970 年）史书《西方哲学简史》。

② 出自梁实秋（1903-1987 年）文学批评文章《“不满现状”便又怎样呢？》。

到了有趣的东西。可他依旧保持沉默，几秒钟之后，就再次沉浸在自己的世界里了。

阿弟说话了。

“你讲的确实有道理，治理天下譬如居屋，破旧便修补，不能大造。但是我们就应该对着社会不公正、法律不健全和百姓的权益受到迫害熟视无睹吗？我们应该发声，我们有责任和义务去告诉百姓那些拒绝在三峡工程论证书上签字的人是为民请命的英雄；去让他们知道古罗马拨款靠分发面包和安排马戏团巡演来转移人们对矛盾的注意力，而我们新闻台蒙蔽人眼的手法并不比这个高明；去告诉他们那些躲在幕后的‘学者’和‘专家’像清末的知识分子伎俩一样，把类似‘东亚病夫’这种原本不存在‘讥讽’‘嘲笑’意味的词汇通过宣传和曲解，成为人们发泄愤怒的突破口，来牵着人民的鼻子走；我们得告诉别人世界上没有所谓的‘正义之师’，所有的领导者若准备打一场称霸的战争，不到万事俱备，总是奢谈和平——马霍梅特登基之时，正是以最娓娓动听、最令人宽慰的词句接待君士坦丁皇帝的使节的；我们得让人们知道他们所了解的历史上那些伟大事业和革命事业都是不健全的。因为那从来不是少数人出风头的事，也不是一群人表现雄才大略的事，更不是这个阶级消灭那个阶级的事。那是社会重建，文明改造，福利增进——而我们取得的成功也只不过靠了一些可鄙的偶然事件；去告诉人们我们人均生产值和消费水平低得惊人，而贫富差距极度恶化，社会分级严重；告诉别人说，拜托，不要自命做个傻瓜，当一个官居高位的人对你不摆架子，还拍拍你的肩膀说他会为你力尽所能，就想当然地以为此人智慧非凡；我们得去了解，去认识到自己国家近百年来的大事记不过和那部讽刺小说写的一样，‘是一大堆阴谋、叛乱、暗杀、大屠杀、革命和流放，是贪婪、党争、虚伪、背信弃义、残暴、愤怒、疯狂、仇恨、嫉妒、淫欲、阴险和野心所能产生的最严重恶果’[①]。”我看着阿弟，发现他每次开口时，都能自然地继续适才的谈话，使人感不到中间的停顿和沉默，而且他讲出的话有种特殊的抑扬顿挫，似乎在向别人宣告这个木讷的大个子并不像第一眼看上去那样肚里毫无货色，“我们应该发声，知道任何懂道理的人都会认为这是应当做的事情，从任何实际的立场上看会觉得这是应当做的事情，从人情世故的角度看也会这样，从普通的常识看、从是非的立场看，这样做都会是对的，也是应该的。你不觉得‘发声’是年轻人的责任和义务么？”

这回答叫我微微感到不安，他的那些话就像浴缸漫出的水从天花板上漏下来，“扑嘟”的一声。我左右望望，看到凯文的眉头微微皱了一下。建豪也在注意着凯文

① 出自乔纳森·斯威夫特（1667-1745 年）小说《格列佛游记》。

的小动作——他一直在关注着。

建豪没作回应，他挠挠头发，看起来像是有些茫然，接着他望了眼凯文，同时向我打了个眼色——那是个很狡黠的神色，如果不是我对他了解至深，我是完全读不懂的。

以建豪的机敏，决不会看不出凯文这个冷漠又傲气的人将会对阿弟那过激的言辞做出一翻评论。这样算来，他把阿弟的话引出来，只是为了触发争辩，好叫自己有闲去继续看剧。他平心静气地看着眼前发生的一切，小心翼翼地把自己的情绪掩饰起来，从一开始就尽可能与阿弟的说辞唱反调——只是为了抽身出来，能袖手旁观。这件事整个就是他自导自演的一出戏。

我突然觉得又好气又好笑，对着他比划着嘴型："你这个鬼。"

几乎真的就在同一时间，凯文把书一合，拿起一张纸巾抹了下嘴。他的表情没什么变化，有着一种无所谓的态度——我觉得他总像惰性气体那样稳定。

"不，一点都不觉得，"凯文望向阿弟，不带语气地开口了，"我们的责任和义务是工作和学习。"

阿弟从法国来伦敦与建豪和我见面时，是2014年3月份的后半月。那是他跟我俩在毕业后的第一次见面，大家都非常高兴。我在国王十字车站接到阿弟时，除了认为他身上仍保留有很多可爱的品质外，也察觉到了经验、思考和已经实现的抱负在他身上所引起的丝丝变化。果然，随着年纪逐渐增长，他在早期时看过的书就都显示出光彩了，而且伴着岁月流逝，他从前的那种愤世嫉俗的性格渐渐溶化成一种疲倦优雅的气派。

我开心得很，冲上前给了他一个大大的拥抱，说你看起来像铁塔一样。

在之后的几天里，建豪跟我带着阿弟游遍了伦敦城。我们在福特纳姆和玛森喝下午茶，尝遍了松饼和曲奇。我告诉阿弟说妮维喜欢的茶是锡兰绿茶和安妮皇后茶，她不放牛奶，但一定要加柠檬；我们在中国城吃了川味的麻辣烫，我告诉阿弟说妮维不能忍受这个辣味儿，即使是只尝一口；我带阿弟在国家艺术馆逛了一个下午，我告诉他说妮维喜欢《格尔奴叶的浴者》，那是莫奈的第一幅印象派画作；我们去了维多利亚和阿尔伯特博物馆，我告诉阿弟说，妮维认为阿尔伯特亲王是世界上最勤奋的政治家；我们还去了摄政公园，我告诉阿弟，妮维曾告诉过我在1828年时这儿叫"摄政动物园"——不管你信不信，维多利亚时期是个崇尚自然选择和进化论的年代，这个拥有20种无脊椎物种的动物园在当时对国家的文化和声望至关重要。毫无疑问地，我们也去伦敦西区看了歌剧——忘记提了，阿弟跟我一样喜欢歌剧，我们在大学曾一起修过《戏剧入门》的课，在地板上做过那种"想象你的身体里正充斥着一种冰冷的橙色液体”的放松练习。我指着几间老剧场给阿弟看，为他讲解一百年前这片街区的部署以及曾经的剧院里观众按等级就座的情况。我们看了《尼古拉斯·尼科尔贝的生活与冒险》，那真实与神秘的交织、金碧辉煌的布景快速而惊人的变换，美妙的诗歌、灯光、演员和音乐都叫我们心醉神迷。“妮维曾在大学的社团里出演过这部歌剧，”末了，我没忘向阿弟提了一句，“她唱过片头的《爱国歌》。”

阿弟的英国之旅持续了近两周，期间他独自北上到曼彻斯特看球，也去参观了剑桥和牛津。建豪跟我则忙里偷闲，趁周末去游览了塞维利亚。回法国前，阿弟重回了伦敦，我去国王十字车站为他送行。到了大厅站台时离发车还有一段时间，我们便站在天窗下聊天。他打趣地问我近来怎样，有没有什么艳遇，而我几乎是不假思索地直言相告：福分太浅，一事无成。

“法国的女孩子漂亮么？”我反过来问他。

“她们非常迷人。”阿弟微笑着点头，他看起来很开心，我也由衷地觉得愉快。

沉默了几秒，我仰起头，没话找话似地补了一句：“腿好看吗？”

阿弟“噗嗤”笑出声了：“我说，你脑袋里只有女人吗？”

我也“咯咯”笑了：“不，别闹，我是硕士——自然也还有金钱和权利。”

阿弟笑得更快活了，笑声也很响。

“有空了一定要来法国找我玩。”笑声落了，他那么跟我说道，一边拍了下我的肩膀。

我微笑着点了点头。接着我想到了什么，便又像打开了话匣子那般喋喋不休了。

“对了，”我说，“妮维曾去过法国。她在巴黎的一家博物馆里买了复刻版的《迦南人的婚礼》，就挂在她伦敦的住处，霍洛韦那边。你知道吗，那幅画上的人物太多了，她告诉我说她每次都想数一数，但每次数的数都不相同。”

我话说完，惊奇地发现阿弟没有接口。他不说话了，拖着欢快的音调长长地叹了口气，然后用了一种充满活力、从容不迫的愉悦神态俯视着我。

“看，看我干吗？”我有些心虚。

阿弟微微摇着头，显得有些淘气，接着他突然打了个响指，就好像他刚想起来一桩跟我有关的要紧事——他的目光一下对准了我：“妮维是谁？”

“啊？”

“‘一旦出现一个女人，满天乌云便消失’①——是时候问了，这个妮维是

---

① 出自歌剧《乞丐的歌剧》。

谁呢？”

我看着阿弟，他也望着我。我的心底飘起一种微妙、复杂的感情。那是一种包含着胆怯、失望、骄傲、孤独、自尊的感情：我想跟别人分享妮维的全部，但又因为她不属于我而寂寞。

“Neav是‘Neavy’的昵称。”我稳住了呼吸，把话说得小心翼翼的。这个古怪、简单的名字，安在一个鬼灵精怪的女人身上倒也是很般配，我这么想到，心里也暖了一下。

“啊，不，我懂这个，”阿弟把眼睛往上翻了下，并把拇指和食指捏在一起，在空中挥舞着，以加强效果，就像电视广告里的法国厨师，“我问妮维她是谁？”

“妮维，呃……我们都念传媒研究生的专业。”我尽力想稳住自己的声音，做出人们回答问题时的正常反应，但一开口，原本镇静的声音就好像要升到天上去了。

阿弟的脸上挂着一丝窃笑：“我说，她是个怎样的女人？”

“嗯？”

“她是个怎样的女人——我说她是个怎样的人？”

我开口了，几乎是不假思索——尽管心里的情绪混乱不堪，但一提到妮维，我的嘴巴就停不下来了，同时话里还有意无意地藏着一股吹捧神气。

“妮维她，她算是一位‘野生动物学家’。她喜欢动物，而且她的热情和喜爱远不局限于像田鼠、珩科鸟、马驹和那种有紫色和黄色翅膀的蜻蜓等幼小可爱的物种。她还喜欢山羊、鹈鹕、豹子和黑熊。很经常地，妮维会跟我在周末闲逛，就是为了去看不同的动物——我们甚至去了格洛斯特郡的瘦桥，只是为了去看湿地里涉水鸟和麻鸭。我没见过这么对动物疯狂的人，”我说，一开始有点紧张，可越说越是感到兴奋莫名。词句不受控制，从我的嘴中源源不断地流了出来，仿佛有人按下了什么开关，“她在念书期间专注于记录和观测不同的传媒公司和渠道，希望以后能做自己的动物节目——我一点也不怀疑她能在10年里做出像《地球脉动》那样的东西。哦，她在今年的课程完结之后还想要去拿另外一个硕士学位，像‘野生动物学’‘分类学’或者‘博物学’之类的专业。”

“所以她只喜欢动物？”

“她也爱读报。无论在哪儿的取报点她都会拿一份——不念也要用来做字谜游戏。”

“还有呢？”

“她勤于读书，好像几乎没有什么值得注意的作品会被她忽略——老天，她很聪明，说真的，我会看人，但很难看透她的眼睛，也猜不出她的脑子里会想些什么。”

“我说，”阿弟笑了，深色的眼睛里带有一种讨喜的表情，“这位妮维听起来像是有点儿偏执的女人。”

“啊，你说得没错。她是有点儿偏执，事实上她也很傲气，口头上从不服输。她还喜欢赢，什么都得争一下。我知道漂亮女人都会有种小小的竞争情绪，但她不仅如此，她得要强过男人才行，就像《飞燕金枪》里唱的那样，‘你能做到的任何事，我必能做得更好’。你知道吗，她还是个工作狂，不喜欢浪费时间，这一点很像我。但可能，我指，可能对女人来说不算是什么好事儿，同时她做事很专业，非常认真，我们一起搞过项目，她可以没日没夜地干。”

“还有呢？”阿弟打了个手势，示意我说下去。

“她还有点儿，怎么说——不太注意整洁。她的住处很乱——她打扮得很整齐，但住处可真乱，沙发和地板上常丢着内衣、袜子、香水瓶和卫生棉。对了，她不会做菜，也没打算学，但一直强调自己拌的沙拉是人间美味。”

“哈，是吗？”

“哦，还有，她的鞋子多得数不清。妮维她常会去买昂贵的鞋子——那种银色的、系绸缎的、脚趾部分很尖的，她堆了一堆。她还会把名字和电话贴在鞋里，说是万一需要脱鞋去游泳、跳舞或者打保龄球，鞋子丢了还能找回来。对，疯了，是吧——我说，我搞不懂，我真的搞不懂女人与鞋之间到底是怎样的关系。”

“哈哈，错不在你，从没男人能搞懂。”

“好吧。最让人头疼的是，妮维她身上隐藏着那种，那种会叫人心惊胆战的英国人特有的阴郁气质。我是说，她体内有着一种无可阻挡的破坏力，让人感觉她上天便可以上至穹顶，下地狱也能入到最底层。她像是，我说，她简直像是——你这么想吧——头脑聪明，呃，胸型很漂亮，腿很长、很性感的，僭主罗伯斯庇尔。”

一提到妮维我便觉得心潮澎湃，兴奋莫名，无论优点缺点，我的嘴巴停不下来。阿弟一直听着我的话，表情从认真到发怔，最后眉头一跳，大笑了起来。那笑声像一堆乱石滚落下来一样。

看到他笑，我也笑了，可话说完了，我的心底又感到兴味索然、郁郁寡欢了。她是不属于我的，那只是一个幻想。

“对了，”我挠了挠头发，补了一句——我觉得阿弟对这个应该颇感兴趣，“妮维也喜欢歌剧。”

阿弟果然睁大了眼：“哦，对的，你提过！”

“嗯，她唱过《爱国歌》，就是我们去听的那个歌剧《尼古拉斯·尼科尔贝的生活与冒险》里面的歌。她在念大学时候唱过那个，我见过她演出的履历照片，就那种化了亮闪闪的舞台妆那种。”我说，并突然想起了妮维，她目光里总有一种激情和愉悦，并能保持英勇无畏、不屈不挠，我觉得她像话剧里正直、刚强的女主人公。我揉了揉脸，呆了一会儿，才接着说道，“See upon a smiling land, where the wealth of nations stand, where prosperity and industry walk ever hand in hand①。嗯，那真的是一首很棒的《爱国歌》，真的，一个富裕、美满、强大、昌盛的国家。”

我又笑出来了——我让自己笑了一下。阿弟也笑了，他的笑容和蔼可亲。

“她跟茱莉亚很不一样吗？”阿弟又问了。

“啊？”我愣了一下，不知道应该如何理解这句话的意思 。

“茱莉亚，我说，妮维跟茱莉亚很不一样吗？”

我默默地摇了摇头。阿弟的话叫我记起了一些从前的事情。

“啊，几乎是完全不同，”我思索着，从宏大的、并不均匀地翻转着的像立体景观般的回忆里把一些重叠的片段分离开来，“呃……但除了一点——我，我说，你得，你得看她。”

阿弟安静地望着我，没打任何手势，也没动作，他等着我回答。

“我，我是指，”我愣了一会儿，突然笑了下，像个喝醉的人一样，“你得看过才知道。你得看她们念书的样子。”

“嗯，”接着，好像刚想起来一般，我抬头冲阿弟温和地笑了笑，“你得看她们念书的样子。”

阿弟微微摇着头，笑了。

“对了，”他打了个响指，冷不丁地问，并念了个流行的法文词 —— 说话时他朝我使了个眼色，就好像我对他的意思了然于胸，“她是你的……怎么说……‘Amis—amants’②？”

“呃，不，我们是很好的朋友，但不是恋人，”我说，同时把背着的行李递给阿弟。我觉得自己的手心滚烫，稍微有些黏，心脏也跳得很奇怪。我补了句俏皮话，“我说，任何东西在法文里都有个名字么？”

这话逗得阿弟笑了。

“那你得加把劲儿了，”他笑着，“我说，在某些方面可能你优秀出色，但你同时固执、保守，有着少年老成却又幼稚天真的毛病——你确实需要像她那样头脑清醒的女人。”

“不，应该不会了，”我苦笑了下，摇了摇头，“我自知没这福分。”

我突然感到无话可说了，便站着回想自己刚说过的话。最终，我叹了口气，阿弟

① 出自歌剧《尼古拉斯·尼科尔贝的生活与冒险》。

② “恋人知己”法文词。

也没说话。

“好吧，是时候走啦，”过了一会儿，阿弟提上了行李包，拉起了箱子。他友善地踢了我的脚一下，“你得保重。”

我点了点头。

阿弟朝人流的方向去了，可没走几步，他就又回过头来。

“如果妮维真的就像你说的那样是个聪明、偏执、好胜心强的工作狂，你的日子可不好过，”阿弟笑了，“我说，她的头脑里装满了这样那样的事情，可能就从不会想上床睡觉。”

我笑了，我觉得他是在说笑，只是不能百分之百肯定。

“我，我不是说了，阿弟，我说，我应该不会去追求……”

“啊，”阿弟做了一个听天由命、泰然自若的手势，然后出乎我意料地朝我眨眨眼，“鬼才信你。”

“难道我们不应该为一个卓越的国家出谋划策，让一个伟大的民族保持警惕？我知道一个人只有站在甘贫乐苦的地位上，才能成为一个公正无私的观察者，可这种人毕竟少之又少。而且我很清楚，这个世界上是没什么人——无论他是多么有智慧有远识，懂得一切民族、一切时代，以及生活与道德的一切错综复杂的性质——完全懂得了‘政治’。因而只要国家还在继续建设，人们就应该继续讨论甚至辩论，继续读那些伟大的历史学者所写的书，并加以讨论然后辩论。我们得坚信最能得以实践的政策和条例都是从发声和争论中打磨出来的！从前西塞罗想要推翻埃及的国王，罗马的议员便一天到晚在辩论，讨论所有的军事、外交政策和可预见的后果，直到所有人都累瘫到地上！多言或中，在当下很有必要。”阿弟的语气坚决，瞳仁里有坚定不移的神情，看起来像电影或者漫画书里那种虚构出来的慷慨激昂，洋溢着无比饱满的爱国主义激情的角色。可我不觉得他在做假，他非常自然，我也知道他决计不会做假——他的诚恳是一望而知的。“我们作为中国人，恰逢问题极端严重之秋，为问题困扰自是当然。因而我们有责任振臂高呼，叫喊于人中，希望人人奔走相告，聊以慰藉那在寂寞里奔驰的勇士。你得知道，对于困难和危险视而不见，不能解决问题，袖手旁观也不行，采取绥靖政策更是无济于事。现在需要的是作出解决问题的安排，拖得越久，就越困难，对我们的危险也就越大。”

凯文眯着眼睛，揪着阿弟不放。几乎是在阿弟话音刚落，他便开口了。

“你的话听上去非常幼稚而且毫无意义，它们可能会叫低年级的学生感到兴奋，但他们离开大学后就忘掉的——他们得养家糊口。我可以告诉你，像你这般态度对国家建设是毫无用处的，呐喊和口号标语没有价值意义，凭着冲动和一窝蜂的气势完全不值一提，责备别人而自己不努力更是不可以——你想要有益于社会，最好的法子就是把自己这块材料塑造成器。”凯文的口吻尽管正式、客气，可他语调缓慢、冷漠，透着狡猾的嘲弄。“你清楚得很，人们对政体的评价很难做到客观，必须得具备专业知识——年轻人即便受过再好的教育，也难免缺乏经验，难以辨别是非，容易跟着起哄。‘多言或中’？怕是永远也说不对吧。你瞧，现在随便一条推文都要带个“我觉得政府应该……我觉得国家应该……我觉得法律应该……尤其是后面加一句同意的给我‘狠狠地’转。我觉得孩子们蛮有趣的，真的，怎么不去说相声呢？”

“不，你能这么想，只因为你不愿费力了解事实或者不感兴趣，”阿弟继续说下去了——我看到他脸颊涨红，双手在微微颤抖。我听着他的话，突然发觉他的内心里有一种东西，我不知道该叫它知觉，还是知性，还是力量——他始终有点说不上来地落落寡欢，“那些发表意见的人，那些参与不到理应当家做主的讨论或者决策中的普通人，那些有着被埋没的正义和一颗爱国心的人，盼望国家走向长治久安，支撑他们的只是他们坚信‘公道自在人心’。他们想把那些，那些被埋在黑暗角落里的东西翻出来，摆在桌面上，摊在阳光下，让所有眼睛去看，所有嘴巴去评论，叫所有人都知道……”

“天哪，你听得到自己在说些什么吗？闭上你的嘴吧！”凯文直接打断了阿弟的话，他态度镇定，却毫不掩饰自己的霸道专横，而且他的话里不难听出讽刺的语气。他挥了下手，塌着眼睛望着阿弟，“我来告诉你，我也知道教育是百年大计，是国家发展的重中之重，我们要的不是小修小补，而是具体的、实际的、整体的变革和翻新——学校的修筑应该被当作皇宫的修建那般投入，教师的竞选也该如同古罗马斗兽场那样激烈，知识和真理要像报纸上的新闻那般被宣传，国家对待教育要像对待国防那般重视。教育工作者要读《爱弥儿》，并且反思我们是怎么把老祖宗的东西糟蹋干净的。我也知道我们需要更优秀的法制，把法院当作神坛来供奉，用以告诫图谋不轨的人这里没有捷径可走——成就只来自于努力工作和牺牲。同时也让更多人知道在法律的保护下你可以活得体面、有尊严。谁都知道我们是污染最严重的国家之一，能源使用量大，使用率低，人均碳排放量极度超标。我们缺水，遭受着雾霾、沙尘暴，自然环境急剧退化的局面——如果历史能给我们任何警示的话，从前苏联分裂出去的几乎所有国家中，组成首届政府的政党都是从环保运动起家的。谁都知道几十年前，在那个最令人费解的、几乎迫使新中国濒临崩溃边缘的历史事件里，那些在劫掠、亡国和战争中幸存下来的宝贵圣物和艺术珍品被发疯了的胜利者捣毁、撕碎，悉遭破坏，本应被妥善保存的百年智慧结晶的典籍文书和民国的思想记录被付之一炬，或漫不经心地随意抛掷。而且那时的冤假错案数不胜数，单算著名的学者和科学家我能按字母顺序从文学家巴金先生到大物理学家张宗燧先生，正翻倒翻给你说出一百个来。我知道，我自然知道社会保障方面的医疗保险根本没有满足平民的医疗需求，我也想提高覆盖率，投入资金然后统一管理。说来好玩，我也想从根源上制止哄抬物价、假药横行的局势。谁都知道，我说，谁都知道在未来20年里，中国要建造总值相当于如今美国的新房子，房价想跌难得很，而且城镇化达到工业化国家目前的生活水准，道路上汽车数量必将要增加十倍，这也就意味着交通、民生、安全等多到不计其数的问题正潜伏在前面的角落里。这些问题谁都知道，体制里体制外的人都清楚，难道有人不熟悉这些宽泛、毫无嚼头的陈词滥调？或者换句话说，难道有人会不想国家昌盛、富足、长治久安？我也想我们中国能重新达到‘永不杀士’的宋朝的高度，科学上有遥遥领先于世界的《太平御览》和《梦溪笔谈》，生物学上有早在达尔文坐着小猎犬号出游前就写出《尔雅翼》，史学方面的《资治通鉴》、天文上颁布《统天历》，医学能完成《洗冤录》，经济发达得用纸币才能满足交易需求，能源方面的钢铁产量相当于18世纪初期的整个欧洲，连有着三千后宫和李师师的昏庸皇上都能写出《大观茶论》。那些真心希望国家稳定发展的人们都在工作，都在改变自己，都在想怎么才能做到，他们苦心经营、深思熟虑，如同进行一切伟大事业一样默默无闻。一切决定性的事情总会静悄悄地在一声不响里逐渐取得成功的，这就是社会变革——一个缓慢、痛苦、持续的过程。中国的发展和变化不会像马霍梅特在攻占拜占庭时候能奇迹般地让土耳其的七十艘船翻山越岭，从一个海域跨到另一个海域，而是协调稳定、有序统一地修筑‘上下两千年，纵横十万余里’的不倒长城！”

“红茶？”我站起了身子，一边快速地插话进来，一边把托盘递到凯文身边，我不想叫辩论变成争执。

我转过头去看看建豪，他对我做了个好笑鬼脸，似乎在为自己能把凯文推到设下的局里而得意——他跟我一样清楚凯文有着不输人的辩论和演说天分，能把普通的句子讲得高潮迭起——只是他不多张口讲话，宁愿浪费自己的这个天赋。建豪接着又悄悄地对我使了个眼色，我也很清晰地接受了他传达的信息：让他们浪费精力交谈吧。我对他吐了下舌头。

我把目光扫向凯文。通常来说别人想说什么，由他们去说，你听着就是了，你任由他们赐教，他们会对你产生好感的。可凯文似乎意识不到这一点，或者是不屑于去做。想到凯文劈头盖脸地就这么说了别人一通，我瞪了他一眼，抱怨了一句，有些打抱不平的味道。

“你可真是个刻薄的家伙。”

“哦，”凯文抬眼一瞟，脸上的表情没有任何变化。他先把眼睛闭上，然后猛地睁开，好像有我这么一个人挡住他的视线，是一件不可思议的事情，“你怎么不来写封信骂我，简·奥斯丁？”

我翻了个白眼，摇了摇头。

我又向阿弟望去。阿弟没有接过话头，他犹豫着，瞧着空荡荡的远处，似乎他自己诚实的性格正在逼迫他不得不去承认一件他宁愿讳莫如深的事。凯文也察觉到了这一点，他更逼进一步，又开口了。

“这不是理想主义者啸聚挥帜的年代了，如果一个社会没有共同的理想，没有共同目标，没有共同价值观，整天乱哄哄的，那就什么事也办不成。所以你要么自己去努力做出改变、要么掩耳闭目，煽风点火得到的永远是让你饿不死、吃不饱的施舍。年轻人的生活是享有特殊优待的生活，幼稚一点，吵吵闹闹，社会都能纵容，可你要明白即使政治现实比你所了解的还要糟糕，评断或者谴责都不是你分内的事，因为你什么都没见过。而当你开始背负责任的时候，改造的热诚和奋斗的勇气往往经不起生活和社会考验。所以，你过了这一关后要还有精力去把改造社会当作毕生奋斗的事业的话，那就再去做吧！但在那之前，如果你不觉得你脚下的这块土地比这个世界上其他地方更伟大，我对你就不寄予任何希望。”说真的，凯文默不作声的时候已经够吓人了，一说起话来，更是带有一种盛气凌人的口吻，“你知道吗，强盛时期的罗马帝国有590万平方公里的土地和7000万人口，帝国的民众凭借着‘罗马公民’四个字就能在整个世界无阻横行。因为其他国家的人清楚伤害罗马公民的后果——帝国的军队会带着上帝的雷霆之怒轰开你的国门，将你的国家从地图上抹去。可你知道罗马是怎么覆灭的么？因为他们的子民只在顺风的喜欢自己的国家：当罗马人侵略半个地球的时候，谁都想打罗马帝国的金字招牌；但当汉尼拔攻过来的时候，整个国家的人都胆怯了。我们现在有大过罗马两倍的面积和他们20倍的人数，我们身边围绕着不止一个汉尼拔，还有无数的战象和骑兵，同时我们还正在做着这个世界上即使最有想象力和冒险精神的人都难以完成的伟业——把人类历史上最庞大的种族推向昌盛。这个时候谁都不应该自乱阵脚，这里的‘谁’——我指的自然就是你这类人。”

至少有两分钟的时间阿弟没瞅我们，然后他坐直了身子，挺直了腰板，面对着众人。他的眉头皱着，脸上却带着怪异且矛盾的微笑，他的声音高亢，似乎不受他的控制——刚刚他那被打败了的态势一下不见了，仿佛祖辈传下来的骄傲传遍了全身。

“不，不是那样，完全不是那样，我从没不爱自己的国家——这是一个伟大的国家，而且我深爱着我们的祖国。我知道在九十一年前的深秋，国家临生死存亡之际，我们的先辈根据最先进的理念，成立了一个崭新的政党。他们以非凡的勇气、毅力和激情，毫不犹豫地做出牺牲，并坚信自己的努力会把贫困、无知和苦难从这片土地上驱除。我清楚曾有一群有智慧、有斗志、有思想的中国人，‘甘愿在外流亡、奔波，从南京政府或上海密室，从赣南的荒山野岭或延安的穷苦沟壑，在被追捕与刑罚的万般惊惧中，他们视莫斯科为革命圣地而寻求援助寄存性命’[①]。我明白曾经的爱国志士和渴望和平的百姓们‘夜中偷听后方消息，日夜企盼祖国胜利’[②]。我还懂得，我懂得为了给后代创造出一个充满尊严和自由的国度，三千万殉道者用鲜活的生命赢得了人类历史上最为恐怖、惨无人道的战争。我们做到了，我们做得很好，我们已经做得够好的了！”

阿弟直挺挺地坐着，仿佛在忍受着极大的痛苦，我能看到他那强壮身躯里的骨架——那是男人特有的骨骼，仿佛有人类的灵魂或精神进入了这活生生的背脊与主心骨中，使其几乎刀枪不入。

“我想为祖国唱赞歌，我赞同狄昂尼修斯，希望文人和历史学者多说自己国家的好话，掩饰我的‘政治妈妈’的缺陷和丑陋，竭力宣扬她的美德和美丽——一个人的一生太短暂了，而国家的长治久安会造福万代千秋。但你知道吗，光荣和伟大并不在铸勋章里和文件上，它们来自人民心底的欢呼。所以我们不能，我说，我不能就那么闭着眼睛对祖国发表一篇篇堂皇颂词！”阿弟脸色阴郁，眼睛热辣辣地环顾四周，他似乎感到虚弱疲惫，可又显得很释然，“你睁大眼睛看看四周，我们所身处的社会就像那部最具讽刺的小说里写的那般，‘学者地位的升迁不是因为其虔诚或博学；军人晋级不是因为其品行或勇武；法官高升不是因为其廉洁公正；人们的代表也不是因为其爱国——更不用说要有什么美德才能；国家参政要员也不是因为其智慧而分别得到升迁。整个社会群体似乎被一群娼妓一样的鼓吹宣传者欺骗了，他们说懦夫立下了最伟大的战功，傻瓜提出了最聪明的建议，阿谀奉迎的人最真诚，出卖祖国的人具有的美德，不信神的人最虔诚，鸡奸犯最贞洁，告密者说的都是真话。多少无辜的好人，由于财富和权利的拥有者影响了腐败的法官，党派倾轧，而被杀戳、遭流放；而又有多少恶棍升上了高位，受信任，享大权，有钱有利，作威作福’[③]！诚然，我们本可以通过大学的教育让更多人了解这个残酷的事实并且一步一步修正。但是我们从不那么做，我们仍然对国家愚蠢地大唱颂歌。在书本中、在舞台上、在讲坛上、在电视里，我们还在灌输着陈腐的、虚妄的、过去用来蒙骗亚历山大大帝的奴隶们的谎言。我们不去教学生说这个国家真正敌人是贫穷，是疾病，是愚昧，是贪污，是扰乱；我们今天说是美国，明天说是日本。你去看看，亿万老百姓像是上了发条的机器，生活对他们来说只是卑微和辛苦，是没有荣誉、没有幸福的日复一日的战斗。他们信息闭

① 出自陈丹青《无知的游历》。

② 出自胡适（1891-1962年）随笔《给苦闷中的年轻人》。

③ 出自乔纳森·斯威夫特（1667-1745年）小说《格列佛游记》。

塞，不知道周围的空气有多么沉闷，不清楚整片大陆在污浊和沉重的环境里变得越发迟钝，忍受着低廉的薪水、离谱的物价和沉重的赋税，一心只为了儿女和老人，甘愿被生活摧残，不敢有其他企盼，半生犹如长期的殉难！可是，可那样弱小万万民众，即使被踩在脚底下，被压力压得粉碎，被困惑洞穿，任人欺凌，还是得咬着牙生存下去，那他妈得是个什么滋味？而且，而且你知道吗，全靠的是这种，这种微不足道的存在，全靠渺小的人们在血泊里打滚，那批身处上层的人才能以那种姿态，以那种凌驾在别人之上的姿态来摆架子——单凭是贵族出生，便以为是被选中了吗？”

在头脑非常明晰的一瞬间，我似乎能看到在阿弟疲惫的声音和眼神背后，有一片薄薄的、闪着微光、坚不可破的钢铁利刃，我还感觉到，在他静静流淌着的血液背后，仿佛有一支大军，那里飘着英勇的旗帜，奏着英勇的号角：“你不能，不能叫嚣社会的变革难以在短期产生效果，如果国家集中精力，投入大量的金钱和资源，很快便会有回报！你知道我们是有能力变革的，我们是可以的，国家现在富裕得很，你是知道的，你知道我们借出去了多少钱，我们参加了多少有用没用的国际会议，我们连奥运会都承办；你也知道我们在外国投资了多少企业，你知道从任何一个从整体上衡量国家富裕程度的指标来看我们都独占鳌头；我们可以拿来做改变，我们完全可以把金钱用于民生、用于教育、用于环境、出行、医疗和保障事业。”

凯文沉默了。我朝凯文看过去的时候，发现他紧闭着嘴，冷峻、刚毅的肌肉仿佛因内在的精力而凝冻了似的，毫无表情。我心底多少有些吃惊——他那从不表明任何想法的脸我熟悉得很，但我从没见过凯文在与别人的争论中停下来。他一向机警，说话不留死角，即使出现漏洞，也是因为他早就想好了自圆其说的方法。可他当时确实是沉默了。

凯文接下来又说了很多话，所以我很清楚那个沉默不是因为他肚子里没有货色，我不知道那个沉默是什么意思，直到今天也想不通。

“《珠砂痣》里有一句说白：原来银子是一件好宝贝。这句话是亘古真理，”半晌，凯文才张口说话，他说得很直白、清楚、准确，没有花哨的装饰，像一份报告，没有幻想成分。“《儒林外史》里万雪斋家的盐船搁了浅，就有几百人划了小船来抢盐，却没有人来救人。这种事会发生在200年前，也会发生在现在，为什么？因为我们穷，穷了就会不体面，穷了就让人看不起。‘穷困是对人们最有力的鞭策’这个概念是错误的，对绝大多数人来说，穷困会使你变得卑贱，使你蒙受没完没了的羞辱，扼杀掉你的雄心壮志，甚至像癌一样地吞蚀你的灵魂——许多坏习惯都是贫穷的陋巷里的产物。衣食足而知荣辱，这个道理你懂。然而单单有钱、富裕了，就可以了吗？不是，我们还得有地位。为什么洋人只凭几艘船、几尊炮和几百号人就敢对富裕的‘天朝上国’发动战争，因为我们不是有地位的大国，没有威慑，没有权威，没有控制，像澳大利亚或者加拿大一样——谁会真的把你当回事儿呢。我们在历史里重复地受到过‘没钱和没地位’这样的教训，所以我们知道，国家必须得富裕起来，同时也必须得赢得地位，而后才能做别的事情。英国就是这么起来的。英国当年恩威并施，用着‘萝卜加大棒’的方式统治印度数百年，有人反抗就用强大的‘地位’进行武装打击；有人不服则用‘财富’封他为藩王，付贡金买忠诚。美国也是这样，对于威胁到自己的问题，他们用‘地位’去压制，而对于谈判桌上能解决的问题，他们用‘财富’去买通——从工业革命起美国就这么做了，冷战时候他们收买一些独裁者，上世纪末他们买朝鲜不要发展核武器。直到今天也是，美国人经常花钱去阻止离他们半个地球之外的争端，而那里的战火根本波及不到自己的领域。为什么这么做？正因为自身富裕到足够建立秩序，并且可以借此建立地位。单单只有‘富裕’是没用的，就像现在人们对‘土豪’的看法那样，这都二十一世纪了，如果在德才和文化上没什么出类拔萃、令人敬畏的地方，光凭着有钱有势，还远远不至叫别人惊慌失措。这就是为什么，我们明知道社会上有着那种父母教儿女背着篮子，拿着铁签，到处向垃圾堆里去寻一块半块不曾烧完的煤球，或一片半片极污秽的破布的家庭，还得把金钱输送到外面去。因为我们是个大国，这就是大国的行为，没有其他的什么为什么，这是获取一票、换来地位的方式，这是做事的交换代价。再……”

我瞅准了机会，再次插进他俩的对话当中：“对，就好像是‘人不做出牺牲的话就什么也得不到，为了得到什么东西的话就必须付出同等的代价，那就是一种等价交换原则，也是这个世界的真实’①。”

这句话同样没有起到活跃气氛的效果。

“真，真的吗？”我再次翻个白眼，啐了一口，“没人看漫画的吗？”

“再者，即使用尽财富和资源来处理这些庞大的社会和政治问题，那也从不是容易的事情，”凯文的声音死一样的寂静，他那张显示出意志和注重实际的面孔没有一处有一条浪漫的线条，没有一处有一道欢快的光辉。“19世纪30年代英国制定了新的《济贫法》，并推行了以‘救济大量贫民、失业者为主要内涵’的社会保障措施。但在当时，英国国民充斥着自由放任的自由市场意识形态，固执地认为国家不负担救济和帮助贫穷者的责任和义务。英国社会保障制度的安排形式也以自愿为主。结果在1908年之前，英国始终没有一个由政府管理的公共养老金计划。在80个年头里他们都没能很好地完成这个任务，因为这种社会事件，需要无数人和无数事件的推动与

① 出自荒川弘漫画《钢之炼金术师》。

刺激。而且说来讽刺，那个社会保障措施还算是社会和政治问题的最简单的一种——仅仅需要世界上最强盛的国家拿出在全世界掠夺的无数财产和资源的一小部分，去在1500万的人口里照顾极为少数的贫穷者。他们做不到这个，当然我们也一样拖沓、缓慢、毫无效率——1970年到1974年的五年里，周恩来总理对环境保护做了31次讲话。他说，首都烟雾弥漫，大气污染已经很严重，要赶紧采取措施解决，过去人们常常说雾伦敦，我们弄不好就成雾北京了。半个世纪过去了，没有人会说北京的环境已经康复。美国也做不到，美国最有才华和远见的总统约翰·昆西·亚当斯甚至不能去让‘所有人都吃鸡蛋做早餐’。所以说，社会的改变可远远不是简单地集中精力，投入金钱和资源就能办到的事情。”

“最后，我想说你把学者、文人、艺术家同政治家搞混了，你以为前几者的天职是发声说话，其实不然，他们的天职是尽力捕捉人们的注意力——需要多久就多久。如果他们恰巧说出了实话，那是他们碰运气了。为什么你会觉得文人们懂政治，你怎么知道他们那夸大、戏剧化、敏感自负的艺术心，看到的东西就恰好会是事实？人类最大的谬误，就是以为社会和政治问题简单得很，所以根本不需要科学方法的严格训练，不需要审慎和批判的洞察力，而只要根据自己实际经验就可以判断，可以解决。事实恰恰相反，社会与政治问题是关联着千千万万人命和福利的问题，就是由于这些极具复杂性和重要性的问题是十分困难的，所以使得这些问题到今日还没有办法以准确的衡量方式和实验方法来计算，甚至以最审慎的态度和严格的方法都无法保证绝无错误。你说的那些狗屁不通的东西，终归只是你的个人意见，不是吗？”凯文缓了口气。他身体的轮廓在光线里十分清晰，声音则像风琴那样低沉，“你可以赞成或者不赞成国家的某些举措，但是你必须祈求这个国家安定团结，相信国家将繁荣昌盛。因为一个国家在叫嚣中和混乱里是不可能发展的。国家不发展，股市也不可能独立运行，没人能工作，没人能读书，没人能做出改变。而且国家的发展和昌盛不是靠坚守传统道德来掌控的，国家需要的是审视、决心、勇气和无情。再者，国家的任务不是让老百姓去认清大是大非，而是过日子，让超市有香皂卖，汽车有道路跑，学生有学校上，工厂有薪水发。只要个人自由不受太大干扰，人们就不会对政治自由的丧失耿耿于怀；只要妇女不受骚扰，财产得以保全，大部分人对自己的命运大致就会感到满意；劝服人们去学习和认知自然是对的，但国家的发达靠的是商业、科技和资源。而当未来的你在这些构建国家经济的商业机构中取得了重要的成就，获得了应有的地位，那时你就会明白，要增强在人群中的影响力，你应该去顺应人们的不足，而不是靠“发声”去试图培养他们的认知和美德。过度地讲究道德如同过度的邪恶，对国家都会产生危害——知道这是谁的话吗？”

阿弟迟疑了一下。

“这是亚里士多德的观点 。”

“对，你不傻，你分得清砸日本的车和抵制外货的人是蠢货，而丹尼斯·罗德曼与斯诺登都是白痴，不是吗？所以收起你那套公民学说教的艾茵·兰德垃圾话吧。”

阿弟坐着，一言不发。

突然他站起来，嘴微微张着，脸色苍白，那是一种干涩的苍白，就好像白粉笔在草纸上画出的颜色。当时我真怕他会昏过去。接着他摇着头，苦笑了下，径直坐了下去。他身材高大，坐下的时候给我一个感觉，好像是坚固的城墙凭空塌了。他看起来很累，竟然扶着桌子笑了起来。他莫名其妙地激起我的同情。

阿弟终于说出话来时，声音却微弱而遥远，他说得犹犹豫豫、结结巴巴、措词也有不当之处。

“我，我知道，你说的都对，你讲的没错。我们，我们是得富起来，是要强大、获得地位，是要反复思考，才能采取一丁点的行动。我……你是对的。而且我是知道的，我知道我们会赢，中国是肯定会赢的。真的，你看看这个世界，你看看，美国现在最大的经济输出只是娱乐传媒；不列颠被卖空给了李嘉诚；德国人能拿出手的只有锅具和汽车；日本有50座核电站，同时得应付每年5000次的地震；哥伦比亚在忙着对抗毒品；中东死死地把持着石油；非洲人急于对抗疾病和饥荒；俄罗斯只能依仗天然气管道；拉丁美洲在买高铁和玩蹴鞠；比利时和荷兰还在积极地生产巧克力和起士；澳大利亚，哦，无意冒犯，那个地方连纳粹当时都没要，而且虎豹小霸王[①]也不很喜欢；加拿大，呃，我替建豪感谢他们培育了艾瑞克·麦柯马克[②]，但同样他们也，也送给世界……呃，你知道么，竟然真的有一批廉耻都分不清的人称自己有‘Bieber Fever’[③]，天哪，成年人哪，那……简直……我……看在上帝的脸上，买个Kindle（电子阅读器）。我知道每个国家都有自己的问题，我们也存在这样那样的问题，此外，我们国内面临‘中等收入陷阱’困境，外部则有‘修昔底德陷阱’。我们正在解决存在的问题，并且在同时飞速地发展着。欧洲已经过气了，美国的地位也在摆动，我们正在一日千里地前进。中国开始了一个全新的时代，这叫过去时代里其他任何国家的任何成就看上去都像几个小钱一样。这个世界已经越来越看得清楚了，我们不是仅仅要参与进来，更是要领导。而想要把我们打倒，光凭着八国联军和放一次火是远远

① 指电影《虎豹小霸王》（1969年），布屈与日舞小子在被军警包围，难逃生时，两人互相开玩笑，相约去澳大利亚。

② 加拿大男星，以扮演喜剧《威尔和格蕾丝》中的主角威尔·楚曼闻名。

③ “比伯热”，指粉丝痴迷于加拿大男星贾斯汀·比伯的现象。

不够的。确实会赢，我们赢定了，只要在经济上赢得过他们，我们终究会到达一个起点全面超过他们。我没有一刻怀疑过这一点。我们是世界上最具有进取和勃勃生机的民族，我们更强大更有凝聚力也更有野心。你瞧，曾经艾森豪威尔将军一直避免派遣舰队支援金门和马祖，因为那与中国军队只有一里，毛泽东部队里的任何大兵只要对船开枪，战争可能就爆发了，那是他们不希望并且害怕看到的。现在也一样，那些最发达的国家不仅清楚，而且已经害怕这股觉醒的势力了。我们肯定会赢的。但是，我不希望我们赢，”阿弟先是笑了，我也“噗嗤”地笑出声来，我得承认，他说的俏皮话确实比我的有趣。继而他叹了口气——他在模糊中摸准了中国社会的脉搏，他并不想崛起于这个世界，因为他知道要想在这个世界上出人头地，就意味着一场一场地演假戏，就像那句俗话“得到了一个假便士要装作是得到了两个半先令的银币”①一样，整个价值观都变得虚假了。“我们是个伟大的国家，我们是的，我们的确是。只在过去的半个世纪里，仅仅半个世纪哪，在全世界的瞩目下一个崭新的社会在科学、哲学和革命的交互推动里破壳而出，我们分解了原子，我们解析了基因，我们发射了火箭，我们几乎能碰到星星，我们让绝大多数的家庭都能买得起小汽车，把手提电脑放到了家家户户的书桌上，把学生送进大学的校园；我们有过逆天的医学突破和数不清的发明创造，我觉得我们伸出手臂，能摸到神的脸。但我们做得还不够。我是指，我们可以做世界工厂，我们有那个资本和能力，我们可以是世界农场，我们现在正准备当世界银行，自然不久后也可以做世界警察，我们甚至能做世界法庭。但这样还不够，就像英国人不希望美国人赢一样，他们厌恶美国人为了经济发展而衍生出来有效率却缺乏人本精神的经济模式。为了娱乐化的表达创造出最简单词汇和词组，以及思想上简单化的、智力上贫瘠的经验主义。我们也一样，我们还不能去设置标准。你是知道的，在我们的国家，‘有时候道德战胜了邪恶，不是因为它本身是道德的，而是因为它有更好、更强大的武器；诚实战胜了口是心非，不是因为它本身就是诚实的，而是它有一支强大的军队；善良战胜了罪恶，不是因为它本身是善良的，而是因为它更有钱’②。我们还没有作为世界公民和领导者的意识——这一点从个人思想上便看得出来。你知道吗，美国经济起步的时候，人们对那个国家充满信心，所有人都有一种思想，也只有这一种思想：阿穆尔和斯威夫特公司将会做出更多更好的肉罐头，麦考密克公司将会造出更多更好的收割机，亨利·福特将会造出更多更好的小汽车，而且人人都会变得愈来愈

① 出自D·H·劳伦斯（1885-1930年）小说《恋爱中的女人》。

② 出自威廉·萨默塞特·毛姆（1874-1965年）小说《彼时此时：马基雅维利在伊莫拉》。

有钱！[①]而正是在这种思潮下，上世纪30年代到40年代美国人用两个格拉斯-斯蒂格尔法案引渡了经济危机确定了政府主导；50年代到70年代确立了全体公民——无论肤色、种族的基本权益和平等；80年代到90年代他们应付了冷战；而现这个年代里，他们在想办法对付互联网时代的隐私权——通话机记录、病例、手机、数据、谁是同性恋谁不是同性恋，以及作为移民国家的遗留问题。美国人做到了，他们真的靠着信念和努力把国家变成了'山巅上的光辉之城'！日本也是，在20世纪70年代里，日本从二战的记忆和军国主义的阴影下摆脱出来，人们便迅速认清了自己的位置，开始产业革命，相信努力必然带来进步和充满希望的明天。带着这样的举国一致的凝聚力，他们仅用了20年，成为了地表上最强大的国家之一。而我们呢，你……觉得，我们每个人都能充满信心，自然而然的有那种思想么？"

我在话语的缝隙里抓到了最后一个机会。

"思想——'在中国任何超脱飞扬的思想都会怦然坠地的，现实的引力太沉重了'[②]。"我挤出一句话来，那几乎绞尽我的脑汁。

结果毫无变化，我翻了个白眼，长长地叹了口气，觉得乏力又乏心："没人觉得我连小说也能引用，蛮酷的？"

"啊，你酷极了，"建豪接了一句——他头也不抬，眼睛盯着手机屏幕，"更（改）一下简历，说不定暴雪招你做社区经理。"

我骂骂咧咧地嘟囔了几句，凯文的表情则愈发认真了。

"我们没有，我们是没有。我们达到了工业革命时期的英国的位置，但不幸的是我们没有成为文艺复兴时的佛罗伦萨。我们的公民，不但没有那种成为领导者所需要的思想，成为世界公民所要求的素质，连权利、自由这类最基本的观念，都是心目中从来所没有的，并且是至今看了不得其解的——'我们对于西方人要求的自由总怀两种态度：一种是淡漠得很，不懂要这个做什么，一种是吃惊得很，以为这岂不乱天下'[③]。但这不是你的事情。认知只能通过刻苦努力的学习获得，而不是靠别人的口头信息，因为个人透露的信息总是带偏见的，并不可靠。倘若事情已经被歪曲了，那还不如干脆传者不传，受者不知为好。"

"那，那我们到底该怎么做，如果不发声的话，"阿弟迟疑了良久，还是问了出来，"我说，你觉得……当我们谈论政治的时候，年轻人到底该怎么做？"

---

① 出自威廉·萨默塞特·毛姆（1874-1965）小说《刀锋》。

② 出自刘慈欣科幻小说《三体》。

③ 出自梁漱溟（1893-1988年）文学《文化的要义》。

“工作。”凯文回答得非常直接。

“经历过大战后的各个发达国家，几乎都有能力在短时间内重整旗鼓——战后破产而完全解除军备的德国在八年后能被世界列国恭迎入国际联盟，为什么呢，因为他们的政府告诉人们：你们必须努力工作，必须为和平努力工作，必须比战时更努力工作。这是个根本的态度和方法。一定要工作，其他任何——我指任何你以为是‘爱国’的举措都是浪费精力，煽动残忍的劣根性，扰乱社会国家的安宁。只有工作，工作，去工作，做更多的工作，更努力的工作，我们生产越多，生活费用就越低，我们能购买的货物也就越多，剩余力量也就越容易积聚。‘只有通过工作这一点一滴的努力，一寸一尺的改善，人们才能有面包吃，有衣服穿，有房子住，有教育，有娱乐，有精神上的享受’①，最后一致能拥有那种思想。我们现在还是弱国，我们的社会还不健全——这是过去种种恶因种下的恶果，所以我们必须准备出大汗，努力撙节，努力制造，简而言之必须工作！我们得努力种下现在的新因，叫下一代享受善果，一粒一粒地种，必有满仓满屋的收成！”凯文站起身来，不打算让对话再往某个方向发展了。他挥了下手，示意我们是时候去上晚间课，“你瞧，我们正经历着这个世界从没经历过的宏伟时代，黄金的年头就在眼前。无论如何，总不能坐在死气沉沉的地方、高谈论阔，大放厥词，一动不动，这是最基本的问题，对青年来说，这是一个切实行动的世界，而不是一个游手好闲的世界。”

我长长地呼了口气，显然能为结束话题而松了口气。接着我站起身来，拍了拍建豪的肩膀。

“去上课了。”我说。

建豪愣了一下，才关掉手机，随即他伸了个懒腰，慵懒地站起身来。

“刚刚，我说，”他揉着脖颈，面带疑惑，“刚刚是谁提到李师师和什么灌肠论吗？”

这句话叫我整个人呆住了。说真的，我实在难以用语言真切地描述自己的震惊，只能说那感觉就如同走到街角时，突然迎面刮来一阵大风，一下子把你刮走了。

阿弟也吸了口气。他闭上眼睛，又重重地吐出一口气，一只手扶着胸部，就像被子弹击中了一样：“是在聊美国。”

建豪轻佻地耸了下肩膀。

“那个国家简直他妈的一团糟——一半的人恨着另一半人，”他把书包挎到肩上，自顾自地向前走了——我老远听到他的话音飘回来，“说真的，我不知道那群蠢货

---

① 出自胡适（1891—1962年）《给苦闷中的年轻人》。

怎样才能抓得住阿布·纳齐尔[①]。”

“她……她很好看。”

“就这样？”

“啊，就这样。她很好看，但不是那种浓妆艳抹，而是一种安静的、不张扬的美，带着知性、简约和落落大方的味道。”

“是吗？”

“嗯，真的。从她身上你看不到惊慌，也没有任何畏惧，非常自然。她的声音非常柔和动听，但她很少说……哦，”我托着下巴，看着窗外溪边的草坪上有学生们在练习远投球，在清晨柔和的光线里，拍子和球的破空声像喷泉柔柔地滴落在溢满的盆中。突然我想到了什么，“你得，我说，你得见过她——你得看她念书的样子，天呐，你一定得看，我说，你得看她看书的样子。”

阿弟疑惑地望着我：“看，看书的样子？”

我点了好几次头。

“嗯，每周上课前的时候，我坐在她后面、侧面，我能看到她念书的样子。她就坐那，搭着腿，一边翻开一本书，一边等着开课。她看书很认真，低垂的、温柔的眼睛长而困倦，能叫我想起北欧经典画集里的天使和听差男孩。有时她会一只手挤着下巴，纤细苍白的脖颈就好像会从她穿着的那带着领口的上衣中流动出来。她撩一下头发，蓬松的头发就那么顺着光洁额角波浪似的披垂下双肩。她动一下椅子，你会看到她的小腿纤细、白皙。偶尔几次她抬起眼睛，望到了我，会朝我笑笑——那，那感觉，像是一种缓慢、舒服的欲望从我全身流过。”

“听起来，”阿弟长长地看了我一眼，笑了，“听起来你只是爱上她了，那跟念书的样子并无关系。”

我冲阿弟笑了，接着侧过脸：窗外的溪流很平，闪闪发光，像一幅流动的织锦——我猛地产生了一个错觉，好像那些掠过溪面的燕子能静悄悄地停在上面。

“可，可能吧。但，但又不全是——怎么说——我知道这难以解释，所以我才说，你得见过才知道，真的，你得看她念书的样子。”

“好吧，好吧，”阿弟笑着，敷衍地摆了下手，算是同意我的话，“可现在读书的人少了，你瞧，很多人觉得从手机公众号和互联网资讯里也能学到东西。”

---

① 反派角色，出自电视剧《国土安全》。

“那批人怕是根‘需要吃鲸鱼脑的’要同一群吧。而且，你知道的，当自己属于大多数时，就该停下来仔细反思了。更别提那网络上无用的东西太多了，而年轻人的自制能力太差了，精力也有限，如果掉进网络人堆，必定支应不暇。如若所言过多，难免谤意相随。”我抿了下嘴唇 ，在椅子上拧了拧身子，“听过那个笑话吗？扎克伯克在接受采访时候说，社交网络在10年里会变得比人更聪明。记者好奇地问他说，你指你能让社交网络变得更有智慧？扎克伯克说，不，人会变笨。”

阿弟微微笑了，但不是大笑。

“我，我没讲好，”我做了个鬼脸，有点儿为自己没讲好笑话而不满的意思，“你得让建豪给你讲，他讲得很生动，带表情和语气，叫你……”

阿弟做了个手势，打断了我的话，他看着我笑。

“有时候，我觉得有时候你像个原始部落的长老，不愿接受创新和科技，还要把衣着暴露的年轻女人扔到火坑里。”

“是吗，”我摆了下手，有点疲惫，便叫自己笑了一下，“不过说真的，别闹，要真有那种风骚诱人的女孩子，我会说送我房间去。”

阿弟又笑了。窗外的蓝天澄澈透明，仿佛一碰即碎，几缕白云缠绕其间。

“我恐怕是过时了，阿弟，或许你是对的吧，我确实有点儿老套，总觉得跟不上时代。不过你也是知道的，很多的‘美’的东西真的被人们说烂了，”我缓慢地说，用指尖揉按着太阳穴，“据说，你知道吗，据说现在的小情侣都以回信的速度来衡量对方对自己的在乎程度。”

“你觉得那样不好？”阿弟用一只手托着下巴。

“不，我不是说……只是，总觉得……我也不知道了。可能，我说，我总觉得，可能他们会忘了怎么表达真实的感情吧，我……去他的，我也不知道我在说什么。”

我迷惘了一会，久久地静坐，脑子里一片空白。过了半晌，我又开口了。

“唉，阿弟，我很想跟她在一起，我做梦都想，但我却不能向上帝祈祷说，‘让她成为我的吧！’或者‘把她给我吧！’。这感觉真是糟糕透了。而且你知道吗？没有人觉得我能追到她。我室友乔西现在见我都会戏谑地耸一下肩膀，‘嘿，盖茨比，你今天怎样，还是不开心么？’还有建豪，你知道他说什么吗。他说‘亲爱的你还是有机会跟她拍拖的，真的，但你得先找到芝麻姑姑然后还要找到水晶爷爷’。”我说，无奈地笑了下，“天呐，可能感情本身无论真挚与否，都会有某种荒诞可笑的地方，所以，我，软弱的可怜虫，与消沉和孤独苦斗直到黄昏，最后还是不得不扯起降旗。就像是‘大胆的情人，你永远，永远不能吻到，虽则逐渐接近目标’[①]。”

阿弟默默地听着我说话，不做打扰，在我收声后，他也就像所有优秀的倾听者那般沉默了，给了这段对话一点沉淀的时间，也给我一个冷静喘息的机会。

我俩就那么坐了好久。

我的脑袋里忽然又响起那首歌的旋律了，声音越来越像，字句逐渐清晰——啊，那是汤米·杰姆斯的摇滚乐队唱过的歌。

“你是真的爱上她了呢。”阿弟望着我，他的脸上挂起了微笑，并像大多时候那般谦恭有加。

我笑了，没做回答，反而说了句自己都有点儿莫名其妙的话。

“你知道吗，呃……”我又朝窗外面望去，“女人看书的样子真是迷人。”

“是吗？”

那天的空气太纯净了，连最丝微的烟雾都会在空中清晰地显示出来。

“啊，”我让自己笑了一下，“女人看书的样子可真是迷人。”

Ah

Now I don't hardly know her

But I think I could love her

Crimson and clover

……[②]

① 出自约翰·济慈（1795–1821年）诗歌《希腊古瓮颂》。

② 出自美国摇滚乐队 Tommy James and the Shondells 单曲 Crimson and Clover。

第八周："想做的事"与"要做的事"

我写了一出好戏，我也爱上你了。

——电影《青春年少》[1]

那只松鼠抬头望向我了。它站在那片终年绿莹莹的草坪上，好像带着礼貌的质疑，看着楼上的我。谁都没动，接着，小松鼠不慌不忙地转身离去了。

我步履轻快地走出地铁站，扑面而来的是一股带着冷杉的树香和红土潮湿气味的清爽的风。那是个雨后的清晨，沿街房子朝东的窗户上有水珠闪耀着光。我快步走着，在路口转入内街里。

地铁站与学校间有两条路，绕远的干道叫"外街"，捷径叫"内街"。外街是休闲街，街上有咖啡店、书店、便利店、运动器具店和一家风格清新的女鞋店。虽然店铺都有点儿陈旧，可还能满足人们的特定需求。内街以美食和集会闻名，沿道排列着一间港式茶餐厅、一间越南菜馆、一间糕点屋、一间酒吧和一家本地的餐厅。在周四和周末的下午，内街尾处的广场会变成汇集了各类手工艺品和珍玩的集市。外街上的那间咖啡店"咖啡和其他"是妮维跟我的集合地，我们也没少逛内街——妮维跟我在那家本地的餐厅用过餐，那里有上好的通心粉，约克郡牛肉布丁和浇了油醋汁的芦笋馅饼，葡萄酒也很好喝。我们在某个周四的课后去逛过街尾市集，妮维买过一个古董级的、能别在胸前的都铎玫瑰徽章。

清晨的街道空荡荡的，我迈着大步穿过街尾广场，径直向学校走去——我得在九点一刻到达歌蒂教授的办公室，向他咨询博士申请的相关事宜，并争取到他的举荐。刚走进学校大门，两只鸽子落在了我身旁，它们叼起路边的几片面包的残渣，扇动几下翅膀，笨重地挪到另一个地方了。

歌蒂教授身材高大，肤色很浅，面色红润，微卷的头发梳往脑后。这位资深望重

① 出自韦斯·安德森电影《青春年少》（1998 年）。

的英国人博览群书，记忆惊人，并乐意像丘吉尔或者FDR那般肆意使用词汇——最初听课时，我甚至无法紧跟上讨论，只能猜测和估计一些陌生词语的意思。好在教授和蔼可亲，通情达理，并充满着叫人愉快的幽默感——他讲话时就像闲谈，语气热切，温和顺畅，又不失分寸，叫我从不惧于发问。我对歌蒂教授十分尊敬，除罢他具有我推崇备至的学者特质外，他平易近人的态度也叫我赞叹——他对我的态度就像对一位真正的谈话对象那般：他愿意与我探讨课题，细致地对我的论文提出各种建议；他会推荐我念什么书，并借书给我——否则一些书籍的名字我都无从知晓；当我谈起在学校和工作中发生的滑稽事时，他会专注聆听，并在回答我的诸多问题上表现出足够的耐心。他也喜欢同我聊天，他会很乐意地谈起他在西区听的古典音乐会，邻居家刚养的粘人的可卡犬，以及在荷兰念书的、他的小女儿的生活趣事。我觉得他比其他人更理解我，所以尽管博士申请这档事麻烦，但我相信倘有请益时，他是一定不吝赐教的。

校园里满是保全着哥特式钟塔和维多利亚风格内饰的旧式建筑，这类保留着原本风格的翻新建筑在伦敦很普遍，“生活”在这个城市里好像几百年没有变动过。我快步穿过了音乐大厅、礼堂和带玻璃圆顶的图书馆，进入了专业的建筑楼。我沿着东侧的楼梯上到三楼，踏上了冷清的走廊。尽管是教授办公室的常客，我的眼睛还是随着步子，望向一间间门上的数字和镶着的铜制卡座里的雕版铭牌，我瞅着门牌，听着鞋子在地毯上发出的微弱的噪音，最终我在歌蒂教授的门前停住了。我看了下表——离预约的时间还有五分钟。接着，在好奇心或者随便什么的驱使下，我走到了长廊尽头的窗前。

从三楼的窗朝下望，我看到草地上有一只松鼠。

松鼠和鸽子是这个带野性的城市里最常见的动物——街头、车站、广场、花圃，随处可见。如果你住过郊区，并喜欢出门闲逛——像我这样，肥大的天鹅、毛皮锃亮的狐狸和活泼的兔子就会不时闯入你的视野。我在伦敦多个地方租住过，并因做项目的缘故跑了半个英国，因而还见过像马鹿、松貂、臭鼬和榛睡鼠等不常见的动物。

妮维说她见过“Crystal Palace Puma”①——那个女人想象丰富，体验广泛，我觉得很多时候她那出奇清晰的思维所想、嘴中所说，与正在进行的话题三者之间，绝无任何关系。真的，我到现在都不知道那到底是什么东西。

“水……水晶宫黑豹？”

① “水晶宫黑豹”，指最早于英国水晶宫附近发现的、少见的黑色猎豹。

“是的，水晶宫黑豹。那个黄昏我正在哈瑟西奇[1]空旷的林地里寻找欧夜鹰的踪迹——就是那时我见到的。它有一身乌黑光滑的皮毛，尾巴很长，动起来没有声音——我发誓那是。”

“你，你见过，呃……‘水晶宫黑豹’？”

“嗯，我当时在……真的！为什么你看起来一脸不相信的样子？”

“我，我不是，我没有……我是说，我没有不相……我只是不认为……”

“请问你是河畔高中里连续两届野外观察团的队长兼自然历史博物馆2011至2013年的义务档案管理员么——说来好笑我以为那个人是我。”

“呃……首先，妮维，听我说，首先大多数人，包括我在内，会认为你刚提到的是，是两项所有人都应穷尽一生追求的事业和荣耀。其次我当然相信你，你说什么我都会，但是你不能指望其他人都相信你。我说，你不能就这么告诉别人你见过一种叫‘水晶宫黑豹’的……生物。我只想表达给你听，我们应该在任何时刻保持逻辑，看它能带我们去哪。你瞧，如果随便地就提到像‘水晶宫黑豹’，为什么不再顺便告诉别人你还在伦敦Lea河里见过传闻中那只‘吃鹅的水怪’呢？”

“我是见过，就在奥林匹克公园那边。我在帐篷里待了四天，发现那是一只20英寸长的鳄龟。”

望着那只轻轻提着前爪，斜着脸蛋的小松鼠，我突然想到了这段奇怪的对话和妮维——撩开脸上头发，肩膀随着呼吸轻微起伏，带着专注的神情，伸出双臂比划那只生物大小的妮维。我低下头笑了。接着我揉了揉脖颈，伸展了手臂，呼了口气。我知道我今天要干什么，虽然不是什么需要毅力和辛苦的工作，但我得保证精神集中。

我回到教授门前了。我侧耳细听——虽然谁也没提示我别进去，但我总有种感觉，似乎自己不该贸然闯入。我对那些高洁、矜持、睿智的人，总会有几分畏惧之意。我低头看了下自己的打扮——我以学者之间正式会晤的要求来打扮自己：平整的衬衫，暗色领带，全身上下收拾得紧紧凑凑，活像一把伞。接着我整理了下衣领，短促地敲了三下门。

“请进来。”屋里传来了歌蒂教授的声音。

我扭动着门把，轻轻地旋转着，似乎生怕被里面的人听见。一点一点推开门后，我微微地晃动身子，挪步进去了。

教授的屋子十分干净，办公桌上放着几叠文稿、书和一杯热咖啡，落地钟在他背

---

① 哈瑟西奇是位于英国德比郡峰区内的一个小村庄。

后滴答作响。清晨的一道鲜红的阳光透过小玻璃窗斜射进来，我闻到一种像古旧皮椅的奇怪而肃穆的味道。

歌蒂教授从桌子后站起身，他戴着一条刺有色标的红领带，身上是一套海军蓝西装。他微笑着挥了下手，示意我坐下。

我向前走了两步，再次向他解释为什么自己只能预约在周末的时间。

“如果我能找到更好的时间的话，我会那么做的，可我大部分时间都要进行工作，而且我住在伦敦南面。那里只通火车，所以只能占用你周末的时间了。”我是这么说的。把话说完，我才坐了下去。

“不要放到心上，你在邮件里已经解释过多次了，”教授面露微笑，然后故意作出平静的表情，并对我使了个眼色，“再者说来，如果你不在周六上午预约我的话，我能做的只是些非常无聊的事情，像给自己泡杯伯爵茶，吃两块蛋奶切片，读读一直想读的书，看昨晚阿森纳对战切尔西的录播，诸如此类。”

我歪着头笑出声来。

接到乔西电话的午后我正坐在驶往伦敦希思罗国际机场的皮卡迪里线地铁上，那天我为建豪送行。

天空湛蓝，大片的云朵像海浪一样堆积着，铁轨旁成排的漆树和某种隐隐露出平房的藤本植物随风摆动，一派贝多芬《田园交响乐》中的景色。地铁刚过了海默斯密站，我望着窗外爆发出各种颜色的花和树，想到妮维了。

比起动物，植物与伦敦城的关系似乎更为密切。无论你在舰队大街还是金丝雀港，威敏寺或者格林威治，花草树木随处可见。在林肯旅馆广场你能看到白桦木和山茱萸，律师公会有北非雪松，优斯顿火车站栽着成排的马栗子，维斯托克步行广场遍布着山楂树。每片花园里你都会发现羽扇豆、翠雀花、菠萝草，每个菜园都栽着菠菜、土豆、甜菜根、糖莴苣、绿豌豆，而每个公园你能找到金银花、羽衣草、蔷薇、铁线莲和云兰。我辨识得出很多植物——托了妮维的福。一起逛街时见到什么少见的草木，妮维都会叫我停住脚步，给我讲解它们的根源、花期、拉丁名字，哪些能结出果实，哪些可以用于烹饪。妮维被自然万物吸引时露出的热情叫我着迷，不过她随之表现出的古怪、执拗的态度和时常沉迷于一种生硬的幽默也会叫我不知所措。我曾这么问过她。

“为什么，妮维，我知道你打小喜欢动物，可为什么你知道，我指，关于植物的东西？”

“我必须得知道这些。”

“呃……”

"是的，我必须得知道。"

"'必须'是……因为可能会有人拿着上膛的枪指着你说，如果不在三秒内告诉我眼前这种让人惊艳的星形小花叫什么名字的话……"

"啊，真好笑，可我没疯。首先这是栎木银莲，其次原因不是这个——只有这样我才能找到它们的弱点。"

"呃……它们的……弱点……因为要……"

"我念过《三尖树时代》[①]——我不会叫它们伤害任何人，"妮维的眼睛溜溜转着，看起来既严肃又调皮。她继续说，并把每个字都说得一本正经。我觉得无论她碰到什么人，总能给人留下深刻的印象，"如果我成功的话，查蒂·史密斯会写诗赞美我，XL唱片将为我出专辑，菲拉格慕会送我穿不完的鞋子，独立电视台要帮我组织拍摄动物纪录片，特里·普拉切特要写我进《碟形世界》，迪士尼将为我建主题公园，而且美泰公司会按我的脸做出个芭比。"

那是我听过的最……我真不知道该说什么了。

皮卡迪利地铁线筑成于20世纪，可有些分支在19世纪末便运行了。这条铁路线有一半埋在地底，一半铺在地上——朝机场方向走，列车在通过海默斯密站时从地下驶往地上，并在机场前再次钻回地下。根据我做导游时念过的那本关于伦敦交通路线的介绍书，我知道这项浩瀚的铁路工程在不列颠人那种高效的实干精神带动下开展进行，既没有文牍主义，也没有利益纠纷，几条分支连接的进度非常快，而且丝毫没有影响到铁路质量。这条路线方便、快捷、安全、两侧也有赏心悦目的景致，可妮维不喜欢，她说她最喜欢朱比利线。我问她为什么，她说因为那是"最开心的地铁线"[②]——她说话时耸了下肩膀，好像这不是一个奇怪的回复。

列车过了海默斯密站，车厢里就只剩建豪、我和其他零星的几个乘客了。我无目的地望着窗外，建豪则靠在椅背上睡着了——昨夜跟我喝酒聊天叫他疲惫至极，早前一上车，睡意便像绵绵春雨降在新翻的土地上那般落在他的眼睑上了。

所以就是这样，皮卡迪里线地铁过了海默斯密站不久，我接到了乔西的电话，而电话接通后，乔西的第一句话是这么说的："他是个独自在湾流中一条小船上钓鱼的老人，至今已去了八十四天，一条鱼也没逮住。[③]"

这话没叫我惊讶——我指，我感到荒唐，也觉得好笑，但我知道那是他跟我交流

---

① 英国灾难科幻小说作家约翰·温德姆的作品，内容为讲述不知名的外星植物屠杀人类的故事。

② "Jubilee"又指"欢乐"。

③ 出自海明威（1899-1961年）小说《老人与海》。

的一种方式。而且对于他接下来的说辞，我已然能猜个大概——我们在一起生活了4年，还养过一只狗，那足以培养我们之间无聊的默契了。

“你想说什么？”我应道。

“八十四天？为什么不是三十六天或者一百零七天？”

“可能海明威先生就是这么想的。”

“你有没想过是‘湾流’的原因？”

“湾流？”

“嗯，湾流。”

“你指如果他在小溪边垂钓，就能轻松地用飞钩抓到大马哈鱼？”

“啊，可能吧。因为在‘湾流’里，他失落了整整“八十四天”，蛮有趣的。”乔西顿了一下，出于某种考虑，他停住了话头。

乔西不是个坏人，这一点我完全同意，可除非发生什么重大变故，否则他这辈子都只能做个奇怪的好人。

几秒之后，他那轻飘飘的声音便又传过来了：“话说回来，你跟妮维现在怎样？”

我心里咯噔了一下。一时我的脑子里勾勒出了乔西两只眼睛眯成一条缝、带着好奇和算计神情的模样。我没料想他知道这个。

“你，你想要干嘛？”

“让一个行尸走肉的人改变想法。”

“ただいま。[1]”

我敲宿舍门时这么讲，麦克敲宿舍门时这么讲，梅迪敲宿舍门时也这么讲。

“おかえり。”

乔西开门前这么回答。

乔西、梅迪和麦克是我大学时期的三位室友。梅迪和乔西住在6楼，麦克和我住在第7层的阁楼，我们分属不同的专业，同住在5栋的623号。

乔西是个奇怪的人——可能是我所见过最奇怪的人也说不定。如果说有一句话能把他概括出来，我觉得是“年龄不能使他衰老，习惯也不能陈腐他变化无穷的伎俩”[2]。你瞧，他不爱穿鞋，总叼着烟松松垮垮地赤脚走路；他很会弹吉他，但觉得最好听的声音是单弦。他从不错过一杯威士忌——即使是超市的便宜货，他吃菜也

---

① 日文句子“我回来了”，回家时对家里人的问候语，家里人常会回应おかえり（您回来啦）。

② 出自塞缪尔·约翰逊（1709—1784年）人物传记作品《莎士比亚集》。

从不挑，只吃离他最近那道。大学期间他多次逃课出海航行，只为弄清妖女唱的是什么歌；他逃离考试蜗居在沙漠里，只想看旱龙卷；他在俄罗斯体验过没完没了下着冰雹、雪和黑冰的冬季，也在澳洲满是鳄鱼的河流里游过泳。随便哪一天，他都可能会像太阳落山后的影子一样一下子消失掉，而且几个星期里都没人能听到他的消息。而每当我觉得他身上没有秘密时，他突然又会像个看不透的陌生人了。如果你的眼前还没出现一个形象的话，我换种说辞，我要描述的是这么一个人：他有一米八五的个子，身形消瘦，外表邋遢；他桀骜不驯，做事不顾后果，可任何意外又不会叫他惊慌失措；他脑子灵活，想象丰富，经常手头做着一件事，心里却想着另外几件，因而从他嘴里说出来的话时常叫人摸不着头脑——真的，他说的话当什么用都可以，就是不表明他的心；他习惯于不放过各个角落里发生的事情，喜欢放大每个瞬间，从眼前物体或者组合里读出一些普遍规律——当然在任何正常人看来，这种倾向是古怪并可笑的；他整个人爱恨不明，懒散与明朗各半，有着那种堕落天使的魔力。

对，乔西和我是好朋友。是的，可悲的我，恰好会对比自己更怪僻的人感兴趣。

哦，差点儿忘了，乔西他从不认同我的专业——甚至整个人文学科，他觉得只有数学和科学值得人花时间。“我恨透了你们人文学科的人，真的，你们不懂化学，不懂法律和天体，没有机械技巧和手工技能，理解不了经济制度和物质原理。你知道人文学科的人会做什么吗，我来告诉你，什么都不会！说来说去，你们这群文学科的人在过去几千年里把这个世界搞得乌七八糟，真的，你们这群人疯也好，正常也好，什么事也都不会因此有多大改变。”他经常对我说教，这只是说辞之一。

第八周的某天晚上，乔西和我走在回宿舍的路上。尽管那是个叫人感到颇为舒服的凉快黄昏，我心中却充满焦灼——我得尽快邀茱莉亚加入我的广告项目。我试着想放松心情，随便看看身边走过的人、灯火通明的图书馆或者从路旁花圃里探头探脑地伸出来的蔷薇。可要制止心里的思绪，无异于叫人不再去想一头紫色的奶牛，偏巧这头紫色的奶牛，还是你能想到的唯一一样东西。

我轻声叹了口气，接着就听到乔西的声音了——他看起来若有所思。

“当格里高·萨姆莎从烦躁不安的梦中醒来时，发现他在床上变成了一个巨大的甲虫。[①]”

“你，”我斜着眼看他，“你想说什么？”

“甲虫，为什么是‘甲虫’，为什么不是米蛾，或者虱子。”

---

① 出自弗兰兹·卡夫卡（1883-1924年）小说《变形记》。

“你要知道，这个译本不太好，或者也许，也许卡夫卡先生就是这样想的。”

“你有没有想过是‘梦’的缘故。”

“‘梦’……的缘故？”

“嗯，‘烦躁不安’的梦。”

“呃，你指的是，如果格里高·萨姆莎做的是‘甜蜜美满’的梦，他就会变成一只蓝闪蝴？”

“可能吧，‘烦躁不安’就‘变成跳蚤’，这可真是有意思，”乔西把目光缓缓地投向我，露出了莫名其妙的、恶作剧式的笑容，“说到这个，你和茱莉亚怎么样了？”

我的嘴唇哆嗦了一下。

乔西说话语速极快，不留空隙，口中所讲向来隐晦、难以考究，因而你总会听得稀里糊涂，无法辩驳。他讲话的习惯也非常怪异：他每说一句实话——如果那确实是实话，总想要你把它当成谎言，而每次说谎，又都希望你会信以为真。那些被他说得一塌糊涂的人，实际上是他最喜欢的人，而每当他向别人或当你的面夸奖你时，从那天起你就要倒霉了。我总会感觉他在演一个我很难看透的角色，像早期香港电影里的颓废男子，或者《十一罗汉》里心思缜密却又拖拖沓沓的帮派成员。

“还，还和之前一样，变化不大。”我停顿了下。

“那你必然犯了两个错误。首先你在一件事上越琢磨得多就越容易出错。”

“我，我不觉得我出错了。”

“是吗？”

“嗯，我不觉得。我采取的是一种缓慢、稳定、行之有效的追求方式——过去人都这样。”

“对，过去人还往飞艇里充氮气呢。我说，你能用拇指碰到你的小指头么？”

“呃……能，能吧，我可以做到。”

“只有人和灵长目动物能够做到。”

“这，这跟茱莉亚和我有什么关系吗？”

“没有，但我认为我能帮得上忙。”

我不大安心地瞥了他一眼：“我不觉得。”

乔西也不经意地看向我：“你大可以试试。”

砾石车道两边的黄水仙正开得绚丽夺目，花束四处散开，谦恭地垂向地面，像内有裙环的飘曳长裙。我收回目光，望向远处，看到后山整片已是一派朦朦胧胧的景致，褐土和坡面上裂开的红色的垄沟变成了带神秘色彩的猩红色，一直延伸到远处与天连接的位置。

我迟疑了良久，开口了。

“如果——先这么说，如果我在跟茱莉亚交流的过程中遇到了……呃……空白期——就那种尴尬的沉默，而我除了‘呃……啊……’之外什么话也讲不出来，我该怎么办？”

“你说新年快乐。”

“可，可现在才4月份。”

“那你说复活节快乐。”

唉，你瞧，乔西不是个坏人，这一点我完全同意，可除非发生什么重大变故，他这辈子都是只能做个奇怪的好人。

“我，我不会用这么烂的台词，怎么都不会！”沉默了一下，我竭力搜罗了合适的语言表达对他这个愚蠢建议的看法，“我是不太会跟喜欢的女人聊天，但也没可悲到这种地步。”

“不，你有。”乔西耸了下肩。

我把眼睛往上一翻：“我觉得有时候，你，你不该指望任何人能理解你在说什么。”

“噢，将感情埋藏得太深是件坏事，”乔西笑了，他把手指插进他蜷曲的黑色乱发里，并为说出来的话赋予自己身上固有的那种懒散、轻佻的形状，“这是第二个。”

“你要申请博士项目？”

歌蒂教授坐下身后，开门见山地问我。他看起来很平静，我习惯地把他的平静看作英国人固有的不露声色。

我点了点头，回答说是的。尽管处在熟悉的环境里，可我需要征求教授的看法并争取他的推荐，因而有必要做到毕恭毕敬。

“能告诉我你为什么想读博士吗？”教授又发问了，他望着我的眼睛。

歌蒂教授通常都显得很愉快，他没有野心，也不要名，为人谦虚，决不肯使自己成为别人的表率。他甚至不让我们称他“歌蒂教授”，而是更喜欢我们直呼他的名字。他是个能制造快乐的人，常自己一本正经地板着面孔，却能把严肃持重的人逗得哈哈大笑；平凡无奇的琐事经他一说便能叫别人听得津津有味。不过当他认真地讨论某些问题时，身上便会带着一种迷人的严肃性，就像现在——尽管不至于叫人感到紧张，但确实会让你集中精力。说到这个，我一直都忘不了在研究生课程的第一天，他站在讲台上，把身子微微前倾，用那种带点戏剧性的洪亮、清晰的声音说：一个人只有深入进去，才能配得上“大师”的称号。

我了解教授的性格，他喜欢直接、有效、诚实的答案，即使那听起来有点自我、固执，并带有功利性。

“我为我自己的兴趣、未来的地位和稳定的薪水。”我说了句大实话。

教授果然笑了。

“可博士是个耗费心力的过程。”

我没作声，又点了点头。

“我看到了你发给我的邮件里博士项目的介绍，以及你写出的用来支持自己的所有材料，然而要获得这个机会、研究项目和那笔经费，并不是件容易的事情。”歌蒂教授面带微笑，好让他的坦诚不让我烦心，可他的态度还是严肃认真，“我会帮你监察你的材料，自然也非常乐意为你做推荐。”

一听这话，我悬着的心算是平静了。尽管隐约知道歌蒂教授会支持我，可听他讲出来，我还是松了口气。

“我不觉得你该紧张，你这一年来做得不错。”教授又开口了，他的声音理性、和蔼，就像好脾气的大人正在对后辈说话，“可我有义务告诉你，那将会是个激烈的竞争，如果你的名字没有出现在候选人名单里的话，不要觉得吃惊或者感到非常失望。”

“我，我想过那个，”他那卢梭式的坦荡态度不免叫我感到些失落，可我还是坚持着应了下去，“那竞争确实残酷，但我得尝试一下，至少我会获益于熟悉申请流程，或者明确研究的方向之类的。”

歌蒂教授摆了下手，带着歉意笑了下。

“不，不，请不要误解我的意思——可能我的描述有问题：你是个好孩子，你努力，勤奋，肯在书本上花时间，但在我看来你也还只是个孩子。因而你得牢记，这个世界上聪明过你的年轻人千千万万，比你努力的更是不计其数——优秀和优异之间还是有个区别的。”从教授的声音判断，他确实很抱歉，他的态度叫我难以置信，好像他比我还要感到抱歉，“你年轻能干，精力充沛，情绪高昂，心态也不可谓不好，看起来你只要肯继续下苦功夫，没有理由不会荣誉毕业，成为一名兢兢业业的学者。但你会发现——我相信你已经意识到了，你会发现有成百上千个跟你同样年纪的人比不上你，也有成百上千个同龄人与你不相上下，更是有同样多的人早早跑到了你的前面。在你给我看的那些申请材料、论文和陈述里，我能看到勤奋和智慧，却没有看到横溢的才气和深厚的积淀。博士的研究项目需要一个人做出实质性的贡献。所以就个人而言，我是不太赞同一个男人在有了自己成熟的想法之前就迫切地想要攻读博士学位——他的想法和行为之间时常会存在分歧。而且说来有趣，一个男人在三十五岁之前是不会有他成熟的想法和真正的主见的。”

我仔细地听着每一个字，思索着，望着教授。他神态安详，脸上显示出沉静的洞察力。我认为他着实对这个问题投入了想法，他话中的真理也叫我木然。

“话说回来，我的年纪可远超过了三十五岁，”教授继续说，他讲出来的话，即便目的是为了否定，口吻中却有着谦虚和蔼的地方，“究竟什么对你有利，想必更能作出判断。”

尽管说得直白，教授的这种真诚鼓舞了我。

“我还是要尝试一下，”我心里起了波澜，觉得还得说点儿什么，“我的朋友告诉我说过，如果你输了的话，原因是什么都行，但绝对不能够是因为你自己不够努力。”

“你有很睿智的朋友。”歌蒂教授微微笑着。

“我有运气见过很多聪明人。”我先是沉默了一下，然后说。

金色的阳光透过玻璃窗洒入办公室里，把石壁照得闪闪发亮，让暗色的木质桌椅呈现出深红色，也叫我脚下铺着碎毡小地毯的地方显现出鲜明的色彩。我的目光顺着地面往上，瞅到了歌蒂教授的书架，那架子上挤满了书，都高耸到快挨着天花板了。我是歌蒂教授办公室的常客，时不时地，也会借阅他的藏书。教授主攻传播学、媒介经济和国际关系，所以架子上这类书籍居多。架子的中间几层也摆有小说，哲学读物和杂志，其中也夹杂了一些历史书和纯文学的书。我在架子下面看到他新添了几本装帧精美的书，那是传统的八开本，看起来又薄又轻，书皮是平滑的黑色布面，书侧配着金边和烫金的字样，字体清晰好看。

“那是诗集，席勒、华兹华斯、济慈和魏尔兰，”歌蒂教授注意到了我的眼神，他又站起身来，“读过他们的作品么？”

“读过一点济慈和威廉·华兹华斯，字很难念，没有读很懂。”我觉得不好意思。

“当你试着去读但丁的作品的时候，你必须要对十三世纪的意大利非常熟悉才能明白这个伟大的佛罗伦萨人到底写了些什么——很多文字是作者呕心沥血的结晶，甚至是终生孜孜以求的成果和毕生崇高的劳动，所以读不懂书是很正常的。你可以等到拥有了相对学识再去专心研究和欣赏它们，没有谁有必要为此感到不安。”

教授的话让我放松，我的头脑也慢慢静下来了。

“你最近在看什么书吗？”他问我。

“读小说，《愤怒的葡萄》《麦田的守望者》和毛姆的短篇集，”我点了点头，“也看了几场戏。”

教授点了点头。

“啊，做得不错。当下的教育已成为终身教育，一个人走出校门之后，其所受的教育便要由大众传媒的推送和自己的选择来完成。而且在课堂和课本上念到的东西，对于你以后的发展和成长所起到的影响，远不如你想象里来得深远。”

这话叫我微微笑了。

“说到年纪，”我接着开口了，把话题引回了刚才的方向，“我指，你真的认为一个人的年龄要超过三十五岁，才能……”

教授又摆了摆手。

“也不是那样，我也很可能是错了。我希望你去读博士，我当然想有更多人走这条路。你现在有激情、精力，你勤奋并充满干劲，你对这个感兴趣，这些都很好。我希望你能紧紧地遵循自己的天赋，也愿你有一片鲜明的前景。但是你毕竟年轻，还没定性，随着你年岁的增长，你会日益意识到社会的错综复杂、前后矛盾和不通情理。”歌蒂站在书架前，沐浴在金色的阳光里，似乎披着一身盔甲。我莫名地想到了中世纪骑士的画像，并觉得如果教授穿上那个时代的服装，看上去一定充满着文学的浪漫气息，“我可教过很多学生了，天哪，要是我得对我年轻的学生们的每个荒诞行为都能保持不急不躁的态度，那可真是困难得很。那些大学里的孩子们时常会兴奋地告诉我一些最基本、原始的理论课题或者论点——仿佛我从来没有听说过。而且如果他们为刚发现怎么去论证一种早已被验证的传播方式而大惊小怪，你却不跟着他们同样感到惊奇，他们就会大失所望。再者，他们发表在周刊上的那些慷慨激昂的文章，大都是夸夸其谈，胡说八道。那可真是既幼稚又可爱。学生们都年轻，他们今天这么想，明天可能就不这么想了，后天可能就发现自己做错了。可你跟他们说实话，讲道理，他们却又会认为你是个老骗子。年轻人总是充满了从外部灌输到他们头脑里去的、不切实际的幻想，所以当他们同现实接触时，总是碰得头破血流——这并不奇怪，也不是什么原创的情节了——因为通常你们读过的书籍，上过的专业课和与长辈之间的交谈，很多时候只会为你们开拓一个虚假的生活前景。”

我认真地听着他说的每一个字。

“我利用自己作为长者的身份，尽最大努力去理解他们，协助他们，教导他们。因为我记得当我最初面对生活的时候，有多少需要忘却而又有多少需要学习。但就像我说的那样，我不会总是比你们聪明，我很可能是错了的。在我念博士的时候，也曾听着老一辈的导师——像现在你这样，站在我面前反复地强调说年长的人总比年轻的人聪明。那时候我对导师们作过观察并暗自寻思，我好奇在这种时刻他们心中是否会想起他们默默无闻、动荡不定的青年时代；他们看到那些带着崇拜神色的学生、听着那些样子热切的年轻学者告诉他们说，他们的教诲对自己产生了多么巨大的影响时，是否会暗自好笑，会不会不耐烦，心里是不是也会美滋滋的；我甚至饶有兴趣地琢磨过要是学生们知道了导师们心里全部的真实情况，究竟会说点儿什么。现在我也站到了那样的位置，却最终发现‘年长的人总比年轻的人聪明’这种说法通用，但不总能站得住脚。可该怎么办，我年龄也大了，所以我像所有年长者一般觉得‘好吧，那我就把这种骗术进行下去，对孩子们、对我，应该都会有好处’。”

我被他逗乐了，咧开嘴笑，教授也微微笑着。

“总而言之，我是想你去申请这个博士项目，比起闷声不响，我更希望你能把握好‘年长’和‘年少’的分寸，然后动手去做——甚至在百思不得其解之下犯错。还有，如果可能的话……”教授说了句这样的话，“不要变老，真的，我到了现在的年纪，往前值得费心记住的事物不多，往后自己渴望享受的东西也越来越少。所以，要说这么多年来的生活和学习对我有什么启示的话——千万，千万不要变老。”

这句玩笑般的建议叫我沉默了，歌蒂教授也没讲话。他有意给我时间，叫我沉浸在四处弥漫的祥和的气氛中独自琢磨想法。

过了一会儿，我抬起头来：“女人呢？”

“嗯？”

“如果男人要三十五岁，女人呢？”

歌蒂教授疑惑了几秒钟，马上释然了，随即发出了爽朗的笑声。

“天呐，”他让我逗笑了，“她们要早得多。”

教授哈哈大笑，我也摇着头笑了。

“对了，歌蒂，”我笑着，问了个题外话，“你要去参加那个报纸公司举办的晚宴派对吗——毕竟那个推广‘收费墙’的项目是你介绍给我们的。”

“不，我不觉得我会，”教授摇了摇头，“介绍一些富有挑战性的项目和工作给你们研究生是我的责任，而且那成绩是你们做出来的。你们根据统计分析做出了有成效的策划，自然也应得一个美妙的夜晚。”

他那毫不吝啬的溢美之词叫我窘迫了，我连忙摆了摆手，含糊地说那算不了什么，别人也会做的。

“我们只是运气好罢了。”我补了一句，尽量说出“不以为然”的味道。

“不，没必要谦虚。你们工作做得很好，智慧和决心显然起到了重要作用，在此提到运气会让人觉得奇怪，”教授笑了，接着他把手一扬，想起了什么——他说了句叫我吃惊的话，“你要跟妮维一起去吗？”

我瞪大了眼。

“我……我，不。”我慌张地摇着头。

“你们不是在约会？”

“不，不，我们没有在约会，我们是常待在一起或者出去，可我们从没有，呃……‘约会’过。为什么，歌蒂，为什么你觉得我们在约会？”

“凭自己的直觉，妮维偶尔望向你的目光以及你望着她时着了魔似的神态中揣测到的，”歌蒂教授微笑着，他摊开手，他的眼神里带着动人的慈祥神气，“我不觉得这个世界上应该有什么去阻止两个健康、愉悦的年轻人享受一段快乐时光。是你没试过去约她吗？老实说那不比吃一个番茄的风险更大。”

“这，这非常复杂，我不知道该怎么说。”

“听起来你好像还有事情，是生活上的问题么？”

我挤出了笑脸，下意识地耸耸肩膀，觉得这事不值得一谈。

“呃……不，不了，并不是。”

“你还好吗？”教授问道，语气特别关切。

我一时无话可说，别开目光，露出“我觉得还行”的表情。

“你可以告诉我的，”教授的语气很坚定，他很认真，并不像只是敷衍地说说而已。

我迟疑了一下。

有很长一段时间，我都没能鼓起勇气去正视、承认一些事情。我知道自己心里所要求的东西和我过的生活之间并不协调，可我一向觉得两者之间的差距并不明显。搬到了莫廷厄姆之后，我终于静下心来去审视思考，结果顿时让我心惊肉跳。我对我自己、对社会，对我能争取到的机会都勾了个轮廓：经商我不行，我没有天赋，心思也不够缜密；进企业我可能不会成功——我对它缺乏感情，总觉得它枯燥、愚蠢、唯利是图、诡计多端，怎么也适应不了；做文员的话，也不好，我将受不到什么教育，也得不到照顾，如果消磨过多时光，我会成为一个潦倒、俗气又终日不快乐的汉子，过着平庸的日子。我认为博士是未来几年里最适合我发展的项目，无论是对我个人的生活以及未来事业的方向。但如果那个失败的话，我不知道自己能干什么。

我缓了口气，终于像发疯了一般讲道——音调不高，我却觉得像叫喊着一般，声音犹如从心底迸发出来似的。

“歌蒂教授，有时候，我不敢想如果申请失败了我该怎么办。博士的项目是我打心底‘想做的事情’，但我并非生活在一个荒无人烟的小岛上，我还有社会关系束缚着，我得去做我‘要做的事情’。我是说，我可以为了博士的项目把时间都花在书本和论文上，吃简单的食物，在巴士和火车上睡觉，但同时我必须得赚钱，我对于财富并不抱糊涂观念，可我要付房租，过日子——伦敦的开销很大，我得不断工作，”我颤抖地叙述着，怀着一股深情而没有一丝贬抑的意思，好像由我自己说出那些自己也想不通的困扰之后，就可以保护我不受别人挖苦嘲笑一样，“坚持做‘想做的事情’是很困难的，博士的项目要求很高，尽管在朋友的劝说下我不会放弃，但有时候我会踌躇不决，拿不定主意该走哪一条路。我是说，如果做你‘想做的事情’会叫你愉悦、充满干劲儿，但做‘要做的事情’会让你的生活稳定而富裕，你到底该怎么选择？我脑子里还有那么多未实现计划和各种打算，但那都受限于我必须要去做的事情。而且是的，我是希望能约妮维出来的，她真的不可思议。可有时候你不能，我是说，你不能去做你想做的事情，因为世界不是这么运作的，你有自己的家人和生活圈，你得被认可，被尊重，你得理性地像个成年人一样去考虑收益，我，我不知道自己该怎么做，我很难平衡这两个世界，我不清楚一个人是该追随内心，不顾一切去做‘想做的事情’，还是要承担责任，去做‘应该做的事情’。”

我把心里的话一股脑地讲了出来，接着又猛地发觉自己说的话前后并不连贯，也没有准确的逻辑，甚至没表达清楚自己想要说的意思。

“抱歉，我不是……我是说，我不应该那样说。上帝啊，我……”我做了个含糊的手势，像是在说自己头脑不太清醒。

我缓了口气，才把话说完：“你……歌蒂教授，你，擅长解答这问题么？”

屋里很安静，只有那月相盘表面落地钟里的齿轮和链条呼呼地运转着，发出不算响亮的嗡鸣。教授沉默了一会儿，盯着从那扇高高的小窗户里透进的光块。

然后他开口了，他把目光投向我，轻声和蔼地讲了句俏皮话。

“我有两个博士学位，”他戴上眼镜，“拜托，我永远不会承认自己不擅长什么。”

我心底迷茫，可这个“哏”还是逗笑我了。

“我不能告诉你该怎么去做，我不能那样。但我会说，这个世界上大部分人做着‘应该要做的事情’，要求的便是财富提供的保障，有了它，可以维持个人尊严，保障家庭和谐。但反过来说，如果你只打算做‘要做的事’，那就太糟糕了，那样你的生活会很困扰，并且难有改变，因为一个人一旦熟悉了固有的生活模式，就很难跳出安逸的圈子。你瞧，我有个这样的学生，他很有天赋，念书期间就想进入电视台工作，可毕业后做了会计。‘我可不会只这么做着固定死板的工作，我打算在不久的将来做节目，干轰轰烈烈的大事’，他曾这么跟我说。可现在十年过去了，那个念头还躲藏在他的心头，什么也没发生，世界照样在前进。”歌蒂教授望着我的眼睛，目光坦然清澈，“自然也有人坚持在做‘想做的事情’，我年轻时候也认识一位学者，而且是一个很不错的学者，他喜欢写作和研究，就一直埋头在大英图书馆。他写出了好几本既不像科学又不像哲学的书，可没有人看，但他就是死命坚持，在贫困中不断地做自己想要的事情，一直碰壁，碰壁，再碰壁，落得一场空。当你决定离开常轨行事而做‘想做的事情’时，你得理解到这一点：只要你一开始做，这就成了一种赌博，许多人会被点名，但是当选的寥寥无几。”

我呆呆地听着，紧闭着嘴，连吸气都不敢大声。

“我比你年长，涉世经验也略多，而且，简而言之，在困难方面，一般说来也略具一点体会。我能告诉你的是，这两种模式都有它的风险，而随着你的成长，你得在妥协和进取之间找到平衡，”歌蒂教授用他那种温文尔雅，富有教养的方式回答——他总是很能把握凡事的分寸，“你现在是苦恼，但你得继续走下去，并且继续坚持用眼睛看，用耳朵听，用头脑记，用双手做。否则，也许当真相出现在你眼前时，你会不知道那就是真相。”

我望着教授的眼睛，他也看着我。

“还有，你忘记了我们的规矩：不用称呼我‘歌蒂教授’。”他最后补了一句。忽然一抹光线洒在了他的身上，叫我看不清他的脸，“而且‘Prə’，你要这样念，‘Prə’，重音得搁在前面。”

“听不到么，Good Old-Fashioned Lover Boy?[①]”电话里断断续续地传来乔西的声音时，我耳边更多的则是地铁穿越丛林的嗖嗖声。

地铁朝着机场方向飞驰，我绷紧了身子，铁石般地坐在位子上。有那么一瞬间，我瞥见窗外有种很像芭蕉树的植物沿着一间陈旧的木屋一侧狂放地生长，那巨大的叶子破破烂烂的，好像一位遭了厄运的女王的破烂衣衫。他的叫声让我记起了大学时的那个晚上——跟乔西聊茱莉亚那天的晚上，回宿舍后，他挎着吉他从楼梯走上到阁楼时，也是那么叫我的，“Good Old—Fashioned Lover Boy”，他那么叫我。对，就是那天，我播了茱莉亚的号码，磕磕碰碰地邀请她作为我广告项目的女主角。

我猛地回过神来。

“我，我在呢，”我用手腕内侧抹了下汗津津的额头，“我，我突然想到什么事情。”

听筒里立刻传来了乔西用嘴吧发出的怪声音——他在抱怨，也在表示不耐烦。

“我说，”他接着用了那种一板一眼的腔调发问，“你睡过那个叫妮维的女人了吗？”

他话音落下的顷刻间，尴尬和不自然的浪潮便冒出来了。

“我，我不想回答这个问题，”讨论这个话题就好像抑郁的病人在自曝病例，我连忙岔开了话题，“对了，我听说过你在去年年底来了欧洲。”

“啊，我在欧洲登山。”

“为什么不来英国找我——你知道我是欢迎你的。”

“我想过，但我没法联系到你。我听说那几天你去了北极——都到朗伊尔城了是吧？所以我在欧洲逛了一圈，没去英国。”

① “守旧老派的小情人”，出自皇后乐队单曲 Good Old-Fashioned Lover Boy。

“这样啊。”

“是的。你去那干嘛？”

“呃？”

“北极，去那干嘛？”

“那，呃……那不重要。等等，你说你在欧洲登山？”

“对，翻了阿尔卑斯山。”

“为，为什么要翻……”

“离开奥地利。”

“就……我说，就那么翻过去啦？”

“嗯，没《音乐之声》里演得那么容易。”

我翻了个白眼——这简直就像跟一个与你言语不通的人交谈。

“所以就是没有喽？”然而抓住我沉默的空当，乔西咄咄逼人的问话就又传来了。

“我……”

“所以你没睡到她。”

“但，但我睡过其他外国女人——多得数不过来！”顿了几秒后，我才挤出一句话来。我知道自己的声音听起来有点虚，可就是控制不住。

“哟，是吗？”

“是，是的。”我不大老实地高声说。

“有意思，能告诉我她们是谁吗？”

“有，有很多个，说，说了你也不认识。”我觉得自己的声音听起来又尖又细。

“都很漂亮？”

“嗯，而且腿都很长。”

“哈，她们总有名字吧？”

“她，她们肯定有名字。”

“说几个可以吧？”

“呃……凯瑟琳，我，我睡了凯瑟琳，这，这只是第一个。我还睡了安妮。接，接下来，我又约过……简，接着是另一位安妮……再，再下来是，是另一个凯瑟琳……最后，又是一位凯，凯瑟琳……”

“那是亨利八世的六个老婆。”

我深深地叹了口气。有一秒钟，我在考虑自己是否应该猛地撞击车窗，纵身翻滚出去，借力拿自己脆弱的躯体去撞上锋锐的岩石和粗壮的树干，直至在落叶尽头，伤到体无完肤再停下。

“我，我没跟妮维睡过，”一阵漫长的沉默之后，我赶忙说。我的脸热辣辣的，都快烧起来了。接着，我有些拿不准地补充道，“而且妮维跟我闹过别扭了，不算是吵架，但那感觉……”

“所以你又犯错了？”乔西毫不迟疑地打断了我的话。

“为，为什么你觉得错的是我？你根本不知道妮维是谁。”

“只要这事儿跟感情有关，我觉得原因肯定不在她身上。就算原因在她身上，肯定也是你先做错了什么。”

“这么想你可太傻了！”

“也是，我恰好就读于康奈尔大学，所以如你所想，我必定蠢得惊人。”

“康，康奈尔教会了你傲慢、无知和不可一世？”

“可不？”那轻佻的话音一出来，乔西那薄薄的嘴唇上浮现讥讽的笑意、眼睛熠熠发亮的样子就又浮现在我脑子里了，“而且不仅如此，她也教会了我怎样比别人更快地去获得金钱、地位、控制和更好的人生。”

我老老实实地把嘴闭上了。

乔西没给我喘息的机会，继续用那种带点儿侵略性的声音问——他这么问仿佛这是他自己的事情：“我说，那女人美吗？”

我把一只手揣进衣兜，感到莫名其妙，可还是点了头：“嗯。”

“在工作吗？”

“嗯。”

“聪明吗？”

“嗯，很多人都这么认为。”

“无情吗？”

“有一点儿。”

“那为什么不追她呢？”

“我，我抽不开身，”我说，接着想了下，用了个最虚荣的借口，“我要为我未来的事业做铺垫，我现在不能那么做，为了最终的利益我甘愿做牺牲。”

“酷，我能问下，你在忙什么‘事业’么？”乔西一针见血地揭穿了我，像驱赶一只在身边嗡嗡飞着的苍蝇一样地出于本能。

我有些心虚：“我，我说不太清楚，我还在学习。但我知道的是：归根到底我这个人肤浅得很，我知道要长进，就胡乱地读起书来，我要熟悉社会，就尝试不同的项目和工作，我追求更好的生活，就尽全力规划自己的博士道路。”

“学习？那你到底学到了什么呢？”乔西问得穷追不舍。

“呃……东西。”

“什么东西？”

“我……”

“对了亲爱的，”他毫不留情地在我开口前打断了我，就像他知道我会说什么一样，“你得想好该怎么回答我——我指的是，你要说一些废话像你对你那个所谓的专业有了什么深刻见解的话，我会笑掉牙的。”

我张着嘴，说不出话来了。我感到烦躁，软弱，压抑，痛苦——要不是坐在车厢里，我早就开始咬着自己的手指，点上一支烟，站起身来来回踱个不停了。车窗外忽然出现一大片林地，从我身旁“呼”地跑过。

长久的缄默不言。

“我，我学会了认路。”

我一开口，却又觉得没什么好说。我的目光不自然地四处移动，左手的五个指头也不停地搓来搓去，接着我把头低下去了，好像怕被别人看见。又是半晌，我才把话头接下——我脸上露出的表情叫人不由地觉得我是在啰里啰唆，有点儿愚蠢。而且我所作的回答，听起来也不无几分撩拨人的意味。

“嗯，我学会了认路，过去我从来没有好注意，现在我知道公共交通的构造和规划，分得出伦敦城的每一条街道和轨道，清楚哪个站台连接着哪些站台。我学会了去看传媒公司，我在发展程度不同、背景不同、文化和资金水平也不同的企业里做了不同的项目，我知道传媒和新闻公司分几个部门，如何运作，日常流程得通过几个步骤。我，我认得清很多动物和植物，包括亚种。我念了些可以增长知识水平的书，开始喜欢通俗且富有生命力的文字并对此充满了敬畏之意。而不幸的是，我没有创造这项东西的本事。我，我追了两部很棒的HBO的电视剧，在西区听了几部戏，也看了一些优秀的欧洲电影。最后我在写一部小说，我想借此宣扬克己、守心、勤奋和上进之类的。呃，怎么说，‘原则’吧，同时我很想痛斥一些事情。我是说，我知道自己没有说话的分量——无论是我的出身还是所受的教育，我都决计没有去评判的资格，但在这个世界上你种谷子，便有人充饥，而你放野火，便有人烧死。所以我真的不想就那么往后退一步，叫那些站在话筒和聚光灯下吸引着无数年轻人目光的家伙们‘以其昏昏，使人昭昭’[①]。我不能就那样，我说，我不能就那样让出道来，叫那些官小之辈喧嚣、扰攘、角逐他们的利益！可……可我要输了，我……我在近期经常会想到，而且日益强烈，想到一个简单的问题：我付出的很多努力都是徒劳，而博士的事情很

① 出自孟子（约公元前 372—约公元前 289 年）文集《孟子·尽心章句下》。

可能成为自己撼动不了、无法控制的一场空。我要输了，我曾竭力安慰自己——就像鲁滨逊在荒岛发现陌生人的脚印时竭力把他看作是自己的脚印一样。但我心里清楚得很，我是要输了，我念不到博士，也远不是理性和良知的代表。说真的，我什么都没学到，而且又老了一岁，我是想过要放弃了。我是说，我天性里也有放松和放纵的本能，或许我该就此停下脚步，停止那被认为无望的努力，过得舒服一点，能做到在浑浑噩噩的社会里独善其身就够了。”

话说完了，我透了一口长气，用拇指和食指揉了几次眼。我感到茫然，有点儿气闷，觉得自己好像叫活埋了。随之而来的是一段恼人的沉默。我动了下嘴，还想说些什么，却一个字也说不出——我内心里藏了很久的失落感喷涌而出了，彻底将我吞没，我也任由这股洪流裹挟着，不想搭救自己。

“啊，跟我听说的一样，”终于，乔西打破了沉默，他的语调有一股威慑在里面，“你有要收手的意思。”

我苦笑了下，落落寡欢地靠在椅背上，把头仰了起来，死死地盯住车顶：“是的，我是有这个打算——我得为成长和务实付出这个代价。”

“对，也得为自己的懒惰、无知和毫无作为找个好借口。”

我微微摇着头，没费力去辩驳。

车窗外出现了一段崎岖的道路，在满是岩石的小山丘之间通向一幢红砖房。我盯着房子与山丘之间隔得越来越开的距离，出神了，而下一秒我再看回去时，房子已消失在宁静的山丘中了。

突然，电话那头传来了话——乔西声音不大，可话语却像锅下烧荆棘的爆炸声，惊得靠在座椅上的我正襟危坐。

“不要放弃！”

我惊诧地睁大了眼，愣住了。

“不要，不要放弃！千万，千万不要放弃！”

我的手在打颤，腿发软了。

乔西的声音里透着我难以理解的冲动：“无论有时可能多么困难，你都千万别放弃。你放弃了可就太可惜了，这个绝对毫无疑问。千万，千万，千万不要放弃，一定要继续走下去！”

我用手指紧紧按住嘴唇，不让自己说一个字。

“不要放弃！千万不要放弃！你知道吗，你天真得像个小处女，做作地把自己当作《波西米亚生活》里的角色；你幼稚地觉得世间‘正义柔情永在’，无知地认为世界上有那么一种力量，不为尧存不为桀亡，生死盛衰循环不觉。这些说明了你足够蠢，但也恰恰是你与众不同的地方！不要放弃，一定要继续走下去！你不能，不能摆出一副世界末日即将来临的样子，也没必要把脸拉得那么长！你一定要坚持下去！我知道，我说，我知道你们这群人文学科的硕士向来悲观低落、内向自卑——别放到心上，那只是你们往往玩不到漂亮女人的正常反应，但说真的，如果你再用半死不活的语气说着丧气悲观的垃圾话，我会用合气道杀了你——我发誓我会用合气道杀了你的。”

我整个人懵住了——我身子颤抖着，仿佛有人把手伸进我的胸口，从心脏周围扯出一大块湿乎乎的恶心人的东西，我不知道该做什么说什么。好久，我才对着乔西的最后一句挤出了一个回应。

“合……合气道是，呃，不可以这样作用的……我说，不能就因为有个‘气’字，你就好像……呃……能从远程……”

“九段就可以。”

我的脸拧在一起了，像刚被人踩过一样。

“但是，”我舔了下嘴唇，决定要说点儿什么，接着出于本能的谨慎，我琢磨了一会儿，才把话说出来，“乔西，现在做什么好像都已经无所谓了，我说，现在已经不行了，来不及了，现在晚了，现在都已经……”

“还记得那一幕吗？”

“嗯？”

“以前在大学里，你约茱莉亚帮你拍广告的那天晚上，你想要敲定那件事。”

我张开了嘴，却暂时住了嘴。我又想到那天了，有那么一会儿，我仿佛看到几年前自己的幻影，穿着运动鞋和宽松的牛仔裤，进了宿舍门，大摇大摆地穿过了屋子。而乔西背着吉他走到楼上，他叫我“Good Old-Fashioned Lover Boy”。一幕幕情景不断掠过我的脑海，就像扑面袭来一般，同时乔西又说话了，他的声音既空洞又杳渺，好像是从遥远的阿尔法星团中转发射过来一样：“你还记得吗？那天我们回到宿舍……”

“我，我有印象。那天我们回到宿舍，”我打断了他的话，嘴唇颤抖着，记忆碎片纷至沓来，终于拼成一幅完整的图景，“你从梅迪的魔术箱里拿出一个小胡子，叫我贴到镜子上去练习表白用，说那样就好像是跟陌生人讲话一样。那时我说，‘黏上去会不会被别人认为不正常’，然后你说，‘明明……’”

“‘明明是自己的面容扭曲却责怪镜子’，我是这么说的。”

“呃……嗯。那个时候我打了电话给茱莉亚约了广告的事情，然后我又打给了建豪，说我找到了最佳的女主角，然后你问我说‘听说建豪跟宠物店的那位小姑娘走得很近’，‘嗯，和他其余两位女友一样近’，我这么说。然，然后你又说，你说……”

“‘酷，我想养一只比熊，但我经常会不在宿舍，所以你得想养一只比熊’，我确实是那么说的。”

我咧着嘴笑了，我处在一种安详的境界，做着梦，重新回味着当时的一个个场面。

“还记不记得我们在看电影？”乔西继续问。

“电，电影？”

“The Lion in Winter。”

“《冬狮》？”

“嗯，还记得吗，当理查、约翰和杰弗瑞被锁在地牢里，而亨利正准备去处决他们。理查告诉身边的兄弟俩说不要害怕，要像个男人一样接受结果。杰弗瑞说，你个大傻瓜，反正都要……”

我抿了下嘴唇，打断了乔西的话——我想到了什么：“‘you fool, as if it matters how a man falls down’[①]，杰弗瑞是这么说的。他说反正现在都已经……”

“记得理查怎么回答吗？”

我皱着眉头，自顾自地摇了摇头，没有发声。

窗外是一片浓密的毛山榉，灰色的树根盘根错节，墨色的树干高大健壮，绿色的枝条四处伸展着。我朝远处瞟了一眼，发现景物越来越近，而铁路线前方的树木枝丫似乎搭成了一扇窗口。我还没来得及细想，光线一暗，前方皮卡迪利线地铁轰隆隆地钻到地下去了。

“理查说，”乔西声音在地铁下去的那一瞬传了过来，“‘when the fall is all that's left, it matters a great deal’[②]。”

托运完行李后，建豪跟我站在希思罗机场三号航站楼的门前。黄昏没到，花池里的花朵已经有了要闭合的趋势。

我从背包里取了包555牌硬装鹅黄色短支香烟，递了一支给建豪。他燃了起来后，浅浅地抽了一口，闷了一会才吐出来。我也拿了一支出来。

“他突然就红了。”我刚点上了烟，便听到了建豪突如其来的话语。他低着头，吹出一股浓浓的烟雾。

我觉得莫名其妙。

“你知道吗，”建豪望向我，“他突然就红了。”

---

① “你个傻瓜，好像一个人怎么坠落还有区分”，“坠落”根据情景指“死亡”。

② “当跌落成了眼下最要紧的问题时，那就至关重要了！”出自电影《冬狮》（1968 年）。

“谁？”

“马修·麦康纳[①]。”

“是吗？”

“是的，”建豪盯着手里的香烟，轻轻地摇着头，把话说得不以为然。可我却有种感觉，觉得他是在找话说，“你看，他先是用着柔滑甜腻的嗓音，六块腹肌和俊俏的脸蛋接了那么多为迎合美国大众的低俗无聊口味而创作出来的那种充斥着陈词滥调、毫无挑战的烂片——《年少轻狂》还算说得过去，但之后每一部都烂：《超时空接触》和《断锁怒潮》里面他甚至没必要出现，《十日拍拖手册》是什么玩意儿，《撒哈拉》就更别提了，天哪，还有那个什么“冲浪”那部——不能老实地穿件上衣么？然后他竟然翻身了，就那么翻身了，你瞧，现在无论是电影还是电视剧他都红得一塌糊涂。”

我对着他笑了笑，没说什么。我平日最喜欢跟建豪瞎扯，可现在却觉得唏嘘，心里压抑，无话可说。一想到他即将起飞，我就感到孤独，难以忍受。

建豪大口地吐了口烟，发出了短促的笑声，他注意到了我消沉的样子。

“你知道吗，你过于感情用事。”

“嗯？”

“你——你过于感情用事。你身边发生的任何事情，你都把感情投入到里面，那很不必要。你投入感情太多，过于在意周围的事物，就不能在乎自己的利害得失，也无心权衡利弊了，这样不好。这个世界凭理智来领会是个喜剧，凭感情来领会是个悲剧。”

我没有说话，吐了个不够圆的烟圈。建豪用手指轻轻地夹住香烟，来回晃动着，继续说下去了。

“瞧，你本可以做个优秀的普通人，你幽默，不乏干劲儿，本可以把生活过得真实、热烈、有人情味。但出于你那莫名的自负，你偏想在重重限制下竭力装成楷模，排斥异己，脱离熙熙攘攘的世间人事，过于高高在上，并花尽心思不露破绽。我说，你不是圣人，拿不起对错的标杆，却抱着教化别人的念想。你这是在闯入天使都不敢涉足的地方。而且老实说，你还远不是天使。”

“那倒还真不是，”我自嘲地打了个手势，“但我是站在天使这边的。”

“哈，可能是吧。不过你得知道我这么说全是为了你好。”建豪扬了下手，烟灰

① 美国男星，曾被认为是凭借好身材和帅气长相的参演老套爱情喜剧的“花瓶”，近年来凭在《林肯律师》《达拉斯买家俱乐部》《真探》等影视作品中精湛的演技重回大众视野。

掉到地上了，他用脚踩了下，“因为不情愿地把自己伪装成能当楷模的圣人是有后果的——你自己什么都得不到。”

我叹了口气，疲倦地咧着嘴笑了。

“也不是，我说，也不是什么都得不到啦。喏，我还有那种自欺欺人的优越感。”

这话叫建豪笑出声了，我也扶着额头大笑。

接着我们沉默了，似乎不知道该说什么好，便都默默地抽着烟，想着各自的心事。

我望着周遭陌生人：朝着出发二号厅的方向跑去的急匆匆的银行职员，往来穿梭、弯着身子做清洁的女士，在人群中闪展腾挪、提着公文包、穿着体面的中年大叔，靠着栏杆听着音乐、穿着兜帽装的年轻人，扛着沉重大包、侧着身子、迈着碎步的长者，挺直着身子、用纸杯喝着咖啡打着手机的女白领——莫名地想到形形色色的角色都有自己的故事。而他们都是经过了种种事件，各种关联，才恰好出现在这里。我有缘碰到了他们，但至于他们来自哪里，是什么样的人，又都无关紧要。他们出现在你的面前如同从天而降，离开我的视野也像是消逝在空气中。我知道他们的存在对他们自己和其他一些人都有着非常重大的意义，但我再也见不到他们了。

“呃……”我转向建豪，却突然愣了下。我听到广播或者哪个车载喇叭里响起了一首流行歌曲。声音很小，有如细不可闻的呜咽，“你觉得，我说，你觉得我们还能见面吗？像，以后之类的。”

长久以来我都满心欢喜地认为建豪把我看得与其他朋友不一般，我也相信我比其他任何朋友更贴近他的心——而事实也是如此。因而我显得惘然若失，觉得像是长久以来习惯靠着的扶手突然地被抽走了。

建豪扭过头，茫然地看着我。我也没有想到自己会说出这样的话。

“老实说么，我不知道。”他说。

我沉默了。迎面慢悠悠地走过了一对年轻情侣。他俩依偎着对方，目光里容不下别人，谈着情人们总要絮叨的情话，并像任何坠入情网的情侣那般武断地认为两人之间的深沉爱情是任何其他情侣也赶不上的。

那对年轻人从我和建豪身边走过去了。

这时建豪笑了下，并恶意地对着我使了个暧昧的眼色：“我现在是肯定得走的，真的，即使你满怀深情地对我唱Seasons of Love[①]，或者《俩忘烟水里》之类的叫我留下来，我还是得走的。你知道这个吧。”

这话把气氛全毁了。

“啊，算了，好吧，”我翻了个白眼，对他竖了个中指，“对，我是感情用事的傻瓜智障，当我什么没说。”

建豪笑了，他摆手叫我别闹，自己也沉静下来。

“如果，我是说，如果就这么再也不会见面的话，”他微微地摇着头，把话说得很慢——我对他非常了解，他是个幽默搞怪的人，因而当露出坦然的表情，说出的必然是内心所想。我看到他就那么愣着，似乎在想着去选择合适的话语。过了几秒，他浅浅地笑出了声，挠了挠头发，很清楚地说，“真是，真是幸会了。”

我愣了几秒，然后也笑了：“啊，彼此，彼此。”

建豪盯着手里的烟头看了一会儿，把烟屁股直直地插到灭烟沙里。接着他对着我晃了下机票，示意我要走进航站楼了。我点了点头。往前走了几步，我又猛地停了脚，迟疑着叫住了走在前面的建豪。

背后突然来了一阵车流，私人汽车、公共汽车、出租车，车毂疾驰，噪声很大。

建豪转过身来。

“他，呃……他是个伟大的作家，”我说。应着不知何处升起的一股情感，我支吾着把话说了出来，“他是个很伟大的作家。”

他望着我。

“‘早晨的光明是仙境般的，有河流、花园与教堂的莫斯科在波克隆尼山前广阔地展开着，并且似乎在过他的寻常的生活，城里圆形屋顶在阳光里闪烁着像星一样……’每个俄国人看到莫斯科，便觉得莫斯科是母亲；每个外国人看到莫斯科，一定会感觉到这座城市的女性气氛……‘终于看到它了！’拿破仑说[②]，”我一动不动地站着，嘴唇有点儿发抖，接着我沉默了一下，“托尔斯泰是那么描写在1812年的9月2日站在山坡上眺望莫斯科的拿破仑的。托尔斯泰在那个时候尚未出生，却能用统帅的目光、像君王般的指点拿破仑……”

我缓了口气，似乎想表明什么地挥了下手。

“他，他是位伟大的作家，可能是最伟大的也说不定。我，呃……《战争与和平》是史诗，是夹杂着电闪雷鸣和风暴的、波涛汹涌的人间海洋，是近代的《伊利亚

① 出自音乐剧《吉屋出租》。

② 出自列夫·尼古拉耶维奇·托尔斯泰（1828–1910年）小说《战争与和平》。

特》。我是说，在对着这部作品冥思默想的时候，若抛开时代和精神的巨大差异，能叫你不止一次地想到荷马和歌德，”我缓慢地，好像要把话从自己胸中挤出来一样。我望着身前的建豪——他看着我，手中拿着红色的机票，“我，我不知道为什么自己突然说起这个……”

我说着，自己便摇起头来，也傻笑了出来。

“我又把气氛搞怪了么？”我问。

建豪看着我，他微微笑了下，开口了。

“‘我们活在世界上抱着一种荒谬的信念，以为我们自己就是生活的主人，人生在世就是为了享乐。这显然是荒谬的。要知道，既然我们被派到世界上来，那是出于某人的意志，为了达到某种目的。可是我们断定我们活着只是为了自己的快乐。显然，我们不会有好下场，就像那不执行园主意志的园户那样。主人的意志就表现在那些戒律里。只要人们执行那些戒律，人间就会建立起天堂，人们就能获得至高无上的幸福’[①]。”建豪是那么说的，他没有眨眼睛，声调也很平稳，和平日里的轻佻的样子完全不一样。

我惊讶地盯着他看，仿佛他的脸上戴了个稀奇少见的、野蛮人在仪式中用的面具。

“是的，他是一位伟大的作家，我从没说过自己不喜欢托尔斯泰，说到底我不喜欢的也只是讨厌的西蓝花和考试——说真的，有了花椰菜为什么还要有西蓝花？”他笑了，“还有，我刚刚说的是真心话——你是过于感情用事，这样对你不好，我给你指出这些是出于友谊，但我不会进一步阻止你去做你渴望做的事情。而且我是知道的，我知道你是站在天使这边的，所以你做你该做的，我又懂什么呢？”

我呆了两秒，突然放声笑了出来。我笑着，身体擞动着。说不清为什么，我就是觉得好笑。

“总之，不要太累，说真的，别活得太累了。”建豪也笑出声了，他耸耸肩膀，“什么时候你得试试懒洋洋地躺一上午，然后游手好闲地待一下午，再东游西荡地把傍晚打发掉。你知道我是什么意思——我指，你不感到失去很多乐趣么？一个人年轻的时光可是很短暂的。”

我笑着摇了摇头。

“我，我不能那样，阿Paul，”我叫了他的英文名——我很少这么叫他，“一个人

---

① 出自列夫·尼古拉耶维奇·托尔斯泰（1828-1910年）小说《复活》。

不能沉溺于舒适的生活中。那是个陷阱，许多人就是掉进了这个陷阱而毁了自己。而且你知道，恶魔喜欢群聚在有闲阶级人们的脑髓里，它总会找到一些坏事让懒汉去干。”

“是吗？”建豪哈哈大笑，“魔鬼也会找到坏事叫忙人去干，你大可以相信这点。忙人在这世界上也干够了坏事呢。你瞧，这一两个世纪来，那些忙着抓钱抓权的人，不在少数。”

我又笑了，没说什么。

“找几个女人总可以吧，”建豪对着我打了个手势，“我说，只要脸皮厚，会说话，头脑活，再加上有钱，没什么女人的身子是所谓的高不可攀——真的，只要时机合适，贞洁的女子也会接受情人的拥抱的。”

“我是个死板的人，没你那高超的技巧和口才，也没麦克那种魅力，”我又摇了摇头，“不说贞洁女人了，怕是荡妇也会把我拒之门外吧。”

“那你找容易得手的嘛，”建豪的眼睛像瞎子算命一样往上翻了几下，“就那种，怎么说——看湖南卫视的，或者，你知道的，听福克斯新闻的。”

话一说完他自己就笑了，我也笑了。我们看着对方，就那样笑了起来——我们太熟悉彼此了，好像只要扬一下眉或翘一下嘴角，就能让彼此狂笑起来。

“我说，我自然知道不尽人意，十之八九。但普天下之事总在坚韧不拔、劳怨不避中期于有成。所以，你该多鼓起勇气来——我指妮维的事，博士的事，和自己生活的事。”建豪挥了挥手，示意他该走了，“或者至少调整好心态——你知道马修·麦康纳遇事会说什么吗？”

“Alright、alright alright[①]？”我想了下。

“Alright、alright alright alright！”他眨了下眼。

① “一切安好，并无所谓”，作为马修·麦康纳的口头禅，出自其早期电影《年少轻狂》。

第九周：寂寞的星球

米娅（咯咯笑）

文森特（转身离开）——

米娅：文森特，你还想听我讲《五狐力量组》的笑话么？

文森特（转身）：当然，但我有点儿吓傻了，怕是笑不出来。

米娅：啊，你不会笑因为它不好笑，可如果你仍然想听的话，我便讲。

文森特：我等不及了。

米娅：三个西红柿在街上走，爸爸西红柿，妈妈西红柿，还有一个是小西红柿。小西红柿落在爸爸妈妈后面。爸爸西红柿很生气，他走回去踏碎他——（跺脚）——说，“快跟上”呵，快跟上（番茄酱）。

他俩都笑了，但都没笑出声来

米娅：再见了，文森。

镜头转向文森特。

在米娅进屋后，文森特的目光继续望着她，他把手指放到嘴唇上，给她送了个飞吻。

——电影《低俗小说》[1]

我望向前面，发现酒馆里每一面都有眼睛在看我：男人都扭过头看我，女人侧过脸或者从帽子下看我，那些艺术学院的学生在看我，西装笔挺的白领也在看我。我觉得自己成了焦点，连坐上琴凳都会变成一个刻意的动作。我稍感紧张，可幸好人们的眼神除了好奇之外，都十分友善，也有人的眼神里带着愉悦和鼓励。我朝妮维望去，她挺了下身子，把双脚伸进鞋子里，我能看到她紫色的袜子。

人们都安静地、极为尊敬地期待着，气氛很亲切，我不常受这般抬举。我坐下身

① 出自昆汀・塔伦蒂诺电影《低俗小说》（1994 年）。

去，突然意识到自己得说点儿什么，我又站了起来。

对了，我去了西班牙的塞维利亚，在三月里跟建豪去了两天。我喜欢那里白色的街道，遍布公园的橘树，按几何形状造出的教堂、钟楼、美术馆，以及秀丽的瓜达尔基维尔河公园。建豪跟我在当地的餐馆吃了鳕鱼、胡瓦山出产的火腿，喝了萨隆尼亚酒。我们参观了见证塞维利亚辉煌航海史的黄金塔，游览了最大的西班牙广场，欣赏了安达卢西亚女郎踏着响板的节奏跳起的那种风韵和欢快的夜场舞蹈。

我谦卑地深深鞠躬，希望给人留下良好修养的印象。

"晚，晚上好，如果没人介意被打扰的话，我想要弹一支曲子，"我站直了身子，在琴键上敲出几个低音和弦以试音准，"老实说，我没什么表演天赋——除非你算上淋浴时对着蓬头唱《雨点不断落在我头上》。"

人群里出现了星星点点的、悠闲的、开心的咯咯笑声。几个学生冲我点点头，我也冲他们点点头，然后那几个人嬉笑着窃窃私语起来。

我也去了三面环山的低地城市佛罗伦萨。阿诺河从中汩汩流过，众多的石桥、吊脚石屋、雕塑和大理石建筑将这个文艺复兴源头蕴含的古典、优雅和个性诠释得淋漓尽致。我看了乌菲齐美术馆，徐志摩描写过的维希欧桥，能将整个城市尽收眼底的米开朗琪罗广场，以及屹立于人文主义之巅的百花圣母教堂。

"事实上——你知道吗——事实上我非常厉害，真的，我弹得棒极了，我曾被称赞为钢琴界的马友友——被我母亲这么称赞，以及我小妹妹——在我给她买了查克·泰勒帆布鞋之后。"

我温和地朝着望向我的目光看去，人群里的欢乐的笑声大了些，并不时发出一阵阵尴尬的尖叫声和支持的欢呼声。有两个酒保紧贴墙站着，向我打了个手势致意。

我得意地挥了下手："我是说，我弹得实在太棒了，以至于我有一个在哥伦比亚大学读商科的女朋友……"

酒吧里的笑声又变得稀落了，有人疑惑地望着我。

我低头笑了，打了个自嘲地手势："呃……这个是中国的哏。天，这个笑话在国内的酒吧会博得满堂彩的。"

我也去了芬兰。赫尔辛基的海港我很喜欢，南码头的帆船和附近大街上"波罗的海的女儿"雕像赋予这个城市多了一种浪漫又亲近的气息。而在老式街道上闲逛几个钟头也不会叫我感到厌倦。最叫我享受的是那……好了，如果有人厌烦了我对景色描述的那套褪色的陈词滥调，咱们来说说姑娘。天，那里的女人可真美！说真的，无论是大学生，职员，或者只是普通路人，各个都容颜精致，漂亮得叫人挪不开眼，有时你甚至会吃惊她们居然就这么随意地出现在街道，而不是红毯、镜头前和啤酒广告里！以防我说得不够清楚，我指的"漂亮"是最真切的第一印象——我在中央火车站下车时的第一句话是：天哪，这腿。

我也在一些叫不出名字的欧洲小镇停留过——通常在换乘火车的几个钟头之间。那些朴素的镇上都会有老教堂、石砌的宫堡、美味的甜点和靓丽的小花园。而随便坐在哪个地方的咖啡馆里时，你都会感到自己像回到三百年前一样——而不远处的车站似乎根本不属于这个世界。那些镇子也都十分安静，你甚至可以坐在火车站门前不被打扰地休息、放松，或者读上两章书。

“好了，好了，总之我会尽力不去搞砸的，这次我是说真的。”我的目光又朝着妮维望去了，同时微微笑着，“如你所见，那是位极具魅力的女士，在她恢复理智甩掉我之前，我在公共场合出丑的次数是十分有限的。”

大家又爆发出一阵笑，然后渐渐安静下来。

每个人都热切地望着我，眼中闪烁着光芒，妮维那双热情而诱人的眼睛也正凝视着我。富有感染力的激动氛围和乐感的气息深入到我本有的些许怀疑中，叫我的顾忌一扫而光、精神也集中起来。我呼了口气。

“如果，如果我的歌曲不够美妙，请千万不要在意，就像很久之前在我发誓要学会莫扎特所有曲子而在黄昏勤加练习时，我身边念报的父亲对我妈妈讲的那样：永远不要叫一首糟糕的奏鸣曲毁了整个夜晚的美妙时光。Suddenly Seymour[①]，谢谢大家。”

我向梅迪陈述自己顾虑时，他正折上衬衫的领口，用深蓝色斑点的领带熟练地打着四手结。

尽管在上周我邀请茱莉亚加入了“广告狂人”，确保了计划能在第十周的周末开展，但我的心底仍躁动不安。我清楚得很，那个广告根本不是我的目的——我的动机、我的企图、我的幻想，我小心谨慎，我处心积虑，都是为了能最终得到茱莉亚。为了能见到她我竭尽全力，为了能向她展示自己我煞费苦心，每当我想到跟她在一起时的愉悦，每当我从她的眼睛里看到欢乐，我都会狂喜不已。“我这能算是违背原则么？”我这么问梅迪——在我看来，梅迪是个断然不会出错的人，我向来指望他对我提供指导。我的心思很奇怪，这种承认自己卑鄙的心情，固然不免叫人痛苦，同时却又使人稍微心安一点儿。

“魔术师最好的朋友是谁？”梅迪思忖了一下，他抚平袖口，反过来问出个

① 出自歌剧《绿魔先生》。

问题。

我听得莫名其妙。

“你知道吗，魔术师们大都宣读过一个誓言：我必定坚守魔术奥秘，尤其对不谙魔术，以及尚未起誓的人，”梅迪抬起头来，微笑着，带着一种亲切和鼓励人的神态，“这是一条很重要的原则，因为只有在此基础上，魔术师们才能在满足物质不灭定律及能量守恒定律的条件之下呈现出违反经验法则、让人觉得不可思议的表演。”

梅迪是我眼中的个人英雄，任何困难的、复杂的、别人无从下手的事，他只消用炯炯有神的目光和一个字“Excelsior”①，便能叫人觉得他必然能做到——他也确实做得到；同时他也有能力只用一个简单的故事和一套动人的姿势，推动一个踟蹰不决的人去行动。

我和梅迪混得很熟，熟到能通过眉毛的动作、语调的变化来传递一些微妙的想法，所以知道他还有话说——我欠了下身子，等着他继续开口。

“五百年前的欧洲，人们相信巫术的存在和超自然现象，因而表演任何未被教堂认可的魔术——哪怕受到一人指控，便会面临审判，而惩罚是死刑。”梅迪一边说，一边扣上袖扣，“雷吉偌·史考特写出《巫术的解析》一书，公然违背了魔术师的誓言，将大量魔术秘密公之于众，证明看似不可能的神迹事实上是由一些自然的技巧，而非借助于邪恶的力量达成。很多的魔术师因此脱离被烧死的命运。”

“To do a great right，do a little wrong。②”我听得入神，点着头接了一句，“‘小枉而大直’，是吧？”

梅迪喜爱魔术，他是地下魔术社的成员。那是个诡秘而奇妙的组织，从没参与过校园活动，没有对外的宣传，甚至没有固定的场所，却展示过不可思议、石破天惊的表演。

提到这儿，我必须得把我知道的写出来了——我是说，我起过疑心，但从没得到证实——这是梅迪在毕业后才向我承认的：2010年的10月21日，是他们让图书馆后面的那整条溪流升到空中的，没错，那是他们干的；2011年秋天里学校公布部分专业停课，有学生说计算机系和生物学的专业楼突然变成了埃舍尔画里的那种不可能结构，那也是他们；还有2012年圣诞节后，一个暴雨天，后山上的大钟在晚八点敲过之后变成了二十六只鸽子，对，都是他们所为。

“是的，所以我不觉得你‘违背了原则’。你瞧，克利奥帕特拉也曾把珍珠耳坠

---

① “精益求精、永远向上”的意思，出自儒勒·凡尔纳（1828–1905年）《气球上的五星旗》。

② 出自威廉·莎士比亚（1564–1616年）戏剧《麦克白》。

融到葡萄酒里面只为了得到安东尼——爱情和战争中从来没有原则可言。”梅迪把脚踝处的西裤拉直，一边用活泼的语调对我讲。他的声音里有种愉快的东西叫你不得不被他吸引，“而且老实说，如果神色可以传情的话，连傻子也猜得出你丢了魂似的爱上她了。”

“是，是这样吗？”

“嗯，我觉得你这么做很好，也不认为你有什么错。有时候退到墙角没有地方退的时候，本就应该索性往前走一步了。”

“啊，你能这么想太好了。对了，你有什么建议么，关于我要和她去拍广告？”

梅迪站直了身子，他看着我，慢条斯理地开口了。

“我真的很讨厌这么说，”他摆了下手，“但你知道吗，女人们似乎都有一种无法摆脱的坏习惯——热衷于同任何一个愿意倾听的人讨论自己的私事。”

他讲话时声调随言语而变化，听起来悦耳、温柔且催人入眠。

“所以你要做的其实很简单，”梅迪又打了个手势，“吸引她的兴趣和注意力，让她只跟你倾诉交谈。”

我坐着，仰着头，若有所思。

“可怎么去做到那个，你得怎么做才能去引起别人的兴趣和注意力？”我有些紧张地揉搓着膝间的双手，接着追问道，“还有，我说，魔术师最好的朋友是谁？”

“喏，就像这样，”梅迪把头偏向一边，脸上浮现出愉快的笑意，那神情表明，飞镖击中了靶子，“永远是个醉醺醺的观众。”

在我毕业离校那天，梅迪哭得像个孩子一样，我从没见过他那样。

梅迪是个具有极佳气质的人。他坚毅、敏捷、行动果断、颇有见地，不管身处怎样的环境，总有能力去主宰自己的命运，并把精神和身体的活力、欲望的冲动以及意志的力量这三个决定一个人的条件结合得完美无缺。他勤奋刻苦，像一切有条不紊的人那样珍惜自己的时间，同时他似乎又是唯一有闲的人，喜欢参加任何有趣的活动。他时常受邀主持晚宴和聚会，也愿意与人交谈到深夜。他的性格也无可挑剔：他在社交中谦虚谨慎，风趣幽默——不会让任何一个人尴尬，也不会叫任何一个人觉得无趣。归根结底，他有着一种源自成熟和经历形成的独到气质，叫人无法抗拒。

说真的，我很难去想象这个世界上存在着什么理由会让这个年轻人在未来做不出一番成就，而且老实说除了那种乖戾任性、吹毛求疵的人，谁也不会妒嫉他的能力和取得的任何成功。

大学毕业时，我是宿舍里最早离校的。那天梅迪帮我装箱后，便与我一起坐在阳台边上。我递给他一支烟，自己也点了一支，我们谁也没有讲话。我一向认为，但凡是人们曾经历过热爱或者苦痛的地方，总会留下一抹淡淡的气息，不会完全消散，就好像它们会奇怪地具有了一种叫人不安、难以捉摸的个性。而当时的我正处于这个氛围的最中心。我望着身边的一切，首先感到茫然，接着便想到了自己住进这个房间后所流逝的岁月，心头泛起一阵酸楚。

我转过身子朝着屋子里望去。

在这张桌子上我吃过丰盛的早饭和节俭的晚饭，攻读了专业课程。我望着屋子的书桌，微微叹了口气。在这张桌子上，就是在这张书桌上，我看了埃米尔·库斯图里卡，斯坦利·库布里克和亚利桑德罗·冈萨雷斯·伊纳里多的电影，念了欧内斯特·莱曼、本·赫克特和达尔顿·特朗勃的剧本。是的，也是在这张桌子上，我曾怀着有如参拜寺庙般虔诚的心情，从图书馆借来的一摞书里翻开一本又一本，连续地读，读得忘乎所以——这本是谁写的，痛快，文雅，流畅！我得记住这个名字，这家伙真有水平！

在那把靠背椅中，我初次了解了《项狄传》，并尝试总结出它叙述和表达、风格的窍门，列成单子，加以研究。在这椅子上，我坐在这椅子上读了司汤达的作品、莱辛的《爱米丽雅·伽洛蒂》、福楼拜的《包法利夫人》，并为他们能把复杂的故事情节编绎成具有音乐感和节奏感的简洁语言的能力感到震惊。也是在这张椅子上，我碰上了史文朋和吉卜林的诗，那韵律、节奏和它们赋予日常事物的魅力叫人为之倾倒。

在这张床上，我半躺着念了伊丽莎白时代剧作家的创作，延伸了自己对歌剧的爱好。在这张床上，我看了易卜生的《人民之敌》、桑德海姆和韦伯的歌词，看了吉本、鲍斯韦尔、伏尔泰和卢梭的著作——我之前从未接触过如此高洁、深沉严峻的哲人们。

我看着光秃秃的墙壁和卫生间，想着自己曾苦练英文——我把读书时碰见的生词、电影里的台词或是不全熟的词都立即记下，写在便利贴上，粘在墙上或放到胸前的口袋，无论刮胡子、穿衣服，或是梳头时都默记，上街时也抽空复习，在便利店等着买东西时也复习。

我又转过头来看着阳台，想着在数不清的、暖和的日子里，自己和朋友们在这里休憩，眺望着远处后山的奇花异木，斜照在溪水里的夕阳，喝着大瓶啤酒，海阔天空闲聊到深夜。我听着身边的朋友们讨论《离骚》、专制与共和、单一税收、《论妥协》、萨特的存在主义哲学和法国左翼天主教义、孟德里安的建构主义绘画、诸种宗教中的真与善、感觉主义……以及其他我那可怜的一点阅读所不曾涉猎到的、数以百计的新术语和理论。我不断拾捡到一些零零星星的知识。我曾站在阳台护栏前，满怀歆羡和敬佩地回头看着比我更有天赋、更勤奋、更出众、更富裕、更有教养的朋友们，觉得他们气势威严，魅力无穷。我能感觉到欲望催逼着我前进，叫我不断胡思乱想。我观察比我健康的人吃什么食物，比我阅历广的人看什么电影、念什么书、读哪些新闻，比我有教养的人有什么好的社交习惯，比我更贴近生活的人做什么兼职，比我更能欣赏美的人听什么音乐，比我更有趣的人有哪些选修课程……“既然这些容貌、仪态和特质都是后天获得的，那么说不定只要通过相似的方式，我也能够得到”，我这样设想，“‘不耻不若人，何若人有’[①]？”

我深深地叹了口气。

接着我大口地抽了口烟，想象着在将来会有谁来使用这些家具，可能还是新闻学院的学生，也可能是念经济的、法律的、学电脑的。我想着他们初入大学，也会抱有种种希望，也有着火热的激情，也有对未来的美好憧憬。我愿他们疯疯癫癫，渴望燃烧，永远热泪盈眶，并保留年轻人心头那种国王般的骄傲。

我掐了烟头，准备对梅迪说句俏皮话，可转头一看，发现他在哭。梅迪抿着嘴唇，抹着眼睛，哭得像个孩子。

他与同香港人和我一起旅行时候的姿态完全不一样。那时候的梅迪果断、能干、勇敢，又时刻充满着激情和热情。那才是他的样子，热爱生活，从不疲惫——那才是他。天哪，我佩服他胜过大多数同龄人，他也是我做大多数事情时的楷模。

那天他却哭成那样，我从没见过他那样。

从南宁到河内的长途巴士上我们遇到了Po和Yang。

那是个晴朗的日子，半边天上铺着大片大片的云朵，梅迪、洛克和我在晌午出了友谊关，随着在颠簸道路上缓慢前行的巴士车进入越南境内的谅山省区。越南给我的第一印象是野性和自然：你瞧，车窗外那田野、果园、生机盎然的热带植物，以及四处飞翔着的麻雀、鸽子、乌鸦和其他贪食的鸟类无时无刻不叫我想象到几百年前的越北山地里出没的毒蛇与猛虎、小河和水塘里栖息的鳄鱼、园林附近闲逛的大象与瘤牛。我甚至能想象到更为久远的时代——那个纯粹、自在、天然的环境，在大海退后至泥盆纪后，裸蕨在陆地上完全站稳了脚跟，演变成石松、楔叶和真蕨，出现鱼类和昆虫，然后裸子植物开始兴起，又演变为银杏和水杉，接着……

编不下去了，好吧，我编不下去了，我完全不知道自己在说什么。而且我得承认，我坐在车上时压根儿没心思去想那么多，我正瞅女人、寻开心呢。我提到像“动物”和其他植物之类的，只是为了取悦妮维。

从南宁到河内的长途巴士上我们遇到了Po和Yang。Po和Yang是两位坦率、坚

---

① 出自孟子（约公元前372—公元前289年）文集《孟子·尽心章句上》。

强的韩国小伙，他俩刚在不久前的旅行中穿过了蒙古国和中国西藏地区，因而皮肤黝黑，胡子拉碴。大家年纪相近，在车上交换了水和面包后，便自在地聊起来了。我们很快就成了朋友，并在途中休息站的餐厅里围坐一桌，试吃清汤上漂浮着带酸味芽菜的越南粉，喝了桃金娘科丁香树酿出的饮料。他俩问我们三人要去哪，我说我们三人是在毕业前出来旅游，要用一个月时间穿越越南和泰国。洛克问他们想怎么走，他俩翻出记录着路线、支出和时间表的笔记本，回答说要环球：他俩要走过东南亚，游历中东然后漫步欧洲和俄国；之后他们要南下非洲，再飞往拉美诸国，接着北上美国和加拿大，再到夏威夷，最后途经日本回到家乡。

当我刷新了Facebook的用户页面给妮维看，并跟她说起这个故事时，Po和Yang的旅途已经到了下半程。我从他们最新的视频状态里看到了一个分不出天和地的世界：他俩挥着手，咧着嘴笑，有点儿狼狈，精神却很饱满；他们的头顶上是一片碧空，脚下则烟波渺茫，浩瀚无垠——视频下面的标签上写着“阿塔卡玛，玻利维亚”。

伦敦的秋天，夜来得很快，黄昏一过，浓重的黑暗就如大门瞬间撞上般迅速来临。那时妮维和我坐在酒吧，等待着《消失的爱人》的放映。我续了一杯黑啤，妮维称赞了店里莫吉托那纯正、清亮的味道——她决定喝完后再要一杯。吧里热闹起来了，附近艺术院校的学生，刚刚结束了一天工作的年轻白领，消磨时间的年轻人和有闲的当地居民把这里灌满了。附近桌上有一伙人已然微醉，其中某个说了句刺耳的俏皮话，其他几个就狠狠往椅背上一靠，仰面大笑。暮色的空气中有伦敦特有的那种闲散、轻松和欢快的情趣，我觉得很舒服。

妮维搅拌着酒水里的冰块和薄荷叶，饶有兴趣地听着我讲故事。我把话说完后，她思忖了一会儿，咯咯地笑了：“我认为你的旅行家朋友听起来十分有趣。”

“我很高兴你觉得他们有趣，”我也笑了，呷了一口啤酒，同时对着妮维打了个眼色，“不过话说回来，我倒是觉得坐在那边的艺术院的男生更有意思：背心、马尾辫、纹身和长筒靴。我搞不懂，妮维，原谅我说话冒犯，可我就是不明白为什么一个人只因为是搞艺术的，就不能穿得整整齐齐。”

“是吗，我觉得那样穿有活力，也酷得很。”妮维歪着头，看着我，煞有介事地说，“反倒是你，你今天又打了领带，看起来很老派。”

“是我大学的朋友麦克教我怎么收拾打扮的，我很感谢他。”我耸了下肩，一个个地摘下袖扣扔进兜里，又卷起衬衫袖子，“而且你知道的，老照片里的那些学者、作家、剧作人，以及我个人十分崇拜的英雄们，他们都穿大衣打领结。”

“可能是没错，”，妮维又笑了，她的口气很热切，眼睛里也闪着迷人的笑意，“但你从不穿兜帽装、颜色鲜亮的夹克和彰显个性的裤子。你老是这样，总是穿衬衫和正装，一成不变。”

“我，我也没有老是一成不变。”

“是吗，上个万圣节我们说好打扮成社交网络去参加学校派对，我涂了脸，画了眼睛，穿了蓝色小鸟的戏服，你却像往日一样穿着西装，用水笔在脸上写了个BOOK。”

“呃……蛮切题的，不是吗？”

“不好笑——你知道我想表明的意思。”

“等下，你觉得我这么穿不酷？”

“不，你酷极了，而且你有敏锐的时尚嗅觉。”

“谢……呃，你好像是在挖苦我？”

“噢，亲爱的，别会意错——我当然是在挖苦你，你看起来像是要去巴克莱银行申请贷款。而且你的皮包——怎么说——这漆皮色多少有点儿女性化了……”

“这，这酷得很！这是中性的办公包，之前我在商场见过一位军情七处的特工挎的就是这么个款型。”

“呃，可能吧——在他女朋友去衣帽间试裙子的时候。”

这话叫我笑了，妮维也笑了。

“好了，好了，”我摆了下手，“妮维，总之他们是很有意思的人，他们说环游世界是他们孩童时期的梦想。”

“真棒，”妮维微微扬起秀丽的眉毛，倏地向我投以令人喜悦的一笑，“当我还是小女孩时，我就想要长大了做野生动物学家。”

“啊，太甜了，我能看出一些端倪，”我看着她漂亮的脸上怡然自得的神情，发现自己脸颊发热，也感觉到我的喉结在颈项上动了一下，我几乎是脱口而出，“当我是孩子的时候，我想长大后要穿着那种紧身的衣服去跳芭蕾舞。”

“呃……什，什么？”

“没，没什么。”

“你说，你是说……”

“我提到‘芭蕾舞’的时候，很，很明显我指的是长大后我要去做……拳击手、消防员或者驯兽师——能不经意地帮我换个话题吗？”

“接下来的旅途里发生了什么？”

我长长地呼了口气：“我们租了踏板车沿着海岸线朝南……”

我们租了踏板车沿着海岸线朝南到了惠安。惠安这个世外桃源实在太小，几条街道横竖交叉，几片黄色面积的建筑，几撮本地的居民，就组成了个偏远、宁静、乖巧的临海小镇。在那我们又交到朋友了：一位波兰的女士和一位美国的男子。

抵达惠安的那个下午，我们的计划是要好好修养——“休养”，我指的是去喝当地的冰啤酒和试吃美味的小食，然后在隔天的清晨骑车去美山遗址——越南为数不多的古迹之一。我们三人逛到小镇东边，挑了一家干净的餐馆，坐在了靠近河岸的位置。惠安的东面整个全是咖啡店、餐厅和酒吧，这些小房子全都笼罩在一片古朴、宁静的气氛之中。远道而来的旅人看起来都很惬意，他们有的在阳光下悠闲地漫步，有的在沿街的咖啡馆里泡上一杯咖啡，有的就直接坐在红木小凳上喝啤酒。坐在我们身边的一对开朗的情侣推荐我们点了带藏红花和蚕豆的脆皮黑鲈鱼、牛肉粉卷、鱼露和法棍，一来二去，大家就聊了起来。那位美国男士给我们讲述着他与女友旅途中的一个个轶闻，他讲得那么愉快，好像他本人也和我们一样对这个故事感到新鲜有趣。而在他讲话的时候，他的女友——她是位在波兰略有名气的演员，时不时地补上一些细节，或者添加几个美妙的形容词，叫人觉得他们形容的那情景就那么活生生地在眼前发生。

“我们逐渐喜欢起这里的生活来，这里，东南亚的国家，我们喜欢这里的安闲懒散，喜欢这里的人们，他们个个性格温顺，永远带着欢乐的笑脸。我们也是一点点才明白的。”波兰的女士以经验丰富的演员善于用手势来配合说话的本能给我们讲了这样的话。

“当然，我可有义务提到这个：‘安闲懒散’对你们这伙年轻人可不是最好的品质，”或许是本着固有的实用主义，那位美国人接过话来。他向我们眨了下眼睛，“但话说回来，对于休闲的旅行者来说再合适不过了。”

第二天清晨天气很棒，清凉的风中飘散着清新的薄荷属植物淡淡的香味。我们五人骑着踏板车排成一条直线，前往西南方的美山遗址。一路上有低矮连绵的山脉，隐隐约约几栋色彩鲜艳的平房，偶尔还能看到几个在田间劳作的、戴着斗笠的越南女子的身影。我们在美山遗址待了一个上午，回来路上我们随着延伸至海滨的道路直奔大海。大伙喝着啤酒，吃着生蚝和花蟹，在海滩一直待到黄昏。夜幕降临的时候，我们拍照留念，他们第二天向北，我们骑车继续走南。

我们在大叻市也停留了。大叻市是个盆地城市，藏身于海拔1500米的山峰间，这里空气清新、风光明媚。如果你也跟我一样，住在市郊的高地上，并喜欢起个大早的话，便也会看到那个清晨里我的目光浏览过的景象：多彩扁平的房子沿着雨水洒落后清凉的大街整齐铺开，在烟雾里似乎被碾碎了一般；一条条、一片片的白云随着那股在山脊上横扫而过的风狂乱地飘过头顶；清香湖看起来平整清澈，像嵌在地表的翡翠，让你觉得自己可以凭空踏上那波光粼粼的水面而走到对面的山丘下；美不胜收的松林和兰花包围着几座如同胀满海风的船帆的大风车；几个晨练的居民和早起的、游玩的背包客迈步在晨雾里的石板路上；还有法国人留下的林荫大道、寄宿学校、教堂、火车站和那由四条青铜龙尾交错而成的钟楼。我伸了个懒腰，感到浑身舒畅，并作出了要逛遍目光所及的所有地方的决定。

逛了整整一天，并在集市上吃过晚饭后，梅迪沿着湖散步去了，香港人决定要去换个清爽的短发。我陪着香港人找了一间理发店。那是个家庭式的门店，门口摆放着盆栽的兰花和玫瑰，赏心悦目的紫藤也叫小店看起来生机勃勃、绿意盎然。店里有一对母女：女儿正在看电视，而那位母亲见到客人进门，便站起了身子。那是位身材姣好的妇女，她留着短发，右耳上挂着哥特风格的耳环，穿着修身的长衫和毛边磨破的牛仔裙。她对着我们打了个招呼，歪着头用表情和手指比划着长短：要剪短么？香港人点了点头。穿着兔儿裙的小女儿扭过头来了，她盯着洛克看，洛克也对她做了个鬼脸。洛克坐下后，那位母亲便熟练地拿起剪刀和喷壶，开始给他理发。我坐在门店旁边，随手拿起一本杂志看。店家的女儿看着动画片，不时发出银铃般“咯咯”的笑声，茶褐色的眼睛弯成月牙一般，欢快俏皮的黑睫毛一张一合。每次女儿发出声响，妇人总是带着笑意，微微皱着眉头嗔怪地说上一句什么。头发理到一半，女儿站起身来去接了热水，让妈妈用来给客人敷头和刮脸。接着像变戏法般，她拿出一个拳头大小的青芒果，摆到桌上，然后切成一条条的形状。小女儿对着我露出笑脸，一边递给我芒果条，一边指着摆在桌子上的蘸酱。我推托了一次，而后禁不住热情接了过来，并报以微笑。我逗着小女儿，学着她的样子蘸着那种类似于芝麻盐一样的粉末调料吃了起来，香港人笑了，他的脸上全是肥皂泡，妇人接着也笑了，我也笑了。我觉得那可真是个简单的城市，像吹过春香湖的清风和千鲤瀑布溅起的水流一样淳朴自然。

顺便提一下，那是我吃过的最难吃的东西。可我笑得很开心。

对了，我们也去清迈。清迈的老城中心有个名为“熊叔叔”的粉红系主题旅店，门口栽着美丽的丁香，清新的叶下珠和几簇浸满了浓郁香气的植物篱笆。店主她英语讲得很好，也能说一些普通话。她有线条分明的弯弯的黑眉毛，眼睛就像倒映着棕榈树的、两泓深不见底的止水，而且她笑起来时会露出洁白的牙齿。我觉得她非常漂亮，有一种不安分的、带有中世纪风格的美丽，不过粗心的观察者也许根本就看不出这一点。在我们入住的那天晚上，她准备了饭菜，微笑着迎接我们，并为我们戴上那用芳香的、含苞待放的茶玫瑰编成的小巧的花环。

饱睡之后的第二天清晨，天空像知更鸟蛋一般的青绿色，我们骑着租来的踏板车，沿着干净的四方街道朝着双龙寺方向去了。真是个清静的城市，看似一幅画，听似一首歌：老城里街道上整洁的木片栏杆似乎刚被漆过，白色的、粉色的、透出怡人的暖意；每个前院里都栽种着锦簇的五色梅和花束肆意散开如同飘曳长裙一般的木槿；每栋房子都有着暖色系的百叶窗，点缀着高耸的、色彩斑斓的信箱；整个老城融化在饱含着露水的清晨里，看起来优雅清洁；男人们穿着笔挺的洋装，走在路上举步生风，看起来大方干练；女孩子们带着花朵或花瓣串成的饰物，别在耳后垂下的发丝上；三三两两的老人在阳光里晨练、交谈，或做着清洁活，带着淡然的微笑；小孩们欢闹着，戏谑着，背着书包走出家门。这里的草甸绿如翠玉，湖泊清澈见底如明镜，四处可见干净整齐的庙宇，万物也都深深沉浸在静谧的喜悦之中。生活在这里的人们都很长寿，他们被祥瑞和幸福所灌溉，保持着和大自然之间最伟大的平衡。

我们在给车加油的时候遇到了“蕾姐”和“伟哥”。我不是在杜撰昵称。

那可真是对郎才女貌的新人，蕾蕾姐是国内航空公司的空姐，皮肤白皙，身材高挑，她生性活泼好动，调皮可爱，喜欢开玩笑和聊天，并且对于老公的兴趣和爱好总是高高兴兴地给予支持。伟哥一表人才，他是北京登山队的原队员，也是北航毕业的中科院预选生，只消跟他聊上几句，你便会发现他那稳重又可靠的品性必然会作为一种基础，能叫一位贤淑的女子在上面建立起幸福生活。两人自幼青梅竹马到如今成为眷属，真是件喜人的事情。我们一起游览双龙寺寺庙，在那里敲钟拜佛；我们逛了清迈大学，在草地上喝图笛酒；我们看了IBerry的大黄狗、尝了招牌的草莓圣代及巧克力香蕉冰淇淋；夜里我们去逛了ChangKlan路和LoiKhr路的夜市，吃了招牌的冬阴功火锅。

“我从来没那样痛快过，妮维，从来没有。那个月里的天气都很好，刮风也好，烈日也好，下雨也都是恰到好处，我们骑车跨过山峰，漫步穿过小镇和村落，在不打乱行程的前提下，碰到有什么可看的就停下来看看，有喜欢的地方可以过夜就住下一晚；我们饿了就吃最新鲜的水果和海鲜，渴了就喝当地的冰啤酒，而且每到一个地方，我们就与遇到的人交朋友。你知道吗，有个凌晨，我现在都忘不了——有个凌晨我们正赶路，应该是在越南芽庄，突然发现海岸线上有零散的人群停留，游客啊、当地居民啊，很多人。我们朝远处一瞥，看到东方的夜空已经破晓，露出了一道苍白的光——太阳要出来了。我们赶紧停下车子，向海岸那边跑去，生怕耽误了一秒钟。白光越来越高，紧接着就是那个时候，太阳跃出海面了！那一刹白光变成了红色，布满整个天空，海水都是一片金。天哪，那美摄人心魄，叫人激动得不知所措。你知道吗，妮维，所有人全都呆住了，所有人，那些旅客和当地人和我们，大家都沉默了。然后下一秒，真的，就下一秒，他们全都开始讲话，不停地说话，越来越吵，那兴高采烈的声音听着不由地会让你也兴奋起来。接着山上那口已裂了好几道缝的教堂大钟响了——就那么巧，送来悦耳的洪亮声音。那一切都叫人觉得简直不可思议，你甚至会觉得，这说话滔滔不绝的人众，随时都可能突然放声来个大合唱。”

我缓了口气，觉得自己红光满面。我接着说下去了。

“说真的，妮维，旅行可真是一件叫人快乐的事情。从高不可攀的群山，越过人迹未至的莽原，到世人所不知的大洋的尽头，到处都有造物主的精神在空中流动。你知道么，人们偏安一隅，心中有着那种想要自我扩张、发现新鲜事物、四处走走、见见世面的欲望，可在后来的生活里，我们逆来顺受，循规蹈矩，对周围事情又逐渐都漠不关心了。在这个时代里，人类的情感和审美标准被最常见、而不是最奇妙的东西塑形，如果迈开脚步，去看看自己从来没有见过、甚至没有想象过的事物，我们保准会大吃一惊！对，这一点我确信无疑！”

妮维望着我，脸上又露出了我所无法抵挡的迷人的微笑。她的微笑先是在清澈的蓝眼睛里隐含，而后才慢慢地在她美观有型的嘴上显现出来。这一感性十足的微笑让我整个身心都为之融化。

“大多数人没有深入过这表层之下六英尺，也没跳过高出它六英尺以上，我们不知道自己在哪儿，生命中也有近一半时间是在酣睡。可我们还自以为聪明，以为已在地面上建立了秩序。[①]”妮维笑着说道，露出整齐、洁白的牙齿，“有人说过这么一段话。”

我笑着，心里有一种宽慰感。我拉过她的手，温柔地握着。

话说完了，出现了片刻的安静，我喝了口酒，妮维靠在椅子里，用左手拨弄了一下衣服上的纽扣。我俩坐在酒馆热闹、讨喜的气氛中。

突然，我感到有些不安，像是有阵寒意戳扎着穿过脊背。妮维对于在什么处境下应该说什么话做什么事，有着她自己匪夷所思的理解，因此在她身边——尤其是当她的眼睛难得地流露出温顺和婉约的神情时，我的欢快里就得搅着一丝不安。我有时会觉得自己像个屏住呼吸的猎人，在不断尝试去取得眼前幼鹿的信任。

我飞快地瞥了妮维一眼，却猛地发现妮维一直在等待捕捉我的眼神，好像唯有如此，她才能开口。而当她开口时，我看到她先是调皮地笑了。

“对了，你是位钢琴家，不是么？”妮维用手指摸着杯沿，项链上小小的金鸽子在灯下发着光。

我抿着下嘴唇，敏感地认清了这是个反问句，没有尝试回答。

妮维眼睛里跳过了狡黠的闪光：“我记得你提过，你是位钢琴家。”

“我，我说过？”

“是的，你那么讲过。”

“我，我不记得我提到过这个。”

---

① 出自亨利·梭罗（1817-1862年）散文《瓦尔登湖》。

“不，我记得你提过。”

“我觉得你记错了。”

“哈雷彗星之所以叫哈雷彗星并不是因为埃德蒙多·哈雷爵士发现了这颗彗星。他只是声称他在1682年看到的那颗，就是别人在1456、1531和1607年见到的同一颗。”

我惊愕地瞪圆了眼。

“为，为什么，我说，”我盯着妮维，“为什么有人会记得这个？”

“所以说，我的记忆力像捕兽夹一样精准。”她瞥我一眼，简直有点顽皮，如果不是因为我和她这样熟悉，我说不定认为她在开玩笑。

“还有，”妮维指指酒吧里的那架钢琴，“我想听你弹一支曲子。”

我下意识地瞥一眼其他顾客，在那一瞥之间，仿佛所有人都静止不动了，一点儿声响都没，连角落里的植物也好像凝住了气息。接下来觥筹交错的声音又响起了，我猛地感到厅里又热又闷，真想透透气。

“这，这里？”

“这里。”

“现在？”

“现在。”

“你，你得镇静下来——我，我说，即使是女人，做任何事情也都应该有个原因的吧。”

“不，我们通常都没。”

我的脸上红了，脖颈发硬。我低下头朝杯子底下看了看，说不清是想看看杯里还有没有酒，还是想找点其他什么话说。妮维则故意地瞪大了她那羔羊般好看的暴眼睛，脸上尽是稚气和善良——我觉得她有做演员的潜质。

我沉默了一会儿，找到了个最虚荣的方式表达自己推脱的意思：“我……好吧，你想听我讲实话吗？如果你听到我演奏的话，你会求婚的。是……是真的，音乐是个奇妙的东西，就像贝多芬的《f小调奏鸣曲》，俾斯麦说如果我能常听这个曲子，我的勇气将不枯竭；或者那带着钟声大炮的、柴可夫斯基的《降e大调序曲，1812》，有人说如果库图佐夫[①]将军能听到这曲子，便是在天堂里也是欢乐的。我的音乐也有，呃，差不多……像类似的功效——你知道吗，这就是为什么我有时做梦会想跟西尔

① 库图佐夫，彼得堡义勇军和莫斯科义勇军司令，1812 年卫国战争中消灭了被认为不可战胜的拿破仑大军，但健康受损，同年 12 月 12 日被授予一级乔治勋章，次年病逝。

莎·罗南被困在一间屋子里，而那里恰好有一架钢琴。”

妮维“噗嗤”地笑出声音来。她笑得乐不可支，身子都有些抖动。我看着妮维那开心愉悦的样子，心里有着说不清的滋味。终于她忍住了笑，但性感的嘴唇上还浮现着揶揄的笑意。在我看来，她是在用意志抑制自己，以免再笑出声来。

“我相信很多男人都会想跟西尔莎·罗南一起被困在什么地堡之类的，”妮维说，“但是，天哪，要钢琴的可没几个。”

我也笑了，我耸耸肩膀。妮维则没再说话，只是用俏丽、传情的眼睛盯视着我的眼睛。尽管那眼神惹人心动，但沉默的气氛加上那双直视的眼睛，会让任何人感到不安。我一向难以保持从容，因而必须得运用所有自控力来做到镇定自若 。

我停顿了一下，让自己缓了口气。我知道我说的每句话都可能会招致风险，当我开口时 ，我尽可能让自己的语气变得愉快、讨好。

“妮维，听我说，这次是说真的，不开玩笑。你知道吗，我们能够和睦相处，不闹矛盾，享受互相的陪伴，消磨美好时光，很大程度上归功于我们的共识——愿意听从高明一方的意见。我自然知道你在，呃，几乎任何方面的见地都要高一些。但我对音乐和乐理知道得更多，我经受过严格的训练，对我的钢琴老师充满了热烈的感激之情，苦心研究过和弦与复调，对音乐历史也有不算粗疏的了解。所以现在就是那个时候了。就是现在，你得听我的，你现在得听我的。”

“你觉得那是我们能够和睦的基础？”

“呃，对，是的，‘听从高明一方的意见’。”

“噢，亲爱的，”妮维又笑了，她从我面前桌上取过一支香烟，点起来，接着她靠在椅背上，望着烟袅袅升到空中，“如果你继续跟我接触、交往、同居生活，你会发现与女人和睦相处的最好办法，就是她讲完最后一句时，不能回嘴。”

她的这个论断叫我呆住了——我像只飞行路线被大风吹偏的海鸟，目光涣散，无所适从。我猛地发觉自己实在是不济，无论有什么本事，唇舌之争怕是始终赢不了女人的。

接着我笑了，又笑又摇头，话也说不连贯，结结巴巴：“啊……啊……你听我说……”

妮维望着我，摆出全神贯注的姿势，嘴唇上漾着一抹任人摆布的微笑，但是我却忘记想说什么了。

“有时候，我指，有时候我会觉得你是个女演员在演戏——你在心里早就计算好了这一切吧。”我叹了下，也笑了下。

“我没有演戏的天赋。”妮维回答，但是带着微笑。

“你是个戏剧天才，”我打了个手势，朝钢琴那边看了一眼，接着我望向妮维，对她做了个鬼脸，“退一步说，即使你不是，你反正是个女人，你一定是会演戏的。”

这话叫妮维笑了，她看着我，也看着从香烟上升起的袅袅烟圈——烟圈一直飘到静止的、弥漫着烟草香的空气里。

起身时我“咣当”一声撞上了桌脚，把自己吓了一大跳。往前走了两步，我的脚板把地板踩得“吱嘎”作响。

我回过头来，看着妮维，她摆了下手，皮肤里透着温暖的红润，像牛奶般半透明色底下流溢的光。

“如果，我是说如果，”我望着妮维的眼睛，同时微微地讪笑自己的言辞——好像要说的话不过是为了欺骗自己，“如果我肯那么做的话，你会在接下来循规蹈矩么？”

妮维迎着我的目光，脸上露出了孩子般灿烂的微笑：“我会像个光明天使。”

“你对茱莉亚还有印象么？”梅迪喝到微醺时，毫无由来地问我。

当时我们在派县一家酒吧，我正把头朝后仰着，感受到四处灌进来的凉风。

“有的，”我扭过头来，几乎是下意识地说，“她很好看。”

梅迪吃吃地笑了，声音里醉意明显：“‘好看’可不是来形容印象的。”

我也笑了，举起酒杯子呷了一口。酒吧很热闹，陌生人都尽情笑谑，人人都大声说话，笑声很多。

“你那时真的很喜欢她。”香港人说话了。他的语调很平缓，我不知道他是在问我，还是单纯地陈述事实。

我笑了，也低声叹了下。

“嗯，我是喜欢她，我很喜欢她，我也想让她喜欢我，我想跟她在一起。‘上帝的情人发了狂，但求一吻便死去’——那时我爱她如此之深，使我对其他的事情毫不在意。我说，我知道自己幼稚，天真，过于戏剧化，做过不少傻事情，我也会不自禁地笑起自己这颗心来。但笑尽管笑，我仍然迁就了它，因为那是我的感情。”我自顾自地说道，好像是接起了自己在大学时期表白那天的话茬儿似得，中间一点没停顿过，“真是遗憾，我不止一次地想过，如果我能再勇敢一点，果断一点；如果我不那么保守，不要小心翼翼，我可能真有机会和她在一起——谁知道呢，我的生活可能就完全不一样了。”

洛克笑了一下，我则继续说下去了。

“半梦半醒之间我回想起过那段日子。我觉得每个人都会在哪天注意到某个迷人的陌路人，然后毕生都对她念念不忘。”

“是吗？”梅迪问。

“嗯，”我点了下头，把杯满上，微笑着，“我还想象过哪天，自己也能像《公民凯恩》里那位老态龙钟的先生一样，靠在椅子上，眼神缥缈：啊，那是六十年前的事情了，我再也没有见过那个女人，可你知道吗？我一直惦念着她。”

梅迪“噗”地笑了，他酒喝得不少，即使没有酩酊大醉，也有些醉意朦胧了：“你是长不大的孩子吗？”

“啊，可能吧，”我填满了自己的酒杯，心底感到温暖安宁，“总之你知道，我认为自己最能看人的性格。她不但是美丽，而且善良，又温柔，又真诚——我愿她幸福无穷。”

梅迪笑着摇摇头，把酒杯举了起来，杯子摇摇晃晃的。我跟他碰了下杯子，一饮而尽。

大家沉默了一会儿。

“你们有没有想过……”我把玩着空杯子，突兀地开口了——我不清楚自己在想什么，也没弄明白自己要问谁，更不知道自己想得到怎样的答案，“我说，你们有没有想过为什么人要出去？”

“出去？”香港人眯起了眼睛。

“嗯，出去，不过，”我打了个含糊的手势，“不过我指的‘出去’，并不单指旅行的享受。”

“你知道的，”我缓了口气，接着说道，“旅行不完全是乐趣。在热的地方会有蚊虫，登高的时候人会疲惫，在海边你会被暴晒，衣服会发臭。而且去过一些地方后，你会发现自己的目的地常常是相差无几的风景。安全也是问题，安全总会是问题，再加上人们四处言语不通，到处都需要钱，更别提一段旅途结束之后，人还得在犹犹豫豫、迷迷茫茫中重新顶住生活中的压力，回归原本的生活。你要说‘出去’的原因是陶冶情操，拥抱未知，增长见识，接受挑战之类的当然可以，可生活中也有很多其它能达到同样效果的事情叫我们做。我说真的，有时候我会想，为什么我们要‘出去’。”

“还用想么？”洛克歪了下头，他左手握拳放到胸前，看起来开心得意，“因为我们出生在这个世界上，而且我们要把巨人全都消灭掉。”

我愣了一下，大笑起来，然后打开几瓶啤酒，递给洛克一瓶，递给梅迪一瓶。

“说真的，”洛克越说越有兴致，脸上泛着红光，“墙的那边有炎热之水、冰封大地、沙之雪原，有直到地平线尽头全是的海水，那是商人们花上一辈子也取之不尽的盐之湖泊，只要我们清除了巨人，只要，只要我们把巨人全都赶出去。”

我一边笑一边摇头，梅迪也吃吃地笑了。

我对洛克使了个打住的眼色。

“不，洛克，我没在开玩笑。你瞧，这可真的是个有趣的问题，无论是‘我们背包去远方’或者‘那些最聪明的人想去外太空’，都是要走出去，这究竟是为什么呢？”我摆了下手，望着梅迪和洛克，“旅行并不像它看上去那么美好，你需要花费时间和精力去安排行程、你需要手头有一笔钱，你不能怕脏不能怕累，你要考虑数不清的不确定的因素，你要每日与炎热和狼狈搏斗。而且，而且老实说我们也并非无事可做，我们可能有自己的学业，可能有自己的工作，自己的家庭，每个人也都有自己的生活方式，可能有需要维持的社会关系。那些最聪明的人也一样，那些想要‘出去’、进入太空的家伙们，对他们来说也一样。我指的是，他们大可不必去冒险的，而且那大笔的资金也可以投入到教育、医疗或者补助基金，去开几家优秀的大学、去治愈疾病或者让人人都能开得起小汽车。”

“所以，为什么要‘出去’，”我歪着头说道，莫名地对这个无趣的问题好奇，“为什么要出去，只是因为‘想’么？”

“不，不是‘想’，”梅迪开口了。酒吧里很吵，我得伸直了耳朵才能听到他说了什么，“而是我们就要去那么做。”

“我们要那么做？”

“对，我们就得那么做。”

香港人和我都不说话，我们都觉得梅迪喝醉了。我们之间出现了一段短暂的沉寂，给人以一种阴森的感觉，就像夜色刚降临时园中花丛里那种沉寂一样。酒吧里依旧吵闹，我静下心来，忽然听到了门外乐手的歌声传进了酒吧来。

我望着梅迪，他是醉了，脸颊泛红。他望着远处漆黑的天空，那样子仿佛是在凝神静听着老远传来的什么声音。接着他开口了——我突然有个错觉，他只是在喃喃自语。

“因为我们离开了岩洞，”梅迪的声音很低，听起来却悦耳，清脆，圆润而不深沉。听着他讲话，使人觉得很舒服，“你知道么，我们离开了岩洞，翻越了山丘，看到了火；我们拓荒了丛林，穿越了海洋，抓住了闪电；我们环绕了地球，登上了巅峰，我们游遍了两极，你知道吗，然后我们，我们伸开双臂，摸到了星星。这……这一切都叫人觉得不可思议，那种感觉——我们就要出去，我们就得出去，我们就要那么做，我们必须那么做。你瞧，人类的生存史本身就是一部探索史！”

这话叫我听得入迷了，我微微笑着，仰着头，感受到一番夏风吹背般的爽朗。

“你过两个月就要去伦敦的吧？”梅迪接着问我。他醉酒了，话都说不太清了。

“啊，”我应了一声，看着他的身子摇摇晃晃的，“是的，伦敦。建豪也会在伦敦。”

“你喝醉了。”我补了一句。

“是吗？可能吧，你没事吗？”

“我是河南人，”我耸了下肩膀，“我喝不醉。”

“好吧，”梅迪歪着头，看起来困倦乏力，嘴角却还是挂着笑容，“总之你知道自己该怎么做吧？”

“嗯，我已经做了计划，”我点了点头。我对着香港人使个眼色，示意他照顾梅迪，“我会努力工作，也会好好念书，并在来年申请博士学位。我会在周末或者课少的星期里去西欧诸国——考虑到开销和时间，每个国家只能挑选一个城市，但我肯定会去的。我想去塞维利亚，你知道吗，历史上有数不清的艺术家都把这个串起了一个又一个黄金时代的弗拉门戈发源地作为创作蓝本——拜伦的《唐·璜》、比才的歌剧《卡门》、莫扎特的《费加罗的婚礼》、罗西尼的《塞维利亚的理发师》，以及威尔第的四幕歌剧《命运之力》……我是一定要去那看看的。”

我话没停，梅迪已经把头埋进了臂弯里了。

“佛罗伦萨，天，我也要去佛罗伦萨。我曾在书里读到过这样的话，说在修筑百花圣母大教堂的那175年里，意大利经历了黑死病、政治动乱和文艺复兴。可依仗着美第奇家那雄厚的财力而源源不断地运来的石材，天才建筑师布鲁内莱斯基用了四百万块砖而没有使用一支柱子，堆起了重三万七千吨的穹顶，保罗·乌切洛与乔尔乔·瓦萨里依仗着巧夺天工的技艺为教堂绘制了恢弘的壁画……那是人文主义的极致！”

我继续说，香港人望着我，抿了一口酒。

“芬兰我也要去，那可是童话王国。我听说那里的女人有深色的眸子，浓郁的肤色，诱惑性感的嘴唇，和那种从腰间就开始分叉的腿……天，那简直……我说……假的吧？一定得去看看！”

我有点儿得意忘形了。

“最后我得去北极看企鹅，我说，我一直蛮喜欢企鹅的，那……”

“等，等下，”洛克举了下手，他瞪着眼睛，满腹狐疑地问，“你说‘北极’？”

“啊，北极。”

“你，你说你要去北极看……”

“对啊，没错，我是要去北极。”

“不，不，我，我是说，你要去北极……”

“噢，嘴闭了吧，”我恶意地笑了，并做出“打住”的手势，“我知道你要说什么。”

外面的黑暗中传来女歌手唱的越发越响的一支本地小调，没头没尾，总共三个音，随着伴奏声翻过来覆过去唱个没完。

“天，你真不该说这话，宝贝你身材不错，真的。你以为我做不到？你觉得‘人并不跑到北极，从冰山上摔下来，普通人只会去办公室，跟老婆吵架，或者喝白菜汤’[①]，是吧？”我眯着眼睛盯着洛克，颇不寻常地带着一种嘲弄的语气继续说，“我来告诉你，我单纯可爱的香港朋友，我不是建豪在酒吧里把到手的那位喜欢把咖啡和统计学放到一起拍照的学妹，或者你小学六年级偷偷喜欢的并总是对你赞赏有加的几何老师——我他妈是归来的Jedi[②]，是爬山的森文太郎，我是飞扬跋扈心思缜密的Laughing[③]，是卡莱尔笔下那遍体鳞伤却不肯低头的巨人。我强而有力，怀着决心和铁腕，也接受过良好的教育。”

“所以当我告诉你，我要去北极看企鹅的时候——喏，亲爱的，对，看这，张开腿，看着我的眼睛，”出于戏剧性的考虑，我吊人胃口般停住了话头几秒，“我是一定会要去北极看企鹅的。”

---

① 安东·巴甫洛维奇·契诃夫（1860-1904年）。

② 绝地武士，出自电影《星球大战》系列。

③ 香港男演员谢天华在《学警狙击》《潜行狙击》等系列电视电影中饰演的角色。

第十二周：空爱一场

但愿今夜里，期待的梦中
再重叙我的情
把想说的话，一句句
我都要说给你听

——埃弗里兄弟《只有寻梦去》

“你对我偏爱有佳。你教我见贤思齐，告诉我年轻就要‘虽千万人吾往矣’[①]；你赋予我不屈不挠的个性，擦亮我的眼睛使我喜欢更美好的东西；你为我设下更高的标准和行为准则——自然我也很走运，对一切都深有体会。你对我偏爱有加，是的，我感谢你一直以来对我偏爱有加，因，因此我提出以下要求：那个，我，我说，你知道么，我的选修班上有个女孩子，她非常、非常……”

“呃……嘴闭了。”

一切知识，俱于黎明中醒来。通常来说，文学、艺术，以及人类最美好、最令人难忘的行为，都始于早晨的时间和氛围里。所有的诗人和英雄，也都一如门农那样，是曙光女神之子。那早我清醒过后，第一件事便是向自己心里的神祈祷。

那是五月下旬里的一个清晨，空气中飘着新鲜的草腥味。

“你，你完全不必要这么刻薄”，我支支吾吾地说，“你可是全能的。你完全可以讲一段激励我行动的话语，像什么‘一个固执己见之人淳朴的勇气必将能把创造性的活动推向前进’之类的，或者，哦，或者你是故意装得这么冷漠，是吧？你肯定故意的，你一定是这样，你正在做那个，就那个什么‘我所做的，如今你不理解，日后必定明白’那一类事儿，对吧？”

我以为我萎靡的精神、苍白的面孔，以及因失眠而发红的眼睛会产生效果，让心

① 出自孟子（约公元前 372—约公元前 289 年）文集《孟子·尽心章句上》。

底的神明改变主意。

“呃，不，首先，坦白说，亲爱的，我一点儿不在乎。其次别闹，你这样的要想追到她，得集齐埃弗里兄弟唱片《只有寻梦去》。”

我不满地在心里低声咕哝，闷闷不乐地朝着自己目光所及的地方瞪了一眼。

我撑着身子从床上坐起来，用手擦拭窗户上一小块地方，才能瞥见远处在濛濛雨雾里的图书馆。我推开了窗子——天可真冷，虽然在室内，但我呼出的仍是白汽——我一下子清醒过来了。我长长吁了口气，揉了揉乱糟糟的头发，从衣橱里取出了在麦克指导下精心准备过的衣服：叠得见棱见角的衬衫，笔挺干净，像是永不磨灭的青铜铸成的西装和一条打好的、配着波卡点的深蓝色领带——尽管那个温莎结有些别扭。我打开了鞋柜，回头望了眼床沿上的衣物，举棋不定地在心里比划了几次——我把抽出的那双牛津鞋放了回去，换了双布洛克鞋和带纹款的藏红色袜子。

我拉上了窗帘，揉着酸疼的脖颈，踏着冰冷的地板走到了卫生间。

“我喜欢你……呃……很喜欢，其实……”

那时候是2012年，我正读大学三年级，镜子上贴着个小胡子。

“我说，”突然一个声音从我身后响起了，我转过头去，看到睡在床上的麦克翻了个身。他揉了下惺忪的双眼，撩开头发，“这双鞋，你认真地吗？”

他的声音吓了我一跳，我愣了下，朝着自己搁在床边的鞋子看过去了。

我的好友麦克是个帅气的家伙。他眉毛清晰，鼻梁高挺，头发乌黑有型，每当他宛然浅笑甚或纵情大笑时，眼睛会弯成一道弧线，露出一排整洁漂亮的牙齿。麦克是个万人迷，他出身富贵，风流不羁，浑身时刻洋溢着活力。他总是表现得快乐而不傲慢，给人一种尽情享受生命、生机勃勃的愉快感觉——大多数女人天性中的弱点正是向这种魅力屈服。他在感情问题上十分随便，但他正值年轻，总不缺少欢欣开怀的理由，而且他慷慨大方，总能使约会的对象享受一段美好时光。他一点也不假正经，我很喜欢麦克这一点——他常直言自己喜欢漂亮女人，身边也从不乏漂亮女人。

麦克是宿舍里最后一个听到茱莉亚消息的人，我上周才告诉他——对，就上个星期，就在上周课题讲演彩排那天。我还记得那时麦克认真地听着我的叙述，数着手指做着统计，试着理顺我给出的错综凌乱的信息。

“好了，好了，老弟，”他一直叫我“老弟”，尽管不比我年长几天，“所以现在的情况是：你喜欢她，她跟你一起选修，她是四年级的学姐，你在第十周的周末里约她帮你拍摄了一个广告项目，今晚你要做选修课题讲演的预演，接着下周——第十二周——选修课题讲演正式完成。结课之后，你会向她表白。是这样没错吧？”

我一边听，一边点头，生怕自己会漏掉什么信息似的。尽管我对这些熟悉得很。

“哈，”麦克在我肩膀上捶了一拳，力气很大，我缩了一下，“你肯定很喜欢她吧？”

“啊，是的，我，我是很希望能追到她，我，我想要和她生活在一起，去香港工作，或者上海、深圳，哪里都行，”我的脸涨红了，我对自己的口齿不清很不自然地报以一笑，“而且你知道的，我这个人虚荣又自大——我想我未来的女儿一定得非常漂亮才可以——所以这件事只有她能做到了。”

麦克咧着嘴愉悦地笑了。他把什么都写在脸上，所有人也都喜欢他那坦诚、爽朗的性格。

“我真是为你高兴，我说真的。但我觉得你拖得太久了，你应该直接亲她，就那样，直接把她按到墙上，然后吻她，顺便把她胸罩解开。”

这话说得很有他的风格。

“我，”我清了下嗓子，白了他一眼，“我真心不觉得会有人那样做。”

“占士邦跟我都那样，”麦克肆意地摆了下手，脸上挂着笑，“而且说真的，我现在认为，过去一直认为，将来还会认为，薄伽丘说得对：做了再后悔总比后悔不做好。”

“薄，薄伽丘指的绝对不是这么个意思。”

“是吗？”

“我，我很确定是的。”

“好吧，老弟，我……”突然，麦克收了声，脸上的笑容也不见了。他整个人僵住了。刹那间我还以为他生气了。

“你，你说今晚是吧？”他盯着我看了好一会儿，终于开口了，可语调并不自然，“你刚刚说今晚，今晚你会去见她？”

“呃……啊，”我迟疑着点了点头，有那么一秒，我觉得自己像个被无端留堂的孩子，一边感到时间过得好慢，一边不由自主地不断琢磨，到底自己说错了什么做错了什么，才导致了现在的局面，“我们选修课的小组要排练。”

麦克紧接着问——他的语气和声调变得低沉，也有不容置疑的味道。

“你穿这个？”

这个意想不到的问题叫我有些慌张，我愣了下，又点了头。

接着，我看到麦克的嘴唇颤抖着微微一笑——他凝视的目光叫我觉得自己肯定是做了愚蠢的事。

“老弟，我喜欢你我一向如此，所以别被我的话冒犯到，更没必要觉得不好意思，”麦克的眼睛直勾勾地盯着我，他停住了话头，伸出手对着我上下一指，“你现在穿这身衣服，是自己觉得好看呢，还是简单地因为你买不起更好的？”

“我，我不知道该怎么回答才能不被冒……”

“我换一种问法好了。我会问你一个问题，只一个问题，我希望你能简单直接地回答我，并回答我，‘是的’——如果你给我的是其他的答案，我一拳打在你喉咙上。”

我咽了口唾沫。

麦克从不是那种习惯于发号施令的人，尽管有钱有势，但他谦逊、慷慨，待人友善。在宿舍里他会主动搞卫生，大家打牌时他输了就大方认输，赢了则更乐于把胜利功归于运气，吃饭或者逛酒吧的时候，他总争着付酒账——说真的，我要花费许多唇舌才能说服他让我付掉我那一部分的钱。可只要牵涉到着装和时尚，他的态度就变得决绝，不由别人争辩——对他而言，其他什么事都好商量，但如若你在穿衣打扮上触碰到他的底线，绝对会叫他火冒三丈。麦克对着装时尚有着独到见解，在穿着和搭配上非常讲究，在他的衣橱上层整齐地挂着不同版型正装、高档衬衫、皮衣、休闲长裤和形式各样的帽子；中层的抽屉摆放的是袖扣、肩带、手表和领结，下层是订制的皮鞋、内衣，精挑细选的袜子。“西装的剪裁又变了，上装袖扣总会短到露出衬衫三寸，下装裸露了脚踝，这让穿什么袜子都成了时尚元素。”麦克曾这么说过，“潘纱瑞拉牌的彩色袜子很漂亮，法尔克牌的也不错，适合搭深色衣服。”我是一个字都听不懂，但我能识别得出茱莉亚服装搭配的妙处，不得不说是从麦克这里耳濡目染学到的。

“你是不是没有哪怕一丁点儿的时尚品位？”麦克的目光死死地揪住我不放。

我有些不知所措，便在开口前沉默着，慎重地盯着他的眼睛。

“是……的。”我缓缓地松口了。

“很好！”他如释重负地笑了下，又恢复平时的样子了，“接下来我们可以研究下今晚你穿什……”

“等，等下，麦克，你不觉得过分追求外表，会被认为虚荣么？”我脸颊一热，显得有点儿局促，说话絮絮叨叨，“而且我不是你，我没钱去消费约翰·洛布或者珀松系列。”

麦克打了一个手势，对我的话表示反对。

“老弟，依照你的表情和描述，我听得出茱莉亚是位漂亮、知性并且极具品位的女士。因此你得知道，你得知道她只用看一眼，她那双女性的眼睛只用一眼，便能看透了你那身衣服，那廉价的、缺乏品位的剪裁，外衣肩上的褶皱和袖子上那一连串皱纹。如果你情商稍微高一点，你就会意识到自己形象笨拙，并为此感到狼狈。”他不徐不疾地说，一边把手按到我的肩上，“你得听我的，女人这方面你得听我的。你这个家伙容易激动，又过于紧张，脸颊时常通红；你缺乏情趣，眼睛太频繁闪出光芒，谈话更是太快太激烈。你的虚荣心尽管促使你勤学刻苦，但也造就了你迂腐的气息和自负派头——有了这种气息和派头，即使你取得再高的造诣，感情方面也无济于事，你在女人方面会一事无成。我知道你手头并不宽绰，但你真的应该在着装上多加注意，保持简单、整洁和大气才是。”

我愣了一下，无言以对——不过这并不妨碍我找出一些很容易想到的理由。

“可是，我觉得男士的话没有必要去在着装上花费心思……”

他又做了一个表示错误的含混手势。

“我是知道的，老弟，我自然也知道现在很多人都在努力地发展自己在思想上的才智，人人都懂得了文学与艺术的修养可以修炼成不朽的精神美——这美不像其他的美，它永不消逝。这个想法并不错，事实上它对极了，而且反驳这想法的人可能是蠢货，但这不表示我们不能注重外表，更不能被用作你既没有胆量、也不愿耗费脑力和体力来过体面生活的借口。”麦克语气明朗地说，接着他耸了下肩膀，“人们不应该在穿着上花心思？我反倒觉得人们不该在吃和拍照上花太多功夫，讲真的，我到现在都没搞懂为什么有人喜欢对着菜点拍照——我说，锻炼下身子，吃个苹果。”

“这是，我说，”我不自觉地笑了下——他的话有些道理，但我还是不愿承认这一点，“这是你从你那数不清的车模朋友那儿获取的知识吗？”

这句话逗得麦克哈哈大笑，他戏谑地对着我挑了下中指。

“哈，老弟，你之所以这么想，是因为你跟你这类内向、拘束、保守的家伙们一样，你们不屑交往一位比你地位低的女人，你认为思维活跃、谈笑风生的女人比容貌漂亮的女人更容易使自己倾心，你想谈个同你一样的知书达理、反应敏捷的姑娘——你这种道貌岸然的家伙心里到底在想什么，我一眼就能看出来！不过这想法也对，事实上你知道吗，我也是这么想的。我睡过的女人自己都数不清，交往过的也有一打。我很清楚和一位知识渊博、受过教育的女人在一起，觉得就像一对配合默契的网球混双搭档；我也了解被一个年轻聪慧充满魅力的女人折腾得疲于应对，人反而会从心里感到一种难以言传的愉悦。”麦克笑着，像是做出某种声明般地抬起一只手来。他把话头一转，“可问题是，我现在不是要谈婚论嫁，而是寻欢作乐，你的脑子里塞满的那些什么志同道合、趣味相投、相敬如宾之类的狗屁念头，完全是他妈一派胡言。天哪，一个男人总不见得去跟同他睡觉的漂亮女人谈论艺术或者托马斯·阿奎纳吧，难道你觉得我会在乎我泡的模特对《安提戈涅》有什么看法吗？不，我对她们根本没有抱幻想，我分得清愚蠢、轻佻、头脑空虚，我看得出别人的企图、理想和庸俗。我单纯只是要睡个大美妞而已。”

我咳了一下：“这，这话在某些层面上听起来是对女性歧视。”

“歧视？不，这不是歧视。我将永远爱我的母亲，我会尊重我未来妻子，我也必然喜欢我的女儿——我愿为她做任何事。同样地，我想跟漂亮女人上床。这跟歧视有什么关系呢？反过来说，为什么你不对我表示一下同情呢？有时候我为了欣赏一些小女人所热衷的垃圾玩意儿得竭尽全力，为了向她展示我跟她一样喜欢八卦、闲言碎语而煞费苦心，我还得处处谨小慎微，务必表现得跟她一样无知、愚蠢之极才行。真的，老弟，你该学的东西太多了。”

我听他说完，心里有点不安，但也有些想笑。我挥了下胳膊，却不知道该说什么好。我的默不作声已经给了他继续说下去的动力了。

“老弟，你清楚我的话并没错，你懂这个理——给丑妇一顶帽子，给美人一本书。你知道怎么走才是对的，但你不能总是走上那条正确的路。我说，你得重视仪表，注意饮食，勤加锻炼，把头发梳理起来——特别是今晚和下周你表白的时候——你知道我平日很少就你的着装发表什么看法，可你将做出的是一个至关重要的决定，而你穿的这些怪里怪气的衣服会叫人觉得你是在信口开河。”麦克盯着我的脸，不无肆意地断然讲道，“而且如果——最后你得知道这个，如果你真想被当回事儿，永远，永远，永远不要打扮得好像你只有十六岁。”

我怔了半晌，才微微叹了声。

“可麦克，我完全不懂该怎么穿。”

“一点都不懂？”

“一点都不懂。”

“那就只穿正装。”

“呃？”

“正装是永远不会出错的——婚礼也好，葬礼也好，工作也好，休闲也好，正装是永远不会出错的。”

“正装？”

“正装。”

他的声音吓了我一跳，我愣了下，朝着自己搁在床边的鞋子看过去了。

“你指，不穿这双鞋子？”我问躺在床上的麦克。

“当然了，”他盯着我雕花的鞋子，笑了，“除非你是要去演《海滨帝国》。”

淅淅沥沥的小雨在一瞬间停住了。当时我正和组里的学弟在教室后排等待选修开课，我的眼睛牢牢地盯着门外。在茱莉亚和小组内另外两位女学生一起走到门廊前时，雨滴便停住了。

茱莉亚站在廊柱间的台阶上，和另外两人轻柔愉快地交谈，并时不时看看云层。我看着她伶俐地将雨伞举在合适的角度，挡住最后几个雨点，然后再收起雨伞，娴静地提起裤裾，“哒哒”地跺着脚。我顺着她那微卷的、像被梳理过的波浪似的长发看下去，一直看到她脚上穿着的精致、用缎带镶边的鞋子，心里觉得“优雅”这个词，肯定是由历史上见过跟茱莉亚气质相近的人创造出来的。我明白得很，自己早已经上千次地臣服于她，脑海里也总有个声音压过我心脏急切跳动声，可我至今还是个观察者，站在起点的位置，看着眼前的一切——不过今天就是那天了，伟大计划的最后一步，事情该有所改变了。这想法使得我的嘴唇上浮现出一丝微笑，我幻想着自己可以拥她入怀，接着我可以大喊大叫，放声唱歌，去亲吻她，然后告诉每一个人。

茱莉亚看到了我，叫了我的名字，愉快地挥着手，向我走来。我也笑了，心里禁不住也笑了。她在我身前停住了脚步，目光停留在我的胸前，接着抱怨似地开口了——嘴唇边挂着一抹轻盈的微笑。

“好丑的温莎。”她睁大眼睛盯着我，神采奕奕的，就像朝阳下绽开的鲜花。

“是吗？”我笑了下，做个了鬼脸。

她朝我伸出手来。

说真的，这时要是我能说几句妙趣横生的俏皮话，献一点儿殷勤，那该多快人心意。可惜我搜索枯肠，就是掏不出半句来。

我把领带取下来递给她。

茱莉亚接过我的领带， 一边解开，一边倾身在我耳边说道：“你要对他们说点什么，他们很紧张。”

“嗯？”我望着她。

“他们，”她飞快地眨着眼睛，“那些低年级的学生。”

“我，我应该说点什么？”

“随便说点什么，”茱莉亚咯咯地笑了，她轻巧地说，“开动脑筋，鼓舞士气。”

我转过头，看着其他的组员：那个男孩子正在松自己的领结，做着深呼吸，两位低年级的一个女生低着头，看起来怕羞；另一个则张大着眼睛，紧张地盯着自己的脚尖，手中捏着带褶皱的讲稿。

我把头转了回来。

“我不知道他们心里是怎么想的。”我低声对茱莉亚说，表示自己不知道该说什么。

“这并不难，就像……”她转过头来毫不忸怩地望着我，眼睛里有一种表情，像在打量我，又像是好笑，“理解恺撒并不需要身为恺撒。”

尽管不太巧妙，但我还是接到了她的话头。

“可如果我是Brute[①]，那就不行。”

茱莉亚抿着嘴笑了。

我呼了口气，也笑了，并把身子转了过去。

“好了，好了。”我打了个手势，召集组内的几位学生到我身边。

“听我说，现在都听我说，”我把身子稍微弯下去一些，口气也尽量亲切，“还记得上周晚间我们排练吗，那次我提到说讲演最需要注重的是什么？”

“sh—showmanship[②]……”有人低声回答道。

三个学生都看着我，我就接着说下去了。

“对的，那是一门精致的技艺，告诉我们有理论知识就引用理论知识，有事实数据就依仗事实数据，如果两者都站不住脚，记得仰起头，提高音量，大声拍响桌子——叫不懂的人抓不到破绽。”

有个学生笑出声来了。我望着他们的眼睛，也让自己笑了一下。

我在喜爱的女孩面前总感到狼狈，显得笨嘴拙舌，我只能以我所受到的不利教育和我拖沓的性格来做解释，是它们阻止了我。可我并不总是那个紧张、大汗淋漓、结巴巴的人——我喜欢与人交流，也能做到大方，坦然，应付自如，俏皮犀利。

“你的目光不能向下，不然别人觉得你在撒谎或者不自信。你也不能向上，人家会认为你一无所知并且自大傲慢。不要讲些词不达意的话，说话要明确，但不能过于深刻，因为没人会听得非常认真。要记得幽默，但不能搞得人哄堂大笑——那样的话别人可能会喜欢你，但你一转身就会被忘掉。你讲出来任何准备过的俏皮话或者引用时记得用余光瞟导师的脸，如果他听到这个句式饶有兴趣，你便是成功的。记得时常点头，结束时欠身鞠躬，不要忸怩或者在语言上拖泥带水。最后你们得记住，两害相较取其轻，没有人指望你们会像律师、演说家或者高乃依那样口若悬河——犯错了是可以被理解的，但错误不能多，像你们之中有人会怕冷场，有人会忘词，有人发音不标准，有人难免发怵。如果你知道自己无法躲过某个错误，那就犯好了，但要避免在自己擅长的部分出错。”

我的目光再从他们脸上掠过，他们已经显得放松多了，女孩子们把头抬了起来，光洁的脸蛋儿笑得绯红起来，那个男生的双手也自然地放着。

“老实说我没什么能告诉你们的，因为这不仅是演说，而是人进入社会需要掌握的一些基本的沟通技巧。你们试过几次之后，自己也摸索得出来——自己摸索出来的

① “Et Tu，Brute？”出自威廉·莎士比亚（1564-1616年）戏剧《裘力斯·恺撒》。

② “表现技巧”英文单词。

才是最靠谱的。”我又补了一句，挥了挥手，“但我能教你们的是：放松点儿，如果那样紧张的话，平时能办到的事情也会办不到。”

我的肩膀被人在后面点了一下。

我扭过头来，茱莉亚在对我笑。

“喏，你很有一手呢，”她柔唇微启，露出一口洁白如玉的贝齿，“你之前应该多跟他们这么交流。”

“啊，是吗？”

“嗯，你该告诉别人你的想法。”

“啊，”我应了一下，笑出声来，“你今天才这么说的。”

茱莉亚歪了下头，她认为我又讲了句俏皮话。

“我是认真的，因为你那么说了——你说什么我也做得到。也是因为我太爱你了——我太爱你了，真的，怕是连石头的心也能融化的，更不用说像你这样活生生的，会呼吸的女人的心了。”我想把这句话加在后面，我想把这句话加上，我决定在晚些表白的时候把这句话加上。

妮维是个地道的约克郡人，喜欢乌斯河周边的每座城镇和乡村，认得出那里的每一个沙龙，每一条街，每一只流浪狗和流浪猫。她继承了北英格兰根深蒂固的那种坚强、开朗、自信的品质，是个毫无修饰的女人。

我在伦敦初露头角的日子里，常常与妮维一起消磨时光。只要有闲，我们就去公园里散步，或者在一个个博物馆里闲逛。她在我身边总是很开心，而且很舒适，慢慢地甚至不像最初那般精心打理她的头发了，而是简单地拢成一个发髻——我把这看成一个好的迹象。赶工或者做项目的时候，我们就待在图书馆里，探讨行之有效的计策，整合资料、校对打印稿的最后一页纸。妮维也会像我一样挽起袖子，吃便利店的三文治，喝喷泉，盯着眼前灰色的水泥墙思考问题，甚至疲倦中倚在靠椅里过夜。日常的生活交往中，她精神抖擞，心中总像是燃着一团“噗噗”作响、熊熊腾腾的火。而且她的举止十分得体，从不露骨，也不惹人生厌，愿意听别人诉说自己的烦恼而不讨论自己的不幸。我本来不看英国报纸，但现在也学会像她那样总会带上一张，即便只做几个字谜。她本来不习惯中餐，渐渐也喜欢上了打边炉，爱上了豆腐——我告诉她说，我敬佩的一位学者说过，中国的豆腐是很好吃的东西，世界第一。[①]

---

① 出自瞿秋白（1899–1935 年）随笔《多余的话》。

我喜欢跟她作伴，我相信她也一样：我们会坐上好几个小时，为一些小事哈哈大笑，会严肃地因为课题相互辩驳，也会半亲密半认真地说一些话。在我们同其他人一起的时候，我们也极少离开彼此身旁。有时候，有人请我们周五参加聚会，或者吃午饭，或者晚上吃顿丰盛的冷餐，似乎认为我们自然应该同去同返——歌蒂教授也对此产生过误会。时间长了，没与她在一起的时候，我在幻觉中也总会感到她的存在，我想着我们可以去打迷你高尔夫球，去舰队街溜达，或者在冷饮店喝沙冰，我们有很多事情可做。当然，我们也确实一起做了很多事。

我站在楼下时，心里想到了这些，也想着她肯定在里面。

她肯定在里面，是的，她肯定在。她的衣服肯定很华丽，她的身体一定是丰腴、光滑、柔软的。她的腿一定很漂亮，她那纤细的手指会熟练地侍弄着碟子和酒杯，她应该正冲着自己旁边的人微笑着。她肯定非常出众，无与伦比——她总是那样。而那位“律师助手”，我说，他也会在那里吧。他应该也会穿着合身的夜礼服，或者款式很好，既严肃又休闲的商务便装；他应该会挺着胸、站得笔直，还可能会装模作样地露出一副动人的谦逊的神气——啊，日后就要戴上假发，进入法律界作辩护律师——切，辩护律师，就我所知，这世界就是没有他照样转下去。他肯定也会注意到她的衣服是多么漂亮，他肯定会明白她可能为了他才把自己打扮得如此漂亮——真他妈见鬼，我宁愿把身上的钱都拿来换法律许可去揍他一顿。噢，天，我也会在里面，我也将会在里面，我会注视着她，深感自己何其粗笨，并被妒火和悔恨烧遍全身。她也会看见我，派对时光会变得压抑，我们都默默地啜着酒，远远地看着对方，即便开口了，话音中可能带着试探和警戒的意味，接着我们会找出好多理由，随着扯两句，在房间不安地走来走去，最后离开对方。

犹然袭来念头叫我越来越怕，迫使我就这样呆呆地伫立在门廊边。

派对的地点就在那家报纸公司的办公处：伦敦西郊的一幢宽阔的商务楼里的第三层。因为从前做项目的时候来过几次，所以我毫不费力地在那条沉闷却颇体面的大街上找到那栋临着街道的楼房。廊沿上的风很凉，我默默地站在门口停留了一会儿，跟几个做项目时合作过的雇员打了招呼，扯了几句天气。街上很安静，我点了支烟，刚抽了一口，瞥到一辆孤单的汽车扬起灰尘，纤弱的余音停在空中，弥久不散。我呼了口气，把烟头一掐，走进楼里去了。

那层楼整个被置办得很有派对气氛，每个窗台都搁着盆栽、挂着气球和彩带，靠窗的地方有长桌子拼到一起，铺着绣花边的俄罗斯桌布，摆放着面包、奶酪、三文治和各种小西红柿装饰品，盘子里则堆着切成薄片的冷香肠、芹菜秆、腌杏、脆萝卜和切成小块的生菜花。角落里搭起了自助酒吧，摆放着不同的酒瓶子和器具。正厅里人很多，十分热闹。那是场大型派对，人们进进出出，从一个地方流到另一个地方，并像英国儿歌里塞进烤馅饼里的那24只乌鸦一样叽叽喳喳。正厅里的谈话都是漫无边际的，聚集着短暂又微弱的能量，我听见有人谈高尔夫、家里的孩子和新上演的电影，然后谈话毫无关联地逐渐转入其他聊天，像苏格兰的政治形势、世界杯和下个季度的计划。谈话一刻也没有中断过，而且人们似乎都想叫派对热闹一些，所以谈话的嗓门又高了许多。我同不少员工有点头之交，微笑着向他们颔首致意。偶尔有人走过，随口夸奖一句那交付给我们研究生负责的“收费墙”项目，我会摆摆手，说那不是我的功劳。

公司的执行官是位精干的女士，她看起来不再年轻，却保养得很好。一些传统的企业高管深知自己属于上层阶层，总是带着这样那样的神气，以及难以掩饰的偏见。可她不同，她精神抖擞，言谈举止表现得很有教养。她的老公就站在她身边，那位男士大约50岁左右，高高的个儿，略有些胖，但丝毫不影响他的风度。他脸色红润，着装讲究，有着金色的头发和胡须，光滑的前额，鬓角没一丝皱纹。他们两位似乎都很喜欢笑，而且从两人之间流露出来的那不做作的幸福感，叫人觉得温暖，心花儿都开。执行官女士在聚会开始不久后敲响了酒杯，发表了简短的讲话。带着自如的风度和英国人固有的自嘲幽默，她举着杯子：“女人在世人普遍的眼光里是要低于男性的，所以如果一个女人想做出成就，就得付出倍于常人的努力，或者要嫁个有钱有势的老公。”接着她笑了，环视四周：“我两点都做到了。”

笑声几乎是立刻就出现了——这个笑话棒极了！大家都在鼓掌欢笑，我也笑了，还吹了个口哨。她的老公也耸耸肩膀，歪着头，抿着嘴巴做出一个“无奈”的姿势——他看上去是个极有身份的人，因此故意搞笑时显得有些别扭，可这一切更叫人觉得这对夫妇平易近人。接着她说了些常见的、客套的、提升士气的论调，可她说得非常到位，叫人觉得她讲话很真切，接地气，不做作。

接下来，这个聚会就像所有聚会那般进行下去了。我为了赶车，没有待很久，早早地从另一个门出来了。外面下雨了，夜色中的道路上飘浮着湿漉漉的空气，远处的桥上彩灯闪烁。我慢步行走着，身边有男男女女骑着自行车，“咔哒咔哒”地从我身边驶过。我走过了一座公园。公园门口有座军士骑在马上的铜像，可在一片纷乱的出租车声中和细雨浓雾里，铜像一点儿不显神气，我也没能看那基座上刻着的人物名字。公园门前还有一支业余的乐队演奏着轻缓的曲子，纤弱的余音停在阴霾的空中，弥久不散，我放了硬币在演奏者的琴箱，接着向地铁站走……

“这，这都什么跟什么——我不在乎，真的，一点也不，”香港人先是不客气地打断了我的话，接着便嚷嚷起来了，“意大利小姐呢？还有妮维，妮维怎么了？”

“嗯？”

“你知道我在说什么！我不在乎什么平易近人的执行官和那个有冷香肠拼盘的派

对，那位意大利小姐呢？还有妮维，你没提到妮维。”

“呃……”

“你，你这是在跟我装傻么？”

“不，说来好笑，我这人一直都傻，大部分时候我在装聪明。”

第二天的清晨又湿又冷，刚醒过来的我躺在床上，看到玻璃窗上飘着一层水雾。我睡得不好，眼睛有些酸疼，目力很弱，可还是做了两次深呼气，翻身下床了。我穿着睡衣出了房间，进了小厨房，给自己倒了一杯保温的咖啡，并从冰箱里取出了几片吐司塞进烤面包机，接着我揉着酸疼的脖颈，径直去卫生间洗漱。洛克打电话过来时，我刚洗完了澡，刮完了胡子，正穿着干净的衬衫，系着领带，坐在房间里的桌前。我手里拿着一片焦黄的吐司，却没有吃的意思。电话里洛克问得饶有兴趣，我也就流水账般地把昨天的事情陈述出来——尽管免不了避重就轻的嫌疑。

“你留意大利小姐过夜了，是吧？”洛克接着发问——那不容置疑的语气像警察在审讯犯人。

我的脸有点儿红，喉咙也发干。我想等着他提出更多的问题，或者再随便问句什么都好——他说了，我却更懵了。

“我要的是直接的、不加修饰的答案，而不是你通常给出的那些像秦宣太后爱魏丑夫之类的拐弯抹角的回复。”

我咂着舌头，愣了半晌。

“我，呃，我不知道这个引用出自哪里。而且老实说，我没想到你会说出个典故来。说不清为什么，我总觉得你们香港不教历史。”

沉默了几秒钟后，电话那头才传来香港人声音。一开始还算理智，片刻不到就又像是带点儿怒气了。

“战国时期大臣魏丑夫深得秦宣太后的赏识宠爱，当太后病重的时候，她下令说我要让魏丑夫为……我，我没空给你讲《战国策》的故事，你自己不念书么！而且我们自然有历史课，你个大傻瓜！我还知道1936年12月12日张汉卿把蒋先生给扣了。”

我呼了口气，抽出一张纸巾，把吐司搁了上去。

“我最后没跟那位意大利女人一起上楼去参加聚会，”我尝试着用了一种最平静的语调说出这句话，以掩饰自己的不自在。我很清楚我表现出的情绪——只要有任何情绪，都会被洛克视为软弱和多愁善感，可能还少不了一番嘲笑，“我给了她钱，送她去了巴士站。”

“呃……”

“你知道吗，公园门口就有巴士站，就雕像那。可附近没地铁，在我最后回家的时候，我得穿过公园，沿着河边走上……”

“打、打住，你讲真的吗？”

“呃？”

“你送她走了？”

“啊，是的。”

“就这样？”

“就这样，”我点了点头，抿了口咖啡，“我讲的都是实话，你丢开你原有的那些想法好了。”

“那你，你付了多少？”

我迟疑了一下，咕哝出一个数字。

香港人做出了与我预期里一样的反应。

“你，你疯了么？”他大叫起来了——我能想象到他头上冒着热气，鼻子尖上缀着几颗亮晶晶的汗珠，眉毛怒气冲冲地向上挑着，嘴却向下咧着的样子，“你以为你是谁啊，贝卢斯科尼？”

我撇了下嘴，把电话插到口袋，起身去厨房去了。我从冰箱里取出了火腿肉和鸡蛋，又从橱柜里拿了洋葱。香港人在期间不满地嚷嚷了一大通什么话，我没听到。

我把电话放回耳朵边，打断了香港人正在说的什么东西——他好像提到什么康有为之类的，我没听清。我插了句：“有人说过，有时候一个人钱少时比钱多时出手更大方，也许是怕被人小瞧的缘故。”

洛克马上反驳了——他把我的辩解只当作是一阵穿堂风。

“这，这不只是钱的事，你总这样！天哪，你总这样，你说了一件事做了一件事，说了第二件事却又收手了。你不能这样做，你不能，你不能做了第一件事情，然后不去完成第二件。这样会破坏时间和空间的连续性！”

“你，你觉得我的私生活会影响时空？”

“你没看过那部电影吗，当你喜欢的那位男演员和他妈妈在车里热聊的时候，他姐姐的头消失了！[①]”

这话叫我愣了好一会儿，我甚至停下了打鸡蛋的动作。

“尽，尽管你前后说得完全不通，”终于我眯着眼睛，反应过来了，“但，但出于难以解释的原因，我竟然真的听出来了你在指什么。”

“随便你说什么了！”洛克的普通话本就蹩脚，情急之下更是结巴、模糊不清，

① 指电影《回到未来》。

“你是怎么想的？我说真的，你是怎么想的，为什么那样做，我指到底为什么？”

我微微地叹了口气，动了下嘴唇，却不知道该从何说起。这种事没法总结出来——我指，不是没法总结，是没法合情合理地讲述出来。如果照照镜子，我觉得自己脸上肯定有一丝倦怠，并浮现着某种沉静的表情。我沉重又缓慢地开口了。

“她，洛克，你听我说，她在那栋办公楼下等着我，就公司开派对的地方——我之前曾发时间和地址给她。我到那儿的时候，看到一位大学生模样的姑娘独自站着，那就是她。她就那么维持不动的姿势，机械地盯着路对面的房子。我，我看着她，站着没动，”我竭力保持语气平静——尽管嘴里泛起苦涩的味道。我把电话夹在肩膀和脖子之间，腾出手来朝蛋液里放了点佐料，接着我端着碗搅拌起来，“洛克，你知道么，我，我穿的是定制的西服，而她穿的是那种平价礼服，甚至可以说是廉价的，都算不上高仿——我，我不是那个意思，我指，我不是说我看轻……我想说的是，她没有外套，她穿着礼服站在楼下等。昨天伦敦很凉，还有风，她冷得哆嗦，举止里也露出一种谦卑。那叫我心里一阵酸痛——真的，不知道为什么，我望着她，总想起她学生证件上的样子。我感到自己处在一种强势地位——我是说，这笔钱对我来说不少不多，影响不到我的生活，但她可能急需用来做房租或者还一点大学贷款。有那么一会儿，我古怪地认为自己身体健康、容光焕发、生活稳定都成了罪过，我感觉自己就像一个庸俗的富翁向一个穷亲戚炫耀财富。”

我打了个寒战，感觉自己的脖子蹭着了衬衫里翻起的领口。

“她很漂亮，真的，和照片里一样妩媚，在礼服的衬托下更显得诱人，”我继续说着——想着昨晚的情景，一丝忧虑暗淡了我的眼睛，“可那时候我在想，我在想她平日的样子：要是她穿着棕色外套和厚裙子，冷天戴一顶毡帽，会不会像个女孩子而不是女人；要是她卸了妆，把嘴唇上的口红也擦掉，是不是你就猜不出她的副业；要是她不画眉，眼睛看上去既不那么大，也没那么蓝了，但应该更清澈，也更可爱；要是，我说，要是她生长在另一种宽裕的环境里，她完全可能出落成一个热情动人的姑娘，得到一份得体的工作；若是她再有恰当的机会穿着打扮——洛克，若她再学学仪表姿态——准叫你眼花缭乱，不，是叫所有的男人都眼花缭乱。我望着她的侧影，看到她的嘴微微张着，脸颊上有两朵淡淡的红晕。可能是天冷的缘故吧，我那么想，显然她在这等了一段时间了。我走上去，把外套给她。我们就在楼下聊了会儿天，接着我送她走了，然后才返身去参加派对。你知道吗，我认为她看上去出人意料的圣洁……”

电话那头传来的一声叹息打断了我的话。我本想在最后加上一句轻松的玩笑话，但洛克那叹气声叫我头脑一片空白了。

“这，这并不能给她开脱，”尽管口气稍微软了，但洛克依旧怏怏不乐，“我说，这并不能为她的所作所为开脱。”

“她，她不是你想的那样。”

“我问你她是做什么的？”

我张了张嘴，没勇气把话说出来。我拿起刀，顺着火腿肉的纹理切了几片。

“我问你，”洛克又问了一次——我觉得被捶了一下，“她是做什么的？”

“应……小姐，”我一张口，便意识到自己溃败了，“她是小姐。”

“那她就是我想的那样，而且分毫不差，”洛克话语里那不可避免的嘲弄与刻薄叫我无言以对，“你不能为她开脱的，你不能那样做。而且你在试着教化她？拜托，她年纪轻，不懂得人情世故就算了，难道你也傻？受惠者的知恩报答心理要比施惠者的施恩图报心理淡薄得多——今天发生的事，明天她可能就会忘掉。”

“我……我并不是指望回报，我……只是她，她不一样。”

“不，她们都一样。”

“我，我知道她不一样的，洛克，我知道的，我跟她聊过，我是知道的。”

“你跟她聊了什么，你懂古希腊哲学？”

我没接话，让自己静了一下。我把切成片的火腿塞进烤箱里，把黄油涂到吐司上。

“洛克，你听我说，我是不懂，我一点儿都不懂，但我知道她有很高的文学修养，喜欢普鲁斯特和塞尚，并能跟最优秀的人谈赫拉克利特——尽管她的口吻稍显幼稚，是那种只知书本、不知人生的孩子口气。是的，可能这个低贱的女人如此严肃地对待她的哲学研究有点儿滑稽，但我也为此而感动。有那么一秒，我想将她搂在怀里，吻她的额头，但不是要把她当作女人，而是当成一个早熟的孩子。我，我知道这些都不能成为给她开脱的理由，可，可……‘How many times, how many times has that woman gotta be fucked over’[①]？”我用了句英文——好像讲英语能够更有力地表达我的情绪，但我的语气仍是直直白白的，好像只是在叙述一件普通的事，“我会看人的，真的，洛克，我会看人的，我早在念大学时便一直有工作，四处走动，我脑子可能不够用，但眼睛和耳朵从来没闲着。”

电话那头又传来了微弱的叹息，我苦笑了一下。

“我没撒谎，洛克，我辨别得出，什么样的风尘女人我都见过。你知道的，我室友麦克是厚街人，”我缓缓说道，口气里不无戏谑的味道，“你以为我跟他回东莞

---

① “到底还要多少次，还有多次，这个女人得任人欺凌？”出自电影《塞尔玛与路易斯》（1991年）。

干嘛？”

电话那头突然没了声响，一点儿声音都没。我默默地等着，有个半秒以为自己被空降到了另一个宇宙。我正想把电话拿到眼前检查，洛克的声音传过来了，有点儿微微颤颤。

“你，你告诉我说你是要去看虎门销烟。”

“呃……有，有吗？”

“啊。”

“可，可能是你记错了。”

“不，我没记错。我还记得自己说，无聊，干嘛去看‘苟全性命’的人？你说是‘苟利国家’你个大傻瓜——香港不教历史吗？从传播学的角度来讲，林则徐先生翻译了葡萄牙的报纸，并协助魏源做《海国图志》的整合，他是一名先驱者和实干家。反过来再说，正是因为社会上有你这种会把严肃的事物当作无聊、自我放纵、不去认同……”

“总，总之，我想说的是，”我得提高音量，才能打断他的话，“我是曾做过一些错误的决定，我也不为此骄傲，但那不妨碍我从中学到些什么东西。你瞧，我现在就觉得，一个成年男人要还叫性牵着鼻子走，多少有点儿可悲了。”

“啊，有意思，你指你不喜欢做爱了？”

“不，我当然喜欢，但我忍耐力渐长。”

“那，那就算你会看人，你怎么能百分百地确信她正陷于困境和贫苦中呢，说不定人家靠这个副业每月能赚两万镑——那时，我说，那时你会说什么？”

“呃……‘嫁我好么’？”

电话那头又是一阵死寂般的沉默。

沉默持续了好久，膨胀着，变得越来越沉重，形成一片无法充满的空白。我听到那边洛克动了下嘴，可他没说出话来，他顿的那一下好像是在沉思，但最终似乎并未把问题想通。

“之前我看报纸上有个引用了《旷野上的废墟》[①]的报道，”他终于开口了，用了那种凄凉并且极为无奈的语气，“断定说新世纪的硕士抵不上上个世纪的本科——我以为那是胡言乱语，哪知道人家已经够委婉了。”

我“噗”地笑了：“老实说这话是绝对没错的。”

---

① 指 1993 年末，华东师大中文系王晓明教授等人发表《旷野上的废墟——文学和人文精神的危机》。

“还有，”听到我的笑声，洛克也叹着气笑了，“我想知道，我想知道如果她真像你说的那样，有点儿头脑，勤奋上进，竭力生活，想在社会上获取职位——我搞不懂，我搞不懂为什么要念哲学？”

烤箱“叮”地响了一声——火腿切片烤好了。

“靠，是吧，”我的笑声“哗”地爆发出来了，“我也没想通！天，我以为传播学已经够糊弄人了——那什么文化研究中心[①]不就倒闭了吗！我憋了全身力气才没去问那小姑娘哲学学士在当下到底有什么用？我说，希腊人羊肉是做得不错，可……”

香港人终于笑出声了，我也笑了。聊着聊着，那种轻松、畅快、自在的气氛回来了。

“而且还有一点，洛克，我不能那么做，我不能冒那个风险，我不能那样。”我又开口了。我弯下腰抽出平底锅来，搁到炉子上，接着我摆正了洋葱，准备切出几个薄片，“我喜欢妮维，我很喜欢她，而……‘贪欢一饷偏教那女儿情长埋葬’——她会看穿我的，你知道吗，她会看穿我的。我真的害怕妮维会皱着眉头盯着我说，学校附近就有三家脱衣舞俱乐部，你没必要在这费心思折腾。她肯定会那么说的，而且她也会很快把我忘掉。我知道她是什么样的人，我了解她的个性，她独立、勇敢、没有私心杂念，不管多么难过，都不会因为一时间感情上涌不能自制而干出什么傻事，更不会允许自己天生具备的机敏、聪颖和领悟的禀赋搁置不用。真的，她用不了两分钟就能忘了我，把我们之间消磨的愉快时光当作在特殊时期里发生的突然事故来看待，并继续投身工作、学习和随便什么动物的研究上去了。”

“我觉得你高估了她的推断能力了。”香港人迟疑了一下。

“不，你严重地低估了她的推断能力。”我摇着头笑了，“其实我早该想到的，像她那么有手段和头脑的女人，对付怎样的情形都肯定有办法的。”

“是吗？”

“嗯，洛克，她比男人都厉害。好一个女人，真的，跟你说，像她这样的可没几个，比跟她等重的金子还值钱。”

“但，但是你对她并没有像对茱莉亚那样孤注一掷？”

洛克的话叫我愣了一下。

我的目光扫过了打好的蛋液，涂好了黄油的面包和烤箱里的火腿肉。我切了一小块黄油放到锅里。刀尖上沾了点黄油没清干净，我用手抹了一下，舔了一下手指。

---

① 指伯明翰大学著名的“当代文化研究中心”（CCCS），研究所由于经费问题已撤销。

“我过了那样的年龄。”话一出口，我带着自嘲的意味笑了。

我把夹在肩膀上的电话放到桌上，打开免提，一边弄着手头的事情，一边开口了。

“洛克，从前高中的诗歌鉴赏课里老师讲过普希金。你知道吗，那家伙是王侯贵族，一股子金贵的少年气，家里珍玩无数——金钟、镶着象牙雕饰的手枪、羽键琴、带锁的皮面书、铜制的马具。我当时想不明白，不懂为什么这位公子哥会视富贵如敝屣，为了个女人，跑到雪地上与人决斗。可在大学里我见到茱莉亚的那一刹那，我便理解了，就那么一瞬间全清楚了。哈，你想象不出的、你决计想象不出我就那样跟她坐在同一间教室，望着她，能给我带来多大乐趣。我几乎每天都在想她，每刻都想见她，我在她专业课的教室前、她常去的餐馆，喜欢的果汁店闲逛，只为了能跟她打个招呼。有时候在校园里见到长相或者背影颇似茱莉亚的女孩子，有好一会儿，我都会把那个女人当成了茱莉亚。我的心会，呃，像骤然停止跳动那样，我会三步并作两步地去确认那是不是她，然后在心里排练对话。如果是她的话，我该讲些什么去给她留下好印象。我看到别的男生跟她讲话，我会觉得自己要忍不住大声嚷嚷那个傻里傻气的家伙，说你快他妈住嘴吧！我见到有其他人把眼睛眯成缝，嘴唇耷拉着望着她，我会断定这家伙必定阴险！我竭力想要摆脱情欲，不去想她，不去见她，在她面前佯作漫不经心的样子，一度觉得成功，可到头来发现对她的想念有增无减。我……我渴望自己能钻进她的心灵里去，这样可以同她用一个脑子思想，分享她的每一种感情；我也想过把自己的弱点全都暴露在她面前，哪怕只博得同情都好——而且我觉得她是完美的，根本没有缺点——即使有了，我也一概不在乎。说真的，我恨不得把心掏出来给她看。我知道这句话在廉价小说里被用过了千百次，可是，我真的恨不得能把自己的心掏出来给她。最可悲的是，我甚至未奢望她会爱我，我从未设想她会有理由爱我，我也从未认为我自己惹人爱慕。我时刻关注她的神色，将我的感情维持在不让她厌烦的限度，但凡她的厌烦显现出一点蛛丝马迹，我便改变方式。即使最后，你，你知道的，就表白那天过去之后，我也还是想她，我每天都在想她，而且出于一种我不愿承认的更深的情感——其中夹杂着惧怕和令人作呕的惊慌，我想撞见她，我故意走有可能撞见她的那几条街道。在我认为她很可能会出现在咖啡店和水果店那一带的时候，我就在那里踯躅。但如果真见到她后究竟是失望，还是如释重负，我说不清楚，我也不知道。”

锅里的黄油热了，发出“滋滋”地响声，我把蛋液淋到烧化的黄油上。

“妮维则不同，不是说我不喜爱她——我喜欢她我欣赏她我崇拜她。可就在昨晚，在我送走了那个意大利的姑娘、跌跌撞撞地朝着那派对办公楼上去的时候，我就已经感觉到某种力量让我那聚结已久的妒忌或者无奈或者不安的情绪离去了，就如熟软的果子轻易就揭脱了果皮一样：我见到她已经蛮开心了。我是喜欢她的，我喜欢逗她笑，我想听她欢乐的笑声——那很难，我必须得想到很高明的笑话，她聪明得很，蹩脚的笑话会叫我看起来像个蠢货。我喜欢跟她聊天，我想听她随口说出的各式各样奇思妙想和那些让人意想不到又难以理解的事物。她说起话来口气总很热切，就像孩子那样洋溢着对生活的热情。我喜欢她那独立干脆的性格——那简直叫人吃惊！压力打不垮她，挫折对她造不成困扰。她也完全不在乎独处的寂寞。她有充实的头脑作伴并不会感到孤独——我还做不到这个。这一切，我指，这一切都正好刺激了我的思维，叫我兴奋不已，我觉得她叫我改头换面——你知道吗，她把那些我生命中曾拥有的、被压抑的，或者尚未知晓的东西唤醒了，我第一次碰上这样的女人，让我发觉我得在各方面改进自己——我还从来没有遇见过使我上进的女人。洛克，茱莉亚是《浪客行》的阿乙，是我所见过的、梦想过的或猜测过的最惊人的事物。她只消回一次头，我就能看到华托笔下的那简约大方、端庄整洁、优雅高贵、叫人赏心悦目的窈窕淑女，穿着光彩闪烁的绫罗绸缎，带着梦境般的、轻浮的快乐，从玫瑰花瓣的雾窗之中穿过——但我永远触碰不到。我对她的爱是一种疯狂，如地震般轰然爆发，而我猜跟她在一起的感觉会是……像'我们共享雾霭、流岚、虹霓'[①]。妮维是……我不知道怎么——她，她是菲，《星际牛仔》，跟她在一起的感觉是……是那种恋爱被烧毁后所剩下来的东西——但，但又不是那种结婚多年后无话可说的夫妻那样……我指的是……那，那像是在流放中相遇，我们两人共同俯视前方充满前程又有相当风险的世界。你瞧，她跟我都是带邪恶的、有种种弱点的人，而我对她的喜爱是人类行为，要平静得多，是一个人想去了解另一个人的过程。她能容纳我，我能补充她——我相信她隐约也感觉得到。"

"那你为什么不去……"

"我，我不能，我面临的事情——那些比年轻人谈情说爱更重要的事情，不只是一件两件。她也一样，她有自己的工作和申请中的第二个研究生的学业。对她这样一个女人来说，比起小浪漫的安逸生活，更有价值的东西多得数不清。所以我的观点是，我必须，必须，必须得完成手头的事情才行，我得申请到博士，安排好我要走的路才可以。如果屈从于微不足道的内心情绪就太荒谬了！我必须，必须，必须得那样，然后我才能去找妮维。我对这事儿就是这么看的。"

接下来两人谁也没说话，我翻炒着鸡蛋，洛克间或发出一声"咳"。

---

① 出自舒婷爱情诗《致橡树》。

“这，这终归是你的看法。”他最终打破了沉默。

“我和我的看法是统一的。”我微微笑了下。

我把炒到一半的鸡蛋盛在盘子里，又把火腿肉和洋葱放在一起切了几次。接着我把火腿肉和洋葱添到锅里，慢腾腾地翻炒着。

“洛克，之前做销售的时候，我服用类固醇来减少声带的肿胀，但我遭受着失眠。不过这也算是好事，我的时间更多了。准备博士材料的时候，我嗑利他灵用以集中精神，提高效率，不放过细节，每天连续工作16个小时而不感到疲倦。跟妮维一起搞项目时，我每天能完成平常人三天的工作，只在图书馆睡五个钟，天天如此，一分一秒也不浪费。不管什么样的劳顿困苦，无论周遭环境如何恶劣，我有那种结实得像钢铁一样的人才有的耐力。此外我也知道各种既营养又省时的食物。我体质好得很，有那无懈可击的胃，什么东西都能消化。当然我相信，我说，我相信很多年轻人跟我一样从不怕辛苦，从不生病，从不请假，从不庆祝节假日——只要开了头，就可以没日没夜地干。但这样还不够，因为年轻人还必须得想清楚，我这么做是为了什么？我的出路是什么？结合我身处的社会与我具备的条件，我最远能走到哪，或者说，我能达到什么高度？洛克你知道我对任何勤奋、努力的人都持以最高的敬意——我向来如此，我尊重所有竭尽全力生活的人。但‘职业无贵贱’不过是没经历过挫折的人讲的漂亮话罢了，而且经济拮据能叫人变得渺小、卑贱、贪婪，会扭曲人的性格，叫他从一个庸俗的角度来看待世界，而不具备那种能恰如其分地估出金钱价值和地位的本领。这就是为什么我必须得拿下博士。我得更进一步，这是我事业的敲门砖，我得打下这个地基，我得结合自己的实际情况和既有条件，竭力去在社会中获得恰如其分的位置！”

洛克不动声色地任由我发泄情绪，他不做评价地听着我讲话。

“所以我不能，我不能那么做，我就是不能，我不能现在去约她出来。”我自顾自地笑了下，接着为打破这有点儿压抑的氛围说了句俏皮话，“再说，你觉得我能怎么办。像《情到深处》里那样，或者在她家门前唱‘愿我会揸火箭带你到天空去’[①]？不，当然不行，我不能去，至少在我了结一些事情之前。”

香港人笑了，我也笑了。尽管不知道为什么而笑。刚才的话题被抛诸脑后了，就像水从鸭子背上滑掉了一样，没有留下任何痕迹，我们俩谁也没有再提。

“你在做饭？”洛克突然问我——他听到了动静。

① 出自林子祥歌曲《分分钟需要你》。

“炒蛋。我已经找到新房子，那边有图书馆和花园，工作也方便，我马上又要搬家了。房东的儿子喜欢吃我做的蛋，只要早上有空，我都会做给他吃。”

“好吧。噢，对了！”洛克突然叫了一声，“妮维，你还没告诉我妮维的事。”

我的手颤了一下。尽管想装出一副漫不经心的样子，但我还是笑了。我无法掩饰兴奋，脸上不由自主堆满笑容。

“妮维也去了是吧？”洛克又问。

“嗯，她去了，她是一个人去的。”我尽可能地用一个人谈起一件寻常事情的自然语气，但又一次地，我没能掩饰住自己的愉悦心情。

电话那头顿了一下。

“所以她，她没同那位律师一起？”

“律师助手，”我脸上带着抹不去的笑意，先是纠正他的话，然后才回复，“是的，她没有。我们聊得很开心。”

“所以，所以这就是说……”

“啊，妮维没有跟他一起去。建豪也说对，凯文也说对了，你也对了——他们并没有在一起。一个激进的人、一个冷漠的人和一个好心人会共同说对一件事情，真是好笑。而且你知道吗，我刚发现那个什么凯西不在的时候心头震了一下，我说，那种感觉很奇妙，”我摇着头笑着，把炒蛋倒回锅子里，又翻炒了几次，“就像你模糊地知道格斯最终必然会打败格里菲斯①——对，就是那种感觉。”

香港人在电话那头哈哈大笑，他愉悦极了！

我又补了一句：“她告诉我说她要在约克的老房子里举行派对，研究生班的朋友们都受到了邀请，就在下个周五的晚上。她很想我也能过去。”

“这可真是太棒了！我说真的，太棒了！”洛克先是为我欢呼，接着他的语气又加重了，我听得出，这是一种对在恋爱方面有着几分傻气的我发出暗示性的提醒，“可你说，可你说你现在不能约她？”

“我现在是不能。”

“你确定自己在之后的什么时候会约她吗？”

我先是掂起锅来把炒蛋盛到盘子里，又将满满涂着黄油的吐司贴在锅壁上，让面包变得焦黄。接着我把吐司盖在炒蛋上。

“嗯，我肯定会的，”我点了点头，抹了下额头上的汗，“我是一定会那么做的。

---

① 出自三浦建太郎漫画《剑风传奇》。讲述格斯向把灵魂出卖给恶魔的昔日战友、鹰之团团长格里菲斯复仇的故事。

有那么一天，我是无论如何都会约她的——不是现在，但我肯定会。她有了男朋友我会去约她，有了女朋友我也会。我根本不在乎。她订了婚我也会，离了婚我也会，我会养她的100个小孩和100个情人，如果那是能约她出来的条件的话……”

“呃……”

“我说真的，”我耸耸肩膀，口吻里不无一股戏谑的味道，“我会在龙卷风的风眼里跟她表白，我会在暴风雪里跟她表白，凄风冷雨里也可以，或者烈日下也可以。她结了婚我也会……”

“等等，如果人家结了……”

“天，别叫没营养的电视剧和耸动新闻把你同化了，记得大学时你还对我说过这个。我说，一个女人暂时属于另一个男人，这件事决不会妨碍我把她从那个人手里抢走，只要我做得到。”

“可那样的话，你……”

“我知道。在那种情况下，我会提醒妮维总带着钥匙，告诉她屏蔽晚上11点的电话，叫她不要把丝袜随便丢在桌子上——我看过《电话谋杀案》[①]。”

“这，这完全不是我想要说的……”

电话那头再次沉默了，我则哈哈大笑。

“呃，刚刚有个瞬间，”良久，香港人的声音才怏怏地传了过来，“刚刚有个瞬间我竟以为你真的成长了不少。”

“哈，好吧，随便啦，就说到这儿了，我得把鸡蛋端下去了。”接着我想起了什么，“对了，不要，不要告诉建豪、凯文和水族人他们，事实上，别告诉任何人。”

“呃？”

“关于‘小姐’那个，我说，别告诉别人我给了她钱，却没带她回来过夜。”

“你不想提这件事？不要那么想，这不丢人，瞧，你确实是成长了！你可能还有些傻，但做出的算得上是一件值得赞扬、很绅士、很高……”

我微微皱着眉头，端起了炒蛋走出厨房。

“呃，不，天哪，你想哪儿去了？我要告诉所有人我睡了她。”

我向前走着，冒着细雨，有意让自己沉浸在罗曼蒂克的幻想之中。我想象着自己大步走到她身前，而她站在细雨中等着我走上前。远处的人统统停下了手头的事注视

① 《电话谋杀案》是由阿尔弗雷德·希区柯克执导，格蕾丝·凯利、雷·米兰德等主演的惊悚片，讲述了汤尼发现妻子玛戈有婚外情以后，决定以电话为信号杀害玛戈的故事。

着我，我的朋友会鼓掌甚至欢呼起来。我想象着她会抱紧我，以她特有的方式安静地笑出来。接着我们会拥吻，她的嘴唇，我想，她的嘴唇一定跟她全身一样清凉芬芳，而她的吻一定像她看人时的神态那样温柔而安静。我想得很生动，想得脑袋晕眩。

我看到茱莉亚的身影了——只见了她的腿和背影。她迈着迅速而轻盈的步伐走下了广场的台阶。我追着她的脚步，喊了她的名字，我的血液化作了酒，在血管里歌唱起来。

茱莉亚回头了。天哪，她真是太漂亮了，完整、和谐、明晰！真的，她便是我连做梦也不曾想到过的爱情、温暖人心的智慧和了不起的美！书本是对的，世界上确有这样的女人，她是其中之一。

她饶有兴趣地望着我，那双清澈明亮的圣女般的眼睛如纯净的深潭。

一个意味深长的停顿出现了。

“我今天是……特地穿，这套……”

我的脑海里一瞬间想了许多话，我要挑一句自认为最好的来讲。可话一出口，我是那样磕磕绊绊，犹豫停顿，并且抓不住要点。每次碰到要倾诉强烈爱情的时候，就好像有什么东西困着我似的。我站在那儿呆呆地盯着她，竟忘了精心编排台词。

“其实我想说的是……”

6月27日（上）

如果有天你能见到她，请帮我代问好
她可能正在丹吉尔或是别的什么地方
——鲍勃·迪伦《若你见到她，代我问声好》

从茜博太太家搬出后，我在霍克斯顿住下了。这样算起，偌大的伦敦市里，我在七个特色鲜明、讨人喜欢的地方待过了。靠南我住过莫廷厄姆，也就是茜博太太家，那儿被静谧安宁的大自然包围着；靠北我住过斯特拉特福德，那儿有著名的奥林匹克公园；我在东区道格斯岛的金丝雀港停留了一个半月，住在高大漂亮的地标双子塔里；我也在西边海斯区沿河停靠的船上待过两个星期——它实实在在是一条下过几百次水的船。这些经历都很有意思，真的，比《天方夜谭》中阿拉丁的宫殿或大鹏鸟的蛋更叫人心醉神往。像我提过的那样，这个宇宙可能就是这样运作的：要是你自己不主动去见识、去冒险、去拼搏、去闯荡、去做一些有趣的事情，那么世界就没意思了。一个人应该尽量从平静的生活中找寻刺激。

2014年的6月，我落脚于霍克斯顿。霍克斯顿作为旧工业区，早在20世纪中期便没落了，可当地闲置的厂房和廉价的出租屋却对贫困潦倒的艺术家、作家和演员有着致命的吸引力。放任不拘的文艺爱好者们聚集于此，建立免费的画廊，倒卖古董工艺品，经营书屋和咖啡店，开设那种只用不到2英镑就能买到一品托生啤酒的酒吧——他们在80年代把这个衰颓区域变成了伦敦市的街头文艺圣地。时至今日，霍克斯顿仍具有那种醉生梦死、落拓浪荡的气息。

我家前面的霍克斯顿大街总是闹哄哄的，呈现出一片繁忙景象：街上的电影院看起来像戏院，有多人愿意光顾，门口黏着的花花绿绿的海报每天都在换；简陋的餐厅里总有艺术家们兴奋地、荒谬地、愤怒地讨论着文学和绘画，直到夜深；每个酒吧里都坐满着年轻人，他们说着粗俗的笑话，无休无止地争辩着与音乐有关的话题。整个区域全萦绕着一种放荡不羁的气息，邋遢欢快，像一个有身份的老年妇人喝醉了酒。

我在霍克斯顿的日子过得规律且紧凑。

我上午在邦德街的市场咨询公司上班，从清晨6点工作至中午2点。午后两点钟我搭车回家，换上便服，拿上书和电脑去霍克斯顿街上的肖尔迪奇公共图书馆。我在那念书、修改论文。图书馆左边有个炸鸡店，那里有美味的烤肉汉堡，可以用一英镑买到5块鸡翅——我去图书馆前常在那里吃饭。图书馆的右侧是一家专供打包的中餐店，外卖的袋子里总会放一块幸运糖果——我常在那里打包晚餐。天色暗下来时，我离开图书馆，在同一条街上的披萨店为索菲亚太太工作，我是个招待，繁忙时也帮手烤披萨。我在晚上9点30分下班，回家后洗个澡，坐在电脑前浏览消息、查阅邮件，或者看一集更新的《冰血暴》。睡前我到厨房煎两个鸡蛋，几条培根，放到保鲜盒里，在第二天早晨，我把鸡蛋和培根夹进面包、加热吃掉，在5点15分出门去等第一班公车。周末时候，通常是晴朗的周末午后，我带上几本书和文章，去霍克斯顿花园坐坐。我会在那里坐到黄昏，什么都读，累了逗逗身边跑着的小孩，或者靠着椅子上休息。晚上回家前我拐到街边的平价超市补充家里所需的鸡蛋、面包、豆奶，我也买排骨、牛肉和蔬菜，在周日给自己做一顿大餐。我就这样住在霍克斯顿，耐心地等待着博士申请的结果，生活过得可以，至少自己的灵魂和躯壳没分家。

“你觉得谁会赢？”

“德国，自然是德国。洛克你觉得呢？”

“德国，自然是德国。”

“我说，你觉得勒夫会和克林斯曼携手挤掉葡萄牙①么？”

“我还真想过，但老实说我不大欣赏这种牵强附会的说法。”

“哈哈，好吧。”

“对了，你工作顺利么，会不会很难调理时间？”

“一切都进行得有条不紊。而且你知道么，在白天我是个冷静专业的数据分析师兼翻译，夜晚我则系上围裙，调沙拉烤披萨饼。这挺酷的，我说，我享受这种双重身份带来的刺激感，叫我觉得自己像汉娜·蒙塔娜②。”

“呃……”

---

① 指2014年世界杯小组赛德国队与美国队的比赛，美国主帅克林斯曼和德国主帅勒夫曾经并肩作战、私交甚好，如果双方战平将携手小组出线，葡萄牙队随即会被淘汰。

② 指电视剧《汉娜·蒙塔娜》讲述由一位有着双重身份的女孩麦莉·斯图尔特，她乍看之下是一个普通中学生，但另一个身份是偶像明星汉娜·蒙塔娜。

“我指，彼得·派克……”

“我……好吧。你现在准备去披萨店？”

“不，我在回家路上。索菲亚太太说今天不用过去，毕竟街上所有人都去了酒吧，她也要回家看球，而且她说只要德国赢了美国，我今晚的休息就算是带薪。”

跟香港人语音聊天时伦敦正经历着一个莫名寒冷的午后，我的同事甚至担心会降霜。那是2014年6月27日，星期五，我提前离开了肖尔迪奇图书馆，在紧挨的中餐店里给鸭肉和炒面打包，并把店家送我的幸运糖果塞到衬衣口袋里。我握着手机，一边与香港人闲聊，一边沿着霍克斯顿大街朝家走去。

我突然注意到了一对年轻夫妇。

空气凛冽而稀薄，街上没多少人影。我从街边停着的卖三文治的餐车旁走过时，注意力莫名地被迎面走来的一对年轻夫妇吸引。那是一位背着昏昏欲睡的小女儿的年轻男人，以及默默跟在他身边，牵着小男孩手的妻子。我打量着他们，逐渐放慢了脚步，最终竟停在原地。他们从我身边走过，我还回过头望他们。

那只是一对平凡的夫妇，一个普通的四口之家，这个世界上存在千千万万这种组合。我见到的这对夫妇，很可能就是我在火车站、地铁上、沙砾小径旁、街边、商场里见到的那些年轻夫妇。他们也和其他所有年轻夫妇一样，会在好天里晒太阳，在公园小路上散步，会读早报、工作、坐长凳上等巴士，会做菜，相互谈着食品价格和儿女在学校里的表现。然而我却呆住了，好像有什么能叫人措手不及的感情直愣愣地挺进了我心里——可我道不出个所以然来。

“博士申请的消息还没来吗，已经过去一段时间了吧？”

“没，还没。今天恰恰在月末又逢周五，所以如果今晚再没消息就又要往后推了。”

“有信心么？”

“没有。”

“讲真？”

“对。而且老实说，我从来没这么害怕过。”

“我很确定你这么想错了。”

“不，我没错，对了，说到这个，‘我相信人们通常还都有点儿害怕黑暗，尽管妖巫都给吊死了，基督教和蜡烛火也都已经介绍过来’。洛克，你知道这句话是谁讲的么？我以前读过，忘了出处。”

“是亨利·梭罗，在《瓦尔登湖》里。总之，我是说，我以为你一步一步坚持走到今天很大程度是因为你什么都不怕。”

“不，我一步一步走到今天很大程度是因为我知道什么时候该怕。”

那位像是个普通文员的男人表情凝滞，而那位姑娘——从装束上推断应该做着前台的工作或者是位图书管理员，也显得僵硬疲惫，好像所有的喜悦都被榨干了。我望着他们，心里有一种古怪的感觉：他们好像是人体的细胞，尽管不可缺少，但只要他们健康地存在一天，就只能被吞没在一个庞大的整体里——他们只能生活在这个有机体内，也只能靠它生活。这本是一件正常事，我指，这是家庭个体和社会的一种普遍关系模式，可我感觉有不对劲儿的地方，到底是什么呢？我一时也说不上来。

我又转过头，朝着他们望过去了。

接着在突然之间，就如同迎头挨了一击似的，我猛地想到一个念头。紧跟来的是一阵吓得我背脊发凉的恐惧——那感觉就如同夜里一片黑暗阴霾的邪物，忽然被一道闪电照亮，继而又重新回到黑暗中，而我被那一瞬所看到的东西吓得全身发抖。我发觉他们实在是太年轻了。

我颤颤地从口袋里摸出香烟来，那包烟只剩了一支，我燃了起来，把包装盒丢到街边的一堆垃圾上。我望着他们在冷青色的道路上走着，忽然有一种想叫住他们、朝他们挥挥手的冲动。但我终究没有抬手。

那个男人穿着旧式的、芥末色的衬衫和斜纹哔叽布料西装，显得有些拘谨，一眼看上去让人觉得他不善辞令。在他窄窄的双脚上，是一双有了磨损痕迹并且变了形的皮鞋。那个女孩子穿着廉价的灰色紧身职业装，眼神暗淡而倦怠，一头褐发梳理成一圈圈的小发卷。她似乎费了好一股劲儿才把自己打理成“招人喜欢”的模样，但在我看来那既引人发笑，又不知怎么叫人觉着怪可怜的。我试着去按照书本上的方式想象这对夫妻的生活：他们生活平淡，有固定的收入，稳定的日常准则，如若不受任何灾殃祸变的干扰，必会兢兢业业、恪尽职责，一起抚养着健康、可爱的孩子；不知不觉间过去了30年，他们俩的年纪越来越老，儿女却逐渐长大成人，如若福星高照，女孩会出息成美丽的姑娘，将来还会生育活泼健康的孩子；男孩子要长成仪表堂堂的男子汉，可能会当军人；60年后，这一对夫妻告老引退，受到子孙敬爱，过着安详的晚年，直到年寿已经很高，才告别了人世[①]。我想这一定也是世间无数对夫妻的故事。这种生活模式给人以安详亲切之感，叫人想到一条平静的小河，蜿蜒流过绿茸茸的牧场，与郁郁的树荫交相掩映，直到最后泻入烟波浩渺的大海中。对于这种平凡的家庭生活，自己心里难说毫无欣羡，但我觉得不对劲儿，我觉得有个地方错了，因为大海将总是那么平静，总是沉默无言、声色不动。

---

① 出自威廉·萨默塞特·毛姆（1874–1965 年）小说《月亮与六便士》。

那对夫妇太年轻了，他们实在太年轻了，不过是两个孩子！但他们的行为、神态和模样叫我想起那种几十年推搡挣扎的生活的笨拙与悲哀。他们太年轻了，实在是太年轻了，他们早早地结了婚，有了两个小孩，生活成了没完没了地干活，什么事情也都变得既不美也不丑，四季可以任意转换，很多趣事也对他们毫无意义！我浑身发抖，反复思索，不由变得激愤起来了。

“那，那如果你没有中怎么办？”

“我，我不知道，洛克，我不知道，我不知道我该干什么。或许你会认为真到了得养家糊口的时候——带着假笑的脸，拖着疲惫的身子下班，迎接孩子，照顾爱人。我还是得什么活都得干，什么他妈博士不博士，学者不学者。这我没法反驳，但我能做的是竭力申请，确保自己做喜欢的工作，同时不能冲动地‘成家’。说到这个，你知道吗，我刚刚看到，呃，洛克，我刚刚看到有一对年轻的……呃……算了，不提了，应该只是我胡思乱想。”

“我明白你的意思。可老实说，你把全部东西押到一件不能完全确定的事情上，别人会觉得你很不理性。”

“优柔寡断、软弱无能、缺乏远见、没有决断力，我是这样的人，并且可能在很长一段时间内都会是这样。在感情上、生活上、思想上和所有的行动上，我都很难下定决心，我之前做的所有事情都证明了这一点。但，但这件事情不同，这次不同，攻读博士学位是我从念大学起就一直坚持的东西——而且现在我已经跨过了卢比康河。此外说句老实话，我根本不在乎别人的看法，事实上叫别人觉得我是个歇斯底里、多愁善感的大傻瓜，本是我平生夙愿。”

“我，我指的是说，你可以分散一下精力做其他喜欢做的事，像你写书。”

“啊，那不顺利。我在把自己的申请资料最后给亨利过目时，也同他讨论了这部小说，包括整体布局、叙述方式和写作目的，‘请你抽空读一读，务必告诉我你对它的看法；你知道我最需要的就是批评，你一定得坦率地提出意见。’我是这么说的。亨利对我申请博士的事情非常支持，但也把我的写作骂得一无是处——‘你以为你谁？《与安德烈晚餐》的编剧？’他这么说。总之你是知道的，这个世界上写书的简直不计其数，当一个人什么都做不了时，他就成了作家。”

我像在风雪中行走那般拖着身子，挪着步子，慢吞吞地前进。路边被我踩到的瓦砾和垃圾发出冰川开裂般的尖锐声响。同时我也一遍遍地回溯着刚才的场面——那个情景像烧红的烙铁烙在我心上。在我看来，那对极为年轻的夫妇好似在日趋憔悴，仿佛早晨和黄昏的影子都比他们的脚步走得更远。他们像有轨电车那样，在同样的轨道上倒回去再开出来，周而复始，一成不变。诚然，这种秩序或许无人能避免，但发生在这么年轻的夫妻身上，着实叫人感到恐慌！

有那么一会儿，我觉得头脑浑浊不堪，为所见的不协调而苦笑。迟疑了良久，我还是把话说出来了。

“洛克，我，我刚刚看到一对，一对夫妇，他们很年轻，太年轻了……非常年轻。他们有两个孩子，我，我发觉那对夫妇很疲惫，很……洛克你知道么，那种累甚至不是由于劳累过度，而是由于精神备受压抑，是身心俱疲、乏力乏心……我，我不知道，他们很年轻……年龄很小……可能20岁，或者22岁……却看起来脸色惨白，形容憔悴……他们有两个小孩，孩子非常漂亮，两个都很……可他们——我指那对夫妇，他们也不过是孩子啊！我说，他俩本可以过……过完全不一样的生活。他们，他们年轻力壮，即使两人都拿伦敦最低的时薪，都应该过着更快乐的日子……我……我向你保证，我刚刚看到的现象不正常，那不会是正常的……”

“你，你在说什么呢？”

“我说那是不正常的，洛克，那不正常，我刚刚看到的那对年轻的夫妇是……是不正常的……他们实在太年轻了，他们太年轻了！你知道吗，他们的肉体疲倦，头脑像是惨遭摧残，精神蔫了下来，锐气被消磨干净，仿佛对其他事物都毫无意识似的。而且看起来，我说，这一切看起来是因为他们过早地结了婚并有了……有了小孩。请千万原谅我这么说——如果他们没有走到一起的话，我指，如果他们没结婚，不用抚养两个孩子，过早地承担家庭的责任和压力，我说可能，可能那个男人会像猎豹那样充满力度和能量。而那位姑娘也可以有明亮的眼睛，像，像小鸟一样灵巧，并且能开开心心地出门做一些想做的事情。但，但他们被局限在，局限在……自己创造的……婚姻里……我，我不是说我反对婚姻或者不爱小孩或者女人……不是那样，我喜欢女人，天哪，我离了女人活不了的，而且我爱孩子，我非常喜欢小孩子……”

“我……我听不明白你到底是在说什么……”

“洛克，你知道吗？你知道有多少年轻人因为‘爱情’冲动而结婚，而在随后的几年里便离婚的么？那对年轻夫妇……我说，我看得出来，他们就会是那样，真的，我看得出来——我倒希望我错了！我愿他们美满幸福……可，可那写在他们脸上哪！你瞧，很可能不出6个月，嗯，不出6个月，他就已经知道自己的婚姻失败了，接着不到1年，他就不抱改善的希望。他要么学会了沉默、要么就成了冲动暴躁的俘虏。而她呢，她需要的时间会久一些，可能3年，可能5年10年——曾经天真靓丽的女孩子变得敷衍任性，成了邋里邋遢的半老徐娘，青春的热情和美貌为艰苦的劳作所毁，丧失殆尽，心里的激情和兴趣也受到了思想和精神的禁锢，难以喷发，并最终心怀怨恨——‘要不是为了孩子，真的，要不是为了小孩，我早就厌倦了这种贫穷、丑恶的庸俗生活’。洛克，那是，那是不正常的，对正在奋斗的男人，对想要落户安家的女人，对无辜的孩子……都不正常。我，我知道爱情必然会让两个人从如胶似漆的激情逐渐转化到相濡以沫的亲情，但，但他们太年轻了……太小了……不应该受困于‘婚姻’的限制，他们需要的是，是……我指，甚至是那种单纯的寻欢作乐都好！”

“这只是你的想法，这不过是你的想法罢了。我说，可能你也只是少年气盛，缺乏涵养，把自己的所见所闻默认为人生发展的真理，看不惯任何不同于自己的处世态度——可能只有你是这么想的。”

“我……可能吧，洛克，我希望自己能对他们有更深的了解，真正明白他们之所爱，之所失，以做出更好的判断。但如果我的推测是对的呢？如果说，他们真的在那种年纪把……难以分辨真伪的‘爱’当作资本来用，同时抱着轻飘的想法以为‘两个人的开销跟一个人的差不多’而去结了婚呢？他们太年轻，太小了！他们可能只是匆匆做了个决定，然后就突然……突然过上一种从未想过的生活！我，我真想叫他们知道……真的，我想叫他们知道——我想告诉他，告诉他说你太年轻了，你最初爱的那个人可能不会是你最终爱的那个人，你认为的那‘幸福’背后隐藏着固定的、传统的、不知不觉的绝望，而且以你的活力、工作热情和野心，你会永远懊悔自己失去的机会。我想让她知道，我想让那个女孩子知道，我说，不要完完全全为了激情和爱结婚，那是错误的，你该适当地为地位、家庭和有个归宿而结婚。”

“这是无稽之谈。”

“不，洛克，不是那样，我难过极了，真的，他们给我这样一种感觉——我刚想明白，就像是，像是你去约会了一位跟你一般大，却只想着吃冰淇淋交男朋友的姑娘。你……你知道你和她距离太远，那是成千上万翻开的书本形成的巨大鸿沟，她的头脑里会冒出愚昧的东西，而你心灵的眼睛却矗立着图书馆的书架。而当你俩陷入沉默的时候，她所说的每一句话无不表明你俩的思想简直是南辕北辙，背道而驰。我不是说你要……更聪明……我指的是，你，你甚至不需要比她聪明，你只消比她能更清楚地认识到这个世界上存在着……各个时代的智慧，有那种你渴望的……那种……那种汗牛充栋的人类知识……的积蓄。你当然……我说，你私心里当然也希望她能有超越别人的长处和属于自己的特点，但你知道自己跟她不同，甚至……甚至有天壤之别。你会因此怜悯她，为她悲哀。如果，如果你知道她是出生在优越的家庭里，有一技之长或者你清楚她将来会嫁个有钱的男人——那她确实会过上无忧无虑的快乐日子。可，可如果不是呢？那样的话，她那单纯只为了打扮得干净漂亮所作的努力简直令人难过，那廉价的衣料，廉价的丝带，手指上还套着廉价的戒指会叫你突然产生一种幻觉，似乎……似乎她那顽皮可爱、喜欢撒娇的天性也变了，变得像胀烂的柔软水果、难闻的肥皂泡沫和超市找零时那油腻腻的一角。同时，同时会有一种力量在你心里躁动并重复地告诉你：你得要高于这种水平，你的下一代得高于这个水平，而且你必须活得比她更有意义。这不是，不是两个人谁赚钱多少的问题，也不是，阶层——

不是说上层社会就纯净无瑕而下层的生活圈子则卑贱污秽。这不是权力、也不是处世能力的问题，这只是，这只是单纯地不协调。你明白她那双眼睛后面的一切思想活动，对她从头到脚了若指掌——就像明白钟表的机件，你能看到每个轮子运转。你能瞥见她的灵魂，也能瞥见自己的灵魂，你清楚得很，她所追求的只是低级的享乐，像坟墓一样狭窄、阴暗。而这世界上明明有神秘的、难以想象的奇迹和永生。我说，你的思想超过了她，自然在……在某种程度上一定是高于她的。而既然生命对你有更丰富的内容，你便也会相应地……比她对生命提出更高的要求。不是吗？”

“你，你说这样的话实在是太蠢了，真的，你可能有一点道理。但这话实在太蠢了。总归你想说要年轻人不结婚吗，晚要孩子，把时间和精力用于工作、赚钱、念书、约会和享乐？那与你毫无关系，那与你一点儿关系也没有。你听我说，那不是你的事，也不关你的事。”

“可，可能吧，但总得说点什么，他们，他们有小孩啊，两个小孩子……你不能……你不能叫孩子们……在理论上，我说，在理论上，你可以与你的小女友或者其他女人一起快活——不用安全措施，任何时候！可是，可你得考虑孩子，别，别让孩子……洛克，你瞧现在闪婚和离婚的几率是持平的！但那有……有孩子，那是——噢，见他妈的鬼，你知道我的意思！我指，如果他们能晚一些结婚，恰当地避孕，孩子们所生活的环境和条件就大不一样！总得……说点什么，真的，得说点什么……可能我的这套说辞都纯属异想天开，是强作解人和不经之谈。但总得，我说，我总得说点什么，说真的，怎么着都行，你就是不能任由年轻人的灵魂残废，感情上残废，最后自食其果，不仅自己无法顺其自然地行事，而且对下一代也……”

“啊，是这样吗？”

“我……我……”

“有意思，那我问你，你觉得年轻人到底应该怎样？”

“我……我不知道了……我，我不知道了，唉，我也不知道我在说什么。洛，洛克，我……有时候，有时候我会觉得自己总得说点儿什么，总得……我……唉……可能只是我那莫名的虚荣心产生的糊涂想法吧。”

看到自己的房子了。我努力集中精力，头却晕乎乎的，白天的劳顿颠簸在我身上沉积下来，叫我觉得像坐了太久的车一样难受。我深深地抽了口烟，晃了晃头，几步走到门廊前。我哆嗦着从包的侧面里取出钥匙，试了几次也没把门打开——屋前太暗了，我看不到钥匙孔。我拿起电话，准备用作照明，却看到了香港人又发过来的语音。

“不说那个了——你，我说，你最近见妮维了吗？”

我握着电话愣了几秒。

“没，并没有。我，呃，自从那次我参加了她在约克郡那边她父母的老房子里举行的派对之后……我就没见过妮维了。不过我们经常通话，我们会约好在某天晚上在网上或电话里聊天，说说笑笑，告诉对方自己现在怎样、做什么工作、愉快或者不愉快，闲话一下我们的熟人。我把自己的工作情况讲给妮维，她则把自己申请第二个研究生学位的状况报告给我。”

“那，为什么你还不去约她？我是说，你可能在一些事情上有一些天赋，但你却很少注意到这个世界上还有很多其它令人愉快的事。说真的，无论怎样，我始终还是理解不了为什么你不去约她。”

“不行，不到时候，洛克，我知道这听起来很矛盾，甚至……莫名其妙，但……‘我不会爱她如此之深，要不是我更爱荣光’[①]。”我轻声说，感到有什么感情在心里涌动，“我不能去见她，我不能那么做。我……我意志薄弱，如果我真的见她一面，我是怎么也安不下心来的，尤其是在这个关键的时刻……”

“你准备等到什么时候？”

“我，我不知道，我现在什么都说不准。”

“是吗？”

“是啊，洛克，我说不准——伦敦这地方太大了，你想会见的人总难得见上一面。”我叹了口气，瞬息间想起了曾使我心力交瘁的爱情——爱情除了眼下激起我内心一阵激动之外，简直微不足道，“而且《瓦尔登湖》里说得很对，在很多时候，可能‘两条腿无论怎么努力奔跑，也无法使两颗心互相更加贴近’。”

“ただいま！[②]”

大学三年级末端的某个黄昏，我坐在书桌前，先是模糊地听到了“笃笃”的敲门声，接着听到了门外建豪的喊叫声。

水族人唤出来的那场雨从“表白”那天起下了三天三夜，第四天雨停了，天空依旧乌云密布，阴冷也不尽消散。到了第五天将近黄昏的时候，终于回暖了，微风里闻得到花香。

我坐在书桌前翻阅着参考文献，用红铅笔在复习材料上打标记，心底却飘忽不定，这几天里折磨我的那个鲜活的影像又开始在我心底徘徊了。我幻想着“她”将会像故人赴约那般不动声色地出现，我们可以孤身厮守，在她粉色的唇印里和诱人的秋

① 出自玛格丽特・米切尔（1900–1949 年）小说《乱世佳人》。

② “我回来了”，回家时对家里人的问候语，家里人常会回应おかえり（您回来啦）。

波下，我将脱胎换骨，甩掉了软弱、怯懦和稚嫩，享受那柔情极致的那一瞬间。可在下一秒，遗憾之情便会猛然充斥我的胸膛，让我在尖锐的吸气声中惊醒过来，大汗淋漓、心神不宁坐回在暮色之中。

我叹了口气，抬手揉了揉眼睛。

那平常看起来毫不费力的文章在此刻竟异常难念，所有文字好像都失去了意义，如同沙粒般簌簌地从书页上零落。我深深地呼了口气——这是我所习惯的、并被证明行之有效地保持平静的方法；接着我绷紧的大脑里突然感到了某处传来的、激烈的、不规律的声音，像个蠢蠢欲动的引擎突如其来地从体外不断的给我注入愈发响亮的声响：那是敲门声和建豪抱怨的叫喊声。

“ただいま！ただいま！ただいま！”

我拖着身子从椅子上起来，从阁楼上晃荡着走下楼梯，缓缓地拉开半边门。门外站着建豪和凯文，建豪夹着两支超市买来的廉价威士忌和几罐不同的碳酸饮料，凯文还像往常一样面无表情，眼睛也不眨。

建豪对我摆了下手：“这几天怎样？”

“还好，”我说，这话既没有分量，又不太恰当，可是我又想不出旁的话。我侧过身子，示意让他们进屋来，同时客套地问了句，“吃过饭吗？”

“没，但是我们带了自己的那部分，”建豪晃晃手里的大瓶子。我听到咕咚咕咚的声响，“你这几天都没有出门，也不上课，还不听我的电话？我是说，你总不能在床上和书桌前待一辈子吧。”

我没吱声。

“而且要是时间拖得更久的话，”建豪一脚迈进屋子，“我会觉得茱莉亚的事会成为你自我放纵、耽于声色的借口。”

我对他带着讥讽地笑了，语中带刺地顶撞一句：“听到你责怪别人自我放纵，我觉得怪有趣的。”

建豪耸耸肩膀，毫不在意。

我又叹了口气，张着嘴巴迟疑了一下，还是说道：“总之我很好的。要是你们闲得发慌，可犯不着为我操心，我一个人待着并不嫌冷清。”

“嘿，别这样嘛，我说，你得改弦更张，不能再没完没了地运用想象力把一点儿痛苦拿来反复咀嚼回味，过去的就让它过去，”建豪白了我一眼，一屁股坐到乔西床边，掀开了他盖着头的毯子，“乔西，你来说点好玩儿的事儿。”

凯文拉了个椅子，把宿舍里跑着的小比熊抱到腿上，看大戏一般皱着下巴。

乔西伸了个懒腰，从床上坐起了身子。他脸上露出愉悦的微笑，像宗教法庭的法官审判异教徒那样乐得心花怒放：“ごめんなさい、桜木くん！私、バスケット部の小田くんが好きなの。[1]”

他俩的这种一搭一唱，简直天衣无缝。

“你，你们俩讲相声么？说真的，乔西，你要不要再来一段《托妻献子》，或者评个《薛刚反唐》？”我不满地白了乔西一眼，接着又对着建豪撇了下嘴，“还有你，如果你把头稍微向后转一转，你会看到那里有一扇门——祝你日安。”

建豪两手一摊：“我指的是，你完全可以盯着好的方面来看，没必要总盯着倒霉事……”

“好，好的方面，你……你说好的方面？”我皱着眉头，恼怒地打断了他的话，诧异地嚷道，“在我准备表白前的那一刻，就在那一刻，我才看到她的手指上多了一枚戒指——啊，就那个时候，谁给她的呢？我不知道！什么时候呢？大概就几天内的事儿！接着我的脑子整个崩了，天空，楼房，人影好像都处于梦境里，晃动着发着亮光。我迟到了，一切都晚了！我一句话也说不出来，既尴尬又狼狈，难堪得要命。从第一次遇见茱莉亚起，我准备了三个月时间，期间我曾多次鼓起勇气，却总因顾虑重重而取消了决心。我害怕冒险，铸成难以补救的大错。结果因为自己的幼稚和怯懦，我连个公平的竞争的机会都没——我表白的话最后都没说出来！说真的，我倒真想听听你指的好的方面是什么？”

“我猜建豪大概是这个意思，如果能让你感觉好点的话，即使你在前几天表白了，她应该也是会拒绝的——你追到她的概率就如同打桥牌的人手里拿到十三张黑桃牌一样低，”乔西眯着眼睛，一边挤压着太阳穴，一边慢条斯理地讲道，“你知道的——没有冒犯的意思，她比你高出整整一个社会等级。”

“为什么你觉得那会叫我感觉好点？”这句话我几乎是叫出来的。

我的声音显然吓到了凯文腿上的小狗，那只狗猛地抬起头，四处张望。凯文把它抱在怀里，抬起头来了。

“该吃饭了吧。”凯文做了个打住的手势。

大伙都熟悉他的性格，他一抬手，我们三人就都闭上嘴了。

凯文从口袋里取出手机。

“我们从《金氏漂流记》里学到什么？”他随口说。

我觉得他应该是在问我。

“啊？”

---

① “抱歉，樱木君，我喜欢的是篮球部的小田”，出自井上雄彦创作的漫画《灌篮高手》。

“Castaway on the Moon，2009。”

“你问我，我们从《金氏漂流记》里学到什么？”

“是的，我们从《金氏漂流记》里学到什么。”

“不是，我说，不是事事都能学到东西的。”

“凡事都能，只要你有心。”

我长长地呼了口气。

“呃……不乏幽默与共鸣的影片巧妙地把社会边缘、沟通不畅的人联系起来？无法倾诉的痛苦、想与别人交流的渴望和恐惧现实是当代年轻人的一种通病？或者生活中的自然美和原始心境在城市里并不稀缺，但需要你尽力去捕捉，”我思索着，接着犹豫着，想用恰当的语言表达难堪的意思，“或，或者，如果你跟我一样是位细致入微的观察者的话，郑丽媛本来有着清新可爱的笑脸可整容之后却……”

凯文直直地盯着我的眼睛，那毫无表情的脸孔真叫人难受。接着他一抬手，把拨通的电话朝我丢了过来。我翻过来看，发现那是外卖馆的电话。

他耸了下肩膀：“炸酱面是一定送得到的。”

那是个静谧黄昏，青色的石板路被前几天连续的大雨冲刷得干净透亮，能映射出天上红云的轮廓，道路侧面被染成赤色的沙壤土地似乎被细心打理过；栽种着两排莴苣和几棵结着白色喇叭花的瓮菜，同我印象里荒芜的景观大相径庭；不远处披着金纱的公寓楼像守卫迟暮的士兵，庄严又肃穆；而透过枝繁叶茂凤凰木的几许灯火却显得调皮戏谑，让人愉悦开颜。建豪在宿舍园区的门口取外卖，我站在他身边，百无聊赖。接着我一抬头，看到茱莉亚和那个男人在远处的前面走过去了。

事后想想，那个男人确实有一种动人的潇洒风度，沉稳、自信，我看得出为什么茱莉亚对他倾心。他的眼光不时落到她身上，从他的神情里我能看出不但有喜欢，还有一种温情，看上去非常美。这样的人应该和她有共同语言的，也更好相处，他们应该会喜欢去逛美术馆，听管弦音乐会，是书店的常客。这样的人一定会珍惜她，给她买漂亮衣服，带她去巴黎过生日，给她想过的那种人生。两人的境遇都宽裕，你想不出什么理由说他们结不了婚，而且结婚后不能一直幸福地生活下去。

可那时我可不是这么想的。

建豪在我肩膀上轻轻按了一下。

“那是茱莉亚和她的……”他指指远处的人影，小心翼翼地问我。

“嗯。”

“你，你怎样？”看见我消沉的样子，他也就没心思说笑了或者讲些刻薄的俏皮话了。

“我没事。”

“真的假的？”

我没说话，建豪也没说话，就那么过了好一会。

“那家伙样子好怪，”我突然开口了，“他好像条狗。”

根据我的留学日期，在圣诞假期的某个晚间，我参加了学校附近一个小型的基督教集会。通过与一些当地领袖的接触，我了解了社区教众的生活模式，领略了基督家庭的德性和美，也喜爱唱《第一支圣诞歌》的孩子们。我为集会融洽的气氛感动，一时间有了做基督徒的念头。可后来在相同的情绪下，我打消了这个念头。类似的经历也发生在我与天主教之间。伊斯兰教在英国发展得也很快，教徒都是年轻人——我稍作过了解，仅为驱散我对其肤浅的误解。此外，我知道锡克教、犹太教、佛教在伦敦也有广泛信徒。

我不懂宗教——我没有阅读过关于宗教的典籍，没念过教义，不清楚宗教史，也没有特别对哪个宗教有深入的研究，直至今日我也还是个未经感化的异端。我提到这些，是因为我要说明自己心里“神”的概念不与任何宗教信仰相斥，也不相同——希望不冒犯到任何有信仰的人。

我的脑子里从来就塞满了各种各样的念头，那种肚子里憋着个趣事儿想讲却又找不到人听的感觉有多难受，我打小便深知。可我既没办法跟朋友们讲抽象的事物，也不自在与家人谈论喜欢的女孩子，所以总是幻想如若有个知音可以跟我开怀畅谈，为我排忧解难，必然会是件乐事。在我家搬到外公学校时。七岁那年，我的外公创办了一所私立学校，父亲、母亲和我就住在一间宿舍里——每逢周末或者假期，学生一走，校门一锁，偌大的校园便只剩家人和我了。慢慢地，我熟悉了学校里的每一片青草、每一块砖瓦。我知道待在哪儿最凉快，哪棵树长得最高，哪一处的蛐蛐声音大；我清楚哪边的花最香，哪块会落叶满一片，哪里的雪积地最厚，哪边的回音最响。童年的日子孤单，但并不无聊，我一个人默默溜达，心里有时反倒觉着挺快乐，至于乐在何处，我也说不出个所以然——可能是我慢慢爱上了围绕在身遭的大自然了。那是一种独特的满足感，一股莫可名状、令人困惑的喜悦之情——头顶上无垠的星空能叫我感到天体在平静中转动；身边的土地在炎热的日子里将我拥进怀中；花圃边的空地上，我能躺着打瞌睡，同时感觉到微风吹动眼皮颤动；操场上那几株参天榆树上，白嘴鸦响亮的鸣叫能响彻长空。逐渐地，我能感觉出世界散发着的陌生的光芒了，而从我看的各种书上，我知道那种感觉是“美”。冥冥里，有什么东西跟随着“美”生长出来了，像个胎儿那样慢慢伸出了双手。我有了一个奇特的预感，觉得什么要随“美”而至了。终于，那股生命力冲破了最后的一层壳，不可思议的瞬间来临了。好比一阵风吹过被践踏得惨不忍睹的沙漠，眼前霎时间出现了一条崭新的道路，而我情不自禁地按照指引迈进里面——自己得到了一份名为灵感的祝福，我觉得那就是“神”吧。

心底有了“神”的意识之后，幼年的我逐渐实体化了那位“大人物”的形象——人们信奉生动别致的事物时，总是按照自身的形象来塑造神祇的——我把“神”想象做一位年迈、睿智、怪脾气但充满趣味的老先生，他蛰伏在我心底的角落里，而我的所有心思和想法都能被他认识、理解。我对那些能叫自己感到有趣的人一向无法拒之于门外：我颇有几分口才，能时而说几句高雅风趣的妙语，现在碰上了一位知音，怎能不喜上心头。总之，这个“神”的幻想给予了我这个孤独的小孩子永不厌倦的喜悦和一种美妙安宁之感。打那之后，每当我面临抉择，陷入困境，或者坠入情网时，我都把那当作是“神”对我的考验，就像是我要到某地区，他会在我必经之路上造一个迷阵，叫我不容易通过，又挖一条壕沟，使我要游过去，最后又造一道城墙让我攀缘。

简而言之，我没有宗教信仰，只是打小便觉得自己心底住着一位“神”，或者“上帝先生”，或者随便你怎么称呼，而那个声音总会时不时地在我心里喊叫。就是这么一回事儿。“他总会帮我的”这个印象一直伴随着我。

这就是为什么当我收到那封邮件后，我质疑了心底的“神”。

“我以为你会帮我，我，我一直以为你会在最后一刻做点什么。我走了这么久，拼了全力，总应该会来点什么……像运气之类的叫我得救。我是说，那个一直陪伴在我身边的你……或者什么力量，对于发生在我身上的重要事情应该有点在乎……”

世界杯小组赛的最后一场，穆勒补上了被霍华德扑出的头球，在禁区线处抽射破门，直播网站里的欢呼声不绝于耳。而我的邮件提醒几乎在同时“叮”地发出响声。

我朝着邮箱的页面瞟了一眼——心不在焉，好像刚刚记起了一件事，我看到了邮件的标头。

我打开邮件，扫了一眼，一瞬间，仿佛屋里的光线、颜色和声音全都被吞噬了，而我被留在了莫名的阴影中。

诚实说，我是不愿回想起接下来的那段沉默的。

在那最初的几秒里，我既不觉得难过，也不觉得忧伤，只是感到一种可悲的、叫我无地自容的羞耻。接着有那么一会儿，我觉得只要我坐着不动，多等一些时间，事情就会自行解决——有人告诉我信息搞错了，网路出了故障，或者这是个奇怪的梦。可什么都没发生。我呆呆地坐着，像个难堪、过气、疲惫的演员：幕布已经永远落下，脚灯已经暗淡下来，而观众也倏然不见了，只剩我留在空荡荡的舞台上，不知所措。我把邮件从头到尾、仔仔细细地看了一遍，而在下一秒，我忽然听见远处传来孩子们若隐若现的笑声——那时我竟还能分出神来，感到奇怪：孩子？霍克斯顿在黄昏时是看不到多少孩子，顶多是一些看起来像刚刚起床，或者宿醉未醒样子的年轻人。几乎是与此同时，我的脑袋里一并闪过了无数念头：接下来怎么办？将来怎么办？我有任何收获吗？换种生活方式？是不是走错路了？一切是否会变得好起来？

那感觉怪异得很，好像我突然发现了一个影响深远的恐怖真相，而世界上没有其他人知道发生了什么。

我颤抖着盘起一条腿，内心终于涌起了一阵悲苦。我双手发冷，身子抽搐，脸上现出一副痛苦不已却又茫然无措的神情。我赶紧把压在腿下的那只脚放下来，重新调整脸部表情，使之显得更平静一些。但没奏效——一种即将被毁灭的感觉已然压迫我了。我很想对自己讲：把电脑合起来，你需要睡眠。可我连说这些话的力气也没有。越来越多的念头围绕着我，朝着我猛扑过来，叫我喘不过气。桌上台灯周围的一道道光圈闪闪烁烁，面前壁纸上的条纹震颤不已，我揉了下眼睛，试着朝别处望去，可其他物件也模模糊糊、摇摇晃晃。

突然我的电话响了起来，我按下了免提键。

“托马斯！托马斯进球了！世界杯第四球！看到了吗？”电话是洛克打来的，他的声音既激动又兴奋。

我把身子往后靠在椅子上，双眼茫然地望着窗外，感到周身的骨头在融化，好像自己下一秒会陷入地底。

“我，我看到了。”我说，声音有点儿发抖。

“你，怎么了？”或许是我声调的缘故，洛克问了一句。

“我……我没……”

“你听起来很怪。”

“我……”我觉得浑身发冷，面色肯定发白了，有一阵突然的剧痛绞紧着我的心弦，而自己的血肉之躯受不了这个痛苦。

我再也克制不住自己，两颗硕大的眼泪夺眶而出，顺着面颊扑簌而下。接着我把头埋在臂弯里，稀里呼噜地抽泣起来，几乎是上气不接下气。突然我使尽力气把右拳握起来，在桌面上捶了三下，接着手又无力地松了开来，手掌向上地摊开着，一动不动。

“怎，怎么了？”洛克听到了我这边的动静，小心翼翼地问。在我听来，那副透着同情的温柔口吻，就像《2001：太空漫游》里电脑哈尔的声音，“你生病了么？”

我张了几次嘴，却哽咽着发不出声，仿佛自己全然无力发声。

我似乎用了一个连自己都觉察不到的动作举起电话，然后仿佛倾尽我所有的力气说道——所有的活力在讲完一句话后也消散得荡然无存：“不，呃，不，更糟，我意志消沉。”

我挂断电话了。

这个结局并不是难以预见的，事实上我除了难受和绝望之外，还莫名地觉得真实，就像预言家亲眼见到一个无视自己警告而一意孤行的城市，终于遭到地狱硫火的吞噬一般。但事情真的发生之后，我又感到无力应对。因为崩溃刚开始的一瞬间，我还是难以相信。真的，如果你告诉我说一封邮件将揭示那条我一直走的路断掉了，我认为是不可想象的事。甚至我觉得我能够理解别人会垮掉，但是我会垮掉——那简直是不可能的。可这确实发生了。

电话又响起起来，我没去管。

我扶着椅子扶手，晃晃荡荡地站起身来，步履踉跄，站不住脚——不得不倚着墙壁。我像盲人一样一步一步扶着墙走，使劲睁着视力不济的眼睛，尽管掉眼泪掉得眼睛已经很疲倦。我一头栽倒在床上了。我迟钝地把头靠在枕头一侧，成了个躺在黑房间里却醒在床上的人，我瞟见窗帘上透进一道光，突然有种感觉，害怕光会把我吞噬掉。

我是多么无足轻重的人啊！我悲哀地叹了一下。想想未来，展望前程，我质疑了我的内心。

“我以为你会帮我，我，我一直以为你会在最后一刻做点什么。我走了这么久，拼了全力，总应该会来点什么……像运气之类的叫我得救。我是说，那个一直陪伴在我身边的你……或者什么力量，对于发生在我身上的重要事情应该有点在乎……”

一阵骇人的静默。

“我想过，但我不能那么做。”心底响起了一个叫我始料未及的、温和的声音。

我猛地感到难过了——说真的，我倒期待“神”像平日那般掐着冷冰冰的腔调，用讽刺的口吻叫我骨头发凉。

“我，我以为你会……”我几乎说不出话来，只好听着。血管里的血好像冷了，静止了。

“不，我不能。”心里的人影看着我，深邃的眼睛显得暗淡无光。他盯住我不放，这种神经质的举动叫我感到厌烦。

“你应该帮我的，你只用……你应该帮我的！只需要轻轻一推……我就差那一点点，我就……我就差那一点点……”

倒在床上的我瘫软无力，颓然地用双手掩面，竭力按住内心的羞愧，但不奏效。我陷入到一种歇斯底里的状态之中，痛苦仿佛要撕裂我的胸腔。

“我不能再那么做了。”声音又响起来了，依旧很温和，但给我的是相反的感觉。

我愤怒了。我向来认为上帝的冷酷和讽刺是他那温暖而和善的本性之外的伪装，但当他真的开始用温顺、亲和的口气跟我说话时，我又觉得他是在演戏了。突然之间，好像那层漂亮的舞台的幕布被拉开，我第一次看到了他的本来面目：他不再是那个德高望重的长者，不再是我梦想中那个纵容和保护我的父亲般的人物，不是那个为我设下标准，挑战我提高我的角色，而是一个叫人捉摸不透，在精神上保持中立的人。

我颤颤巍巍地站起身来了。

尽管力气消耗殆尽，身子重得迈不开脚，可我喘不过气来，耳朵里隐隐作痛，脑子里回响着黑暗的轰鸣——我真的受不了了，屋里没法待下去了，我必须离开！我用肘部撞开屋门，咬着牙进入又长又窄又黑的走廊，走廊里光滑的木板温暖而衰老。我艰难地、一步步地走下楼梯。我狠命地把指甲掐入手掌中，拼着气力越走越快，步子越迈越大；我急匆匆地打开屋门，疾步走出走廊；到外面去。然后我撒腿就跑，越跑越快，呼呼喘着粗气——我几乎不清楚自己要往哪里去，只觉得自己得穿过这夜晚。

“为什么？”我跌跌撞撞，眼前一片模糊，像是一头受伤的野兽一样大口地喘着气，几乎要摔倒在地。

“我要走了。”一丝疲倦的笑意隐约展现在“神”那坚定的嘴唇上，我望着他，看到他眼睛里闪耀着温柔的光泽。

“你，你要走了？”我吃吃地说着，觉得自己像一个神情恍惚的人一样握紧了拳头，我跑到了大街上，想在街头大声尖叫，但终究没那么做。我的步子慢下来了，被透支的身体开始管我回收力气了，而湿了的衣服紧贴着皮肤，也将我身上的热气吸走。我拖着步子，又感觉到寒冷了。

我突然有了想抽烟的欲望，我摸了摸口袋，却想起香烟被抽完了。我开始找寻附近一带是否有个店铺可以买一包香烟，可店铺都关门了。我一家店铺一家店铺地找，头晕眼花，骨头酥软，又难受又无力，我朝前望去，几乎读不懂远处店铺招牌上的字。

“对，我要走了。”声音响起来了，可我得到的还是那个奇怪的回复。他的语气相当平静，但我却感到胃里像堵了一块东西。

“但，但我失败了，你不打算收拾这个烂摊子？”

我沿着街往前走，一时竟找不到一家开门的铺子。这是一条很长的街，街上有各种商店，但我没找到一处卖香烟的地方。我架着胳膊，浑身发抖，冷得心脏都麻木了，现在唯一能叫我停止颤抖的事情就是连内脏都结上冰。路上几乎不见人影。

“不，我得走了，我在你这儿已经待得够久了，现在我得去别的地方。你已经有能力靠自觉的努力去提高生活。”这几个字说得虚无缥缈，有点像木炭的烟气。我愣住了。

这是个叫人沮丧的回复。我以为他还会说点儿什么，但没有声音了。

“这，这他妈是什么意思？那我他妈该怎么办？”

我心神不宁，不知所措。我几乎是吼出来了后半句话。

长时间的缄默，然后我听到最后一句话。

“最大的力量，一个人最大的力量是，他毫无疑问地有能力靠自觉的努力去提高自己的生活，这是人世间最鼓舞人心的事实了。”

我突然想要高声、歇斯底里地大笑，我觉得“神”那凄凉的口吻实在可笑。

你只是在胡说你知道么？你只是在胡说，去你的，你以为你什么都懂，不是么？你他妈逗我么？我没有做错什么，我什么都没有做错！我的思想暮气沉沉，充满怀疑和自我疑问——都是因为你；我每日静心苦读、一丝不苟地遵循原则——都是因为你；我远离青春同伴，陷入默默的宁静，全神贯注于获取知识——结果得到的知识只不过就是一堆语意单薄的句子，或摘自亚里士多德的《诗学》和拉辛剧本里滔滔不绝的台词，更多的是深刻地听见并感受到自己的软弱和无能——都是因为你。更奇怪或者可以说更可悲的是，我居然从中得到干巴巴的乐趣。你说摆在我面前的是金玉良言，所以我花费时间去阅读；你说获得结论的方法是通过演绎推理，所以我思考；你说高谈主义是极容易的事，不能习惯了阳春白雪，得卷起袖子，弄脏自己的手——所以我努力工作，我确实也那么做了，我非常努力；你说我要有高的标准——那意味着付出更多——我说你说得不错，我会那么做的；你告诉我说“世界上很多事情说穿了都无聊，一个人要是没有热情没有需要，仅仅为了他人的缘故去逐利追名，苦苦折腾，这个人便是傻瓜”——我说这话有道理，我是应该保持热忱和激情，偶尔用幽默给生活添加乐趣；你说“我从不与人争，没有人值得我与之争；我爱自然，其次爱的是艺术；我向生命之火伸出双手取暖；火快烧残了，我也准备离去”[①]——我说这没得辩，得体正派的人是应该有着宽阔的心胸去接受自然和艺术，平心静气，与人无争；你说人总得发展一些非职业的兴趣，并时时寻一两个值得研究的问题——我说好，我喜欢音乐，我喜欢散步，我可以写作；你说我该走自己喜欢的路，并且心无羁绊、无所畏惧，我也那么做了！我坚持了下来，走到了现在！然后呢？然后没了么？我，我承认你偶尔会通过直觉给我一点启迪，我也承认那一点启迪真是亮如闪电，“美”的精髓会像大氅一样把我完全包裹，能叫我认识到高尚之涵义，不过那短暂而傲然的启迪根本无法长久地支撑我，我依旧

① 出自沃尔特·兰德（1775–1864 年）诗歌《生与死》。

身处芸芸众生之中，还是被淹没在肮脏邋遢、喧嚷吵闹而又懒散的城市里。你现在会说什么呢？真的，我特想知道你还有什么垃圾话没说完？“suck it in suck it in suck it in”[1]，还是“I don't read rules or adhere to rituals”[2]？你说的都是屁话你知道吗？我尽心全力做我想做的事情，不断提醒自己这样刻苦努力是件好事；我克服自己淫恶的本性，抵拒诱惑；我把痛苦和忧患作为考验——用以洗刷自己的考验；我绝口不提自己遇上的不公、歧视、侮辱，我能用强烈的幽默感叫自己即使身处困厄之中依然自得其乐；我每一天都累得筋疲力尽，倒头就能睡着，像个活死人。但我都走过来了，我一路走过来了，结果呢？结果是什么？我像傻瓜一样在伦敦老区的街上找烟抽！我想得到妮维，我想去跟朋友们喝一杯，我想赚钱叫我妹妹以后能去美国念书，我想去美瑛町旅行，我想要在大学里谋个好差事，我想有更好的发展，为我的下一代创造一个比我现在得到更好的条件。为了一步一步做这些事情，我丢掉了其他几乎所有欲望！我需要那个学位，我非常、非常需要那个学位，那是我起步的奠基，但我现在什么都没了。你知道吗，从现在开始，我根本不会再听你那些“人生哲学”，你在我成功之时来邀功，在我失败之时给点鸡汤的安慰？去你的！别拿那些垃圾来逗着人玩儿，你以为我信那些东西？我才不在乎呢，我现在连女人都不放在心上，去你的吧，所有的一切，都去它的吧。而且你以为我会在乎你？首先你要知道，我想我的幽默感有些非如常人，其次我告诉你，要是我现在还有哪怕一丁点幽默感的话，我会笑掉牙的，这是我听到过的最最最精彩的笑话。

我一只手撑着额头，长长地叹了口气，摇晃着在街边坐下了。

口袋里的电话又发出了亮光。那亮光透出衣服仿佛是火焰在吞噬，而自己在不断沉沦。我站不起身来，无力克服自己内心的软弱，而这种软弱之感似乎正逐渐充斥我整个身心，像一只浸在冰水里的空瓶，水正在不断往里灌。

心底没有回应。

“你，你还在那吗？”我问。

没人说话。

我声嘶力竭地喊了一声，什么回音都没有。

我再也没从心里听到过声音了。

像我说的那样，我是不愿意回忆起这段沉默的。写到这里的时候，我停下笔想了想，希望找到一个答案：为什么这么些年来自己心里会存在这么一个幻影？结果这是个

① 出自蓝调摇滚乐队布鲁斯旅行者单曲 Hook。

② 出自泰特斯·安特洛尼克斯乐队单曲 Dmied Out。

简单的问题，只是我从来没正面问过自己——那个他一直都不停地对我按照他的标准进行再塑造。他传授给我一套曲高和寡的原则，叫我变成自己想成为的那种人，他懂得如何控制我这个自我感觉良好的年轻人，他也有独特的天赋能够让我把自卑转换为高人一等。

真他妈的混蛋！

我还是希望能再见到他的，希望我们第一次见面的场景能重现：一个有智慧的长者，突然从一条荒无人烟的道路上冒出来，只是为了叫我能够实现自己所有的梦想。

我从口袋里摸出了电话——我竭尽全力才说出话来，但嘴唇还是有点不听使唤：“德国赢了么？”

6月27日（下）

电话是我母亲接到了，那时是国内的凌晨。

“英国天气冷记得加衣服，注意身体吃好饭，不要把自己赶得太紧，去谈个女朋友。”我母亲是这么说的，我不知道她怎么有精力说话这样温柔。我听着电话里的声音，心里又开始难受了，出于本能，我不想让她听到自己在哭鼻子。我竭力忍住翻腾着的泪水，觉得对母亲难以启齿。我决定把话说给我父亲听。

我叫我母亲把电话给我父亲时，突然想到了拿破仑写过的信件里有这么一句话：我不及成吉思汗好运，他的四个儿子，争为父亲建功。我忘记自己在哪里读到这个了。

“爸，我……博士申请那个，没有中，”我尽可能用平静的语气，“刚下的消息。”

我父亲的反应非常平静——远超我的想象：“啊，我知道了，你过得怎么样？”

“我，我还好。”我有些发愣。

“一切都可以？”他问。

“嗯，都还行。”我说。

接着电话那头沉默了，尴尬和紧张的气氛一如往常地溢出来了。我握着电话，不知道该说什么好，而电话那头也没了声响，好像不知道谁该先开口。紧接着在下一秒，我听到了父亲局促不安，又像是打起了精神的话语——我颤巍巍地坐着，忽觉一股暖流瞬间流遍全身，叫自己完全无法动弹。

“要我，我说，要你妈妈跟我去打钱给你吗？”

天，他说了这个，他真说了这个，那简直要笑死我了，真的，我笑得那么大声，脸上全是泪，我从没笑成这个样子。

——2014年6月27号 星期五阴

2014年7月，妮维跟我约在“外街”的咖啡店见面。

午后很冷，风透着习习凉意，一股低沉、阴湿的薄雾飘浮在伦敦上空。我出了地铁站朝外街走去，发现途经的草坪颜色发了黄，而且杂草猛长，树木上的叶子也变得稀稀拉拉的。忽然一股挺硬的风扫过，路旁老旧的两层楼房上的深色的绿漆便一片片地从木板上剥落。

外街上没什么人，几爿老店铺那都还在经营，并仍出售与过去一样的商品：运动器具商店里堆满了钓鱼用具、板球拍、网球拍和足球；便利店卖小食、香烟和酒；书店里的一个橱窗摆着教科书、宗教书籍和最近出版的小说，另一个橱窗里悬挂着内丁·戈迪默[①]的黑白照片。不远处的学校那边也冷冷清清的，在假日里，楼上的窗户全紧闭着。我呼了口气，把手揣进衣兜，径直朝街角的咖啡店走去。

那家“咖啡和其他”咖啡店是妮维跟我的集合地。读书和做项目时，我们经常在那碰头——我们在清晨时候过来，她叫一杯拿铁，我叫一杯摩卡，然后我们一起去教室或者乘地铁去其他地方。我们上最后一节课前便是在这里碰面的，我们去温德米尔镇看天鹅那次也是，我们去索尔兹伯做推介前也在那儿集合，还有去利物浦那次。那家咖啡店里摆着陈旧的沙发，红褐色桃花心木的桌子和古怪的插花装饰，光线也不很好，像狄更斯小说里的咖啡屋一般显得有些过时。妮维跟我通常会坐在前窗台边的桌上，她会拉开厚厚的花边窗帘，让光线和风穿过趴在窗台上的、四季不变的葡萄藤和排列着的、插着花的石头花瓶之间，闯进屋里来。而每逢起风的日子里，窗边壁纸那剥落的边角会在不牢靠、咯吱作响的墙上瑟瑟颤抖，像就要脱落飞跑似的。

妮维今次也在那个位置坐着，我在店门口便望见她了。她坐在沙发上，桌上放着一杯咖啡，一台粘着贴纸的15寸苹果笔记本，窗帘也被她掀开了。她安静地盯着电脑屏幕，几乎不露表情，一副若即若离的神态。我看到她左手的中指有规律的地轻轻敲着铺有台布的桌子。

我伸手拉开木门，一个穿着尺码太大的高领毛衣的头发乱蓬蓬的女人，牵着一只柯基犬，从店里出来了。

妮维注意到我了。

她笑着，朝我挥了挥手，喊了我一下，声音轻轻悠悠，仿佛是从远处飘来。我微笑着，走过去在她对面的位置坐下。

“最近怎样？”她望着我。

---

① 纳丁·戈迪默，南非女作家，1991年获得诺贝尔文学奖，2014年7月13日逝世，享年90岁。

“还好。”

“是吗？”

“是的。”

“还在想博士申请那件事吗？”她说，把桌上那杯咖啡推过我这边。

“不，并没有。”出于某种难以言传的羞怯心理，我没多说什么。

“看起来你并没走出阴影。”

“那不是什么大不了的事——我指，在事后看来，很多事情都是如此。”

“你没回答我的问题。”

“我，我真没事。”

“你应该更早约我出来的——你应该更早。”

“是吗？”

“嗯，我希望我能帮到你。”

“妮维，你在电话里和互联网上的关切已经足够了，我说真的。”

“‘面对面的交流才是最有效的，只要人，我说，只要人能面对面坐在一起，就没有什么解决不了的事情——我对此深信不疑’。记得吗，从前上课时候你说过这样的话。”

“啊，听起来像是我会说的话。”

“无论如何，我想说，你再遇到什么状况时，你可以换一种语言来思考。”

“什么意思？”

“换一种语言。这样能让你的思维慢下来，不叫你胡思乱想。”

“听起来像是个好建议。”

“是很有效。而且，每天你得刻意做两件自己不喜欢的事情。”

“不喜欢的事？”

“嗯，不喜欢的，能叫你保持稳定。”

我抿着嘴笑了，妮维和过去一样，自然大方，毫不忸怩。她的笑容也还是那么富有感染力，坦诚和沉静。老套的礼节性寒暄过后，有那么几秒钟，我俩好像不知还该说点什么，但这微醺的沉默并不尴尬，相反甚是轻松。

“新工作怎样——你找到了新工作，是吧。”妮维突然又问我。

“嗯，在歌蒂教授的推荐下我找到了一份稳定正式的工作。”

“嗯，那真是太好了，”妮维显得很开心，眼睛像七月阳光底下那闪闪发亮的大海一般充满生气，“我说，真是好消息。”

“我，我猜是的，”我说，声音比我希望的呆滞，“我是疲倦了，情绪也不好，心里一片空虚。最好的办法，我猜最好的方法就是动起身来，叫自己赶快做些事情。”

“你这样想真的不错，但你首先得调整好心态，不能看起来闷闷不乐。”

“我……”我疲惫地笑了一下，终究还是没做回答。我把两只手握在一起，慢慢搓着。

“你好像还是不开心，”妮维微微地耸了下肩膀，咬住了下嘴唇，“我是不是都在说些废话？”

“不，不是那样，我，我只是——”听到这话，我猛地感到慌张，脸也涨红了，声音都有点不受控制，“我只是……”

“我以为见到我你会高兴一些。”

“我是非常高兴，”我凝视着妮维，带着内心热烈的感情大声说，“我，我从来、从来、从来都没这么高兴过，真的，妮维，见到你我真是非常非常开心！”

“是吗？”

“这是我的欢乐日！”

妮维抬眼看我，大笑起来。也许是因为我盯得太专注了，反应太大，甚至还可能叹了一声，她笑得说不出话。

“怎么了？”我有点紧张地问了一句。

“你干嘛要那样看着我？”

“哪样？”

“就是——”妮维冲我做了个睁大眼睛的鬼脸，“像这样。”

我被妮维的样子逗乐了，她也欢快地笑了。一股恍若音乐的甜蜜感叫我心脏跳得又慢又自信，仿佛面对着让人安心、充满爱意的伴侣。

在通风的咖啡馆里，妮维穿着一件绛紫色的大衣，有着凸出的图案；内衫的领口和袖口上都镶着泥浆蓝的亚麻布褶边儿，领口扎着一根细带，香草色的柔软细带子从她娇嫩的脖颈处垂下来。她的长袜是咖啡红的颜色，鞋子是黑色的。

“总之谢谢你，”我又说，“妮维，你给的建议很好，我会试着那么做的，我很感谢你。”

“也别谢得太早，女人有时候只是控制欲太强，”妮维吐了下舌头，“不过这句话是真的——‘我们叫做开始的往往就是结束，而宣告结束也就是着手开始’①。”

我笑了下，妮维也笑了。我们之间又出现了片刻的沉默，不过像我说的那样，这沉默里蕴藏着一种不可名状的东西，叫人感到愉快、热切、有所期待。

---

① 出自 T.S. 艾略特（1888–1965 年）诗歌《四个四重奏》，汤永宽（1925–2007 年）译。

“哦，对了，”她忽然把手向前一伸，脸上闪过一丝微妙怀疑的笑，“是什么事情呢？”

“呃？”

“你约我出来，”她热情奔放地瞧着我，又说了一遍，“是有什么事情吗？”

话问得很突然，而我就像个舞台剧里的演员被出乎意料的事件弄得茫然不知所措。安静的咖啡店里，我们互相凝视。她美丽的蓝眼睛闪烁着向我发出一个信号，我准备说点什么，可话语在我嘴边干涸。

窗台上又有一缕凉爽的微风吹进来了。

“我——”我一张口，所有决心瞬间消失得一干二净。我找了个话题，说得有点含糊，“对了，你第二个研究生什么时候开课？”

“很快就要——事实上就是这几天，我有很多东西要准备。”妮维说道。一阵风把墙角的壁纸吹得呼呼响，她把大衣脱了下来，又裹在身上，“对了，你觉得我适合剪短头发吗？”

“短发？”

“是的，开课后我们要先去欧洲实地考察——那需要一段时间，我觉得短发更合适。”

“我觉得你会适合的——即使不合适，你也肯定会有办法。”

“啊，那我会那么做的。”

我点了下头，接着反过来问她：“你最近过得怎样？”

“跟往日一样——我在电话跟你说过的。哦，我这几天在念《押沙龙，押沙龙》，你读过吗？”

“没有，”我想了下，摇了摇头，“我念过福克纳的《喧哗与躁动》——他的书很难念。”

“那个名字取自《麦克白》。”

我笑了：“我并不知道这个。”

接着，我朝桌上的咖啡指了一下，又没话找话般地扯了一句。

“这只有一杯摩卡，你的咖啡呢？”

“还没做好，”妮维望了下咖啡杯，朝着我打了个眼色，示意我喝一点，“快要凉了。”

“啊，我知道了。”我端起咖啡杯，抿了一口。

阳光从窗台上的葡萄叶的缝隙中射下来，在妮维身上投下美丽的图案。那是一朵朵平展开来的金色的花，宛如一条披肩。

我望着妮维。她裹着大衣，只穿着衬衫，袖子的褶边儿被她很有男子气地挽起来，露出光洁的小臂。她像一位社交艺术家一样用一只手轻轻撑住下巴，用手指绕着她的发卷并挺了挺腰。她在容貌上着实花过一番心思，但我也知道，那绰约风姿和娴雅举止都是靠着艺术、见识和经历砌成的。她看上去健康，并为长得这么姣好而得意，对这点我比任何人都知道得更清楚，我也从不觉得她缺少颠倒众生的特质。想到这我又笑了。我微笑着，忽然觉得这背景既合适，又恰如其分地有罗曼蒂克的情调，而在沉默这会儿，轻柔的气氛也渐渐围拢过来。

我开口了。

“我想约你出去——这就是为什么我约你出来。我指，不是往日那样，是像真正的约会那样，对，我想约你出去。”

尽管开口的那一秒我的指尖猛地感受到了心脏的鼓动，但这句话被我简单地说出口了。可话好像没说得十分明白，我顿了一下，也莫名地笑了一下。

妮维望着我，她抿着嘴唇，轻轻咳了下。

“我喜欢你，”我突然意识到自己忘了带花，“不开玩笑。”

“德国赢了么？”

我坐在路边，仍被难以忍受的疲倦和沮丧折磨着。有一秒钟，我突然有种晕船的感觉，好像周围的建筑、街灯和车站旋转着倒向我了——它们要将我幽闭起来，丢到无穷的黑暗中。

“你，你刚才——是出什么事了么？”洛克的声音焦急、慌张，也有强作镇静的味道，“收到博士的消息了？关于那个，呃……如果是不好的消息——我指，没中就算啦。那并不是，我说，那可并不是……”

我对洛克的问题不发一言。

那份刻骨铭心的失落仍旧浸透着我的全身，虽然我深知不论是实力，水平还是资历，那个名额轮不到自己，能入围短名单已算是荣幸之至，但我无法抑制那份失落。我那年轻、稚嫩的心所受的痛苦，是我无法写出来的。

“洛克，”我又问了一遍，“德国队赢了么？”

“德，德国赢了，比分锁定在了1比0。你真的，真的不用太……我说，你……”

“Jogi[①]看起来怎样？”我的语气很平静。

“他……我说真的，你不要——对了，你还记得我们在大学时候看的第64届黄

① 现德国国家队主教练尤阿希姆·勒夫的昵称。

金时段艾美奖颁奖吗？给，给最佳喜剧类剧集颁奖的是你最喜欢但患了帕金森的演员——你很喜欢他，”洛克支支吾吾地说着，吐字也不清——他还想用老办法给我打气，“还记得么，迈克尔·J. 福克斯，他，他说……”

我打断了他的话。

“那届的住持是吉米·坎摩尔，迈克尔·J. 福克斯是压轴嘉宾。他站在台前，你能看到他的脸颊微微抽搐，能感觉得出他站立不稳。但他挺直了腰，说：‘我稳如磐石’。台下掌声立马响起来了，经久不断，人们全都站起身来；镜头给到了老白、小恶魔和路易斯·C. K，[①]”身边刮起了一阵冷风，我看到远处有模糊的几个人影沿着这条有些塌陷的老街溜达，“‘我们被告知，我们总被告知，欢笑是最好的良药；我们也被告知facebook网每股38块真是白菜价。可两者只有一条是真的’，迈克尔·J. 福克斯这样做了开场。这个笑话很一般，真的很一般，几乎是笑话里最简单的一种了，跟前面嘉宾们说的那些精心准备过的俏皮话比起来相形见绌，但场下的掌声激烈得像雷鸣和潮水。接下来他颁了最佳喜剧奖，奖项给跳过了鲨鱼背的《摩登家庭》。”

我背书般直白地说了这段话，话说完了，自己也摇着头笑。然后我深深地叹了口气。

“稳如磐石，”我觉得自己的脸色应该很黯然，目光里也满是失意，可讲话却愈发平静。我也不知道为什么自己讲话那么轻柔，“洛克，我可做不到那个。”

我缓缓地站起身来，想试着继续朝前走，可提不动脚。我鼓了口劲儿，硬是迈开了步子，可每走一步，失败的情绪就愈发强烈。我的脚步东倒西歪，也走得越来越慢，终于，我的腿好像突然支撑不住自己的身体了，我一下又瘫坐在地上了。

远处那在街上溜达的几个人转了个弯，消失了，只在留下了几张拉长的影子，好像在对我这个素昧平生的人告别。

我低声骂了句诅咒的话，才又对着电话开口了。

“Jogi，”我缓了口气，“Jogi看起来怎么样？”

香港人迟疑了一下。

“他，他和克林斯曼[②]在雨里抱得好开心，”

“啊，是吗？”

“嗯，是的——如果之前我还说不清什么叫‘面基’的话……”

---

① 分别指出演《绝命毒师》的演员布莱恩·克兰斯顿、出演《权力的游戏》的演员彼得·丁拉基和编剧兼演员路易斯·C. K。

② 指尤尔根·克林斯曼，曾在2004年与勒夫共同执教德国国家队，两人惺惺相惜、关系密切。

洛克说了句笑话，说着自己就笑了出来，我揉着太阳穴，挤了些力气也笑出声来。我们俩就那么笑着，直到两人都不出声了。

“对了，你还记得上一年12月份吗，洛克，”我说，突然想到了什么，“咱俩一边视频聊天，一边看世界杯抽签分组的直播。主持人念出美国跟德国分到一组的时候，我们笑到肚子都痛了。”

“啊，我记得呢，而且那不止是我们，ZDF①的主持人笑了，BBC的主持人笑了，甚至勒夫自己也低着头笑。FIFA官网也在分组后贴出了关于G组出线形势的报道，标题是《勒夫：克林斯曼和我很亲近》，更是叫人笑到不行……”

我们又对着笑了起来，可笑声却越来越低，最终再次归于沉默了。

夜色糜烂而忧郁。

我孤零零地坐在路边，莫名地想到了我童年、少年、高中生涯和大学时光。我想到一切与我自己、家庭、朋友、情人们、熟人们，所有的人有关但让我无法理解的事，想到了自己过去所学、所想、所感悟、所喜爱、并引起遐想和上进心的一切；我想到了自己古怪而保守的生活习惯和模式，以及在这之下可能错过的任何微妙的讥讽、好意和机遇；我想到浪迹天涯的游子，年龄太小不堪人生大搏斗冲击的孩子，位高权重的人士，愿意在妻子的怀抱里，在儿女们的簇拥下找到在广大世界上不曾寻得的欢乐的乐天派，被贫穷、苦涩的家务烦恼的妇女和被白白耗掉气力的沉重而愚蠢的工作压得透不过气的男人；我想到了可以跨越时代和文化所能体验到的、只可意会、不可言传的、存在于艺术里的美感；我想到了尘世和人类的呼吁。那些想法像脱了轨的火车飞速地在我脑子里横冲直撞，叫我感到疲惫不堪，而自己又不得不进行这种激烈活跃的超思维。但奇怪的是，每当我准确地想到某些东西时，它们又突然萎靡枯燥，没了痕迹，变得冷冰冰的，接着迅速地、一点点地离我而去。

我笑了一下，好像冲着某个随机的想法而笑。我突然想到，我的年轻时代很快就会过去了，我也得成了一个中年人，可能用不了多长时间就可以称自己老了——自己不应该再受这种孩子般冲动的、莫名其妙的思想左右了。

我对着电话开口了。

“洛克，我完全输了。”

“不，那，那不是……我说，你的机会还多的是，你年轻，有干劲儿，你有工作和基础。这不算输，你总可以再来一次的。”洛克几乎是在我话音落下的那一秒说

---

① 德国电视二台。

话了。

“啊，不，不是那样。我，我错过了最好的年龄能遇到的最好的机遇，我搞砸了，我一切都没了。”

“我，我觉得你夸大了事实——你总可以再来一次。”

“不，洛克，如果再来一次的话我得考虑签证、工作、薪水、存款、家庭……这些我在前一年不用考虑的任何东西。而且我还没有算上其它细节上的、生活上的……我指……我，我不知道了，原因太多了，”我痛苦地挥了下手，“我想，没法说。”

“那，那你也不是什么都没了——你，你仍然可以做你想做的事。像，像你可以写你的书。”

我苦笑了一下。

“那是垃圾，洛克，那是垃圾。之前我联系亨利时——跟他提博士申请的事时，叫他看了我写作的框架和构思。他几乎是立刻就把我臭骂了一通。‘我自然没指望你能鼓捣出像《金翅雀》那样的作品，但这玩意儿也太烂了吧’，他是那么说的。”

“是，是吗？”

“他从我的文字就把我整个看透了，他做出的评价都不出格，我真的是完全输了。”

“他，他是怎么说的？”

“‘你从哪里来的胆子’，他这么说，‘真的，你从哪里来的胆子去囫囵吞枣啃了些需要做多年准备才能阅读的大部头，接着假设自己有颗伟大的脑瓜和对那些思想深邃的人物的作品只要读一遍就能理解的能力，然后用那种传教士般独断的态度把读到的、听到的和见到的那些东西，不分对错地一股脑丢出来？我简直他妈——你打了胡适先生的旗号，却操着‘半仙’的笔法写‘中国孬文’，用极其拙劣的口吻谈论极端严肃的事儿？真有意思，我说，你正在用着永不间断的警觉、高度集中的精神以及玩世不恭的幽默把自己描述成唐·吉诃德式的英雄——你无法适应这个木已成舟的世界，只能用孩子的心态在天真和残酷之间找平衡。同时你也利用着残缺无知的念头、半生不熟的情绪、许许多多没消化的美、一大堆漆黑的愚昧、一颗叫爱情胀得快要爆炸的心，还有跟你的虚荣一样巨大一样无用的雄心壮志——你明明是个目光短浅者，偏要充当无数胸襟辽阔者的导师，并且那么道貌岸然，那么心安理得。还有，你……’”

“亨利他，他可能不是那个意思——他和凯文一样是埋头实干的人，本能地会认为把时间用于探索和发现比争来论去、高谈阔论强得多。而且他也跟乔西一样是个疯人，难免会有疯语。再加上——老实说，你和亨利的友情总有癫狂，狂热和危险的成分。所以你没必要太在乎他的看法。”

“不，洛克，他是对的，他的话就像一把尖刀插进我的心脏，我惊呆了，而且根本不知道该如何反驳他，”我摇着头，难过地笑了，“他说的一个字没错，他是对的，他一张口我就知道他没错。当我获得更健全的鉴别力之后再回过头来，我应该便会发现这个时刻的自己是如此粗俗和平庸——我的得意之笔和那些自认为气势磅礴的词句其实很鄙陋，而我申请博士的行为则荒唐、虚伪、不像话。我自己不过也是个放浪形骸之徒，没有实力，偏见，头脑迟钝，不堪入目，一无可取之处。”

我把双肘搭到腿上，感到膝盖在颤抖。

“‘你知道吗，从你的文字上我也能看出你申请博士的原因——你不过是想继续躲在象牙塔里罢了’亨利这么说，‘你跟这个世界格格不入——信息爆炸后的新世纪里人们以冷漠、麻木和喧闹做食粮，但你渴望安静，喜欢人与人之间的正常交往，留恋古板而乏味的生活，所以就想生存在一个最可能是自己家园的地方。这是你想申请博士的原因——你想继续留在象牙塔里。你希望能在那里找一样东西，一种你觉得这个世界存在的东西。可能藏在诗歌里、戏剧里、书本里，也可能是人身上，你不知道要向哪儿去找，甚至说不清那是什么——一种半明半昧的观念？抑或是一种隐隐约约的情绪？——你不知道，但认为那东西值得寻找和追求。因此你坚持着一路走来，忍受不安、压抑、情欲和躁动，绝口不提周遭的挫折，任由世界把你吃掉然后吐出来——你不在乎！大概你觉得如果能从自己达到的高度继续不断向上奋进，穿入精神探索的寥廓晦涩的天地，便能找到那东西。你觉得自己在泥淖中爬出来了，在朦胧的光中涤净了眼睛，在星群之间挺起了肩，在群山之巅站稳了脚步，并从一切古往今来的力量中获取最优秀的遗产。你觉得即便自己再不堪，也比放弃找寻的人强，比外面世界里的那些满身污秽的、害人的浑蛋强！你隐忍着，毫不放弃，心里同时这么安慰自己：我不做坏事，我心口一致，我坚持不懈，最终必能为此得到报偿——这肯定是一种天然美德的胜利，或者至少快他妈接近了吧。但你找不到——我知道你肯定找不到！’”

“他……”

“洛克，他是对的。他说得对，他说得一点儿没错，他说我认为很多事情和做法坏透了或许并没有错。但这对我，对你，对这世界上所有其他人来说并不是让社会变得更好的方法；他说因为有些东西人们已习以为常，并不感到有什么妨碍，而我却企图去加以纠正——我硬要去纠正，反扰乱了别人的安宁。‘只要年轻的孩子们老老实实做人，我就不信他们会遭遇到什么烦恼；只要毕业生做事牢靠，不怕吃苦，他的饭碗就永远不会被人砸掉。’亨利是这么说的。‘现在年轻人压力都大得很，只需要小小一块土地便可以在上边安安乐乐，只用得着一台电脑便能消磨很多时间，一杯啤酒就感到心满意足，所以把生活过好就可以了。这是个美丽，而且井然有序的世界，只要活着、恋爱、过好小日子对很多人来说便是件十分美好的事。'‘人活在世界上就是要把生活过得好，'他这么说，‘同时欣然接受《理想国》里“公平”的现实——即在一个社会中，每个阶层各司其职、各安其命'。‘难道你不想叫别人都朝前走一步吗？去体会更真挚的感情和美吗？'我反驳他。他回答说：‘这明明是世界上最简单的问题——而且我认为你早就知道的，并不是每个人都必须得那样，绝大多数人对于他们做的那些平平常常的事是心满意足的，如果每个人都照你说的那样，地球就运转不下去了。而且你说的这一切全不在你，而是取决于一个人如何看待生活的意义，取决于他认为自己对社会应尽什么义务，对自己有什么要求。'‘可，你不期待有积极的改变发生？'我又问他。他笑得很大声，他说：‘不，你个大傻瓜，我很喜欢现在这个样子！'”

街上空荡荡的，花园篱笆后的一只狗在吠叫。

“你知道亨利，他可能只是……一时的……”香港人小声说道，那特别的语气大概是考虑到我的心理状态才推断的。可最后，他也没说出什么来——我听得到电话那头他喘息的声音，他似乎还想说什么，但终于没开口。

我叹了口气，我们再次沉默了。

长久的缄默不言，我低声说道——我想到了什么，嘴角咧了一下。

“然后他笑了。”

“谁？”

“亨利，亨利他笑了。”

“他笑了？”

“嗯，他笑了，他笑得很大声——你知道他笑起来的那种声音，简直都有点儿像是在尖叫了。‘你怎么不说去你妈的？'他说，‘我说真的，你怎么不说去你妈的？'”

“他，他说什么来着？”

“‘如果你的头脑拒绝承认我的看法，如果你的骨子里、血液里、神经里都有着不能平息的猜疑，你相信有更高尚力量控制了自己的灵魂，并把强大的意志强加于你——那你坚持你博士的道路，并且一直坚持下去！'他说。‘可，可你说我追求的是不存在的东西？'我问。‘当然有那种东西，你个蠢货！那是真实存在的。你找不到是因为你弱得惊人，可那与你作为一个傻瓜的愚昧、不足或者不够格没有多大关系。那是肯定存在的，而且一旦你发现了，就会改变自己——就像书里写的那样——你将重换肺部的呼吸，更新血管中的血液，可以带着一颗饱经历练的心面对日常的战斗[1]。

① 出自罗曼·罗兰（1866-1944 年）人物传记《名人传》。

所以不会有人弄错它的存在，’他说，‘如果你相信有那种东西，你就得去找到它，并且倾尽全力在里面占据小而明亮、不可动摇的一席之地，或至少继续宣扬它的存在，还将继续存在。你得想办法找到那种东西，就像那幅《金翅雀》——你要热爱那东西还得保护它，从火中救出它们，遗失后寻找它们，想办法保存它们，小心翼翼地从一只手交到另一只手里，生生世世，永不止息[1]。既然你有了这种觉悟，就得继续走下去。’”

“他这样说吗？”

“是的。‘而且你写的那个东西，我说，你当然可以不犯错，你当然可以那样——如果你怕丢脸而刻意什么都不尝试的话；你当然可以不写任何会叫自己惹上麻烦的东西，不做那些会叫你失言或者失态的事——你可以，如果你刻意不去思考的话；你也可以不讲任何可能会表示出“你想错了”的那一类事情，不提那些可能会表现出你“无知”的观点，甚至不叙述那些显示出“你确实想过”的想法——只要你刻意什么都不说的话。但如果你觉得这太不值了，你写你的，关我什么事？’他是这么说的。紧接着他又问我：‘你会靠勤奋吃饭吗？’

我说那是我毕生信念。他又问：‘你会按良心办事吗？’我说我一向尽力而为。他接着问：‘你写的东西会教坏小孩吗？’我说不会，那是我的底线。No Women No Kids[2]，我看过《在布鲁日》。他又说，那是两部不同的电影，你个傻瓜。

“呃，我不知道该说什么了。”

“啊，当时我也目瞪口呆，我觉得自己该说些什么——什么都行，可就是想不出该说什么才好，”我说，想到了那时的场景，笑了一下，“可这还不算完。接着他又笑了。他说：‘真的，你怎么不对我说去你妈的，或者至少凭空骂上几句——你现在软弱得叫人吃惊！我问你，你跟外国人做的时候是不是每次都躺下面，头在床头板上反复撞太多次了。’”

洛克“噗嗤”地笑出声了，他一边笑一边叹气。我摇着头，也笑出声了。

“那，那你又是怎么说的？”洛克问我。

“我还能怎么说，我说，老实讲我并没能睡到外国人。

“‘那我真搞不懂你在20多岁的年龄出国干嘛，’他说，‘这是实话，我宁可去吊死。’”

洛克的笑声停不住。

“你，你知道那家伙是疯的，是吧？”他笑着，还咳了两声。

---

① 唐娜·塔特小说《金翅雀》。

② “不伤女人，不伤小孩”出自电影《这个杀手不太冷》（1994 年）。

“我知道。接着他又‘啊’了一声：‘对了，我听说，你想睡你研究生班的一位英国姑娘——妮维是吧，好奇怪的名字。’”

“你又怎么说？”洛克冒失地插言说。

“我还能怎么说，我说：‘呃，不，不是想睡……啊，也算是吧。’”

“然后他说什么？”

“‘酷，腿长么，她？’”

妮维用一个拳头托着脸颊，像望陌生人一样地盯着我看。

“把你惊傻了，是吧？”我笑了。

她也笑了，那笑容恬美又意味深长。

“不，那倒不是，”她打量着我，眼睛里有一种只能形容为恶意的顽皮，“你不是一直对我有意思么？”

这话叫我张大了嘴巴——我似乎能感受到自己的呼吸：“你，你知道我喜欢你？”

“不知道才奇怪吧？”

“所以说，你知道我一直想约你出去？”

“是啊，只是我没想过你会现在告诉我——我以为你永远不会约我出去。”

一种力不胜任，或者说是无法参透，抑或身不由己露出自己本性的感觉开始在我身上漫布开来。我张了下嘴，却又闭上嘴不说了，然后又张嘴欲说点什么。

“我，”我挠了下耳朵，觉得脸有些红了，“我说，为什么你会觉得我想要约你？”

“你不想？”

“我当然想。”

“为什么之前不做呢？”

我的嗓子被什么东西哽住了。我苦笑了下：“这，这说起来容易做起来难。”

“我知道，”妮维露出了那种我喜欢的、慢条斯理而慵懒的微笑，“容易办到的事大都没多大作用。”

这话叫我笑了下。

“好吧，我得说这不是——这对我来说，不是突然而未加思索的念头，我已经考虑这个问题有很长一段时间了。”我开口了，嘴角带着半是自嘲的微笑，“但我说——我是认真地，妮维，你是怎么知道的？”

妮维将胳膊肘支在桌子上，用双手托着下巴，身子向前倾着。

“我猜我一直有感觉，但不久之前才算是能确定。”她说，冲我眨了下眼睛——我不知所措地移开一下目光，拿不准她是不是在打趣我，“还记得吗，之前我邀请你参加派对——我们研究生班的朋友和同辈都参加的那次，在约克郡我父母的老房子里。我是那时候确定地。”

“约克那次？”

“嗯，约克那次——想得起来么？你是最后一个到的。”

“我，我记得，我确实是最后一个到的。那天我有工作，我要带旅行团的孩子们，我搭了最后一班火车去了约克。可那时我并没有告诉你我对你有意思。”我说，微微皱着眉头，把头脑里有关那天的记忆碎片整理出来，“而且事实上，我说，事实上我很惊讶你竟然还能记得那天的事情。”

妮维歪起了头，把头发拢到耳后——她就像一头鹿一样，一只耳朵撩到后面，另一只耳朵则向前伸着探寻着什么。她做出了个疑惑的表情。

“你喝醉了，妮维，”我笑了，“你忘了吗，那晚你醉得一塌糊涂。”

“我不记得我喝醉。”

“不，你有，你还吐到了自己身上。”

“是吗？”

“是的。”

“可你瞧，我还记得那晚你在林子里还迷了路，找不到派对的房子在哪儿。”

“呃，说来好笑，那可能是因为当我要你发谷歌地图的路线给我时，醉醺醺的你对着电话说：‘沿着丛林的脚印走，看到一颗长歪了的桐树向南，接着听到蜂鸣后右转’。”

“我那么说过？”

“你是那么说的。”

“就算如此，我也还记得起我好心警示你要小心熊。”

“‘如果你在来的路上碰到熊，那没事，放心就好，它们一点不凶’，平心而论，你的原话是这样，‘而且你知道吗，有小报说这片林里有熊伤人，这也太假了，是吧。退一步说，那不过是欧洲棕熊，它们单独觅食，走得也很慢，尽力的话你跑不输’。”

妮维咯咯地笑了。

“是这样？”她用了一个敏捷的动作甩开脸颊侧面的鬈发，接着做了个鬼脸，带着一点嗔怪继续说，“可我还能记得是我给你开了门，你的鞋子上糊满了泥，甚至裤子上也沾着泥水——反正看上去很怪，我怀疑你是否一路上都留下了泥脚印。噢，我还记得我为你准备了沙拉！”

我呼了口气，看着妮维热烈的眼神，温柔地笑了。终于我耸耸肩膀，摆摆手，向她表明这个话题并不重要。

“对了——我又想到了，”妮维抬了下手，“那晚你还帮我清理了屋子，是吧？我记得我在第二天向你道谢。”

听到这，我又忍不住笑出声了，同时感觉一种无声的激情从内心升起。

“‘感谢你，玛丽·波宾丝，这桌面、地板和厨房简直supercali——风向转的时候你能留下来么’——你是这么讲的，还有那个词怎么说来着？”

“Supercalifragilisticexpiaildocious。[①]”

场景如思想一样倏忽来去。

妮维的家被布置得很漂亮——她的住处总是被布置得很漂亮，女性气息很浓，能叫我想起国王大街上的Anthropologie[②]的旗舰店——只是要乱得多。念书期间我多次去过妮维租住在伦敦北面霍洛韦的房子，那儿的装点就很有味道：客厅中挂着一副装裱过的《迦南人的婚礼》，配上印花棉布的窗帘、裹着红色锦缎的椅套和桌上摆着的白镴盘，不自觉地有那么点儿旧世界的印象。自然，那里也乱糟糟的：冰箱里堆满了罐装的橘子酱、橄榄、裸麦粉面包和浓烈的沙拉酱；浴缸上随便摆放着让人眼花缭乱的瓶子——润肤露、彩色泡泡浴盐和半空的昂贵沐浴乳在浴缸边一字排开，杂乱无章，但有一股蜂蜡和玫瑰木屑的香味；书桌上摆着文件、纸张、巧克力茶杯、钢笔；卧室的床上堆积着没摘掉商标的连衣裙和彩色的袜子、内衣和女性用品，地板上则随意地丢着黑胶爵士旧唱片、各式各样的书、柠檬味地板清洁剂和叠成花朵的纸巾。

约克的那座房子给人的第一感觉也是漂亮得很。那间老式的木房子坐落在窄小的乌斯河对岸，陈旧，但宽敞舒适，并和沿着同一平缓山坡面的几间这样款式的房子一样，零零星星地都被淹没在树林里。那地方的景色赏心悦目，我指如果是在白天的话，红色的屋顶、一丛老林、布满砾石的浅滩，再过去是一片褐色的田野，能构成一幅颇具田园风味的风景画。可在晚上，这整个景象就有点儿灰暗、沉寂，阴森了——尤其是当你要穿过那一片戏剧里的那种密集的树林。

那天为我开门时，妮维眯着眼睛，走路轻飘飘地，裤子和袖口上有呕吐污迹，但她显得很愉快。她拉我进屋，愉悦地搭着我的肩膀，告诉我说她特意为我准备了沙拉拼盘。屋里很宽阔，厅北面有个低低的砖砌壁炉，炉火熊熊，而正对着的地面上铺着一块地毯；餐桌铺着老式的蓝白花布，摆着布朗尼蛋糕、芝士、鹿肉、苹果馅饼、啤酒、葡萄干、火腿、水芥，还有一台古董油灯。我向厨房看去，发现同辈的亚伯正用一把样式古怪的铜壶煮咖啡，而温妮弗正用一只平底锅热着牛奶。我转过头，又见到戈珍和莱纳德正坐在地上抽着大麻，并跟几个同学聊天、玩牌——还有两个人在看

---

① “好极了”或者是“太棒了”，组合词，出自电影《欢乐满人间》（1964年）。

② 波西米亚风格的中高端生活休闲品牌，以门店装潢的考究、精致、独特闻名。

手机。我扶妮维坐到沙发上，跟几个同窗打了招呼，便去卫生间清洗了。卫生间里的水很凉，我捧了一把水洗了脸，奇怪地发现洗手台上放着一瓶沙拉拌酱。再回到客厅时，妮维已经卧在沙发上睡着了。我在橱柜里拿了个杯子，正准备叫亚伯帮我热壶茶，猛地发现餐桌上摆了一个盛满桔子、香蕉、胡萝卜、橄榄和红甜菜根的黏稠的沙拉盘，旁边放着一瓶被倒空了的洗手液。

我愣了半晌，想笑，却失声没笑出来。我转过头去看妮维，她睡得很沉，我决定先把她扶到床上。

我搂着妮维，在走廊尽头找到了她的房间，我打开门，一只手按开了灯。

唉，即使有人说这屋子不算乱，那它也接近凌乱的边缘了。只要有平面的地方，都堆有书，衣服散落在地板上，几件大衣被胡乱地挂在架子上。妮维的床头柜上摆着一盆死掉的金盏花，床上丢着胸罩和好几双彩色的袜子——朱红色厚丝袜和矢车菊蓝短袜，灰色带波点的那双袜子是针织的，厚厚实实得没有缝；床脚放着一副下了一半的单人跳棋。墙上贴着好几张我不了解的乐队的海报，屋子角落里一副半人高的鸟类的骨架。我终究摇着头笑了。

我扶妮维躺下时，发现床头的墙上挂了几张镶起来的照片：一共有三张，前两张是动物，一张是苏门答腊虎，一张黑犀牛；后一张是妮维小时候的照片。照片里的她约莫八九岁，穿一件过于大人气的连衣裙，她把长头发从前额梳到后面——那是个对女孩子来说未免可笑的高高的发式——露出一张长了雀斑的肉嘟嘟的脸。我看着照片，试着在脑海里勾画她童年的样子：一个年纪很小的女孩子，蓝得几乎像绿色的眼睛，头微微斜向一边，很逗人，不能算美，但是活泼、坦率、俏皮；我猜那个时候她肯定每天都兴高采烈的，是个又野又坏的小姑娘，在这整条乌斯河岸边，就数她有双最有神采的眼睛，最甜蜜的微笑。我又朝着床上的妮维看去，她躺在没有丝毫皱褶的洁白的床单上，身体慵懒地松弛着，赤裸裸摊开四肢的样子显得很放荡。我坐在床边看了很长时间，心里激起淡淡的亲切、朦胧的爱意和熟悉的敬重。我又感觉到一丝疲惫的伤感了，想着如果这是一场梦该多好，那样我就可以走过去，用双手捧起她的脸，亲吻她的头发、眼睛和嘴唇。我站起身来，轻轻地给她盖上被子，关了灯，把门带上了。

回到客厅后，我跟朋友们一起喝啤酒，可喝了几轮他们便没力气了。我把醉倒的家伙们扶到曾是妮维父母的那间大卧室里，又带了几个不舒服的人去卫生间呕吐、清洗——安置他们到客房去了。接着我想了想，还是请求温妮弗去帮妮维换身衣服，叫她就睡妮维屋子里。客厅里一下子安静了。我关了电视，灭了火炉，把一些食物收到冰箱里；我倒掉了那盘沙拉，清洁了地毯，稍稍打理了桌面，也刷了碗。最后我关了灯，躺倒在沙发上睡了。

“妮维，”我思索着，缓慢地开了口，“我不记得那时自己有什么举动给了你暗示。”

“啊？”

“我回忆了那天的情形，可我不记得，我说，我不记得我是否告诉你，我对你的感觉。”

“你记得第二天早上吗？”

“呃……嗯，你叫醒了我，我们出了门，穿过了林子，沿着河走了走……”

“记得那天早上我叫醒你的时候吗？”

我愣了一下，心底浮现出了碎片式的印象：妮维疲惫的眼神，绯红的面颊，散乱的头发和短裤。她叫醒了我，转身向厨房走去了。我看着她系着睡裙的腰带，昏昏欲睡地打着哈欠。她打开窗子向外眺望，微微地伸了个懒腰，若有所思地扭动了几下她光着脚板的脚趾，把套在身上的毛衫衣领拉得更贴紧脖子些，那长长的袖子把手全给遮住了。灿烂的阳光从她身前照射进屋子里。

“我，我记得起你那天的样子——如果你指这个的话。”我想着，对她的爱意紧紧卡在喉咙上。

妮维目光奇特、意味深长地看着我，看得我心跳加快了。

“我的头发乱糟糟，眼睛也迷糊，没涂口红，身上穿着松垮垮的灰色羊毛衫。你看我的眼神还是往日样子，”妮维沉吟了一下，轻佻地耸了耸肩，“那时我就知道了——你肯定是对我有意思的。”

我迷茫地愣了两秒，对她这种福尔摩斯式的推论方式又惊讶又感到好笑。

“你，你这么得出结论的吗？”

“女人的脸是她的小说，”妮维望着我，笔直的眉毛下似猫般慵懒的眼睛发着光，“所以我觉得这是最好的演绎法了。”

“听，听起来不靠谱。”

“但我是对的，不是吗？”

微风吹动窗帘，房间里充满缕缕柔和的光线。

“你……嗯，妮维，”我盯着她的眼睛看。妮维仰着头，忽闪着一对神秘的大眼睛瞅着我，“你是对的，你几乎一直都是。”

话说完，我又微微摇了摇头，不知道为什么，我就是觉得有意思。

“我是想要和你约会，”我接着说，“我觉得我们会享受一段美好时光。”

“那你得赶快约我，先生，你得约我才行。”妮维嫣然一笑，悄悄地抓住我的手，紧紧一握，然后起身去取咖啡了。

偶尔一会儿，银灰色的雾气里会传出种种模糊沙哑的声响，会和远处什么人的叫喊声交织在一起，我身后的那一幢连着一幢的石砌门店后面的方向不时地会传来火车叹息般的声音。灰茫茫的、呈冷清色的路面的上空隐隐约约会飘来远处车流涌动的声音。但更多的时候，四周则是一片寂静，而黑夜无边无际伸向远方。

随着刚才的滑稽之感而来的是另一种反应，一阵寂寞压上我的心头。

“去他的！”我握紧拳头，竭力驱散内心的痛苦。

我在自己的凝视下松开了紧紧攥住的手指，感觉着从指尖到整个身体微弱又随意地颤动着。

“去他的！去他的！去他的！”我咬紧牙齿，大声喊叫着。

再过几个小时，6月那温柔、带着寒意的第一抹曙光便会像以往任何一天一样洒向这条街道了；收垃圾的卡车将一如往常，会从我面前的道路上轰然驶过，伴随着鸟鸣虫啼，全城卧室的闹钟也都要响起。然后呢，早起的工人开始赶第一班火车和地铁；戴领带或穿裙子的职员要开始热几条培根，把面包塞进烤面包机；全职母亲要叫醒上学的孩子；银行和金融城的白领一边用纸杯喝着咖啡，一边打着手机，快速地迈动着步子；学院和大学里叽叽喳喳的学生攀谈着球赛的内容和网络上的热点话题、个人主页的最新动态；伦敦城里那数不清的鸽子也将继续神气活现地走在带着湿气的公园里，三个一排，就像一伙威风凛凛、身材矮小的行人；狭窄多风的泰晤士河还会卷着看不清的急流，邦德街上人群依旧挤来挤去，还是会有那股汽车尾气的气味。

太阳又将升起来，明媚清新的一天也将铺开画卷，如此多生命在忙碌、受苦、奋斗，如此多的事情继续发生，我将会成为怎样呢？我的个头和外貌变化了，我积累的学识也变化了，我身边的人变化了，还有什么别的变化呢？一切还是老样子，我也又回到了起点。

“去他的。”我又咕哝了一声。

整个霍克斯顿一片乌黑，只有右边路的尽头，有一点灯火在闪烁摇曳。我仰起了头，眺望着空空荡荡的路，仿佛在等待谁的到来。突然我想到妮维了，我的眼前不时闪现着她那对温柔的蓝眼睛，这当儿我嘴角下意识地露出了一丝笑意，不过那种感觉很快便消失了。她在伦敦的那一头，而我坐在这一头的街道上，两人之间隔着道路、荒地、树林、河流、高楼，还有数不清的人。

我动了下身子，胸前被硬物硌了下。

“总之，你得……你得缓一下，我说——无论那时候亨利说了什么。”电话那头的洛克开口了，他的声音躲躲闪闪的，“我知道你难过，不知该怎么办，而正是由于这个难题还没找到答案，也由于我们应当尽可能避免在做决定时犯错误——你得暂缓一下，停下脚步来，从新的角度考虑问题，不能孩子气。”

我没作声。我摸了下口袋，发现那是中餐馆打包附送的幸运饼干。我把那个糖果捏在手里，用力地揉搓着包装纸。

“你该，我说，你得打给你父母。”洛克又说。

我把电话搁到嘴边，张了张嘴，没说出话来。我的手指一用力，把饼干捏得粉碎。

“真的，你得打给你的父母。我说，至少你得告诉他们你的现状——你得告诉他们，你得，你得跟他们说说话。”

“是吗？”我接了句。

“嗯，你得听我的，你等下得打给他们，随便说什么都行。”

我又不作声了，电话那头也没了声音。

我不自觉地剥开了那个幸运饼干，低头瞟了一眼——猛然间，我的心里慌张地跳了一下，几乎叫我喘不上气，差一点叫出声来。接着我的心里升起一种像痛楚一样刺人的甜美的感觉。然后有一股冲动——仿佛有一道力量穿过我的身体，逼着我再做点儿什么。我被震撼了，也感到一阵害怕，我发现了一种协议、暗语、密码！

远处的天空是让人胆怯的、猝不及防的碧墨色，而星斗在这吹着凉风的夜里撕破了夜幕侧身探出，悄无声息地设下屏障。那边的世界发出陌生的光。

我的心脏一下一下狂跳，就像《失去的周末》中的雷·米兰德看到了蝙蝠。接着我闭上了眼睛。

“往东是布鲁塞尔。”

“什，什么？”

“往东是布鲁塞尔。洛克，沿着这条路——就我面前的路，一直往东走，就到布鲁塞尔了。”

“布鲁塞尔？”

“嗯，要一直往东走的话，过了海峡后你会走到布鲁塞尔，那里有NATO总部大厦和欧盟理事会，滑铁卢战役的古战场也在那。”

“是吗？”

“是的，然后从布鲁塞尔再往东，再往东走的话，你会走到法兰克福，那个地方的大学很强，美术馆的藏品丰富多样，歌剧院也很棒。那是歌德的故乡。”我咽了口唾沫，脑海里想象着笔直的街道和街边融进了夜色的石墙房屋，想着它通往的方向。我的声音相当单调，仿佛自己是在催眠状态下讲话一样，“接下来，接下来如果你再往东就到布拉格了。洛克，那个城市在历史上承受了几乎是数不清的战乱、灾祸和蹂躏——和北京一样。可不知怎么着，当地的人们总能在硝烟下偷着喘口气，苦中作乐地创造出了一系列的歌剧、戏剧和其他作品，闪烁着巧妙的构思和幽默风趣——

我不知道他们怎么做得到。再往东，继续朝东走你会抵达基辅，那曾是钦察汗国的重要领地。然后再朝东边有别尔哥罗德，二战时候的德国和苏联在这里激战数次，冻土里埋着几百万的战士。你穿过太平样继续往东，等在对岸的是温哥华，那地方很漂亮，购物方便，也有各式各样的精彩项目可以消遣。同时那儿的教育设施全面，很多华人都会选择到那住。继续往东有魁北克市，那里有很浓重的法国风味，瀑布很美，降雪也很大。之后你再往东的话，就回到伦敦了，这样我们就沿着北纬线绕了地球一圈。”

“我，我没听明……”

我慢慢张开了眼睛，恍惚间觉得周遭一片阴暗，不过一会儿之间，我的眼睛就适应了街边的朦胧光线。

“洛克，听我说，自从我们在地球上行走以来——就从我们直立行走那当算起，几千年，甚至几十几百万年间，衡量地面上前进的最高尺度是马的奔跑。你知道吗，在那时——斯蒂芬·茨威格做过描述——‘拜伦爵士在《恰尔德·哈罗尔德游记》中的行程比奥维德流亡时一天也只不过是多走几英里罢了；拿破仑麾下即使是缪拉带领的冲锋队也不比五百年前的成吉思汗的马队快多少’[①]。你瞧，马就是大陆上传播的途径，而信息也只能在大陆上进行传播，人们通过‘马的速度’才能去了解其他人和这个共存的世界。再往后，我们发明了滚动的车轮、划桨的船，传播的过程跨过大陆了！可如果你想让信息散播于世界之中，你得从伦敦坐船往东到布鲁塞尔——顺便把消息南北扩散到阿姆斯特丹和比利时；你得去布拉格——在那把消息分流向柏林和维也纳；你得到俄国境内，把消息顺便转给莫斯科；你得跨过大洋到温哥华，再让消息南下到西雅图。这很难做到，行程中你必须得躲过西班牙的流感、葡萄牙的坏血病、太平洋上的轮船事故、俄国的斑疹伤寒、美洲的鼠疫。而那些被大自然设置了巧妙障碍的国家之间——那些隔着无法翻越的高山或者大海的国家之间，仍然无法互通音讯。到了十九世纪，我们逐渐普及了火车和蒸汽轮船，以及种种工具将当时人们能理解的‘速度’提高了5倍、10倍、20倍。几年工夫，仅仅几年工夫，不列颠就和苏格兰通上话了，然后是丹麦、瑞典、科西嘉岛、阿姆斯特丹、那不勒斯、巴黎，然后莫斯科整片大陆通上了。你瞧，我们在1857年还用两艘轮船在大西洋中间对接，朝海底铺了三千海里的电缆——三千海里啊，那用了整座矿山和整片橡胶树林的电缆线能把地球和月亮连接起来！就那么，就那么从大海中间扯线，一艘船东开到爱尔兰、一艘

① 出自斯蒂芬·茨威格（1881–1942 年）人物传记《人类群星闪耀时》。

往西驶向纽芬兰，我们连接了两片大陆。”

我的话没停住。

“20世纪后就更厉害了，就在两个人说话的当儿，甚至就……就那么一眨眼的工夫，数以万计的消息就那么绕了地球一圈，从地球这一端传到地球另一端。就这么……就，就这么‘嗖’的一下，就那么简单。”我说得越来越快，越来越响——有那么一秒，我几乎是高声大叫，“这可真的是……既令人感到极其兴奋，又叫人瞠目结舌！你知道吗，人类，我们人类竟然有这种力量，我们有这种力量，可以去穿越几个国家、山岳、大陆，甚至整片海洋的神奇力量去把那种还没想完的思想、墨迹未干的字句，在同一秒钟就能被数千里外所接收、所阅读、所理解——从最早期的那种，那种细小的优特电棒的两极之间振荡的，就那么看不见的电流，到现在的、现在那遨游在苍穹顶上的卫星，那种力量比人的肌肉的力量和速度高出百万倍、万万倍，可还是被我们操纵着用来塑造人类的意识形态、传播文化，作为软实力的较量和国家输出，并对所有人施加影响。我们改变了时间和空间的关系，叫整个世界都连接了起来，就像……像一个活生生的人一样有一个头脑、一个心脏——而这些仅仅依仗的，只是人的意志力和创造力——能同时了解即时发生的一切事情。这可真是……我说，这可真是……天，这是何等美妙啊……”

我紧紧闭上眼睛，想要整理思绪。我的心弦被拧紧了。

“亨利对于驱动我在传播学领域攻读博士学位的念头看得很透彻：我为了我那莫名的虚荣、为弥补我的软弱。但，但有时，我也能感觉得到——像现在这个时刻，再往前走一步，感觉更棒……我的意思是，就这么一步，往前迈一步，心中的一些美好愿望便会慢慢苏醒，生活会变得更清晰、更精彩、更有可能性，能看见那么多不同的风格，你明白吗？我是说，是有那种东西的，它，它就在前头，我不知道那是什么，但那，那就在前面，你离它越近，越能感觉到自己在这世上拥有一席之地，而你只要……坚持着往前去找……我说，这听上去，呃，有点傻，但是褒义的那种傻——傻得很兴奋……我，我……”

我不敢动——尽管激动不已，好像哪怕动一下四肢，自己一直努力压抑着的复杂情绪都会喷涌而出。

“还，还有，洛克，你知道什么是2012VP_{113}么？”

“我不……那是什么？”

“那是个运行轨道超出海王星轨道的天体——我在报纸上看到过。你知道吗，那篇文章转载了引自美国国家航空航天局的话，说100年后人类可能会要部分地移居到其他星球上。”

“是吗？”

“我，我不肯定，不过，100年呐！那个时候我突然这么想——有一秒钟我是这么想的：真的太遗憾了，我们竟然没机会看到那样有意思的事情，”我喃喃道。“这是21世纪了，现在已经是21世纪了，天知道我们还能做出怎样的事情呢。”

我长长地吹了一声口哨，电话那头的洛克也屏着气。

“所以，所以我得这么做，洛克，我不仅得念到博士，我还得写。那时我就是这么决定的——我必须要写出那些年轻人都早该弄明白的很多事情，给更年轻的后辈一个机会，成为有先见之明的智者；我务必点燃自己胸中的创作精神，为更多的人重新创造出那种美。我一定写作，成为别人的眼睛，让他们看到；成为别人的耳朵，让他们听到；成为别人的心灵，让他们感觉到[①]。亨利说的，关于我写作的话也没错，他没错，人得认清自己的位置，各司其职。而且他肯定看出来的，他一定善意地想，世界已经发生了多大的变化，并为此而感到开心。但我必须要写，我得竭力告诉年轻人们，不能停滞在一潭死水之中，我要叫年轻一代的人明白，世界正在迅速变化，不断从一个新的、有趣的阶段转向另一个阶段——而我们却在原地踏步。我们生活在一个叫人兴奋的年代，不要错过了！你得勤奋努力，不轻信小感小悟、小道消息，你得拓宽眼界传承文化，你得至少偶尔几次地、把手机搁到一边，捧起一本书来——我不能强调得再多了；你得勤奋工作，赚更多的钱买更多的东西，承担公民责任；你得安排生活，分配精力于想做的事和必须要做的事；同时你得抽空去逛逛，看看世界；你得严肃地对待婚姻——你要做个称职的丈夫、妻子，当个好父母！你必须得……你得……我指，一个人除了吃饱喝足、建家立业，总得有点其他欲望呐！你得看到美，有娱乐，能幽默，会思考，体会可喜的想象力，得有精神上的享受，过上‘智力生活’！而当你拥有了这些之后，你得……我指，你就会具备那相应的决心、意志和品性……去竭尽全力地为下一代的孩子们创造更好的、那种与发达国家比之不输的条件——那种我亲眼所见、亲身经历的，却在自己的国家难以享有的——似乎无一事一物不能由人类智力和努力做得成的，不是仅靠心机、金钱、套路和权术。每个人都能获得机会——自然这个世界上没什么事均等的。但确实，这里每个人都能获得机会！这是这个时代对我们的要求，给我们设下的标准！”

我停了下话头，握紧了拳头。我激动得双唇颤抖，指尖都麻木了。

“你问我，你之前问我说我觉得‘年轻人到底应该怎么做？’我……我自然不会觉得年轻人必须都要有所建树或者得发家致富或者一定要名扬天下，我肯定不这么觉

---

① 出自杰克·伦敦（1876-1916年）小说《马丁·伊登》。

得。可究竟怎样才算是没有虚度青春，不枉人的年轻时光，我说不上来。也许应该，也许应该‘阅尽人间沧桑，无愧内心，并做到人尽其才’[①]吧。”

一股湿漉漉的风急速而狂野地在街上流过着，天空中的那种玄色像是一幅泼墨画上截下来似的。

“哈，去他的，”我哈哈大笑，心脏在激烈地跳动，“真的，去他的！”

一阵短暂的沉默。接着，洛克也猛地爆发出了笑声。

“对啊，去他的！”他吆喝了一句。

“是，去他的！”我笑得浑身打战。

一声尖叫从我身体内爆发出来，把我自己都吓了一跳。接着我又笑了，并非有意为之，却越笑越大声，一浪接一浪。我握紧了拳头，双手在空中挥舞。

“洛克，我，我头脑还不清醒，我还有些事想不明白，但我知道自己跟失败面对面盯着是白搭。我是不知道我该怎么办了，但我知道未来的我肯定做得到——只要我下定决心，我知道前面总还是有路走的。而现在，现在不能让别人拿我当笑话看，现在唯一要做的事是从速决定接下来到底该怎么办。”

“怎，怎么办？”

“我，我不会看接下来韩国打比利时的球赛了，我是说，我会先好好睡一觉。接着我可能要整理一下自己衣橱里的西装，然后花些时间修改简历，我要在网上搜些东西。我明天要约见几个工作上的朋友，或者找我导师谈谈工作建议。而且我要打电话给妮维，等我整理好了自己我就要打给妮维，我想要约她，我要告诉她我想约她。最后……最后你知道么，我还会要去读博士的，真的！我向你保证我一定会好好干，我知道要走的路也很长，但我一定要走到，洛克 ，哪怕是手足并用我也要走到！”

“你……你没事吧？是出什么事了吗？”

“得到了——怎么说——算是‘神’最后的指引吧。”

“怎，怎么扯到这个了？”

“这应该是最后一次了——我保证！”

“呃……好吧，他这次讲什么？”

我打开那张从幸运饼干里拿出的、被我揉得皱巴巴的幸运签，默默地看着上面的几个小字——我的心几乎要蹦出来了。

“人哪，自助吧！”

---

① 出自威廉·萨默塞特·毛姆（1874-1965年）小说《人生的枷锁》。

"他这么讲么？"

"嗯，我有点儿懂他的意思了，我指，我一切全明白了。只有继续靠自己，坚持自己的意志实现自主，做出改变，自觉地提高生活。你瞧，按照通用法则，这个世界上没有一件事不是通过个人自决的努力得来的！"

"总，总之，我是说……你现在还难受吗？"

"不，呃，没有难受，而且事实上恰恰相反。"我"噗嗤"地笑出声来，继而放声大笑起来。我站在空无一人的街头，觉得自己看上去既不感觉窘，也不心烦意乱，也不垂头丧气，更不像有心思的样子。我凯旋般地叫道，"这是我最得意的时刻！"

妮维坐在窗边，双手捧住脸，安静地承受着我的注视，不羞惭，也不放荡。我得承认这幅图景令我心驰神往，并在我记忆里留下了极深的印象。如果我会画，我一定在这儿把这一切画下来，我敢说，我能把那天的确切情景画下来——她那神气我永远也忘不了。

也许是我盯她太专注了，她开口时，我惊愕地看着她，张口结舌——她淘气地用鞋子踢踢我的鞋，用了一种几乎是诱人的语调："我正屏住呼吸等着你说下去呢。"

"什，什么？"

"你不是要约我？"妮维歪了下头。

"我，"我瞪大了眼睛，"早在你去取咖啡前我不就约过了？"

"什么时候？"

"就……就那'我喜欢你……'和其他什么之类的……"

"你，你不懂调情的么？"

这句话叫我愣了一下。

我感到心脏跳得很奇怪，接着我望向妮维，她也正看着我。我长长地呼了口气。

"我是在中国的河南省出生的，妮维，我不随便吹嘘，不休闲放松，不轻易浪费任何东西，也不懂怎么调情，我是这样接受的教育，也是这么长大的——你是知道这些的，你是知道的。而且话说回来，我从来认为你不会喜欢那些黏糊浪漫的东西。"

我的话叫妮维笑了，声音不是很大，但听起来很清晰。这阵笑声在空气中飘荡着。

"我是不喜欢，"她蓝色的眼睛里又流露出调皮的神采，"但我想我没必要告诉你，女人是任性且反复无常的。"

"是这样吗？"这话叫我也笑了。

"你第一天认识我么？"妮维用胳膊推推我，要我说点什么。她的动作很大方，叫我回想起我们一起逛街、上课、工作和去公园的日子，"没有其他要说的么？"

她的手臂细长而柔软，皮肤像绸缎一样光滑。我望着她，心中升起一股温柔的激情。

我很喜欢女人，可似乎从来不知道如何与喜爱的女人相处——我指的是，我可以肆意地跟妮维逛公园、大街、乘坐同一班公车，但到了谈情说爱的时候，我便会心生惧意。如果非叫我说出个理由来，我觉得在花前月下，女人应该是柔弱、羞怯、举止高雅的。但妮维本人刚好相反，她生性好奇，接受能力强，总喜欢在探索什么。她喜欢思索，聪明颖悟，坦率真诚，身体里还根深蒂固地蕴藏着那种能把野兽和恶灵吸引到一起的黑暗气质。因而在这个时候——我指气氛暧昧的时候，我都会不自觉的要求自己做到礼貌，保持尊重，还得有点儿骑士风度。

“你可以坐过来的，”她又开口了，纤细的手指在沙发上扣了一下，“如果你想的话。”

我面带微笑地轻叹着，点了点头。

我站起身来了，像个笨拙的男孩般绕过咖啡桌。温暖的阳光覆在我的脑后、肩上，经过窗户时我往里瞥一眼，看到街对面的鞋店里，一名女子在试穿一双新鞋。

我在她身边坐下了。

我的手犹犹豫豫、笨拙地向妮维伸出去，用了个拙劣、压抑的姿势握住她的双手。她的纤纤细手冰凉得很，感觉就像我掬起了一捧井水。我抓得很紧，好像稍微动一动就会放走我们之间通过单纯的抓握所保持的那种陌生又可怕的东西。妮维盯着我，她眼光异常坦率，我也认真地望着她。我们挨着坐了好长时间。妮维突然抿着嘴笑了。我感到她觉得我相当可笑，同时对我的钟爱并不因此而有所减弱——反正我从来就不在乎人家认为我有点像傻瓜，我也笑了。我感到那么亲切，充满了我的心怀，就像一个久违的好友归来。

“我……”我开口了，心里感到安然又超然，生命似乎从新的源泉中流出，从我身上流过。尽管遭受着习惯性呼吸紧促和心跳加速，可在我头脑某个荒凉、清醒的角落，我知道，如果我不这么做，将来一定会后悔。“我，我喜欢你，很喜欢，其实……”

话一出口，我自己便愣住了——我想到了什么，微微地摇着头，笑着，叹了口气。

一抹阳光像刀锋似的从窗帘中间穿过，落在了房间的另一头，把那边托盘里的雕花玻璃细颈水瓶照得晶莹透亮，折射出的闪光在天花板上浮动着。咖啡店里很安静，那股宁静就像用真空包装袋密封起来的一般。

我用拇指摩挲着她的指节，勾勒骨头的轮廓，缓慢地继续说下去了。

“我，我喜欢你的笑脸，是的，我觉得那可以点亮我的一整天——不止是我的，所有看到的人都会感到愉悦；我想要听到你的声音，嗯，我喜欢听你说话，就像现在这样，你说什么都可以，就算只是在我面前读《卫报》，或者跟我讲鹧鸪是怎么繁衍生息的；我喜欢你的热情和独立，我记不清多少次，在学校或者其他什么地方，我看过你全身心地投入手头的事情，满脸露出说不出的兴致——去年冬天，我看见你鼻子冻得发青地站在风雪中，组织野生动物的募捐，高兴得直拍你那绒线手套；我，我也喜欢看到你的身影，你的动作很漂亮，你手的每一动作总给人以美感，有时候像花朵，有时候像飞鸟——即使叼着香烟的姿势也是，尽管我不太喜欢女人抽烟；而且老实说你的腿很美，又长又有线条，而且不刻意掩饰，我看见时总是感到诧异，我说，我见到过你小时候那胖嘟嘟的样子——我没法想象你是怎样做到的……"

妮维眼睛中的那流光溢彩一下子消失不见了。她怒冲冲地瞪了我一眼。

"靠的是——你个大傻瓜，靠的是坚强的意志和上帝的恩泽！"

我"噗"地笑了。她捏了下我的手。

"我很常见你在吃牛排和中式烤鸭……"我翻了下眼。

"那，那是……阿特金斯饮食法……的一部分……"

"好吧，好吧。"我笑着，摇着头打了个手势。

"就是。"妮维撇了下嘴，恢复了常态，像平素一样摆出一副强硬的架式。

我感到愉悦，我看到妮维的眼睛和嘴笑了，露出一颗牙齿，同她小时候一模一样。接着我摆了下手："总之，要去看电影或者……逛逛么？我是说，我知道我们无数次地做过那样的事，但这次要像约会那样。"

妮维的嘴角浮现出微笑。她点了点头。

"我很愿……噢，天呐，我忘记了！"她刚开口，突然叫了一声。

我望着她。

妮维记起了什么似的露出吃惊的表情，接着她抬手碰了碰额头。我看到她蹙着眉："我得出远门了——我马上要去做考察，我差点儿忘掉了。"

"你要出去？"我问，随即我也想起来了，那是妮维的研究生学位的初始项目。

"嗯，事实上我两天后就得走——两个月时间，要到快十月份才能回来。"

"十，十月份？"

"嗯，我们要在欧洲那边的研究机构待一段时间。"妮维不满地敲了下桌子，"天，这可真是——你刚说了很贴心的话，真的，我只是，我说……"

"妮维，别为这个烦心，"我笑了下，温柔地叫着她的名字，"真的，我可以等着你回来，这不是什么大不了的事。"

"不，这就是，你刚说了很贴心的话，我也很愿意。我只是，我说……"妮维皱着眉头，无奈地摆了下手，"要不，如果你感到无聊的话，你可以叫上亚伯或者研究生班的其他谁——他们都在伦敦工作，你们可以在学校附近的俱乐部看脱衣舞表演，当作是补偿。”

我“噗”地笑了。

“脱衣舞俱乐部？”

“脱衣舞俱乐部。”

“你，你认真地吗？”

“嗯，但只能去两次。”这话说完，妮维也为自己的言辞和语气笑了，她低沉、甜美地格格笑着。

我大笑起来：“妮维，男人已经不像往常那般喜欢那个了。”

“你指男人不再喜欢裸体女人了？”

“不，我们还是非常喜欢，”我耸了下肩膀，“但跟你朋友一起看的话，怎么说，总感觉怪怪的。”

妮维也被我逗笑了，她重拾起那美丽的面庞来。

“不说笑，我讲真的，”我摆了下手，“这真的不是什么大不了的事，你放心好了。”

妮维看了我一会儿，温顺地点了下头。

“好吧，我到十月份才能回来。我回来的第一件事——我查一下，”妮维把头转向电脑屏幕，熟练地在键盘上打起字来。过了几秒，她点着头说道，“嗯，我是说，我很愿意去看——你会等我回来的，是吧？”

我点了点头。

“那时上映的《消失的爱人》和……《狂怒》看起来都不错。”她说。

“是吗？”

“嗯，我们可以去逛街，晚上去看场电影。”

“听起来棒极了。”

“那就这么定下来了，”妮维笑着，扬了下手，接着她又瞧着我了，“对了，你书写得怎么样了？”

这个问题叫我的手抖了一下。出于某种羞涩自卑的心理，我打了个手势，示意那个无关紧要。

“我还在构思，”我是这么说的，然后为了不让自己显得像个傻瓜，我又说，“我指，那还什么都不是。”

“应该有了初步的想法了吧——早在学校时我就常看到你在笔记本上勾勾画画的，一些数字、连线和中国符号。”妮维饶有兴趣地接着问。

“是有一点，但我刚起了个头——事实上。”

“描述身边的生活和故事吗？”

“差不多吧。”

“我猜有点其他什么含义吧？”

我摇了摇头：“只是把我朋友和自己对一些行为与事情的观察和了解写了进去——是部很个人的东西。”

“听起来很有趣，但老实说不太务实。”妮维轻柔地说，声音清脆得像铃铛一样响亮。

“啊，”我笑了，“只是一部小说，我没想做到务实。”

“我不是指那是坏事，现实并不好写——现实总比小说更真实，等等，不是这么说的，那句话该怎么说？”

“现实比小说更离奇。”

“好吧，”妮维笑了，她接着说，“念给我听一些可以吗，我说，网络上有保存稿子吧？”

我愣了一下，秉承着老实的本性，点了下头，然后连忙摆手。

“是……有，但妮维，故事根本没有成型——它……我不知道怎么解释，故事还没成型。而且直译的话很多句子会没有味道，再加上这只是初稿，修改时还会有很多变化……”我觉得毫无把握。

“不，没事，我想听听。”妮维把电脑推了过来。

“不是客套话？”

“绝不。”

我望着妮维。

“真的，你知道吗，我喜欢你充满干劲和激情做事的样子，老实说，我也希望你能赶快工作或者搞一些项目，迅速恢复过来——我相信你绝对做得到。”她停了一会儿——知道这句话将引到什么题目上去，仍用先前同样的语调说，“我不想看到你昏沉的样子——就像，你知道的，我今天刚见到你时你的样子——我知道你已经做得够好了，但，但不要，我说，不要那样，我，你知道的，我可不常说这样的话……可……”

妮维说着说着，话停住了，她笑了一下，似乎为自己的言辞感到别扭或者什么。接着她倾着身子，给了我一个凉凉的、柔软的、透着咖啡味道的吻。

除了那种能把野兽还有恶灵吸引到一起的黑暗气质之外，偶尔几次，妮维身上还是能洋溢出那种无比纯洁、如同春天所散发出的清新气息。我不自觉地对她笑了，似乎有种东西触动了我心上一条弦，叫它感到一种像郊游一般的静谧安闲。

我望着她的眼睛：“我知道的。”

“啊，那就不说这个了，”妮维做了个鬼脸，“我等着你念呢。”

窗外一辆汽车欢叫着，从远处的城区开过来，汽车越来越近，越来越清晰。

我摆正了妮维的电脑，输入邮箱登录信息，调出保存的稿件。

“真的要听？”我侧过脸看着她。

“嗯。”她点了点头。

“那是五月下旬里的一个清晨。”

刚念了一句，我又微微地感到担心。写小说就像唱歌那样，你总听不见自己的声音，而必须借助第三者的评价才能判断自己的位置——因此，表演者的烦恼诞生了。当你初次向别人展示某些陌生的、粗糙的、稚嫩的内容时，免不了无法确定所读内容会叫人满意。

我停了下来，抬起了头。

“怎么了？”

我轻声叹了下，摆了下手，也微微笑了下。

“不，我说，没什么，我突然想到一些事情。”

我突然意识到自己正坐在伦敦的一间旧式的咖啡厅里，在这个古老的城市租住、工作，拿到了硕士文凭。这些都是从前的自己所难以想象的——似乎不久的时候，少年时候的自己还坐在教室里念书，接着我就在国王大街悠然漫步了。有那么一会儿，我觉得自己既超然于物外，又是眼前世界的一部分。

我默默地坐着，似乎听到了幼年的自己坐在地板上玩耍时所听到的那种某种木器发出的微弱而柔和的吱呀声，而灰尘顺着那石灰地板开裂着的缝隙不断渗出来。我想到自己的童年时期，我曾用小刀在抽屉上刻出个奇怪的符号来代表天数，一个一个的数，算着离新年到来的日子。“总有一天会到来，地球总是在旋转嘛”，我那么想。我想到了自己的少年时代。那几年的冬天可真冷，我得朝手上哈着热气，翻漫画书时才不至于割到手。接着到了高中，我喜欢上了个天真可爱的邻家女孩，学会了抽烟——真是个诅咒，同时也被作业搞得焦头烂额。大学呢，我遇见了形形色色的人，谈了恋爱，并对那位迷人、优雅地坐在选修班上的女孩爱意涌流。各种印象忽然像潮水般涌进我的心里，我坐着，想着，忽然觉得自己曾经遇到的不幸、挫折和失败全都不过是一种美丽的、精巧的装饰品的一部分，而且不止如此，那些什么无聊啊，激动啊，欢乐啊，痛苦啊，似乎我都得接受下来，因为最终它们都要为我的人生增色添彩。

我从来没想过我会走到今天这步——我说，我想过，但是，我从未想过会这个样子。有时候我会想，我会想我是怎么成了这样的一个人的？这到底是好是坏？而我之后又会变得怎样呢？

我说不清楚，我从来说不清楚。

但愿我把我的意思表达清楚了。

我向妮维望去，我们靠得如此之近，我可以伸手触碰到她的脸。

我再次读了起来。

“那是五月下旬里的一个清晨……”